Mr. Churchill's Secretary

丘吉尔的秘书

[美]苏珊·伊利亚·麦克尼尔 著
曾雅雯 译

重庆出版集团 重庆出版社

图书在版编目(CIP)数据

丘吉尔的秘书/(美)麦克尼尔著;曾雅雯译. —重庆:重庆出版社, 2013.11
ISBN 978-7-229-06932-2

Ⅰ.①丘…　Ⅱ.①麦…　②曾…　Ⅲ.①长篇小说—美国—现代　Ⅳ.①I712.45

中国版本图书馆 CIP 数据核字(2013)第 213003 号

丘吉尔的秘书
QIUJIER DE MISHU
[美]苏珊·伊利亚·麦克尼尔 / 著　曾雅雯 / 译

出 版 人:罗小卫
责任编辑:陈渝生
责任校对:郑小石
装帧设计:重庆出版集团艺术设计有限公司 · 王芳甜

重庆出版集团
重 庆 出 版 社　出版
重庆长江二路 205 号　邮政编码:400016　http://www.cqph.com
重庆出版集团艺术设计有限公司制版
自贡兴华印务有限公司印刷
重庆出版集团图书发行有限公司发行
E-MAIL:fxchu@cqph.com　邮购电话:023-68809452
重庆出版社天猫旗舰店
cqcbs.tmall.com
全国新华书店经销

开本:680mm×980mm　1/16　印张:21.25　字数:324 千
2013 年 11 月第 1 版　2013 年 11 月第 1 次印刷
ISBN 978-7-229-06932-2
定价:35.00 元

如有印装质量问题,请向本集团图书发行有限公司调换:023-68706683

本书献给诺埃尔，一个永远值得信任的人。

序　幕

在黛安娜·斯奈德遇害前半小时，她正在打字员办公室里收拾自己的办公桌，这间办公室是英国内阁战情室[①]的一部分。

她抬起头，看着墙上老旧的挂钟，长叹了一口气。内阁战情室没有任何窗户，因为这里其实是一个地下办公中心，首相和他的核心智囊团成员经常会在这个“地下巢穴”里会面。为了抵挡空袭，战情室被厚厚的混凝土板加固过，异常坚实。房间的天花板很低，上面还写着“当心碰头”几个字。曾经是白色的墙壁，现在已经褪变为暗黄色；地板上铺了一块棕色地毯，已经严重磨损，破旧不堪。头顶上还看得到一条条的排水管，这些排水管的正上方是英国财政部大楼。尽管战情室配备了非常完善的通风系统，但房间里仍然弥漫着挥之不去的气味，来自地板蜡、化学掩臭剂和香烟的味道夹杂混合在一起，令人非常难受。

这间没有窗户的打字员办公室与地面上的普通办公室很不一样，它的照明是由四盏绿色玻璃吊灯负责的，房间里还有一些“装饰品”，它们是防毒面具、钢盔以及空袭警报器。这个小房间非常安静，不过在外面的走廊里，这种地下隐蔽工作的气氛时常会被一些噪音所打断——打字机发出的“咔嗒”声，人们低声细语的交谈声，还有尖锐刺耳的电话铃声。

房间里可以表明外面是春天的唯一证据是墙上的日历，现在是1940年5月。

确切地说，是1940年5月12日——就在两天之前，温斯顿·丘吉尔宣誓就职，成为新一届英国首相。此时此刻，纳粹军队的铁蹄正踏过荷兰、比利时和卢森堡——看上去好像整个比利时即将沦陷。如果比利时

---

① “二战”期间丘吉尔首相决策战争的场所。——本书注释均为译者注。

沦陷，那么法国将会是纳粹的下一个目标。在法国之后，接下来又会发生什么呢？德军是空袭英国，还是从海上进攻？圣保罗大教堂会不会被德国梅塞施米特式战斗机和海因克尔轰炸机投下的炸弹炸成一堆废墟？印有纳粹记号的红白黑三色旗飘扬在英国国会大厦上空，纳粹军人走着正步，穿过海军总部拱门，继而推倒纳尔逊纪念柱，这样的场景会发生吗？他们是不是还会在白金汉宫设立军事总部，让高级将领们在伦敦塔上进行指挥？

上一任首相内维尔·张伯伦曾经向公众承诺“我带来了整整一代人的和平”①，然而这些身处“和平时代”的人民却在恐惧的边缘颤抖。这真是一个奇怪的时期，恐惧迅速蔓延，杀戮蜂拥而至，犹如身处地狱一般。

黛安娜再次叹了口气，理了理自己的头发，尽管今天已经连续工作了十六个小时，可她却一直没有机会去整理自大清早就没有收拾好的头发。

她将剩余的纸从打字机里取了出来，这是一种很特别的无噪音打字机，丘吉尔先生就职以后坚持选用这个型号。这样一来，每当他口述事情时，他的秘书就可以同步打印，而不会干扰到他。黛安娜又将办公桌上的原件与复写纸分开，将它们整齐地堆成两叠。接下来，她跟其他打字员一一告别，然后戴上了她那顶印着雏菊与樱桃图案的海军蓝草帽，走出了战情室。

现在已是黄昏，天色开始变暗，当黛安娜朝巴士车站走去时，四周的光线非常微弱。银色的防空气球高高地飘浮在天空中，在太阳余晖的照耀下变成了粉红色。事实上，防空气球是一项微不足道的保护措施，在纳粹的空袭面前简直是一无是处。夜色渐临，街道上却没有一丝灯光用来抵御这无法抗拒的黑暗。自从内维尔·张伯伦在八个月前宣告战争来临之后，灯火管制法就开始生效了。

就像伦敦的大多数地区一样，圣詹姆斯公园的周围看起来乱七八糟。金属大铁门已经被挖出来，送到兵工厂熔化后做了军火。原本长满青草

---

① 1938 年9月30日，英国首相张伯伦、法国总理达拉第与希特勒、墨索里尼签订《慕尼黑协议》，决定牺牲掉捷克斯洛伐克，以换取英法两国的和平，后来英法两国都为此付出了极大的代价。

的草地被重新开垦，成为了“战时菜园”[1]。白厅街[2]上的各个政府大楼外面都包围着带刺铁丝网和厚重的沙袋。脸色苍白、戴着黑色圆顶硬礼帽的男人们紧张而匆忙地行走着，他们的肩上都扛着防毒面具。这些人都是英国政府或国会的工作人员，偶尔也可以看到一些女人，她们穿着棕灰色的制服，正继续着秘书、护士或者司机的工作。

黛安娜通常搭乘一趟巴士回公寓，她的公寓位于皮姆利科区，是一幢三层楼高的无电梯建筑。她看到车站外站了一排等车的长龙，内心感到无比痛苦。

“真倒霉！”她注视着这条长龙，嘴里小声咕哝着。如果她的母亲没有回到家乡肯特郡，而是站在这里看到女儿现在的样子，一定会非常吃惊的。黛安娜没有带伞，帽子也戴得吊儿郎当的，高跟鞋的鞋跟甚至还不到一英寸[3]。以前，黛安娜的母亲常常抱怨女儿的生活方式：毛衣过于紧身，口红过于鲜亮，晚上睡得太迟等等——这一切都是黛安娜来到伦敦之前的生活作风。她终于受够了母亲的絮叨，只身来到了伦敦。在那个时代，不会有任何端庄体面的年轻女人愿意到伦敦工作，哪怕是为首相——尤其是为现任首相——工作。更好的生活方式是留在肯特郡，打打网球和桥牌，为士兵包扎伤口和织袜子，直到一位正派家庭出身的年轻男人来到她的身边。当然，在目前这种特殊情况下，任何所谓的“正派年轻男人”都已经或即将成为军人。

黛安娜伫立了片刻，沉思默想着自己回家的方式，她那精致的容貌暂时起了皱纹，带着一丝烦恼与担忧。她的脸很像自己的母亲，这一点是她不得不承认的——明亮的双眼，高高的颧骨，以及又小又尖的下巴。如果没有这场战争，黛安娜并不是一个多虑的人。她在经济上很富足，而且身边有很多被母亲称为“正派人士”的朋友。同时，她也有一些“不那么正派”的求爱者，不过这些人在当前这种环境下已经变成相对正派的了。

---

① “二战”期间，英国以“胜利掘土”为口号，鼓励民众耕种，共渡难关，“战时菜园”这一说法由此而来。

② “白厅”是英国伦敦市内的一条街，它连接着国会大厦和唐宁街，在这条街及其附近设有国防部、外交部、内政部、海军部等一系列英国政府机关，因此人们常常用“白厅”作为英国行政部门的代称。

③ 1 英寸 =2.54 厘米。

“真倒霉!”她又重复了一句。她仰起头,看着逐渐变黑的天空,又走回到巴士车站,排队的人似乎并没有减少。黛安娜,她再也不能坐上下一班巴士了;如果坐上的话,她将异常幸运地与死神擦肩而过。然而,这个可怜的女人决定步行回家,她需要独自一人在黑夜中走三十到四十五分钟。

毫无疑问,黛安娜的母亲也一定会为她的这个决定感到震惊。

黛安娜步履轻快地出发了,鞋跟叩在人行道上,发出了一串清脆的响声。太阳散发出了最后一丝余晖,继而就沉陷到地平线下方去了,只留下了一片蔷薇色的晚霞。起风了,黛安娜打了个寒战,她本能地埋下头,不由自主地捏紧了手提包。

日落以后,灯火管制下的黑暗立即吞噬了她。她的母亲对这座城市感到恐惧,时常打电话警告她要当心强奸犯和抢劫犯。黛安娜总是一笑了之,并劝告母亲不要杞人忧天,伦敦是她的地盘,她会很平安的,事实上,是好得不得了。尽管如此,她在潮湿的黑暗中还是又颤抖了一下。她想到了她和另外两个女孩一起租住的公寓。她们每个人都要工作、聚会以及约会,所以每个人的作息时间都是没有规律的。也就是说,没有人会知道黛安娜应该在什么时间回家。

杀手也知道这一点。

突然,她听到身后传来了沉重的脚步声,在黑暗中越来越快。与此同时,她的鞋跟不断地敲击地面,发出了清脆而有规律的节奏声。凭着直觉,她拉紧了斜纹布外套,并且死死地握住自己的手提包。

男人的靴子在人行道上发出沉闷的响声,频率越来越高。黛安娜心里涌现出了一种原始的危机感——这家伙是个猎人,而她自己就是猎物。她试图在黑暗中搜寻警察或防空队员的身影,然而四周空无一物,也没有任何人。她开始奔跑,她感到自己的肺好像在燃烧,脚也被高跟鞋挤得生疼。

实在是跑不动时,黛安娜转过身去,想看个究竟。她感到自己的心“怦怦”直跳,差不多就要叫出来了——突然,身后传来了汽车的引擎声。一辆亨伯汽车开了过来,巨大的圆形车头灯被灯火管制板条覆盖着,几乎看不到有光线射出。汽车从黛安娜身旁经过时,她几乎被有毒的尾气熏得窒息。

“亨伯”在黛安娜前方不远处靠边停下了，白色的车身在灯火管制下的黑夜里尤其显眼。

“你还好吧?”从车窗里传出了一个微弱的声音。

借着正在上升的月亮所发出的淡淡的光芒，黛安娜看到司机是一名女士，一个和她一样的年轻女孩。她终于松了一口气。

她又朝身后看了看，试图寻找那个正在跟踪自己的人——可黑暗中什么也看不见。你这个傻瓜，她心想，老大不小了，居然还会想象出妖魔鬼怪或幽灵恶魔这样的怪事。很可能只是一个可怜的男人想尽快回家，见到自己的妻子和孩子，仅此而已。真是活该！谁让你没有等下一班巴士呢?

“我很好，谢谢你。”黛安娜一边说，一边朝那辆车走去，“只是刚刚受到了一点惊吓。”朦胧中，她看到车里的女孩约莫二十来岁，一条蓝色的爱马仕丝巾优雅地缠在女孩的脖子上。

女孩看了看天色，问道:“你想搭车吗?我现在要去皮姆利科区，如果顺路的话，我很乐意载你一程。”

没有片刻迟疑，黛安娜立即跑向另一侧的车门，然后钻进车里。“太感谢你了，巴士车站排队等车的人太多了，我想步行，结果一路上又是恼人的灯火管制……”

当黛安娜坐稳并系上安全带后，司机笑着说:“更不用说穿着高跟鞋跑步了。”

“是啊是啊。你一定知道，在这个该死的战争年代，女孩们得为自己的打扮作出一些牺牲。”

“这是女孩们众所周知的。”她俩一起笑了起来，汽车在黑漆漆的街道上缓缓地前进着。

“哦，忘了告诉你，我叫黛安娜。”

“我叫切瑞。”司机回复道，“很高兴见到你。”

没过多久，她们来到了黛安娜的公寓，这是一排砖砌房屋中的一座。她抬头看了看自己的房间，有一个合租者开了一盏灯，却忘了关上窗帘，违背了灯火管制条例。唉！会被罚款的，黛安娜心不在焉地想着。“顺便问问，”她问切瑞，“你怎么知道我住在这里呢？”

这句话竟成了她的遗言。

. . . . ———.—— . .

人行道上传来了沉重的靴子声，车门突然被猛地拉开了。

黛安娜转过头去，看到了一个戴着黑色毛线面罩的高个子男人。他的脸上只露出了眼睛，目光冷酷而坚定。他的肌肉很发达，而且一点不胖，双手戴着皮手套。“快出来。”这个男人冷峻地说。

她感到极度震惊，只得照他说的做了。“转过身去。”男人咆哮道，“把双手放到车顶上。”

黛安娜看着切瑞，发现她面无表情。*原来切瑞是同谋！*黛安娜的心已经跳到了嗓子眼，呼吸急促而费力，因为恐惧，她的背上和腋下都开始冒汗。她无奈地转过身，并将双手搭放在车顶上。

没有任何先兆，也没有任何话语，她立刻体会到了金属刀片刺进自己身体时的那种热辣辣的感觉。她还可以听见刀片刺穿自己的衣服，继而撕破自己的皮肤和肌肉时的声音。

她感到非常痛！她从来没有想象过活人居然会经受如此大的痛苦。片刻之后，她侧倒在了街道上，她的右脸颊抵在坚硬的人行道地面上，嘴里发出了一些喘息声。

接下来，她两眼一黑，失去了知觉。

一

“……我向国会表明，一如我向入阁的大臣们所表明的一样，我所能奉献的唯有热血、辛劳、眼泪和汗水。我们所面临的将是一场极其严酷的考验，将是旷日持久的斗争和苦难。”新任首相温斯顿·伦纳德·斯宾塞·丘吉尔正在慷慨激昂地进行自己的就职演说，听众是英国下议院成员与全体英国国民。

尽管无线电广播夹杂着静电干扰声，不过演讲大厅里面一定是非常安静的。坐在餐桌边的玛姬前倾身体，聚精会神地聆听着 BBC 的实时广播，她身旁的佩吉和她一样双手紧握，专心致志。夏洛特——大多数人都喜欢叫她“查莉”——静静地走进厨房，斜靠在门框上。

“若问我们的政策是什么？我的回答是：在陆上、海上、空中三线作战。尽我们的全力，尽上帝赋予我们的全部力量去作战；同人类黑暗、可悲的罪恶史上空前凶残的暴政作战。这就是我们的政策。若问我们的目标是什么？我可以用一个词来回答，那就是胜利。不惜一切代价，去夺取胜利；不惧一切恐怖，去夺取胜利；不论前路如何漫长、如何艰苦，去夺取胜利。因为没有胜利就不能生存。

“我们务必认识到，没有胜利就不复有大英帝国，没有胜利就不复有大英帝国所象征的一切，没有胜利就不复有多少世纪以来的强烈要求和冲动。人类应当向自己的目标迈进……”

查莉朝坐在餐桌前的两名女孩点了点头，三人在紧张的沉默中静静地聆听演讲的结尾部分。

“我精神振奋、满怀信心地承担起我的任务。我确信，只要大家联合起来，我们的事业就不会遭到挫败。

“在此时此刻的危急关头，我觉得我有权要求各方面的支持。我要说：‘来吧，让我们群策群力，并肩前进！’”

首相的话语严肃而庄严地洗涤着三名女孩的内心，很长一段时间里她们都没有发出任何声音。

“嗯，至少他说的都是事实。”玛姬边说边将一缕散落的红发拂到脑后，“他并没有伪装成一切都很好的样子，也没有试图用轻松、舒适的安慰和谎言来搪塞我们。”

“我有些迷惘。”查莉对另外两名女孩说。这时，广播里开始播放英国国歌《天佑国王》，查莉走上前去，“咔嗒”一声关掉了收音机。

“看看波兰的现状吧，再看看比利时、荷兰和法国正在发生的事。”佩吉说，“也许肯尼迪大使是对的，他说希特勒对英国不感兴趣。如果我们只是……”

查莉“扑哧”一笑，“哦，你的意思是他们会停下来咯？你真的相信这个？”

“这是一场不同寻常的战争。”玛姬说，“这是一场人民战争。前线不仅仅有战士，还有平民百姓，我们也是强大前线的组成部分。”她在说出这番话时，胸膛略微有些起伏。事实上，尽管英国也许还能够沉溺于“假战”[①]时期的相对安稳，也许前方并不存在什么实实在在的危险，但是世界局势已经今非昔比了。纳粹党人侵占了欧洲的大部分地区，而且毋庸置疑正在向英国行进。德军会通过海路入侵吗？抑或是用降落伞从空中降落？不论如何，眼下形势相当严峻。

“没错。”查莉说，“我们的家园很可能遭到轰炸，就像今天的法国一样。”

“别再说了！”佩吉用手捂住了自己的双耳，“我不想听！”

查莉皱了皱眉，将她深绿色的开襟针织衫拉拢了一些，那动作颇似一位在发号施令之前整理自己制服的将军。“喝茶吧。”她的声音低沉而洪亮，很明显是在故意改变话题，“我们都需要喝茶。至少，在我喝掉那该死的茶之前，不会有什么热血、辛劳、眼泪和汗水。”

---

① 从 1939 年 9 月 1 日波兰战役爆发开始，直到 1940 年 5 月 10 日，德意志帝国才和英法爆发正式冲突，这段和平的时期被德国人叫作“静坐战”，西方则称为“假战”。希特勒占领波兰后，对西方的绥靖一语道破：“对于这种结局，波兰人应该感谢他们的英法朋友。”

这就是查莉，踏实而务实的查莉，帅气胜过漂亮的查莉。她有一头浓密的栗褐色头发和厚重的睫毛，为人豪爽。在战争开始之前，查莉·麦卡弗里曾为美国大使约瑟夫·肯尼迪[①]工作，佩吉·凯利是她的同事。

玛姬·霍尔普之所以来到伦敦，则是因为完全不同的原因——卖掉已故祖母的有裂纹、嘎吱作响的维多利亚式大房子。英国宣战以后，约瑟夫·肯尼迪在报章中滔滔不绝地讲述自己支持纳粹的情绪，于是佩吉和查莉都辞掉了她们在大使馆的工作，从而失去了职员宿舍。玛姬欣赏她们的决心与态度，便邀请她们搬入自己的家，佩吉和查莉都心怀感激地接受了好意的安排。

玛姬和佩吉在来到伦敦之前就彼此见过面，地点是威尔斯利学院——一所位于美国马萨诸塞州的女子学校。佩吉是一个来自弗吉尼亚州、初进社交场合的年轻富家女，有着闪闪发光极其漂亮的金色头发和一张心形的脸蛋，而玛姬则是一头红发、外表相形见绌的学院顽童，对数学的兴趣远大于时尚。尽管如此，她俩还是迅速成为了好朋友。在伦敦，她们找到彼此纯属意外，成为室友使得她们共同减轻了经济上的负担。除了收取其他合租者的租金，玛姬还是几个学生的数学家庭教师，这些收入勉强可以维持她留在伦敦的生活。

查莉走向炉子上的紫铜壶，然而当她看到水槽里面的情形时突然停下了脚步，那里的脏碗盘堆得像小山一样高。"天哪!"她情不自禁地嚷嚷道。

玛姬耸了耸肩，"准是那对双胞胎干的。"她所念叨的双胞胎是安娜贝拉·威盖特和克拉贝拉·威盖特，两个小精灵似的年轻金发女子，她们也住在玛姬的房子里。双胞胎姐妹因其浓厚的诺维奇口音以及银铃般的笑声而"享誉全宅"，查莉给她俩起了很多外号，诸如"银铃姐妹"、"魔女贝拉"和"疯狂贝拉"等等。

查莉的喉咙里发出了低沉的咆哮声，"真想砍掉她们的脑袋。"她一边抱怨，一边卷起自己的袖子，拿起了一块洗碗布。

---

① 1888年生于美国波士顿，美国第三十五任总统约翰·肯尼迪的父亲。1912年毕业于哈佛大学，后从事银行业，"一战"结束后投资股票赚了大钱，成为百万富翁。1932年美国大选时，他支持富兰克林·罗斯福，后出任美国驻英大使。

电话响了，佩吉立即像触了电一样跳起来接听。“你好?”她柔声说道，就好像自己即将听到众多男朋友当中的某一个的声音。片刻之后，她有些失望地说：“哦，是的，戴维，她在这里。”戴维的全名是戴维·格林，他是玛姬的好朋友之一，现在是温斯顿·丘吉尔的私人秘书。

玛姬拿起沉重的黑色塑料听筒，坐在餐桌旁边聆听戴维带来的消息，她不时地用手指在木头桌面的裂纹和划痕上划动。“有个女孩失踪了。”戴维的声音很严肃，“事实上，情况比‘失踪’还更加严重一些。不过，我打这个电话是想告诉你，我们需要一个接替者……嗯，那是昨天才决定下来的安排。”

“她是不是几天前被谋杀的那个女孩?”玛姬问道，“就为了区区几英镑，劫匪对她下了毒手。是同一个人吗? 我是在《泰晤士报》上看到的，凶案地点也是皮姆利科区……”

这时，佩吉和查莉都转过头来，安安静静地聆听着。

“听我说，情况很可怕，事态有些严重，玛姬。但是，战争还在进行，工作还得继续。现在的工作量比以往任何时候都大，我们需要有人来填补她留下的职位空缺。”

“佩吉和我都做好决定了，我们打算去开出租车。”

“噢，玛姬，我亲爱的玛姬，我知道你可以做口授速录，而且打字速度很快，这正是我们现在最需要的技能。请容我再强调一遍，我们现在急需你这样的人才。”

玛姬将身体靠在椅背上，她已经听明白了戴维的意思，“既然如此，你为什么不去填补这个职位空缺呢?”

“我已经是一名私人秘书了，而我的工作重心是调查研究，总之诸如此类的吧。再说，我不……我不……”

玛姬扬起了眉毛，“你的意思是，你不……不会打字?”

“恐怕速度不够快。”戴维说，“但是你不一样，你打字又快又准，那正是我们需要的。”片刻之后他说，“我们真的需要你。”

玛姬沉默了，洗完碗的查莉回到餐桌旁，端起了茶杯。在查莉那双能干的大手的映衬下，茶杯显得有些渺小。佩吉则在一旁专心地看着报纸。

“仁慈的宙斯啊，快让这个女人认清形势吧!”戴维的声音很大，因为他必须得盖过电话线路产生的连续不断的爆裂声，“这可是一个在前线工作的机会，你会做一些非常重要的事情，从而改变你自己的人生，甚至影响战争的发展。”

玛姬知道戴维说的没错，可这恰恰使她感到异常痛苦。她的确可以改变自己的人生，但并不是以她想要的方式。作为一名打字员，她依然无法施展自己在数学方面的才能。

“能够有幸为丘吉尔先生工作，这将成为你所能做的最艰难并且最具挑战性的工作之一，而且极其关键。当然，你得自己拿主意。还有，我不能确保你一定能获得这份工作，但是如果你感兴趣，我可以帮你安排。现在我们已经开始着手整理你的档案，它们足以证明你是一个有着良好声誉的英国公民——除了你那糟糕的口音。”

玛姬不由自主地笑了起来：戴维喜欢嘲弄她的美国口音，这一点她已经习以为常了。“那么我有机会参与调查研究或写总结吗？”玛姬问道，“毕竟，以我的学历，我可以提供更多的帮助，尤其是在诸如排队论、资源分配论、信息论、代码和密码破译等方面……”

他叹了口气，“很抱歉，玛姬，他们只肯雇用男性来做那些工作。我能理解你的失望……”早些时候，玛姬曾试图谋求一份私人秘书工作，但是依照“传统”，那样的工作往往会由毕业于牛津或剑桥大学并且来自上流社会家庭的男性担任。所以，尽管玛姬的能力远超职位需求，可她还是因为性别原因而被无情地拒绝了。

“不，戴维，你不可能理解。”尽管这不是他的错，但是事实确实让人受伤。她可以打字，可以归档文件，而在她这个年纪的年轻男人，比如戴维，却能做得更多——调查研究、做报告、写总结……这只是性别歧视，但她因此感到非常难过和懊丧。她知道自己还不够成熟，可她更不愿意将自己的理想封存起来。“我宁愿去开车，或者去工厂上班，比如建造坦克。”

“你为什么会这样想，玛姬？”

“听好了，其实你们所有人都应该知道为什么。”事实上，如果对方真的知道戴维的一切，那他也不可能在现在的地方上班。“你没资格评价我。”玛姬继续说道。

“我很抱歉……”戴维说。

“你很抱歉？抱歉？”玛姬的声音越来越高亢，与此同时厨房里的那些女孩都佯装忙碌，手脚不停地处理她们正在做的事情。“很好，你可以很抱歉，但这不能改变任何事情。”她的谈吐变得比刚才更加清晰，“它不能改变我远远胜任私人秘书这一工作的事实；它不能改变理查德·斯诺德格拉斯是一个看上去高人一等的蠢人的事实，至少在我看来是这样的；它不能改变约翰仅仅把我看成一个除了会打字、结婚和生孩子之外什么都不能做的女孩；它也不能改变他们最终雇用了那个长着一双斗鸡眼的笨蛋——康拉德·辛普森，那家伙是用嘴巴呼吸的，阅读时必须发出声来，而且计个数还得掰手指。那一切，全都是因为他父亲拥有一个阔气的头衔，还有……还有……他拥有男人才有的那话儿！”

电话那头是长时间的沉默，伴随着“噼里啪啦”的静电干扰声。在厨房里，几名女孩吃惊地面面相觑。

“好吧。”玛姬略微平静了一些，仿佛卸下了一个包袱，她紧接着问了一句：“那么佩吉怎么办？”

佩吉将正在看报纸的头抬了起来，她刚才阅读的版面上的大字标题是《第五纵队[①]背叛》。“佩吉怎么办？”她疑惑地复述了一遍。玛姬挥了挥手，示意佩吉不要出声。

“佩吉是美国人，只有英联邦公民才有资格做这份工作。”他说。

“查莉呢？”

查莉正俯身喝茶，但通过她的姿势可以看出此时她很紧张。

“查莉是护士学校毕业的，她很快就会遇到更需要她的岗位。”戴维说，“再说，爱尔兰也不属于英联邦，这你是知道的。在英国和爱尔兰之间，还有一些事情没谈清楚，不确定因素很多，如果你能明白我的意思的话。”

“这样啊。”玛姬说，“我当然明白。”查莉是爱尔兰人，由于英国和爱

---

① 并无具体的指代对象，而是一种用来表示叛徒内奸的国际通行说法，指在内部进行破坏，与敌方里应外合，不择手段意图颠覆、破坏国家团结的团体。“二战”时期“第五纵队”泛称隐藏在对方内部、尚未曝光的敌方间谍。

尔兰之间漫长的暴力历史，以及最近爱尔兰共和军①在伦敦制造的爆炸事件，玛姬可以明白为什么爱尔兰公民在唐宁街 10 号②不属于被考虑范畴，更不用说被批准了。

玛姬深呼吸了一下。尽管她对现行制度深恶痛绝，充满了挫败感，但她知道现在是时候放下自己的骄傲和过度自尊，并且去做自己该做的事。现在有一些事是我可以做的，比如支援战争，她想，这些事我能做到，而且可以做得很好。现在那边有需求，而我可以满足这个需求。事情就是这么简单，在战争时期，为国出力是排在第一位的。

“我知道了，既然如此……”她的态度发生了戏剧性的转变，“那么好的，我会接受这份工作。真有你的，你居然帮首相物色一名秘书。”

“好女孩！我感觉你一定会成功的。那么我们明天早上八点在唐宁街 10 号见吧，有很多工作正等待着你我。”

“我会准时过去的。”玛姬说，随后她又补充了一句，“谢谢你，戴维，你放心吧。”

. . . . — — — . — — . .

清晨时分，迈克尔·墨菲走出了他位于伦敦苏荷区的公寓，尽管天色看上去不太好，但他还是放弃了带伞的念头。

空气有些寒冷，墨菲扣上了防水风衣的纽扣，继而俯下身子，提起了双脚之间一个很旧的小皮箱。在他的四周，是再平常不过的伦敦的星期二早上——交通越来越拥堵，汽笛声此起彼伏，商店和咖啡馆已经开门了，有的人在人行道上快速行走，有的人耐心地排成纵队，等待着红色的双层巴士，几只浅褐色的麻雀正在吃撒落在地的面包屑，潮湿的空气中夹杂着汽车排放的废气。

---

① 爱尔兰共和军成立于 1919 年，由旨在建立独立的爱尔兰共和国的民族主义军事组织“爱尔兰义勇军”改编而成。

② 唐宁街 10 号位于伦敦威斯敏斯特区，毗邻白厅街，是一所乔治风格建筑物。这里传统上是第一财政大臣的官邸，但自从此职由首相兼领后，唐宁街 10 号就成为今日普遍认为的英国首相官邸。

人群中没有一个自己见过的人，墨菲对此感到非常满意，他动身前往皮卡迪利广场，那里的景象与往常大不一样：爱神厄洛斯塑像手中的弓已被移除并妥善保管起来；沙夫特斯伯里喷泉被很多块宽木板所包围。来到广场后，墨菲发现这片位于伦敦阁电影院和伦敦标准剧院之间的空地已经被休假的英国皇家空军飞行员、身穿棕色制服并涂着鲜亮口红的英国皇家海军妇女服务队队员和大声吆喝售卖报纸的年轻男孩团团围住。

四周有一些巨幅广告牌，俯瞰着广场：**吉尼斯黑啤酒——你闲暇时的好伴侣；鲍威尔·史威士汤力水；为了嗓子的健康，请抽黑猫牌薄荷香烟。**为了以防万一，避免有人忘记现在正在发生战争，还有一块牌子上写着：**照顾好疏散人员是为国家服务，因为那个人也许就是你。**

墨菲走下一段陡峭的阶梯，进入了皮卡迪利广场地铁站。他买了票，继续往下走向伦敦地铁网的内部。在他沿着阶梯行走的过程中，寒冷的空气中笼罩着废气和垃圾腐烂的气味，还弥漫着阵阵汗酸味。

伴随着隆隆的轰鸣声，一列地铁列车驶入了站台，他和其他乘客——几位穿着皱巴巴的西服，戴着毡帽，手上拿着报纸的生意人；一些身穿制服的士兵；一个头戴白色短帽的护士——一起挤上了列车。当列车向北驶去时，墨菲注意到了一个特别漂亮的年轻女人，她戴了一顶鸽灰色的无边女帽，涂着大红色口红，在这样的大清早显得有些惊艳和不安。他朝这个女人笑了笑，并轻轻地拍了拍自己的帽子。她顿时就脸红了，然后垂下了眼睛。

他继续待在这趟列车上，接下来当车门在优斯顿站打开时，他和一群乘客一起下了车。出于本能，他将手伸进外套内侧，摸了摸别在腰上的手枪的枪柄。

它就在那里，坚硬而且让人安心。

墨菲和剩下的人流一起向前移动，但他略微有些踌躇，步履也比其他人更慢。没过多久，大多数人已经走上了阶梯，为下一趟列车到来之前的地铁站留下了短暂的平静。

他以一种极其流畅和熟练的动作将手伸进小皮箱，松开了一个锁扣，激活了里面的定时炸弹。紧接着，他迅速将箱子扔进了一个打开着的垃圾桶。

现在他步伐轻快地走上了阶梯。走到一半时,路边有一个脸色红润的胖男人正在用小提琴演奏略微走调的《水手角笛舞曲》。墨菲停下脚步,往卖艺者面前的盒子里扔了几枚硬币,这时他发现戴着灰色帽子的女人也在旁边聆听演奏。他朝她眨眼示意,而她再次脸红了。

他继续前行,穿过了一扇十字转门,慢跑着经过另一组更加陡峭的阶梯,然后来到了地面上。他步行走过几个街区,找到了一家咖啡馆。

墨菲走进咖啡馆,在巨大的平板玻璃窗旁找了个合适的座位。他伸手去拉椅子,深色的硬木椅子在红黑相间的瓷砖地板上刮擦着。

接下来,他抬起头看着女侍者,点了一壶茶。

. . . . — — — . — — . .

享受着第一口啜饮的墨菲突然感觉到地面有些颤抖,破旧的木桌子和有缺口的彩色陶瓷碟子也震颤了片刻。

一阵突如其来、令人不安的沉默笼罩着整间咖啡馆,其他顾客身体僵直,他们很想知道发生了什么事,静静地等待着。

过了一小会儿,人们开始窃窃私语,有几个人站起身来,试图看清楚外面的骚动。一个婴儿开始哭泣,他的母亲将他紧紧地抱在怀里。

片刻之后,一些受伤流血的人奔跑着经过了咖啡馆的窗户,他们的面孔因震惊而扭曲。*这些人还算幸运的*,墨菲心想。

墨菲再一次看见了那个戴着灰色帽子的年轻女人,他自己曾经朝后者眨眼示好。只见她帽子歪斜,口红也被弄花了,脸上有一道深而长的伤口,暗红色的血滴落到了她那身浅灰色套装上。她走过咖啡馆的窗户时一脸茫然,目不斜视。

远处传来了警笛的鸣响,随着警车的靠近,声音越来越大。

墨菲将几枚硬币放在桌上——它们足以支付他的茶钱和小费,然后走进了人群,尽情享受和品味着他所制造的困惑和骚乱。

二

唐宁街10号——史上最著名的黑砖办公室以及英国首相的官邸所在地——显得简朴而低调，尤其是将其与国会大厦、大本钟和其他位于威斯敏斯特区的哥特式政府大楼相比时更是如此。它的朴素近乎于苦行主义，如同向世界宣布：如果说其他大楼可能会起到展示和炫耀的效果，那么这里才是政府会晤和制定政策方针的场所。换句话说，这里才是真正干实事的地方。

自去年九月以来，唐宁街一直对公众关闭。官邸周围用沙袋修筑了防御工事，还围上了带刺的铁丝网，准备好迎接即将来临的攻击。

玛姬·霍尔普走上阶梯，穿过警卫，来到门前敲门。等了一阵子，门打开了，一名身穿制服的高个子警卫领着她经过了那扇声名显赫、挂着黄铜狮头门环的光亮黑色大门。接下来，她沿着门背后的走廊继续往前走，几乎没有注意到经典的本森－怀特哈文落地式大摆钟，也没有注意到威灵顿公爵的储物箱和唐宁爵士的肖像。他们继续走上巨大的悬臂楼梯，拐过几个弯之后，又经过了一条拥挤的走廊和一条蜿蜒狭窄的通道，来到了打字员办公室。房间里弥漫着刺鼻难闻的地板蜡气味和香烟烟雾，警卫将玛姬一个人留在这里，自己动身离开了。

她脱下扎有紫色罗缎蝴蝶结的棕色草帽，然后取掉了自己的手套。除了墙上挂钟发出的清脆响亮的"嘀嗒"声，以及远处传来的低语交谈声之外，这里只剩下一片沉寂。

片刻之后，一个声音响起："你好，霍尔普小姐。"

站在门口的是一个高个子苗条女人，五十出头，光亮的黑色头发中夹杂着几缕银丝。她的头发梳到脑后，盘成了一个整齐圆滑的发髻。她有一张与生俱来的漂亮脸蛋，但却被一副架在鼻梁上的笨重黑框眼镜所掩盖。“我是凯瑟琳·汀斯利夫人。”她说，然后紧抿着嘴唇。

“您好，夫人。我是玛格丽特[1]·霍尔普，不过请叫我‘玛姬’好了。”

汀斯利夫人低下头，仔细打量着眼前的女孩。漂亮的小东西，她深吸了一口气，不过太年轻，太瘦，而且肤色过于苍白。尽管盘成小圆髻的头发挺整齐，但颜色实在是十分难看。当然，至少她有常识，穿的是素色西装和平底鞋，不像另一个年轻的黄毛丫头黛安娜——可怜的女孩，她可真是不幸。

“那么，霍尔普小姐，请叫我‘汀斯利夫人’。”她一边说，一边走到放着一盏铜灯的巨大的木质办公桌背后，然后坐了下来。“我是丘吉尔先生的高级秘书。尽管丘吉尔先生才刚刚上任成为首相，但你还是有必要知道，我和他的家族共事已经超过二十年了。”

她透过自己的眼镜看着玛姬，试图确保她的这番话在对方身上起到了应有的作用。

玛姬识趣地调整了一下面部表情，表明刚才那番话在自己身上的确起到了对方期望的效果。

“我希望你能比我们这里的其他女孩都做得更好。”

“好的，夫人。”尤其是我的前任，玛姬严肃地想着，接下来她坐到了汀斯利夫人办公桌对面的一把小巧的硬木椅子上。“我会尽最大努力的，夫人。”

“嗯，这就是你来这儿的原因。不过，别以为丘吉尔先生会对此感到很高兴，他并不喜欢新职员。”

看来一切几成定局了，玛姬感到心情有些沉重，现在再打退堂鼓是不是太晚了？她的办公室技能很好——不过能否胜任这个新职位呢？

毕竟，她并不是一个富有经验的秘书，而是一个威尔斯利学院的毕业生。她成绩优异，被选为美国大学优秀生荣誉组织成员。她会讲一口流利的德语和法语，而且即将攻读麻省理工学院的数学博士——或者说她曾经打算这样做。上述这一切，并不是汀斯利夫人——或唐宁街10号的其他任何人——所关心和在乎的。

① “玛格丽特”是比较正式的书面人名，“玛姬”是口语化的昵称。

“不管怎么说。”汀斯利夫人叹了口气，继而摇了摇头，“刚开始的时候一定是很困难的。”

玛姬坐直身体，抬起了下巴。我会让你见识到的，她想，我会让你们所有人都见识到的。“我已经做好准备迎接一切挑战，夫人。”

“你能这么说，我很高兴。”汀斯利夫人说道，“不过请记住，如果你现在选择离开，没有人会因此而责怪你。”

. . . . ——— . —— . .

这真是漫长的一天。

玛姬遇到了斯图尔特女士——丘吉尔先生的另一名秘书，后者是一个身材娇小、体形丰满的年长女人，有一双水汪汪的蓝眼睛和一头雪白的头发，缠了一条粉红色的发带。斯图尔特女士的嗓音柔和悦耳，她低声告诉玛姬，因为“他”这几天都在契克斯别墅——英国首相的乡间官邸，所以办公室比往常安静一些。如果“他”在这里，那么气氛将会比现在紧张得多。

太好了，玛姬心想，看来汀斯利夫人也会有紧张的时候。

玛姬还被介绍给了理查德·斯诺德格拉斯——丘吉尔先生的首席私人秘书。就是这个混蛋害得我失去了那份私人秘书的工作，她愤愤地想道。

“谢谢你的介绍，汀斯利夫人。不过，斯诺德格拉斯先生和我已经见过面了。”

几个月前，玛姬曾有机会竞聘一份地位显赫的私人秘书工作，但是没有成功，因为那个工作机会拒绝女性求职者。在珍贵的私人秘书圈子里没有女孩的空间，玛姬想道。在唐宁街10号的等级制度里，女人只能做文秘，确切地说就是打字员。男人们则通常都是牛津或剑桥大学的毕业生，来自上流阶层，他们是私人秘书，负责调查研究工作，还可以起草报告，并大胆地提出自己的观点。而女人们呢？只能负责最基本的笔录工作。

理查德·斯诺德格拉斯个头不高，他身上的双排扣条纹西装使他显得更加矮小。他油腻的黑色头发梳向一边，挡住了头顶的光秃区域。他的手掌小而柔软，和女人差不多。他还有个很显著的特点——眨眼非常频繁，就好像他经历过漫长的黑暗之后刚刚来到了光明之中。真像一只小鼹鼠，玛姬心想。她还嗅到了一点点香根草古龙水的味道。

“斯诺德格拉斯先生，霍尔普小姐是我们新聘的打字员。”汀斯利夫人介绍道。

“我知道了。”他生硬地说，这个名字使他回忆起了一些往事。

“很明显，我曾以我闪亮的个性给你留下了深刻的印象。”玛姬的语气十分冷淡。

“很高兴看到你能在这里——唐宁街10号——找到适合你的位子，霍尔普小姐。我相信你可以做得很出色，并与其他女士们相处融洽。”

玛姬强迫自己做出了一个微笑的动作，“谢谢！”

“霍尔普小姐，关于那份私人秘书工作……”

噢，那才是我真正想要的，她暗自心想。

“作为一个女人，你可能非常聪明。”他咳了几下，“但是你应该明白，女人——即便是非常聪明的女人，接受过大学教育的女人——往往都有辞掉工作去结婚的坏习惯。你不能指望她们在工作岗位上长久地待下去，尤其是在战争时期。”

玛姬没有说话，但她内心涌起了一阵愤怒。

“你得理解，如果我们对你破格录用，那么很快就会有大量的各种各样的女人坚持要做层次较高的工作，这样一来我们男人又该去哪里？还有，谁还愿意做打字员呢？”

斯诺德格拉斯笑了。

但是两个女人都没有笑。

玛姬感觉此刻汀斯利夫人和她自己一样愤怒。

“那么，斯诺德格拉斯先生。”玛姬努力控制住自己的情绪，“辛普森先生的工作进展得如何？”

斯诺德格拉斯看起来有些困惑，“辛普森先生？”

“对，我说的是康拉德·辛普森先生。他得到了那份私人秘书工作，还把我挤了下去。他在自己的新职位上干得怎么样？”事实上，玛姬已经通过戴维非常清楚地知道康拉德早已被解雇，因为他的工作能力和个人品行实在是太糟糕了。

“他啊……哦，他被解雇了。”

“真的吗？”玛姬佯装惊讶地说，“这么说，你也不能指望他在工作岗位上长久地待下去，是吗？”

“霍尔普小姐，那不是……”

“所以，现在我在这里，而他却不在……”

“霍尔普小姐！”汀斯利夫人的声音听上去非常震惊。

“我只不过是想知道辛普森先生的近况而已。”玛姬说，“谢谢你告诉我。”

斯诺德格拉斯已经开始气急败坏了，“那不是……”但他很快镇定下来，转而说道：“放肆！你这是在胡闹！”他一边挥手一边咒骂，然后转身就走。

“回去工作吧，霍尔普小姐。”汀斯利夫人声色俱厉地说。

. . . . — — — . — — . .

当天傍晚，两个身穿深色西装的年轻男人经过了办公室的门口。

玛姬抬眼一瞥，没想到这一举动却被汀斯利夫人看在眼里，后者立即皱起了眉头，“霍尔普小姐，你应该知道，那些私人秘书虽然年轻，但都是有着显赫身份的男人。在斯诺德格拉斯先生的指导和协调下，他们所扮演的角色非常重要，在丘吉尔先生和这个世界上的其他人之间起到了缓冲和桥梁的作用，并且确保首相能够拥有他所需要的一切资源。他们展开调研工作，草拟演讲稿，还需要完成报告和总结。对于他们自己来说，职业生涯也是前途无量的。”

“嗯，我……”*我实在是再清楚不过了*，玛姬只得在心里说完这句话。

“私人秘书们都具备卓越的教育背景，他们的职责要求他们拥有最优秀的智力水平、谨慎精神和敏锐反应。霍尔普小姐，你必须意识到的一点是，他们的工作是非常严肃的事务，而且我们正处于战争状态，所以他们没有工夫表现自己的绅士风度，更谈不上向女士献殷勤之类的了。私人秘书更没有时间去痴想女学生。我们期望所有的职员都能以唐宁街10号被赐予的严肃方式行事。你明白吗?”

“当然,汀斯利夫人。”我?我会对那些私人秘书感兴趣?天哪!这还不如丢一颗炸弹在我的头上,然后让一切都结束吧。

“知道就好。”汀斯利夫人边说边抬起头来看了看墙上挂钟的黑色指针,“你已经完成了今天的工作,现在你可以下班了。”

就在这时,一只黑白相间的猫跳上了汀斯利夫人的办公桌。“啊!”她尖叫起来,并用双手驱赶着这只猫,“可怕的动物!”

玛姬抱起小猫,将它轻轻地放在地板上。

汀斯利夫人深吸了一口气,“这是纳尔逊,丘吉尔先生饲养的猫之一。它之所以叫这个名字,当然是因为纳尔逊勋爵[①]了。以后你会发现,这里的动物都非常自由,它们可以四处游荡,无拘无束。”

一个生气勃勃的年轻男人闯进了房间,他拿着一顶“安东尼·艾登帽”[②],手臂上搭了一件军用雨衣。此人名叫戴维·格林,他就是打电话将工作机会透露给玛姬的男人。戴维又矮又瘦,有一头浅黄色头发和一双明亮的眼睛,戴着一副丝框眼镜。此时此刻,他脸上带着十分顽皮的神情,就好像他随时都可以扮演莎士比亚戏剧中的小妖精。

约翰·斯特林跟在戴维身后走了进来,他一直低着头,似乎在找地板上的东西。约翰比戴维高一些,眼神严肃,有一张棱角非常分明的脸。在玛姬眼里,约翰卷曲的褐色头发好像是他本人修剪的,而且整个过程都没有看镜子。他双眉间的皱纹很深,暗示他有着超越自己年龄的忧虑。

“晚上好,女士们。”戴维彬彬有礼地鞠了一躬,“那么你还好吗,汀斯利夫人?”

“我很好,你们好吗,格林先生?斯特林先生?”她边说边用双手摆弄着奶油色的珍珠项链,“你们有什么事吗?”

---

① 海军中将霍雷肖·纳尔逊是英国18世纪末19世纪初的著名海军将领及军事家,在1798年尼罗河战役及1801年哥本哈根战役等重大战役中带领英国皇家海军胜出。

② 原名霍姆堡毡帽,帽顶呈凹形,有一道从前至后的凹槽,整个帽檐边缘向上翻起。曾任英国首相的安东尼·艾登也非常喜欢这款帽子,由于他的缘故,霍姆堡毡帽又被称作安东尼·艾登帽。不过值得一提的是,安东尼·艾登是1955年才当选英国首相的,所以本书中出现这个说法其实是“穿越”了。

约翰的脸非常憔悴，“你听说爆炸事件了吗？”

“什么？没有。”汀斯利夫人一脸震惊，“什么爆炸？是德国人干的？他们的空军来了？”

约翰摇了摇头，“爆炸发生在优斯顿地铁站，很可能是爱尔兰共和军干的。”

短暂的沉默过后，戴维说：“五人死亡，超过五十人受伤。”

“天哪！太可怕了！”玛姬已是面无血色。那些可怜的人啊，他们不过是像平常一样忙着处理自己的事情，她感到异常难过。大清早的，刚走上或走下一趟列车，下一秒却……难道纳粹党人和爱尔兰共和军联合空袭英国的倒计时还不够糟糕吗？更不用说那个在黑夜里被刺死的女孩了。

“请控制好你自己的情绪，霍尔普小姐。”汀斯利夫人严厉地说，“在这场战争结束之前，你很可能还会看到更加糟糕的局面。顺便说一下，这两位年轻人是戴维·格林先生和约翰·斯特林先生，他们都是丘吉尔先生的私人秘书。”

这还用说吗？经由佩吉和查莉的介绍，玛姬认识他们俩已经超过一年了。戴维是她最亲密的朋友之一，而约翰则是个神秘莫测的人。在玛姬心目中，约翰为人严肃，屈尊傲慢，而且经常激怒人。

“呃，你的第一天怎么样，玛格丽特？”戴维问道，他斜靠在玛姬的办公桌上，她此时正在整理桌面。

“还好了，格林先生。”她以一种很有分寸的语气回答道，并和他四目相对，暗示对方应该保持谨慎——起码在这间办公室里。她站起身来，从门边的挂钩上取下了自己的外套和帽子，继而说道：“谢谢你。”

“汀斯利夫人，你知道吗。”戴维继续说道，“霍尔普小姐不仅仅是来自美国——这一点是显而易见的，从她那糟透了的口音就能听出来——而且事实上她曾是得克萨斯州大农场里的牛仔女孩。”

汀斯利夫人倒吸了一口凉气。

“我可以向你保证，汀斯利夫人。”玛姬说话时采取了她所能做到的最端庄的态度，“我是一名货真价实的英国公民。我出生在伦敦，而且我的父亲和母亲都是英国公民，尽管我是在波士顿被抚育成人的。”

“我以前不知道波士顿还有大农场。”汀斯利夫人眉头紧锁地说道。

“当然没有！”玛姬狠狠地瞪了戴维一眼，后者装出一副非常无辜的样子，“格林先生自认为自己非常聪明。”

“不用担心，玛格丽特。”戴维说，“毕竟老板有一半的美国血统，是他母亲那边的。他甚至还有一些易洛魁印第安血统，所以你的条件正好符合。”

汀斯利夫人紧抿着嘴唇，双手交叠在一起，这不是什么好兆头。“霍尔普小姐，你可以离开了。我还有一些工作要做，因为现在是战争时期，你知道的。晚安，格林先生，斯特林先生。”

三个人一道离开了汀斯利夫人的办公室。

. . . . — — — . — — . .

“刚才你的意思是说我并不是非常聪明，对吗，玛姬？我正要触及要害，可你却打断了我。”戴维有些气恼地说。此刻他们一行人沐浴着五月的温和阳光，从唐宁街10号走向圣詹姆斯公园侧面的小径。雨已经停了，倾斜的柠檬色阳光穿过云层，似乎宣告着好天气的开始。然而一些鸟儿——麻雀和乌鸦——叽叽喳喳地叫着，则预示着接下来还会有更多的雨水。“那么说真的，你的第一天感觉如何？”

“之前我并没有想到这会如此像明钦小姐女子学校。①”

约翰看着她，玛姬留意到他的眼睛里掠过了一丝阴影，于是转而问他：“不好意思，你想说什么？”

“没关系，那份工作一定会属于你的。”约翰说。

“没错，一旦你适应了汀斯利夫人的风格，那就一切都好了。”戴维说，“那里可是唐宁街10号啊，难道你还不满足吗？”

① 美国女作家伯内特的著作《小公主》里的情节：一个十分聪明的小女孩——英国驻印度军官的独生女儿萨拉——幼年丧母，七岁时被父亲送进伦敦一所寄宿学校读书。后来家境败落，她由一个高贵的“小公主”变成了低贱的“小女佣”。然而，萨拉并没有因此而消沉，她身上原有的高尚品质在灾难面前闪射出百倍的光芒，终于成为了人们心目中真正的“小公主”。书中的寄宿学校便是“明钦小姐女子学校”，势利、自私的明钦小姐是学校的校长。

"我很满意，真的。"玛姬表现出了信心满满的样子，"我相信我可以胜任这份工作，不拖后腿，我只是需要一个熟悉的过程。"

"为了庆祝你成功度过第一天，我们带你去'玫瑰与王冠'酒吧放松一下。"戴维说道。三个人沿着环绕圣詹姆斯公园的鸟笼道漫步，威斯敏斯特大教堂的哥特式尖拱和塔楼在远处清晰可见。他们身旁的这片区域是整个英国的核心，有外交部、财政部、国会大厦，以及皇家骑兵队阅兵场，每一栋建筑物都散发流露出优雅与华丽。

玛姬一直很喜欢莫奈笔下的国会大厦，她曾在波士顿美术博物馆欣赏过——画作中可以看到国会大厦的哥特式尖拱在早上、下午、傍晚以及雾中的模样。当他们沿着公园漫步的时候，她瞥见了国会大厦的顶部，还看到了很多精巧别致的塔楼和小尖塔——在玛姬眼里它们看上去更像是童话城堡而不是白金汉宫，很容易让她联想到彼得·潘和温迪[①]在前往梦幻岛的途中飞越的一个个钟楼。

在人行道的旁边，厚厚的绿草地上，有一个看上去不那么牢靠的鸭子窝。七只刚孵化的雏鸭贴在地面上，柔嫩的褐色身体十分可爱，而且它们的呼吸居然是一致的。一只成年鸭妈妈在附近摇摇摆摆地走来走去，恶狠狠地瞪着来往的行人，似乎正在警告大家不得靠近。高塔上的大本钟发出了七下低沉悲哀的鸣响，声音穿过了逐渐隐去的橙黄色落日。

"仁慈的密涅瓦[②]啊，我可以喝一杯吗？"戴维朝天说道，"佩吉叮嘱过要我们看好你，她现在正等着我们呢。"

玛姬笑了，挽住戴维的胳膊说道："既然如此，现在我们当然不能让佩吉失望，是吗？"

. . . . — — — . — — . .

他们走在威斯敏斯特区用圆石铺砌的小巷上，经过了围满沙袋的维

① 《彼得·潘和温迪》是英国作家詹姆斯·马瑟斯·巴里(1860—1937)创作的一部童话剧，1904年12月27日在伦敦剧场上演后立刻引起轰动，1911年它又以书的形式出现，并风靡全世界。本书还有一个大家更加耳熟能详的名字——《小飞侠》。

② 罗马神话中的智慧女神，相对应于希腊神话里的雅典娜。

多利亚式政府大楼,远远望见了漆成黑色、躲在角落里的酒吧。在渐渐逝去的暮光中,那栋“乔治王时代”艺术风格的房屋变成了暗紫色。玛姬很喜欢这种由很多条弯弯扭扭的街道和道路两旁的建筑所造就的时空错乱的感觉,这里可以听到马蹄撞击地面时所发出的“咯噔”声,空气中弥漫着泰晤士河的咸味,夹杂着汽车废气和马粪的味道。在灯火管制下的伦敦,黑夜来临的速度非常贴近自然,时间很容易被打发。玛姬遥想着几千年前的伦敦城,那时它还仅仅是泰晤士河畔的一群小棚屋,居住着古老的将脸涂成蓝色的英国人。

落日的最后一道余晖照亮了“玫瑰与王冠”酒吧的外墙,每一扇窗户都被厚厚的灯火管制窗帘给罩了起来,完全遮蔽了酒吧内部的灯光,而且窗户上还捆扎着巨大的十字架。当戴维打开门时,金色光芒立即溢出,伴随着笑声、音乐声和玻璃杯碰撞时所发出的“叮当”声。进入房间后,他们立即嗅到了烈性啤酒的味道,混合着浓郁的烟草味。正在休假的穿着制服的男人和穿着春季礼服像多彩花朵一样的女人都在高声谈笑,他们的说话声必须得盖过低沉模糊的喧闹声。

“危机来临时,人们总喜欢聚在一起。”约翰喃喃自语道。

玛姬扫视人群,看见佩吉坐在酒吧后侧一个破旧的木质小隔间里,正疯狂地朝他们挥手。

“嗨!嗨……”当所有人都坐进佩吉所在的小隔间里时,她使劲朝每个人打招呼,盖过了喧闹的背景声。她说话时像孩子一样天真烂漫,而且上气不接下气,“戴维,约翰。”她一边招呼,一边将自己的脸颊凑过去,与两个男人行贴面礼,“你们喜欢我的新帽子吗?对了,玛姬,你这身衣服真好看。今天是你新工作的第一天,感觉如何?”

玛姬伸开双臂拥抱佩吉,她感到佩吉身上散发着“乔伊”香水的味道,而且是玫瑰花和茉莉花混合香型。佩吉的指甲很长,椭圆形的指甲盖上精致地涂抹着已经越来越罕见的“伊丽莎白-雅顿”红色指甲油,玛姬曾在佩吉的梳妆台上看到过那些化妆品的名字。

这时,查莉和她的情郎奈杰尔·拉德洛进到酒吧,穿过人群朝他们的方向走来,佩吉赶紧朝查莉挥了挥手。

“还好,他们没有解雇我,这是个好兆头。”玛姬一边说,一边侧身避让,为查莉和奈杰尔留出了一些空间,然后伸出手去拿起佩吉的柠檬啤酒,喝了一口。

查莉在大奥蒙德街医院工作,她是下班后赶过来的。今天她穿着她通常所穿的哔叽裤、有些破旧的皮鞋和深绿色开襟羊毛衫。她的上衣扣得很紧,更加映衬出了她那可以给人留下深刻印象的胸部。因为辛劳了一整天,她的褐色短发被帽子压平了,紧贴着头皮。她没有涂口红,不过脖子上那串珍珠项链还是流露出了迷人的女性气质。

奈杰尔是一个胸肌厚实发达的年轻男人,脸颊红润,浓密的头发遮住了一只眼睛。他曾与约翰和戴维一起就读于牛津大学莫德林学院,而且和另外两个人一样,他的工作也是私人秘书,不过他的老板是上一任首相内维尔·张伯伦。当张伯伦任期届满后,奈杰尔放弃了自己的和平主义思想,加入了英国皇家空军。现在他正在等待参军手续的完成,并与查莉一同度过他自己在伦敦最后的日子。

当戴维起身去吧台点饮料时,佩吉说:“我仍然会做噩梦,为肯尼迪先生打字的经历真是不堪回首啊。”

“优斯顿地铁站的爆炸事件,你们都听说了吗?”玛姬问道。

“噢,真可怕,太恐怖了。”佩吉一边说一边摇头。

“简直是糟透了。”查莉说道,“我全心全意地爱着爱尔兰,还有它的绿白橙三色国旗,但是爱尔兰共和军的所作所为使得我羞于做爱尔兰人。你们知道吗,问题的关键就在于那该死的国旗,绿色代表盖尔族人,橙色代表新教徒,而白色则代表两者和睦相处。”

奈杰尔倾斜身体,用自己的手臂环抱着查莉,并在她脸颊上响亮地亲吻了一下。查莉笑了,当她笑起来的时候,她脸上的严肃立即转变成了一种漂亮的气质。

“不过,爱尔兰仍然保持中立。”玛姬说。事实上,当英国对德国宣战时,爱尔兰选择保持中立,这对很多英国人来说是难以接受的。

“大多数爱尔兰人都是支持英国的,而且他们真的愿意为战争出力。”查莉说,“我的家人就是这样的。”查莉的父母最初居住在都柏林,查莉四岁时,他们一家人移民到了英国,她父亲在英国利兹市开了一间诊所。

"但是那些不支持英国的爱尔兰人又在干些什么事呢？是谁在暗地里支持爱尔兰共和军？是谁在伦敦引爆了邮箱炸弹?"玛姬问道,"是谁制造了地铁爆炸案?"

"我告诉你,他们是恐怖主义者,极端主义者,一群疯子!"查莉有些激动,"就如同你们的……你们在美国是如何称呼那帮人的呢？哦,对了,三K党![1]"

"行了,让我们理智一点,想想接下来可能会发生什么。如果中立国爱尔兰被利用,成为一个向英国发动攻击的基地……"约翰思索着说。

"仅仅因为我是个爱尔兰人,我身上就被强加了恐怖主义者的特质,我实在是非常厌恶和痛恨这一点。"查莉说,"就在今天早上,我遇到了一件令人哭笑不得的事情,某个偏执狂母亲不想让她亲爱的孩子被可怕的爱尔兰护士玷污。"她摇了摇头,"真是个愚蠢的女人。"

约翰站起身来,将手伸进自己的公文包,取出了一份《伦敦标准晚报》,头版头条是《作最坏的打算》。"总之,即使不考虑爱尔兰的中立,现在战争已经正儿八经地开始了。"他一边说话一边脱下外套,露出了红色的裤子背带,接着又坐回到椅子上,卷起了自己的袖子。"挪威是中立的,但这一点无法让它幸免于纳粹党人的入侵。现在,比利时已经正式投降了。"

玛姬表情严峻,"下一个是法国。"

"谢谢你的提醒。"戴维说,他刚带回了几杯啤酒。

查莉看着玛姬,试图转移话题,"别回避了,你第一天的工作究竟怎么样？快如实招来!"

"很好,千真万确。"玛姬再次笑了起来,努力让自己看上去不像她感觉到的那样厌倦和疲惫。"我确信它会变得更好。噢,对了,还有件事,今天我勇敢地反击了斯诺德格拉斯先生。"

"迪克[2]小人。"戴维说,"办公室里的人都知道他是这副德性。你不用太在意那家伙的言行,玛格丽特。"

---

① 指美国历史上和现代三个不同时期奉行白人至上主义运动的民间仇恨团体,也是美国种族主义的代表性组织。该组织常使用恐怖主义方式来达成自己的目的。

② "理查德"的昵称。

约翰拿起表面凝出水珠的玻璃杯，喝了一口啤酒，“我还是不明白，你和佩吉为什么要留下来？毕竟你们是美国人，本可以在几个月前就回国的。事实上，很可能你们本就应该回去。”

该如何解释呢？玛姬感到有些困惑。没错，她最初来到伦敦，只是为了售卖已故祖母的房子。没错，刚开始时她很生气，因为她不得不放弃麻省理工学院的数学博士课程。对于女性来说，那可是个了不起的成就，甚至对于威尔斯利学院的女毕业生来说也是如此。

当她初到英国时，脑子里充满了怨恨——心胸狭窄的英国人，粗劣的食物和淡而无味的咖啡，危旧的房屋和陈旧的管道……不过，在房子还没来得及卖出去的时候，玛姬被迫住进了霍尔普祖母破旧的维多利亚式老房子。接下来，她逐渐发现房子可以被修葺，这里的茶令人愉快，英国人的性格也比她起初所认为的要友善得多。

英国人——现在她已经认定自己就是他们当中的一员——在法国加来市和敦刻尔克市被纳粹党人屠杀，而且英国本土随时都有可能遭受攻击，也许是空袭，也许是海军，也许是由无情的身穿褐色制服的战士所组成的陆上军队。那些开朗快乐、脸色红润的年轻人，那些在母亲警惕的注视下玩抛接子游戏的孩童们，那些在公园里散步的头发斑白的老人，还有那些可能比老人更加苍老的宠物狗……他们都可能被踏着正步的希特勒军队摧残和屠杀。

玛姬逐渐意识到，纳粹党人不能归纳为和其他普通人类似的具有自私本能、被误导并且情有可原的一时冲动者，而是盲目服从于一个疯子的无脑的机器人。她曾在《泰晤士报》上看到的一篇文章是她憎恨情绪的催化剂：纳粹党士兵入侵了一个小镇，他们命令年老的犹太妇女一字排开，然后逼迫她们——她们当中的大多数人已经为人祖母——爬上大树，并发出鸟叫般的“唧唧”声。她们一定感到非常恐惧，玛姬心想。还有一些文章，讲述的是关于作战的新技术和新武器，使得她意识到这一次民众所面临的是一场完全的前所未有的冲突。

除去自我意识和与生俱来的自私本性，以及一些鸡毛蒜皮般的琐碎小事，玛姬已经开始爱上了英国。伦敦不仅仅是她父母在遭遇不幸的车祸之前所居住的城市，而且还是她本该成长的地方——如果没有发生那起车祸的话。

她发现自己已经把整个心交给了英国，并且希望英国能在战争中保持平安。她现在不能离开了，跑回美国意味着她将回到自己的传统，回到自己的家，最终变回到以前的她。说实在的，约翰是否理解她，伊迪斯姑妈是否理解她，这些都不再重要了。玛姬已经下定决心要留下来，而她将履行自己的决定。

“你的问题很好。”她最终开口说道，“但是如果我们离开了，那么你们又该去哪里呢？”

“要是我们可以让美国——而不仅仅是你们俩——参战的话，那该多好啊。”戴维充满向往地说，“老头子已经用尽了各种办法，这你们是知道的。他几乎就要跪下来，乞求罗斯福总统派出一些旧军舰。”

“不过，我觉得我能理解罗斯福总统的想法。”佩吉说，“又一场战争来了吗？上一场战争都还余波未平，再说现在是美国的大萧条时期。”

“美国人……”约翰用鼻子哼着说，“每次战争都会迟到。”

“美国人会参战的！”玛姬非常恼怒，因为约翰逮住了他所看见的每一个能够证明美国不够积极的机会来进行中伤，“而且不仅仅是提供船只和子弹，还会派遣军队。”

约翰感到有些尴尬，“恐怕你们总统的道德指南针有些摇摆不定。”

玛姬瞪视着约翰，“既然你这么说，那么我倒要问了，希特勒吞并奥地利的时候，德军入侵苏台德区的时候，难道英国没有袖手旁观吗？捷克斯洛伐克沦陷的时候，英国在干什么？还有，英国出手拯救波兰了吗？”

约翰有些仓皇失措，“如果当初做决断的是丘吉尔的话……”

“就在几个月之前，丘吉尔一直被媒体描述为无足轻重的好战分子，报纸说他草率地喷溅英国人的鲜血，试图在绝望中保持那种自从维多利亚女王去世后就已经结束的生活方式。”玛姬总结道。

“行了行了，你们这两个执拗的家伙！”佩吉喊道，“我们需要将你们俩隔离开吗？”

“我只是不确定，在战争时期，又是在这样敏感的岗位上，让一个外国人来担当，这是不是一个好主意。”约翰又加了一句。

真是个讨人厌的家伙。“约翰，我不仅仅是在英国出生，而且我正在为这场战争尽我自己的一份力量。”玛姬将双手分别放在查莉和佩吉身上，“我们都是如此。所以，也许你应该对我们微不足道的帮助心存感激。”

戴维笑了起来，“噢，我想我又领教了可爱的美国佬的谦虚。”

“听着，我并不是有意侮辱你。”约翰说，他的眼睛盯着木桌上一个古老的由酒杯印成的环形污迹，“只是，只是……现在是非常时期……而黛安娜·施奈德明白得太晚了。”

“你说的是在唐宁街10号工作的那个女孩吗？”奈杰尔问道。

“报纸上说她被行凶抢劫。”查莉说，“她的钱包不见了，这是一目了然的事。”

“报纸当然会那样说了。”约翰说，“现在是战争时期，很多事情都在发生，而且都是些令人不快的事情。有时候，它们并不像看上去的那般简单。你们绝不可能无条件地相信你们在报纸上所看到的每一件事情，是这样吗？”

“这么说，你认为她是……被谋杀的？”玛姬问道，“为什么呢？”

“我只能说目前我们正对此进行调查。”

“说够了吗，约翰？”佩吉用她特有的南方淑女式口音呼吁道，同时用一只手臂环绕着玛姬的肩膀。“仅仅因为你是偏执的人，并不意味着每个人都会出来抓你。还有……”她有些不快地说，“今天甚至没有人留意到我的新帽子，它可花掉了我全部的服装预算。”

查莉翻了翻白眼，玛姬在桌子下面轻轻地踢了她一下。

约翰并没有改变话题，“如果美国人真的参战……事实上，这句话根本不足以成为一个命题。”

“我相信美国一定会参战的。”玛姬坚持道。

“是的，我们当然可以指望美国做正确的事，不过是在其他所有选择都被逐一尝试过之后。”约翰寸步不让。

玛姬正准备反驳，突然戴维以一种非常优雅的姿势站了起来，“就此打住吧，我们不要再彼此使对方痛苦了，那样岂不是变成德国人了吗？让我们去跳舞吧，你们意下如何？”

“行啊！”玛姬和约翰同时嘟囔道。

戴维对佩吉说:“终于有机会轮到我说话了,宝贝,我喜欢你的帽子。它让你看起来更加迷人。”

穿了一身时髦礼服的佩吉顿时容光焕发,“哎呀!谢谢你,戴维,你是个真正的绅士。”

三

在灯光昏暗的“蓝月亮”俱乐部里，响彻着小号和单簧管所演奏的音乐声，明显可以感觉到烟雾和“夏尔美”香水的味道。玛姬一行人挤过拥挤的人群，找到了一张空桌子，旁边有一排可供多人就座的天鹅绒矮长凳。月光乐队正在演奏杰利·罗尔·莫顿谱写的《波特王跺脚舞曲》，一群舞者在舞池里扭动身体，随着复杂的节拍肆意挥洒。舞池侧面有一个狭窄的大理石吧台，在一名紧张不安的秃顶男招待身旁，挂了一块小小的标记牌：**此处严禁酗酒。**

“看来我们只能喝点香槟了，是吗？”戴维说，“不妨就这样决定了吧，趁我们的钞票还没有贬值。”

当大伙就座时，查莉和奈杰尔跑进舞池跳舞，他们火一样的热情远胜过舞姿的优雅。

戴维用手肘推了推约翰，“喂，快看那边。那是……”

约翰眯着眼看了片刻，“西蒙·保罗？我想是他没错。听说他一直在为哈利法克斯勋爵①工作。”

舞池对面的一张桌子旁坐着一个年轻男人，他的领带歪斜在胸口，脸苍白而肥胖，表情看上去既冷淡，又有几分愉悦。他的样子让玛姬想起了国家肖像美术馆里一幅年轻的英王亨利八世的肖像画：一个大个子男人，看上去很英俊——如果大腹便便也是一种美的话。眼前这个男人有一头波浪形的姜黄色头发，皮肤——尤其是鼻子周围的皮肤——略微发红。戴维朝他挥了挥手。

---

① 战时内阁成员之一，时任英国外务大臣，1940 年 10 月兼任上议院领袖。1940 年 12 月，安东尼·艾登接替哈利法克斯勋爵出任外务大臣，哈利法克斯勋爵则以驻美国大使身份继续留在战时内阁，至于上议院领袖的继任者则不在战时内阁之内。

当他穿过舞池走过来时,脸上的表情变得非常愉悦和快活。戴维站起来说:"西蒙老兄,真的是你啊!我们有多久没见了?到现在应该有五年了吧?"

西蒙歪嘴笑了一下,"我们都是36级的老校友,自1936年春天毕业后就再没有见过面。"

"哦,这就是大名鼎鼎的西蒙。"当几个年轻男人正在寒暄时,佩吉对玛姬窃窃私语。

"大名鼎鼎?"

"他和约翰还有戴维都是牛津大学的校友。他是不安分的的士男伴。"

"'不安分的的士男伴'?这话是什么意思?"

"与他同乘出租车不太安全,他可是个真正的'出租车老虎'。不过,这一点未尝不好,在出租车里太安分守己的男人,很可能是同性恋。嘘!现在让我们听听他们在说什么。"

"……从莫德林学院毕业之后,我听说你们俩一直在为老温尼①工作。"西蒙说道,"他真的像大家所说的那样嗜酒如命吗?"

约翰眯缝着眼睛说:"事实上不是这样的。"

戴维突然想起了他应有的礼仪,"玛姬、佩吉,请允许我向你们介绍西蒙·保罗,牛津大学毕业生,我们的好朋友、学者……"

西蒙笑道:"你还忘了说酒鬼。"

佩吉伸出右手,准备同西蒙握手,但是西蒙却前倾身体,亲吻了她的手背。

"很高兴见到你。"他优雅地说,并依旧将佩吉的右手握在自己手里。接下来,他对玛姬说:"还有你,你看起来就像罗塞蒂②笔下妩媚的红发美女。"

---

① 男子名,"温斯顿"的昵称。

② 罗塞蒂是画家、诗人、插图画家、翻译家,1849年与米莱斯、亨特共同创立了前拉斐尔兄弟会,主张回到意大利文艺复兴时期的画家拉斐尔以前的艺术传统。罗塞蒂所画的全部女性,似乎都有一个共同点:一张理智的,同时也是梦幻的、热情的官能的脸。这种面相一度成为英国人的理想典型在当时被看作"现代式的美人"。

“你何不坐下来呢，保罗先生？”佩吉柔声问道，紧接着小声说：“玛姬，过去一点点。”玛姬坐远了一些，西蒙就在佩吉身旁坐下了。

“不用那么客气，叫我西蒙就好了。”

“那么你们在学校里就彼此认识咯？”玛姬问道。

“我们都是牛津大学莫德林学院毕业的。”戴维说，“我们一起聚会，一起打球，一起野餐……”

西蒙取出一个烟草袋和一张纸片，开始卷一支香烟，“那些年我们一起经历的青春啊，还记得吗，兄弟们？”他卷完烟后，将其塞进嘴里，紧接着又取出来，然后用粗大的手指从舌头上拉扯下来了一些零散的烟草丝。

“现在他是哈利法克斯勋爵的私人秘书。”约翰补充道。

“哈利法克斯勋爵？”玛姬有些吃惊，“英国外务大臣，对吗？他曾和张伯伦一道推行绥靖主义，是这样吗？”

“好了，好了。”西蒙有些尴尬，“只因为他是个保守党党员……”

“他和肯尼迪大使关系密切。”佩吉试图化解尴尬，“过去我经常在办公室里看到他，短柄小斧一般的脸蛋，完全没有魅力。”

“哈利法克斯勋爵信奉权力政治。”西蒙说，“要是没有苏联和美国的承诺，这场战争没准……”

“谢天谢地，首相不是他，而是丘吉尔。”查莉插话道。

“看来今天大家的气氛不是很融洽呀，是吗，伙计们？”西蒙问道，继而深吸了一口烟。

“看到你能转变立场，同意我们的观点和主张，我很高兴。”约翰说。

“噢，别这么说，真的，别这么说。我们究竟是在为什么而战呢？希特勒并不想得到英国，如果我们让他独自留在欧洲大陆，不去招惹他，那么我们所有人将会在圣诞节的时候聚在一起舒舒服服地共进晚餐。”

“目光放长远点，恐怕没那么简单。”约翰说，“只有一个英国，可现在爱尔兰那边还蠢蠢欲动。算了，别想那么多了，反正现在连哈利法克斯勋爵也是主战的一份子了。”

“我还是不明白，为什么英国人需要在混乱中无辜地奉献自己的鲜血。”西蒙边说边揉了揉自己的香烟，“依我看，这是该死的浪费行为。如果我们继续走丘吉尔的路线，那么这整个岛国就会重蹈加来市的覆辙。

现在我们还可以坐在这里喝啤酒,但是西欧已经沦陷,法国也节节失利。一旦德国人占领法国,那么他们和我们之间就只剩下区区二十英里[①]宽的英吉利海峡了。也许可怜的和平比悲惨痛苦的战争要好得多。"

"'可怜的和平'?你是不是疯了?"约翰的声音变得十分严厉。

"如果我们连幸存都满足不了,希望更无从谈起。"西蒙反驳道,"正如哈利法克斯勋爵在第一时间就指出的观点一样。"

戴维的脸涨红了,"恐怕你所说的'可怜的和平'永远都无法实现。"他亢奋地说,"正如希特勒吞并奥地利时,老头子曾经这样描述:'在一条巨蟒吞食自己的猎物之后,它通常需要相当长的消化时间。'也就是说,尽管还有时间,但这并不意味着不会有下一次进攻。你认为'可怜的和平'最终会带来什么?"

"那就是我们为什么需要赶紧采取行动的原因。"西蒙说,"意大利是我们的一张牌。"

"此话怎讲?"佩吉表示不解。

"有些人……"约翰说话时眼睛盯着西蒙,"认为希特勒要听墨索里尼的话。如果我们将我们的地中海地区分一部分给墨索里尼,那他将会找希特勒先生谈一谈,说服后者不要入侵英国。"

"否则……"西蒙补充道,"我们需要同时面对两个敌人。"

一桌人立刻沉默了,寒意不期而至。

玛姬瞪着西蒙,"你真的认为希特勒和国王陛下会在某天坐下来一起喝茶和吃煎饼吗?你真的是这样想的吗?总之我的看法和你不同,也许这中间的原因在于我是不了解内幕的局外人,但是我相信你肯定知道这场战争没那么简单。"

"你真的是这样想的吗,亲爱的?"西蒙脸上挂着自鸣得意的微笑。

玛姬听出了对方的嘲讽语气,但她并没有丧气,"这个,还有这个……"她一边说话,一边张开并挥动自己的双臂,她的动作包含了整个舞池、公园、城市和国家。"这是你们的岛,是你们的祖国。因为你们是英国人,所以与众不同。如果你连这一点都不能看出来,那么也许你……"她

---

① 1 英里 =1.6 千米。

咽了一下口水，艰难地说出了余下的话，“不配做英国人。”

她深深地吸了一口气，“是的，在英国，很多东西需要被改变。它不再是一个帝国，而殖民主义的日子已经结束了。现在是时候为穷人和工人阶级——当然还有女人——提供更多的机会，这是毋庸置疑的。”她冷酷无情地看着约翰和戴维，“但是，如果英国被纳粹党人入侵的话，我所说的这些就没有实际意义了。”

这真是无比漫长的一天，玛姬突然抓住佩吉的手腕，“我们需要去补一下妆。”紧接着她领着一脸惊讶的佩吉走向女盥洗室。

女孩们离开后，戴维温和地吹了一下口哨，“美国佬还真不赖。如果我们可以变得更像她一点，也许我们最终可以赢得这场战争。”

. . . . — — — . — — . .

女盥洗室的休息区贴着时尚的银色壁纸，在镜子四周蔷薇色灯光的映照下，墙壁散发出粉红色的光芒。佩吉看着自己在镜子里的样子，心满意足地笑了笑，然后取出了一支口红。“玛姬，”她边抹口红边轻声说道，“刚才你太激动了，现在感觉好点了吗？”

一个穿着低胸连衣裙、看上去有些轻佻的女人离开了，玛姬斜靠在大理石洗手台上。华丽的镶金框镜子里面映出了两个女孩的脸，她们都是中等个头，体形纤细，一个红发，一个金发。

“咳，这只是因为……等待、压力，还有关于入侵的谈论。迪克小人真是个混蛋，而且那个男人，那个叫西蒙的男人……”

“事实上他没那么坏。”佩吉说，“我想他只是故意抬杠，想引发大家的讨论罢了。就我个人而言，我觉得他相当英俊。”

“嘿嘿！我注意到了。”玛姬说，“西蒙对你非常友善。”

“西蒙是一个招蜂引蝶的家伙！”佩吉用纸巾抹掉了多余的口红，“你想借用我的口红吗？来吧，只需一点点就够了，它的颜色和你的头发很相配。”在威尔斯利学院念书时，佩吉总是慷慨大方地出借自己的私人物品，除了口红，还有贵重的绸缎礼服，每次她都毫不吝惜。玛姬接过口红，轻轻地抹在嘴唇上。

"啊哈!"佩吉转过身来,一头闪闪发光的金发飘动着,就好像围在她头顶上的光环。"戴维肯定不算候选人。"她思考着说道,"像他这种在出租车里过于安分的男人,很可能是同性恋者。不过,你考虑过约翰吗?你和他将会在一起工作。"她意味深长地看着玛姬,"你们俩的距离非常近。"

玛姬脑海里突然闪现出约翰的形象,他穿戴整齐,西装革履,脸上的表情有些讥讽,额头上搭着一缕散落的卷发。

"他是你的菜,对吗?"佩吉问道。她伸手理了理自己的长筒袜,"尽管他的头发有些难看。"

"别开玩笑了,我是说真的,谢谢你,亲爱的'爱玛·伍德豪斯'[①]。我不需要媒人,而且约翰和我自打一开始就很不顺利。"我要操心的事情已经够多了,玛姬心想,再说,汀斯利夫人会如何看待这件事呢?——"痴想"办公室里的某个私人秘书,而且还是个非常讨厌的家伙。"我已经受够了糟糕的约会和'出租车老虎'。"玛姬说道,"对了,看来你对男人更感兴趣。"

"我对每个人都感兴趣,不过只是以一种纯粹假设的方式而已。我是个过于喜欢寻欢作乐的人,还不能很快地稳定下来。"佩吉将手伸进玛姬脑后的圆髻,取出了里面的玳瑁发夹,玛姬的红发如瀑布般垂到肩上。"现在好看多了,让我们忘掉今晚的争执,去跳舞吧。戴维很会跳舞,这你是知道的。"她边说边挽起玛姬的胳膊,两个人一起朝大部队走去。

一个身材高挑、姿态优雅的浅黑肤色女人已经加入到这群人当中,坐在天鹅绒长凳上。"萨拉!"佩吉惊讶地尖叫道,随即弯下身来亲吻对方的脸颊,"这些日子你都在哪里啊?我们非常想念你。"

"你好,萨拉。"玛姬也打了个招呼。

"你们好,小猫咪。"萨拉无精打采地靠在长凳背后的墙壁上,细长的双腿伸得笔直。她深深地吸了一口自己的丁香香烟,"这还用问吗,我一直都在排练室。如果今年我们还有档期——依我看演出必须继续——那

---

① 19世纪经典小说《爱玛》中的主人公,二十一岁的富家小姐,漂亮聪慧生机勃勃,稍稍有些骄纵,同时还是一位不折不扣的幻想家。她热心关注身边的浪漫故事,却又固执地认为自己永远不会陷入其中。该作品多次被搬上银幕。

样的话我就会有很多工作要做。但是我不得不说,要是我还得继续参演《吉赛尔》[①]的话,就请你们把我拖到小巷里去枪毙掉吧。”她像很多童话故事里的公主一样美丽,但声音却不那么动听,低沉刺耳令人不安,几乎有点像青蛙的叫声。

佩吉和玛姬就座后,佩吉问道:“萨拉,不知道男士们是否为你作过介绍?这位是西蒙·保罗,戴维和约翰的老校友。”她转过身继续说道,“西蒙,这位是萨拉·桑德森。萨拉是赛德勒·维尔斯芭蕾舞团的芭蕾舞女演员。”

萨拉和西蒙目光相对,持续了片刻,然后两个人都将脸转开了。“我们见过面。”萨拉简短地说。

“你在赛德勒·维尔斯芭蕾舞团演出吗?”玛姬觉察到了萨拉的不安,所以试图改变话题。“近段时间是在维克·威尔斯芭蕾舞团,我在这两个地方轮流表演。”萨拉在说话的同时还深深地吸了一口烟,“所以我得拎着舞蹈包,急匆匆地来回奔走。”

奈杰尔和查莉从舞池回到了长凳,两个人都脸颊发红,呼吸急促。“噢,太美妙了!”查莉说,“你们还坐在这里干什么?等着炸弹投下来吗?赶快去跳舞吧,你们这群书呆子!”

“说到跳舞嘛……”西蒙突然插嘴,两眼直勾勾地盯着佩吉,“我是否有此荣幸,邀请你共舞呢?”这时,乐队演奏的曲子已经换成了欢快节奏版本的格伦·米勒的《登星之阶》。

佩吉用自己最灿烂的笑容作为回应,“我当然愿意!”

“戴维?”玛姬问道,“我们也去兜一圈?”

戴维看上去有些惊讶,但还是因被邀请而十分高兴。“为什么不呢,我尊贵的女士。”他站起身来,优雅地伸出右手,“你先请。”

在破损的木质舞池里,伴随着欢快的旋律,戴维轻轻地搂住玛姬,领

---

① 浪漫主义芭蕾舞剧的代表作,有“芭蕾之冠”的美誉。这部舞剧第一次使芭蕾的女主角同时面临表演技能和舞蹈技巧两个方面的挑战。舞剧是既富传奇性,又具世俗性的爱情悲剧,从中可以看到浪漫主义的两个侧面:光明与黑暗、生存与死亡。在第一幕中充满田园风光,第二幕又以超自然的想象展开各种舞蹈,特别是众幽灵的女子群舞更成为典范之作。一个半世纪以来,著名的芭蕾舞女演员都以演出《吉赛尔》作为最高的艺术追求。

着她跳出了复杂的舞步。“你为什么不邀请约翰呢?”他最终忍不住问道。

“他是一头蠢驴!”玛姬的声音很大,因为她得压过四周的乐曲声。

“你说什么?”戴维大声问道,“这里太吵了。”

“蠢驴!”玛姬几乎是吼着说出了这个词。

戴维似乎被逗乐了。“哈哈!”他一边大笑,一边领着她旋转着挤进了舞池中央的人群。他的手心有些出汗,但这并不能影响他是一个专业舞者的事实。

管弦乐队敲了四个节拍,主唱歌手转到了另一首曲子——《蓝兰花》。单簧管演奏者舔了舔嘴唇,再次投入角色,与此同时鼓手也调整了自己的节奏。

“我可以请你的舞伴跳一支舞吗?”玛姬抬头一看,不禁花容失色,说话的人居然是约翰。

我晕死,玛姬的心里直打鼓。他跑过来干什么?难道他听到我们的谈话了?

“祝你们好运。”戴维笑着转身离开了。

当玛姬和约翰在舞池里跳着转圈时,她感到脸颊发烫,喉咙像火烧一般。她留意到了他的下巴,那里有一小撮在修面时被漏掉的胡须。她很担心,因为约翰可能会注意到她鼻尖渗出的汗珠。噢,快停下来吧,她告诫自己,你已经喝了太多的香槟。

玛姬索性闭上双眼,让自己的身体轻松地倚靠在约翰的臂膀上。然而这显然是一个错误的决定,她顿时感到整个房间都在旋转。

“你介意我们现在休息一下吗?”她问道。

“哦,随你吧。”约翰回复道。他的表情有些奇怪,玛姬看不透他的心思。

他俩停止跳舞,回到先前的桌子旁边。当约翰和玛姬坐下后,萨拉抬起头,一双眼睛满怀期望——毕竟现在男士比较紧俏。“该我了吗?”她对约翰说。

约翰叹了口气,自嘲地说:“今晚我好像交桃花运了。”

“得了吧,约翰,别犯傻了,快来。”萨拉坚持道,继而站起身来,伸出了自己的右手。在丝绸连衣裙底下,她两侧的髋骨尖十分明显。"抛开杂念,只有音乐和舞步。"

乐队演奏的曲子变成了华尔兹舞曲,约翰和萨拉一起随着节拍滑移。她真是令人惊诧,玛姬心想。她看到萨拉的双腿修长如竹,双臂柔软似棉,一头深色长发在身后飘拂,宛如波涛。

"他俩就像弗雷德和金吉[①]。"戴维在玛姬身旁说道,仿佛读懂了她的心思。"他们的配合堪称完美。"玛姬不得不承认这两个人的确跳得很好,旋转和跨步时的姿势都恰到好处。当音乐结束后,约翰和萨拉回到了长凳上。

"为什么我在维尔斯剧团不能像刚才那样跳舞呢?"萨拉喘息着坐了下来,"总是演《吉赛尔》,烦透了!"

"但是你扮演的'吉赛尔'一定美极了!"佩吉惊叹道。

"是的,一定是的。"萨拉回复道,"如果我真的是'吉赛尔',而不是从左边数过来的第二个农家女孩,那我一定不会有如此多的抱怨。"

大家都笑了,这时萨拉脱下高跟鞋,开始按摩双脚。看到萨拉的脚趾,玛姬大吃一惊——拇囊炎使得她的脚趾肿胀得严重变形,上面长满了老茧,还有未痊愈的水疱。

"你们都看到了,很壮观,不是吗?这就是穿那些漂亮的粉红色缎子舞鞋的后果。"萨拉说。玛姬注视着萨拉,心里涌现出了前所未有的尊重。

她瞄了一眼佩吉,后者正厚着脸皮与西蒙调情,用手抚弄着他的头发。戴维和约翰呢?他俩正全神贯注地讨论政治。萨拉则专心地与查莉和奈杰尔交谈。在玛姬头顶,金色灯罩里的灯发出了柔和的微光。她感觉到这一天——还有这个晚上——从整体来看都相当美好。

突然,不自觉地,她的思维毫无征兆地联想到了刚刚去世的黛安娜·施奈德。那个可怜的女孩啊!玛姬在心里说道,她永远都不会知道这一切了。

---

① 美国电影史上最伟大的舞王弗雷德·阿斯泰尔和他著名的搭档金吉·罗杰斯被称为好莱坞歌舞片黄金时代的"金童玉女"。

四

五月里的一天早上，天空中乌云密布，预示着大雨将至。冷风从东面吹来，一些鸟儿惊慌地鸣叫着。

人们在皮姆利科区的赫里克街上匆忙地行走着，几只胖鼓鼓的灰鸽子振动翅膀往低空飞行，然后进到一家咖啡馆的屋檐下掩蔽起来。天空突然被打开了，冰冷的雨水倾盆而下。有一队吵闹的士兵正沿着沾满油污的街道经过一大片在暴风雨的昏暗中呈现出红褐色的砖砌建筑，他们的衣服立即被雨水浸透了。在沉重的大雨滴的击打下，树木上粉红色的花瓣掉落到地上，接着被冲进了路边的水沟里。

一个年轻女人——很明显没有带伞——猛冲到一栋建筑物的屋檐下，娇弱的身躯楚楚动人。她抬起头仰望天空，表情有些痛苦。雨水重重地敲打着屋檐，然后顺着结满铜锈的排水管道流走了。

“你要进来吗，小姐?”

她转过头来，看到一位文质彬彬的绅士站在玻璃门背后。他穿着裁剪考究的灰色西装，浓密的头发已经全白了。不过，老人面颊红润，气色很好，一对酒窝使得他看起来比实际年龄要更年轻一些。“你要进来吗?”他再次问道。

“谢谢，不用了。”

“这雨恐怕一时半会儿是停不了的。”他边说边摇了摇头。

她叹了口气。

“我还想告诉你。”老人说道，“几分钟后我会在这里演讲，你何不进来听听呢？起码还可以避避雨。”

年轻女人将视线从老人的脸转移到了他左肩上方的一块小木板，看见上面写着“星期六俱乐部”，以及一排小字——“今日讨论话题：这究竟是谁的战争?”

“谁的战争?”她自念自问,“‘星期六’俱乐部,这又是个什么机构?”

“我们……这么说吧,我们喜欢把自己当作……嗯,和平主义者。毕竟,没有人喜欢这场战争。你喜欢吗,小姐?”

“不,当然不喜欢。”

两人目光相对,她回报了他一个笑容。

他为她打开了房门。她再次看了一眼铅灰色的天空,然后转过身,在老人的陪伴下走进了房子。

“尼尔,现在有多少人了?”老人问道。

“差不多有三十个人,皮尔斯先生。”说话的人是一个站在一张破旧木桌旁的年轻男子,他正匆忙地勾画着名单上的最后几个名字。他的年龄不好辨认,不过下巴上有好几颗明显的青春痘。

“那么我们再等会儿吧。”老人回答道,接着再次对年轻女人微笑了一下,“请留下来,好吗?”

“好的。”她取下帽子,理了理头发,“我想我会留下来的。”

年轻女人找了一个比较靠后的座位,坐下以后朝四周看了看。墙上的黄色油漆年代久远,已经看得到明显的磨损和裂纹,地板上铺着陈旧的黑色油毡,天花板上沾染了水渍。这里的听众大都是中产阶级中年女人,还有一些老年男子。房间里的空气很潮湿,充满了浓烈的东方香水和搽剂的味道。没过多久,那位也许是户主的老人穿过房间,向前面的讲台走去,年轻女人抬起头来,直视着他。

“谢谢大家今天来到这里。”他一边说一边转身面朝听众,脸上带着鼓励的微笑,“我叫马尔科姆·皮尔斯,我是‘星期六’俱乐部的会长。我非常高兴,因为我看到了很多熟悉的面孔,同时还有一些新面孔。”说到这里,他朝台下的年轻女人眨了眨眼,后者微笑着回应。

他清了清嗓子,“我们‘星期六’俱乐部的成员们有着一个共同的信念,那就是——战争是多余的!英国没必要同德国对抗,希特勒不是我们的敌人。那么,谁才是我们真正的敌人呢?是犹太人!犹太人是我们的敌人——不仅仅是英国人的敌人,同时也是德国人的敌人。犹太人是我们的敌人,这是毋庸置疑的事实,他们不会在任何事物面前退缩,他们只有一个简单的目标,那就是让我们彻底地被毁灭。对于我们这些英国人来说,眼下最重要的东西是什么呢?在回答这个问题之前,让我先问你们,谁能从这场战争中得益?"

听众当中有一些人开始点头。"嗯,说得好。"一个坐在前排、手持拐杖的老年男子说道。

皮尔斯环顾了一下全神贯注的听众,"毫无疑问,当然是犹太人!这里也许有人会说,'但是毕竟还是有正派的犹太人啊!'然而……"他伸出一根手指,在空中画了画,"'毕竟'这个词恰恰表明,这种例外——这种缺乏事实根据,大都基于流言蜚语,甚至可以被认为是虚构想象的例外——在这场我们与犹太人的战争中没有任何意义。马丁·路德在形容这种'正派'时曾经说过:'亲爱的基督徒,你们应该知道并且确信无疑,犹太人是如此的邪恶和充满仇恨,他们是你们除魔鬼外最首要的敌人……如果他们对你做过一些好事,那并不是因为他们爱你,而是因为他们需要空间和我们住在一起,所以他们必须做一些好事。但是,他们的心和我刚才所描述的是一样的!'"

听众们扬起头,聚精会神地聆听演讲,这使得皮尔斯更加振奋,"我认为我自己是个爱国主义者,一个公然反对这场战争的老人。我的理想是挽救那些本不必牺牲的英国人的生命,不论男人还是女人。请你们记住,德国人不是我们的敌人,希特勒也不是我们的敌人。谁是敌人?是犹太人!犹太人是我们真正的敌人,我相信他们一想到很多英国人的鲜血会白白地流,一定会击掌庆贺,甚至开怀大笑。

"我说的都是真相,真正的真相,而且是当前的英国政府——尤其是好战分子丘吉尔——决心向你们隐瞒的真相。不过,现在你们已经知道真相是什么了。你们——我现在应该说'我们'了——将不会再被丘吉尔所宣传和鼓吹的东西所摆布,我们会尽一切可能让英国不被卷入这场战争——这场没有意义的残忍的战争。"他笑了,显出了脸上的酒窝,"谢谢你们付出的时间。"

演讲结束了,掌声持续了很久才停下来。茶点被端了上来,尽管茶很淡,饼干有些受潮,但在特殊时期,这已经相当难能可贵了。

皮尔斯在房间里来回走动,同每一个人握手,表示欢迎和感谢。当他来到年轻女人身边时，看到她正端着一杯热气腾腾的茶。他停下脚步，“你认为怎么样？对于今天进来避雨这一抉择，你感到开心吗？”

“你的演讲很有趣，”她缓缓地回答道，然后喝了一口茶，抬头看着他的眼睛，“是我听过的最有趣的演讲。”

“那么，下周的同一时间，你还会回来与我们见面吗？”

她有些羞怯地笑了笑，“也许会吧。”

“我可以冒昧地问一下你的名字吗？”

年轻女人笑得更开了，露出了小巧而洁白的牙齿，“我叫克莱尔。”

. . . . — — — . — — . .

对于玛姬来说，这件事实在是不可思议：在如此美丽的星期六下午，她们在花园里所忙活的居然不是修剪玫瑰枝，而是挖掘一个防空洞。没错，是防空洞，一个所谓的可以抵御空袭的防空洞，一个被称为“安德森”[1]的家庭防空洞。

然而她们此刻的确是在这里做这样的事。

玛姬、佩吉、查莉，还有那对双胞胎——安娜贝拉和克拉贝拉经过商议之后，每人凑了几英镑，准备修建一个“安德森”家庭防空洞。这种防空洞是一个用波纹钢板构建的壳状小屋，四块弧形的钢板被用作墙壁，另外还有两块平坦的钢板——其中一块有门——分别是屋顶和底面。之所以这样设计，是因为这个防空洞最终是需要埋在四英尺[2]深的地洞里的。完工之后，防空洞大约有六英尺长，六英尺宽，高度差不多就是四英尺，顶部至少还会覆盖十五英寸厚的泥土。

在炽热的蔚蓝色天空下，女孩们将围裙系在腰上，勘测了花园的地形，然后拿起了她们的铁铲。她们简单地划分好了各自需要挖掘的区域，继而开始分头行动。

---

① 1938 年，英国内务大臣约翰·安德森爵士发明了一种造价低、耗时少的防空洞，由钢板组建而成，取址一般位于屋后花园，故得名。据史料记载，英国有花园的家庭共修建了十五万个“安德森防空洞”。

② 1 英尺 = 30.48 厘米。

查莉抱怨道:“今天的雨来得真不是时候,泥土变得更加沉重了。”

“好了,女士们。”佩吉宣布道,“我们已经安排好了各自负责的区域,让我们开工吧!”她说话的同时眼睛还扫视着每一个人,颇有领导派头。在过去,她的这种派头往往被用在拟定聚会计划的场合。

克拉贝拉和安娜贝拉相互交换了眼神,然后“咯咯”地笑起来。尽管她们并不比玛姬、佩吉和查莉小很多,但小精灵似的体形和爱笑的习惯使得双胞胎姐妹很多时候看上去就像小孩一样。

佩吉并没有被逗乐,“怎么回事?”

个头稍高的安娜贝拉——略早出生的姐姐——常常代表两人发言,这次也不例外,“只是……你的声音听起来很像我们以前认识的一位女教师。”

克拉贝拉开口说道:“保……”

“保尔特!”安娜贝拉帮妹妹进行了补充,“她酷似保尔特小姐,难道不是吗?”

佩吉眯起眼睛,表情有些不快。

“噢,其实保尔特小姐真的相当不错……”安娜贝拉察觉到了佩吉的生气。

“而且她非常漂亮,非常聪明,就像《乔的男孩们》[①]中的乔·马奇。”克拉贝拉插话道。

“或者是《清秀佳人》[②]里的安妮·雪莉。”

“总之完全不像《小公主》中的明钦小姐。”

“够了!”查莉瞪视着姐妹俩,“狗娘养的纳粹党人即将向我们扔该死的炸弹,而你们这两个蠢货竟然还有闲心掉书袋!”她抓起一把铁铲,扬长而去,继而开始在她的“属地”里使劲挖掘。

“她还在为碗盘的事生气。”玛姬解释道,“也许……如果你们俩洗碗

---

① 美国女作家路易莎·梅·奥尔科特的自传体著作,乔·马奇是书中的第一人称主人公,在马奇家四姊妹中排行老二,思想前卫而独立,是“新女性”的代表。

② 又名《少女安妮》,加拿大女作家露西·莫德·蒙哥马利的代表作之一,成功塑造了阳光偶像安妮的形象。这个耽于梦想、害怕长大的孤单少女和普通女孩一样有着萌动的少女情怀,有过或喜或悲的遭遇,也为年少的梦想付出过代价。但是她始终乐观、坚强、自尊自爱,并且懂得关爱身边的人和事物,这给了她丰富的成长体验,让她的故事曲折却美好。

盘的时候再勤快一点的话……”

双胞胎对视了一眼,两双眼睛都充满了愤怒。安娜贝拉压低声音说道:“她太……”

“专横!”克拉贝拉说。

“还有大嗓门!”姐妹俩同时说出了这句话,就像事先约好的一般,紧接着两个人又“咯咯”地笑了起来。

“而且她喜欢说粗话。”安娜贝拉说。

玛姬的嘴唇颤动了几下,查莉的确有些专横,嗓门也大,而且喜欢骂人。不过,她知道查莉有自己的原因。“只要你们把自己的碗盘洗干净,”她温和地对双胞胎姐妹说,“我确信一切都会好转。”

她们不再闲聊,各自回过头去做该做的事情。在几个月的“假战”之后,轰炸的威胁不再仅仅是假设而已。在伦敦上空经常可以看到英军的飓风式战斗机和喷火式战斗机三个一组,排着“V”字队形呼啸而过,它们很可能是飞往法国的。另一方面,德国空军的梅塞施米特式战斗机和海因克尔轰炸机随时都可能飞到伦敦。事实上,一些英国港口城市已经被德国人轰炸了,迟早都会轮到伦敦的。

女孩们手握铁铲,划破草皮,将它们卷到一边,然后开始认真地挖掘。空气中弥漫着潮湿的泥土气息,在阳光的照耀下暖融融的。经过了漫长的时间,流下了大量的汗水,五个女孩仅仅翻动了地表一小层泥土。玛姬的衬衣后背已经湿透了,汗珠刺痛了她的双眼。

她们坐在厨房后面的台阶上休息,大口大口地喝着凉水,这时阳光变得比刚才更加强烈了。查莉点燃了一支香烟,将棕色鬈发拨到脑后,并用手掌为自己扇风。佩吉试探着说:“我觉得……如果我们叫那些男孩们来帮忙的话,我确定他们会……”

“别!”玛姬脱口而出,声音很大。几秒钟后,她用委婉的语气说道:“我们可以靠自己。”她边说边按摩着酸痛的前臂,她食指上的一个血疱已经破了,“一定能成功的。”

双胞胎姐妹叹息着说:“我们并不是真的需要一个防空洞,不是吗?我们只需跑到地下室去……”

“然后在房子倒塌时被压成碎片?”玛姬问道,“或者说,在炸弹使房子燃烧时被烧成炭黑?"

姐妹俩看了看房子,然后苦恼地对视着,很明显玛姬的话语起到了作用。

"查莉,我真不明白,为什么你可以忍受这一切。"安娜贝拉斜靠在门框上,重重地拍死了一只"嗡嗡"叫的蚊子,"我指的是奈杰尔现在应募进了英国皇家空军这件事。"她斜着眼看了一下查莉,"你知道他将被派到哪里吗? 什么时候走?"

查莉使劲吸了一口香烟,她的双手在颤抖。"不,我什么都不知道。"她说,"他可能会去任何地方……"她停顿了片刻,声音有些哽咽,"他现在正在接受培训,好像是在北边,也许是苏格兰吧。我知道他什么也不能说,但是……"

克拉贝拉走上前去,拍了拍查莉的肩膀,"会好起来的,查莉。你会发现一切都会好起来的。"

玛姬、佩吉、查莉——接下来甚至包括安娜贝拉,四双眼睛都直勾勾地望着克拉贝拉,紧接着又看了看家庭防空洞的板材,最后大家的目光又返回到克拉贝拉身上。"我的意思是,奈杰尔会没事的。不仅仅是没事,我认为他会成为一名战争英雄。"

查莉的眼睛眨得很厉害。"去他妈的!"她最终说道,然后用袖子抹了抹眼角。

"行了,女士们,大家都回去工作吧。"玛姬站起身来,拍掉了裤子上的尘土和落叶,"你们知道我认为我们的防空洞最需要什么吗? 答案是一大瓶上好的杜松子酒。"

. . . . ———.——. .

在大西洋彼岸的威尔斯利学院一间教师公寓里,伊迪斯·霍尔普无法入睡。可能是年龄的缘故吧,她告诉自己。更年期妇女免不了潮热和盗汗,夜里每隔几个小时就得上一趟卫生间。

她盯着卧室天花板,又看了一眼窗外枫树枝的影子,它们在残月的光芒下随风舞动。

不过真正让她揪心的是，她的侄女待在一个即将被德国人入侵的国家。

她坐起来，将羽绒枕翻了个面，但是仍然觉得不太舒服。她掀开了丝质的灰色羽绒被，它的颜色和她头发的颜色几乎是一致的。内疚吗，伊迪斯？她问自己，也许吧，可能性相当大。

她与玛格丽特的最后一次争论依旧在她耳边回响，并且在梦里反复出现。她并不想将玛格丽特送到伦敦，不过当她的母亲——也就是玛格丽特的祖母——去世时，她真的别无选择。伊迪斯不会也不能回到伦敦，对她来说那里是个时空隧道。在伦敦，二十多年前的旧伤将会像新伤一样鲜血淋漓。尽管经历了漫长的岁月，但她依旧信守诺言。

然而……

然而对于玛格丽特来说这真的太苛刻了，想到这儿伊迪斯不由得叹了口气。有些事情，玛格丽特还不会明白。再说，她为什么应该明白呢？她还年轻，而且未来还有很长的路要走。

“我现在已经是一名大学毕业生了。”玛格丽特离开前曾多次愤怒地提到这句话，“难道你不认为现在是时候把我当作一个成年人来对待了吗？”

一个成年人？每当伊迪斯看着玛格丽特的时候，她感到自己看到的仍然是一个新生婴儿，个头很小，像小猫咪一样地叫着。偶尔有些时候，她看到了一个充满好奇心的学步期幼童，一个早熟的孩子，或者一个坚定的青春期女孩。至于一个成熟的女人嘛？伊迪斯只能强忍笑意，“我非常清楚你的年龄，玛格丽特。如果你希望我像对待成年人一样对待你，那么你就应该先让自己的言行表现得像一个成年人……很遗憾，但是事实就是这样。”

她们之间的最后一场讨论就这样结束了。

如今，玛格丽特居然开始说什么自己想要留在伦敦——而且是真正居住在伦敦，并非只是干一份卖掉房子后就能返回波士顿的临时工。简直是在胡言乱语，这个女孩究竟在想什么啊？波士顿才是她的归属。作为回复，伊迪斯寄出了一封信，信的内容她修改过很多次了，早已烂熟于心。

马萨诸塞州，威尔斯利学院

玛格丽特：

我认为我有责任写信告诉你，对于你决定留在英国这件事，我是多么的失望。当初我让你去伦敦，只是想让你监督和落实销售房子的细节问题，而且那笔钱可以抵消麻省理工学院的学费。再说，在当时那种情况下，去伦敦看上去是一个很好的机会，可以让你在回来继续完成学业之前，多了解一些这个世界上正在发生的事情。

然而，现在战争已经真的打响了，所以我觉得那是一个错误的决定，我真不应该让你去英国的。也许你以前的人生一直被过度呵护，初尝自由的滋味让你过于兴奋。但是我得警告你，这种兴奋终将化为乌有。你知不知道像我这样的女人们为什么要非常努力地接受教育，并且在学术界工作？你是否意识到我们作出的牺牲全都是为了你们这代人？

而你却抛开一切，决意留在一个即将遭遇战争的国家，浪费自己的才华……这真是一种侮辱。想想看，我为什么要离开伦敦去美国？一个很重要的原因就是第一次世界大战。相信我，你绝不会想经历那样的事情，把战争留给英国人吧。

回家吧，玛格丽特，我坚决认为你应该这样做。继续留在伦敦的话，其实你什么都不能做。

伊迪斯

战争即将来临，随之而来的还有敌人的入侵。

尽管很渺茫，但是玛格丽特还是有可能查明关于她父亲的真相。

而这正是伊迪斯最担心的。

五

在唐宁街10号的办公室里，玛姬看见过丘吉尔先生几次，但每一次他都是行色匆匆的。他连续不断地抽着"罗密欧－朱丽叶"雪茄，身后留下了辛辣刺激的烟味。不论他走到哪里，他的私人保镖沃尔特·汤普森总是忠实地尾随其后。不过，显而易见的是，每当他在的时候，整个办公室就好像被充满电一样，空气中充斥着紧迫感。

汀斯利夫人染上了恶性流感，尽管她喊叫着说自己应该留下来工作，但她还是被斯图尔特女士"强制遣送回家"。

"我是说真的，斯图尔特女士。"她的声音低沉而沙哑，"我可以挺住……"

尽管她举手投足间都充满了教养、气质和自信，可斯图尔特女士仍然不为所动。"汀斯利夫人，你身体欠佳。你必须回家休息，这样你才能在身体恢复后尽快回来。"

"伦敦随时都可能遭遇袭击，而且……"

"汀斯利夫人，很抱歉我必须得提醒你一些常识。"斯图尔特女士最终亮出了自己的王牌，"如果首相也生病了怎么办？"

汀斯利夫人没有答话，她静静地思考了一会儿，然后用浆硬的麻纱手帕捂住口鼻，打了个喷嚏。"哎，那好吧，不过我只需要休息一个晚上。"她站起身来，戴上了一顶别着珍珠镶针的帽子。"我向你保证。"她边说边朝大门走去，"我明天一大早就回来。"

汀斯利夫人的脚步声长久地在走廊上回响，斯图尔特女士轻轻地叹了口气，将短小、胖乎乎的双手交叉在身前，"霍尔普小姐？"

玛姬正坐在打字机前录入一封写给某位选民的信，"你有什么吩咐吗，斯图尔特女士？"

“我认为现在是时候让你直接为丘吉尔先生工作了。我希望今晚就开始,你介意吗?”

“当然不介意,斯图尔特女士。”玛姬回复道。尽管有些紧张,但她对接下来的工作满怀期待。

“嗯,好极了,亲爱的。你去他的书房等吧,他用完晚餐后很快就会去那儿的。”

玛姬道别斯图尔特女士,来到了首相的书房。房间很大,墙上镶着深色木质护墙板,地板上铺着一块大红色的波斯地毯。有些特别的是,书房里有好几幅装在华丽的镀金画框里的油画,主题都是美丽的海滨景色,每一幅画上都有温斯顿·丘吉尔的手写体签名。[①]

她的心“怦怦”直跳,响个不停,以至于她甚至确信办公楼里的每一个人都能听到。她用被汗水浸湿的手将打印纸卷进了打字机里,然后周而复始地调整她的钢笔和短而粗的铅笔的摆放位置。待这些工序结束之后,她抬起头看着时钟的黑色指针,一连看了五六次。她就这样等待着,继续等待着。

接下来还是等待。

纳尔逊——丘吉尔先生的猫——跑进房间,跳上了一个铺有软垫的靠窗座位,继而蹲伏下来,将爪子和尾巴缩在身体下面。

玛姬看了看窗外的景色。这是一个美丽的星期六傍晚,在逐渐减弱的阳光下,人会感觉到明亮和温暖,而在阴凉的地方则可以体会到丝丝寒意。她听到了大本钟低沉的鸣响,还有来自皇家骑兵卫队阅兵场的温柔的报时钟声。

好天气是一种福分,因为在文明和幽默的薄纱下面,英国即将应对最糟糕的情况。在文明有礼的假象下面,人们担心、不安、沮丧、听天由命。孩子们已经被疏散到乡下,将英王室迁移并重新安置在加拿大的计划已经提上议程,泰特美术馆和国家博物馆的陈列品已经被悄悄运走并保存起来,越来越多的狗被人杀死。当局还警告公众,一定要提防“第五纵

---

① 丘吉尔喜欢绘画是历史事实,绘画是他年届四十以后才有的爱好。在丘吉尔的画作中找不到战争的影子,取而代之的是美丽的陆地风光和波澜壮阔的大海。丘吉尔曾感慨:“如果不是绘画给我的精神支持,我恐怕活不到今天。”

队"的间谍和密探，后者就混杂在群众当中。灯火管制持续了一夜又一夜，看不到尽头。

很多年龄过大、过小或身体过于虚弱，以至于不能在军队中服役的男人们组建了一支地方志愿军——英国人称之为"本土民兵"，人数已经超过了一百万。他们没有军用枪，于是就用狩猎步枪、刺刀、棍棒、高尔夫球杆和鹤嘴锄来武装自己。连这些武器都没有的民兵们则随身携带扫帚把或胡椒水——必要的时候可以泼溅在敌人脸上。*有时候真的很想笑，玛姬心想，如果一切不是令人如此绝望的话。*不过，她从中深刻体会到了民众的英勇。

玛姬看在眼里：整个国家带着恐惧、怀疑和钦佩的复杂混合情绪，为即将来临的入侵做着准备。她回想起仅仅在几年之前，报纸上偶尔会刊载一两篇文章，谈及希特勒以及他日益强大的实力。还有一些文章提到，时任国会议员的温斯顿·丘吉尔是如何在下议院的演讲中讲述日益增长的来自纳粹党的威胁——然而当时他的观点却被人忽略。

大约一年以前，英国首相内维尔·张伯伦允诺和平并提倡绥靖政策，仅有少数声音警告说需要提防纳粹德国的威胁，温斯顿·丘吉尔就是其中之一。在演讲和文章里面，丘吉尔表示英国不能像当初希特勒入侵苏台德区和捷克斯洛伐克时的表现一样，对希特勒入侵波兰的行为视而不见。相反，英国应当履行"一战"后签订的军事同盟协议，对波兰人伸出援助之手，否则就会面临极大的耻辱。丘吉尔还说，英国必须重整军备，准备好迎接挑战，否则就会有极大的风险被纳粹党奴役。

听众纷纷起哄并发出嘘声，对丘吉尔的观点表示不满，甚至朝他扔报纸。大家都说他疯了——还有比这更恶劣的形容词。

接下来，张伯伦政府对德宣战。再往后，温斯顿·丘吉尔上台，成为新一任英国首相……

在毫无预兆的情况下，丘吉尔突然大步走进了书房。

首相情绪很坏，结实的身体流露出狂怒的气息。他皱着眉头，顺着房间的长边来回踱步，看上去十分沮丧。至于玛姬，她尽可能让自己隐藏起来，不被他看到。

这样做很奏效，他没有注意到她的存在。

丘吉尔先生面朝窗户站立着，这样一来玛姬正好可以注视他的侧面。他的个头比她想象的还更小一些，矮胖但很结实，而且的确是仪表堂堂。他圆胖的脸很红润，几乎已经秃顶了。他穿了一件深蓝色西装，戴着深紫红色的蝴蝶领结，脖子上还挂了一个刻花怀表。一副金边框阅读眼镜架在他的鼻梁上，使他显得更加沧桑。

他全神贯注于手头的事务和脑子里的措辞，甚至没有朝玛姬所在的方向看一眼就开始滔滔不绝地讲话：有关前国王爱德华八世——现被称为"温莎公爵"——的一系列问题。此人为了与美国离异女子沃利斯·辛普森夫人结婚，主动放弃王位，并辗转于法国、西班牙和葡萄牙。现在，温莎公爵表示自己希望返回英国。

"殿下，能否容我冒昧地提出一个严肃的建议。"首相口授道，"很多灵敏并且极不友善的耳朵已经竖起来了，它们疯狂地捕捉殿下您对待战争的观点，或者是关于德国人的看法。"他一边说话，一边顺着地毯的长边踱步，双手紧扣在身后，嘴里还衔着雪茄——这严重妨碍了玛姬听清楚他的话语。他在书房里讲话时，口齿远不及他在下议院演说或在 BBC 发表广播讲话时那样清楚。

"即使您一直待在里斯本，您的言论依然可以通过各种渠道流传出来，而它们很可能会被加以利用，其结果对殿下您很不利……"他的语速很快，但是玛姬能够听清楚他所说的话，并且跟上节奏。他不停地讲话，而她全神贯注于自己的工作，变得像被施了催眠术一般恍惚着迷。她感觉自己不再是一个打字员，而是他的一个延伸，是首相与纸页之间的连接纽带。他们以这种方式——通过各种各样的文字和措辞——持续工作了将近一个小时，然后他终于看了她一眼。

"你不是汀斯利夫人！"他大叫起来，惊骇无比。

"是的，我不是，首相先生。"玛姬回答道，她的心狂跳着。

"她去哪儿了？"他咆哮着问道。

噢，天哪！"她生病了，首相先生。"

"生病？"

"是……是的，首相先生。"

他沉思了片刻，接着又开始来回踱步，脸上一筹莫展。

最后,他越过眼镜上端,瞪视着她,“你叫什么名字,姑娘?”

“玛格丽特·霍尔普。”她低声说道。

“霍尔姆斯?”

“霍尔普!”她脱口而出,声音很大,在安静的房间里显得尤其响亮。她意识到了自己的失态,脸色绯红,沉默不语。

“是的,是的,玛格丽特·霍尔普。”他一边说一边思考,脸上露出了喜色,紧接着又迸发出快乐的微笑——很难想象这样的表情是从片刻之前还无比严厉的人脸上显露出来的。“我们的办公室需要一些希望。[①]”他喃喃自语道。

“是的,你可以留下来,‘希望’小姐。”丘吉尔先生说道,他又吸了一口雪茄,看着蓝色的烟雾缓缓上升,“当然我们还得观察你的工作情况。”

. . . . — — — . — — . .

斯诺德格拉斯先生站在温斯顿·丘吉尔办公室外面的走廊上,约翰从他身旁经过。年长男人朝年轻男人招了招手。

“什么事,长官?”约翰问道。

“霍尔普小姐在那边,她和头儿在一起,没有第三个人。”

“你是在暗示什么吗,长官?”

“哦,不不不,你想多了。不过,你应该知道这类事情是多么的敏感。我曾经反对让她来这儿做私人秘书,而现在我并不清楚让她在这里做打字员是不是一个好主意。但是依我看,最好多多留意她。”

说完,斯诺德格拉斯沿着走廊离开了,约翰跟在他身后说道:“长官,你不会认为她与首相……”

“我当然没这个想法。”斯诺德格拉斯说,“但是她毕竟在这里工作,而且她可以记录敏感信息,甚至还能写简报。”

“我们不也是这样吗?”约翰反驳道。

“我们不也是这样吗。”斯诺德格拉斯重复了一遍,转过了一个拐角,

---

① “霍尔普”和“希望”都是同一个英文单词——Hope。

“但是我们并不是每个人都有着和霍尔普小姐一样的家族关系。”

“霍尔普小姐本人并不知道自己的家族关系。”

斯诺德格拉斯停下脚步，认真地说：“那只是暂时的。”接下来，他继续在走廊上行走，步子比刚才更快了。

约翰轻而易举地追了上去，“那么，调查工作进行得怎么样了？”

斯诺德格拉斯刚走进楼梯，他将一只手放在冰冷的金属扶手上，没有再继续前行。“看上去我们找到了一名关于施奈德小姐谋杀案的目击者。”

“目击者？在灯火管制下的目击者？”

“没错，很明显那天晚上是满月。施奈德小姐的一个室友透过公寓的窗户看到了外面的一些东西，不过当时她并没有想太多。但是，现在既然军情五处已经开始着手调查这件事……”

“她能认出嫌犯的脸吗？”约翰的下巴绷紧了。

“今天目击者正在接受询问。”

. . . . — — — . — — . .

由于日益逼近的入侵威胁，“星期六”俱乐部集会的出席人数逐渐增多。这一周的集会结束之后，一些成员将他们尚未完结的谈话带到了马尔科姆·皮尔斯位于卡多根广场的公寓里。客厅的日本传统艺术风格壁纸的底色是金色的，有些褪色，画中的艺伎羞怯地躲在花朵或扇子背后微笑。深色的桃花心木雕刻家具和铺在上面的锦缎以及丝织品都已经很旧了，被虫蛀坏的深红色天鹅绒窗帘覆盖在厚厚的灯火管制窗帘上面。空气中弥漫着浓浓的香烟烟雾，留声机正在播放的唱片是克丽丝滕·弗拉格施塔特演唱的《蝙蝠》。

“如果遭遇入侵，会发生什么事？”琳妮夫人问道，她的手指摩挲着戴在她左手上的那枚镶有巨大钻石的戒指。尽管这个傍晚很温暖，但她还是围了一条黄褐色的狐皮毛领。在昏暗的灯光下，狐狸的两颗黑色玻璃球眼睛闪耀着，看起来炯炯有神，略微显得有些疯狂。

“我想我们会被排成一排，然后被枪杀。”皮尔斯表情严肃地回答道，紧接着他笑了，脸上的酒窝显现出来。

琳妮夫人丰满的脸颊立刻起了皱纹，“噢，马尔科姆，别吓唬我。”

“听着。”他边说边喝了一口茶，那只镶金边的茶杯看上去薄而易碎，“新闻界几乎都在犹太人的控制之下，不是吗？所以，我们很难得知实情和真相。希特勒会照顾丘吉尔，还有他的犹太复国主义团伙，不过对于和我们一样的普通老百姓来说，一旦混乱状态得以平息，而他们又知道我们曾为他们做过什么的话，他们大概会为我们授予勋章。”

“需要茶水吗？”克莱尔端着茶壶问道，她就像在自己家里一样轻松无拘束。

“谢谢，请帮我加一点吧，亲爱的。”琳妮夫人回答道。克莱尔为她加满茶水，然后坐了下来，双脚在踝关节处交叉着。

“你知道吗，这一切都是犹太人自找的。”皮尔斯说，“希特勒曾再三表明，他对英国毫无兴趣。然而，接下来张伯伦却将英国卷了进去……”

“是啊，对极了！”老迈的霍德杰森先生说道，他是第一次世界大战的老兵，现在正坐在角落里，“我们不需要让英国的男孩们再次参与战争——仅仅是为了那些该死的犹太人！请原谅我的措辞。”

“波兰和捷克斯洛伐克都是犹太人的利益所在，这一点是事实。”皮尔斯说，“而这就是我坚持认为我们英国人不属于这场战争的原因。请看看这位年轻女子。”他朝克莱尔点了点头，后者报之以微笑，“她曾告诉过我，她正与一个年轻帅气的小伙子热恋，并且即将结婚。那么，在这个年轻帅气的小伙子加入国王陛下的军队之后，将会发生什么事呢？对于她本人来说，生活又会有什么样的变化呢？让我告诉你们，当他回家的时候，很可能双眼已经失明，或者缺胳膊少腿，甚至比这更糟——比如被装在裹尸布里抬回来。英国男孩被惨绝人寰地屠杀，仅仅是因为德国入侵了波兰。而她呢？她将变成一个寡妇，或者比这稍好一点——用她自己的余生同一个残疾人共同生活。我曾经告诉过你们，现在我要再说一遍——这是一场没有必要的战争。”

克莱尔的眼里噙着泪水，马上就要流出来了。“不过我们能够为此做些什么呢？”她边问边用自己的膝盖碰触皮尔斯的膝盖。

“亲爱的克莱尔。”皮尔斯将自己的腿抵在她的膝盖上，“我一直在等你问出这个问题。”

六

军情五处(MI-5)的官方正式说法是帝国安全情报服务处，但是现实中没有人这样称呼它。军情五处的总部位于圣詹姆士街58号一栋狭小的办公楼里，其任务是反情报、保卫国家机密以及捕捉间谍。

在首相的支持下，在战争时期，军情五处可以不计一切代价，以任何必要的手段达成任务。

这里的办公室没有窗户，处处烟雾缭绕，每个房间都堆满了破旧的木质办公桌和有凹痕的灰色文件柜，地板上铺着绿色的旧地毯。年轻的军情五处特工们就在这些办公室里默默无闻地辛苦工作着。

“马克，我需要你的帮助。”

马克·斯坦迪希——一个戴着玳瑁眼镜的年轻小伙子——正在查看办公桌上成堆的照片。当他将头抬起来时，双眼又红又肿，显得非常疲惫。他有一头深色头发，这更加衬托出他面色的苍白。“什么事?”马克问道。

“我刚刚同我们的一线特工谈过话了。”休·汤普森说，“有一个很可能被列在我们的监视清单上的危险分子，昨天被人发现在伦敦出没。”休更高、更瘦，前额很突出，有一双深邃的绿眼睛。每当他受挫沮丧的时候，常常将双手插进头发里。事实上他经常这样做，以至于他的头发以一种非常奇怪的角度竖立着，显得十分蓬乱。

“是纳粹党人吗?”马克问道。

休摇了摇头，“是该死的爱尔兰共和军成员，他涉嫌统筹安排了好几起炸弹爆炸事件，包括优斯顿地铁站。”

“你说优斯顿? 哦，那可真是一起恶劣事件。”马克飞快地翻阅着一些文件，“让我看看……嗯，上周我们的一线特工获得了一些线索，关于爱尔兰共和军可能发起的袭击。”马克找到了一份文件，将它举在手里，“喏，就是这个，邓纳姆特工提供的。”

“袭击目标是什么？”休问道。

“圣保罗大教堂。但是计划的时间已经过去了。”

“过去了？”

“没错，是这样的。”

休仔细盯着那份简报，“如果特工把日期弄错了呢？万一这件事真的发生了，那将会是非常恐怖的。如同天塌下来了一般，民众害怕恐惧，军队的士气被粉碎……”

马克耸了耸肩，“这我就不知道了，老兄。”他每天需要审阅堆积如山的文件和地图，还有多如牛毛的嫌疑人照片。“但是我手头至少有五十条关于爱尔兰共和军的线索，它们都更加确切，所以我建议我们应当将更多的人力放在这些线索上面。我已经查明，很多线索都以某种方式与一个名叫伊门·德夫林的人有关。”

“很好。”休回答道，“不过我得将这份简报提交给弗莱恩。”

当休伸手去拿的时候，马克立即将那张纸拉向自己。“我可以自己交给他。”马克说，他嗅到了一个机会。

休“扑哧”一笑，“为什么？你不是说你手头至少有五十条更加确切的线索吗？”

“你知道吗，你是一个十足的混蛋。别再试图去拍弗莱恩的马屁了，他不喜欢这样。”

休抓挠着自己的脑袋，不愿再谈论这件事。“那么算了吧。”休无奈地说。马克拿起那份简报，将它塞进了一大堆高耸的文件当中。休叹了口气，解开了衬衣最上端的纽扣和领带，“还有其他事吗？”

“噢，是的。这里还有一些材料，事关那个在皮姆利科区被谋杀的女孩。”马克拿起一张纸，上面还夹着一张照片。他吹了一声低沉的口哨，“真遗憾，她是个真正的美人儿。”接着他将照片递给休。

休回答道：“这是警方的事，再说这是一起一目了然的案件。”

“如果她不是一个与首相办公室有着密切关联的女孩的话，或许你说得没错。”

休再次低头看着照片。这个女孩看上去十分温柔,但这并不能说明什么。“你认为这不仅仅是劫杀,是吗?”

“弗莱恩找到了一名目击者,此人是这个女孩的室友。她看到一个男人在公寓附近潜伏,但她当时并没有考虑太多。”

“在灯火管制下的黑暗中?”

马克将身体向后靠在椅背上,“那天晚上有月亮,而且几乎是满月。据她所说,她看得相当清楚。”

“那她可以指认嫌犯吗?”

“目前尚不能确切地指认。她挑选出了一些男子的照片,其中有两个是我们随意安放的假目标,但是第三个人是爱尔兰共和军成员,名叫迈克尔·墨菲。”

“墨菲?那个混蛋现在还敢待在英国吗?”墨菲与今年早些时候发生在伦敦的一系列爆炸案有关,这些事件都是爱尔兰共和军幕后操纵的,至少导致五十人丧生。

“毫无疑问他的确还待在英国。”

“但是我无法理解,如果真的是墨菲,为什么选择她?”休表情凝重地盯着黛安娜的照片,就好像她能够以某种方式回答他似的,“还有,为什么偏偏是在这个时候?”

. . . . — — — . — — . .

在唐宁街10号,玛姬发现丘吉尔先生是个粗暴易怒的人,而且很喜欢刻薄地挖苦和讥讽别人。

每当她犯错的时候——事实上她经常犯错——她的听写能力,她的教育背景,还有她所来自的国家都受到了质疑。

按照规矩,她应该以双倍行距打字,可她却经常误设为单倍行距。本来该录入“搜集”的时候,她却打成了“收集”,更糟糕的是有一次她还把“白热化”打成了“白日梦”。她之所以会犯错,有时候是因为焦虑——因为她太想做好工作;有时候是因为无知——以至于把外国的人名和地名打得一团糟——直到她自己慢慢了解他们以后才逐渐有所改善。

还有一些愚不可及的错误，令人啼笑皆非。有一天，她的行为使戴维笑得流下眼泪，她将“航空部”——后面跟着的一句话是“从头到脚都处于混乱状态”——打成了“航空部长”，这完全是两个截然不同的概念。毫无疑问，当首相看到简报时禁不住暴跳如雷，他咆哮着表达自己的愤怒，并将废纸篓踢到了房间的另一侧，继而高声喊道：“我真想拿你去喂罗塔！”他所说的“罗塔”是伦敦动物园里的一头狮子。

没有人知道首相的真实想法，不过至少其他职员都认为他在这件事的处理上有些滑稽。

某天深夜，他命令道：“把克洛普拿给我！”“克洛普”是什么？玛姬十分恐慌，她不知道首相口中的“克洛普”是什么东西。于是，她跑到图书室里疯狂地搜索和查找，最后带回了一大摞图书——由“科洛普教授”编撰的所有图书。很不幸的是，她又弄错了，他想要的东西是办公室里那台打孔机。丘吉尔先生总是要求给文件打孔，然后贴上标签，而不是用订书钉钉住，也不是用回形针别上。

“把教授叫来！”这句话没有难倒玛姬，她知道他说的是彻韦尔勋爵——他的科学顾问。一天晚上，他心情很不好，朝玛姬吼道：“把哈巴狗带来！”结果她将那只个头很小、经常在唐宁街10号的走廊里自由漫步的哈巴狗，连同小猫纳尔逊，以及一只名叫鲁弗斯的贵宾犬一起带到首相身边。当她看到他的表情时，她甚至以为他会立即扭断她的脖子。噢，不，不，不！她真是个傻瓜，她真是个白痴，而他则沮丧地顿足。玛姬不知道，对他来说“哈巴狗”指的是伊斯梅尔将军——丘吉尔和参谋长委员会的联系纽带，而这个人的面相的确具备某些哈巴狗的特征。

戴维饶有兴趣地观察着玛姬如何在唐宁街10号一步一步地学习处事方式和工作技巧，她看起来更像是一只垂头丧气的小鸟，而不是一个才华横溢的数学学者。不过，没有什么事能够使得她的相貌黯然失色。她经常解开自己的玳瑁发夹，让红色头发垂落下来，有些绒卷的头发好似围在她脑袋周围的一圈光环。她每天都化妆，脸上偶尔可以看到一些睫毛膏的污迹，红色口红有时会在她的牙齿上留下一些斑点。

还有一次，老头子命令道：“把月亮给我！”这几乎使玛姬处于崩溃的边缘。

"晚上好……咦,怎么了,玛格丽特?"戴维路过她身旁时,发现她有些不对劲,然后他凑近过来,看着她阴霾的双眼和略微歇斯底里的表情,"今晚老头子又让你做什么了?"

"他说他想要月亮。"她低声说道,并使劲咬住下唇,努力迫使自己不要沮丧地放声大哭。

"哦,月亮……你是说这个啊?没关系,这很容易,我会帮你把月亮找来的。亲爱的玛姬,别担心了。"戴维说完后,转身离开了玛姬。

玛姬坐在办公桌旁,试图整理堆积如山的文件,不过因为她自己心不在焉,所以收效甚微。

没过多久,戴维回来了。"给你这个。"他边说边递给她一张纸——这是一份月相时间表。

"月相……月亮……哦,我明白了。"她长舒了一口气。为夜间突袭做计划,月相是非常重要的考虑因素,这一点玛姬并不是不知道,只是她没能在第一时间就理解首相的话语。"谢谢你,戴维,我是真心的。"

不过,该来的迟早会来。一天晚上,在玛姬被大吼大叫了超过十分钟之后——她之所以算得那么精准,是因为当首相吼叫、跺脚和踢废纸篓的时候,她的眼睛一直看着时钟——她终于受够了。

她脸上的表情也许有了一些变化,因为首相突然停止了咒骂。"怎么了,姑娘?"他边问边用自己的雪茄烟指着她,"猫把你的舌头叼去了吗?为什么不吭声?"

玛姬闭口不言。

"告诉我!"首相变得狂怒,再次猛踢废纸篓,这一次他踢得很重,将它踢飞了。废纸篓撞击墙壁的声音在房间里回响着,废纸从里面掉了出来,散落一地。

"首相先生。"她的声音缓慢而平静,"恕我直言,我又不是你的敌人。如果你打算像对待纳粹德国军队的士兵一样对待我,那我希望立即申请调职。"她暂停了片刻,然后重复了一遍称呼,"首相先生。"

首相眨着眼睛,一次,两次。

三次。

从来没有一个为他打字的女人曾经这样对他说话。她为什么敢这样做！这个，这个……姑娘。

不过……

也许这正好印证了克莱米[1]在写给他的信中所警告过的——她斥责他，说他很可能“因你粗暴的挖苦讽刺和骄横傲慢的态度而被你的同事和下属所嫌恶”。

他的表情舒缓下来，也许他对她的确是过于严厉了，而且说实在的，他对所有职员都过于严厉了。

“但是我们的办公室需要希望。”现在他的语气变成了劝慰，甚至有点像一个小男孩在说话，“你不能离开，我决不允许这样的事发生。”

玛姬心里明白，自己刚才跟他对抗是很有风险的，而且他此刻的态度已经接近于她想要得到的道歉。“好的，首相先生。”

“继续努力，永不懈怠，‘希望’小姐。”首相一边说，一边用手里的雪茄指了指打字机。事实上，丘吉尔最喜欢说的一句话便是“这正是我们在这里的使命——继续努力，永不懈怠”。

. . . . — — — . — — . .

“能不能让我只负责写信封上的姓名和地址呢？”克莱尔问道。这里是皮尔斯位于卡多根广场的公寓的书房，克莱尔坐在一张长长的胡桃木办公桌旁边。

“不行，信纸上的笔迹必须与信封保持一致。”皮尔斯回答道，“别忘了，现在是非常时期，所有的来往信件都会被有关部门打开审阅——我们不能向政府的信件审查员透露任何可能会引起怀疑的蛛丝马迹。”

克莱尔再次读了读摆放在她面前的这些文字，然后开始誊写，她的笔迹看起来显然出自一个女人之手。“我还是不明白，在我看来，这只是一封很普通的书信——天气不错，伙食很糟糕，希望对方安好……”

“哦，再看得仔细点吧，亲爱的。”皮尔斯说。

克莱尔又读了几遍，最后还是无奈地耸了耸肩。

---

① 丘吉尔的夫人。

他站起身来，绕到她背后，“如果只看每行左边的第一个字……”

克莱尔从上到下浏览着页面左边的第一个文字。“这是一句暗语！”她惊讶地喊出了声，“敌方预计会派遣增援部队。”她缓缓地读道。

“对极了！”他将自己的一只手放到她的肩膀上，“在你迷人的笔迹下，这封信的内容不会引起怀疑。它会被送到我们在法国的好朋友手上，让他们知道即将发生的事。接下来，他们会把消息传达到柏林去。”

“你是如何得到这个消息的？”克莱尔问道，她张大嘴巴，眼睛瞪得圆圆的。

“我不能把消息来源告诉你。”皮尔斯轻抚着她的头发，“我只能说，我的消息非常可靠。”

. . . . — — — . — — . .

戴维很希望玛姬能在唐宁街 10 号取得成功，毕竟他是她的好朋友，同时也是让她得到这份工作的中间人。他感到自己对玛姬产生了一种奇怪的亲切感。她是美国人，而且是女人，颇具学者气派。他是犹太人，并且和男人睡觉，但他对自己很放心，因为他的爱情生活以及犹太人身份都是外人所不知的秘密。除此之外，他还是个有魅力，有智慧，而且宽宏大量的男人。

戴维在大学里主修数学，这一点和玛姬一样，他对数字、逻辑学和博弈论非常着迷。玛姬的硕士毕业作品得到了麻省理工学院的认可，戴维对此很感兴趣，他问了很多问题，甚至几乎可以说是无穷无尽的问题。一天深夜，他在办公室里问她：“那么，你能不能谈谈你对数论的看法？”还有一次，他接连问了一大堆问题：“你读过阿隆佐 · 邱奇[①]和维特根斯坦[②]

---

① 著名美国数学家，1936 年发表可计算函数的第一份精确定义，对算法理论的系统发展作出了巨大贡献。

② 著名哲学家、数理逻辑学家，语言哲学的奠基人。全名路德维希 · 维特根斯坦，1889 年出生于奥地利，后加入英国籍。

的著作吗？你有没有听说过阿兰·图灵[①]？他可是个相当有才华的家伙，从剑桥大学毕业的，写过一篇《以序数为基础的逻辑系统》[②]。"

这天晚上，玛姬、约翰和戴维一同来到了丘吉尔先生的书房。这里是一个舒适的房间，墙上镶着木板，到处都堆满了书。不过，对于玛姬来说，空气中弥漫着的难闻的雪茄烟味令她不太好受。首相正在策划一场针对挪威的突袭，他们探讨的话题大部分都和枪有关。不久前才结束的"挪威战役"[③]以英法联军的彻底失败而告终，当时英国皇家海军陆战队被打了个措手不及，事后证明他们非常需要橡胶安全套——套在枪口以抵御严寒。一家医药公司已经开发并交付了样品，约翰取出一个样品，将其递给丘吉尔。首相接过后仔细查看着，接下来他还看了看包装盒和包装箱。

"不行。"他使劲摇头，"完全不行。"约翰和戴维惶惑不安地对视了一眼，他们已经尽了最大努力，确保每个环节都是符合要求的。

"首相先生，哪里不对劲呢？"约翰的嘴巴绷得很紧，"它们的长度足以覆盖枪口，准确地说是十英寸半，正如我们先前讨论的结果一样。而且，它们是合格的……"

"标签！"丘吉尔先生大喊道，并用拳头敲打着桌面。

"标签？"戴维的脸上写满了困惑。

"没错，标签不合格。"首相坚持道，"我要求在每一个包装袋、包装盒和包装箱上都能看到标签，内容是'适用于英国人，中号'。这样一来，我们就可以向纳粹党人表明，究竟谁才是真正的优等民族！"

玛姬扬起了一边眉毛，难道他的意思是……

首相清了清嗓子，"我很抱歉，霍尔普小姐。"

---

① 全名阿兰·麦席森·图灵，英国著名数学家、逻辑学家、密码学家，被称为计算机科学之父、人工智能之父。"二战"爆发后图灵返回剑桥大学，曾协助军方破译德国的著名密码系统"英格玛"(Enigma)，帮助盟军取得了"二战"的胜利。他还是计算机逻辑的奠基者，提出了"图灵机"和"图灵测试"等重要概念。人们为纪念其在计算机领域的卓越贡献，专门设立了"图灵奖"。

② 1938 年图灵在美国普林斯顿大学获得博士学位，其论文题目为《以序数为基础的逻辑系统》。1939 年，该文正式发表，在数理逻辑研究中产生了深远的影响。

③ 第二次世界大战期间德军为夺取丹麦和挪威而实施的进攻战役，始于 1940 年 4 月 9 日，结束于 1940 年 6 月 10 日。英法军队表现不佳，最终被迫于 6 月上旬撤离挪威。6 月 10 日，德军占领挪威全境。

天哪，他果然是这个意思。玛姬瞟了一眼约翰，后者略微有些脸红，并假装全神贯注地做笔记，她不禁暗自发笑。刚才一直蜷缩在一把空闲椅子上的纳尔逊翻了个身，开始清洁自己的爪子。

急促的敲门声响了起来，首相吼道："进来！"

门外站着斯诺德格拉斯，他倾斜的双肩满是头屑，"首相先生，弗莱恩先生求见。"

"让他进来！"首相的声音仍然是中气十足。

一个高个子男人走了进来，他有一双冷峻的灰色眼睛，头发整齐平滑地向后梳着。他的肩膀很宽，腰部却很苗条，身材十分匀称。他的西装看似朴素，不过如果细看的话，显然是精心裁剪的。他走起路来步伐迅速，而且充满自信。

"晚上好，首相先生。"来人开口说道，"我希望你还记得我。我们曾在查特威尔[1]见过几次……"

"……啊哈！我当然记得你！"首相说道，"你是彼得·弗莱恩，军情五处的头儿。我听说你年轻的时候就读于剑桥大学，而且很会下象棋。想来点威士忌吗？"他边说边给自己倒了一大杯，"二十二年陈酿的'麦卡伦'[2]威士忌，时间不算长，不过口味还不赖。"

"谢谢，我要不掺水的。"弗莱恩回答道。他走到丘吉尔先生巨大而堂皇庄严的桃花心木办公桌旁，坐了下来，"被你说中了，我以前会下一点点象棋。"

"根据我所听到的说法，应该远不止'一点点'吧。"首相继续说道，"杰出、冷酷、残忍——这些词语都是被用来形容你的。"

弗莱恩接过酒杯，"那也是在我成为剑桥大学教授之前的事了。事实上，你刚才所说的这些形容词，用来描述学术界真的再恰当不过了。"玛姬的嘴唇抽动了一下，她想起了伊迪斯姑妈为了大学里的终身职位而奋斗的真实故事。

"你的专业领域是什么？真的是埃及古物学吗？"

---

① 丘吉尔的乡间别墅。

② 全球最具美誉度的威士忌品牌之一。

弗莱恩颔首确认，然后喝了一口酒。丘吉尔先生环顾了一圈约翰、戴维和玛姬，小声吩咐道："小伙子们，你们今晚的工作已经结束了。霍尔普小姐，我需要你做记录。"

约翰和戴维静悄悄地离开了，斯诺德格拉斯紧随其后，并随手关上了身后厚重的大门。玛姬放松了一下脖子，重新进入工作状态。她觉察到弗莱恩老是盯着自己看，不过并不是猥亵好色的目光。取而代之，他的眼神充满了神秘，就好像他找到了拼图游戏中非常重要的一块，或者发现了特别有趣的填字游戏的线索。

"你是个专业象棋手。"首相说，"而今眼目下，这正是我们最需要的能力。耶和华上帝曾吩咐摩西窥探迦南地，他还叮嘱摩西，只挑选最优秀、最聪明的人做探子。[①] 既然这条建议在上帝心目中是正确的，那么对我来说它当然也是正确的。"他喝了一口威士忌。

"但是请你再回忆一下，首相先生。"弗莱恩说道，"摩西的探子搜集回来的情报并没有得以善用。所以，犹太人在旷野里流浪了四十年。"

"你真是一针见血！"首相拿起一支崭新的雪茄，掐去尾部，然后将它点燃。"有什么新闻？"他吸了一口雪茄，开始步入正题。

"大体情况如你所知，所有的数学家以及专业领域与数学相关的学者都被聚集起来，齐心协力破译德国人的密码。我们还在招募越来越多的人才，其中不乏剑桥大学和牛津大学的毕业生。除此之外，我们也在报纸上刊载填字游戏，获胜者得到的奖励不仅仅是十英镑奖金，他们还可以免费参观布莱切利公园[②]，路费和住宿费都是我们出。"

"很好，很好。"首相的表情有些欣慰，"还有其他情报吗？"

"噢，当然，由间谍和第五纵队造成的危险一直存在，更不用说我们的老朋友——爱尔兰共和军了。宣传部长们每天都会尽最大努力，将威胁告知民众。"

"是的，'保持沉默——她不会如此愚蠢的'，真是绝妙。"首相说道，咀嚼着口中的雪茄。他刚刚提到的这句话其实是一句海报标语，伦敦的

---

① 《圣经》出埃及记中的一个典故。

② "二战"时期英国密码局所在地。

大街小巷处处可以看到这幅以身穿低胸礼服的金发美女为主角的战争海报，提醒大家谨言慎行。

“现在，本地执法机构几乎被目击者报告给淹没了，因为每个人都想抓住一个间谍。我们得到的报告大都是关于德国人之间的窃窃私语，偶尔出现的不明烟雾信号，以及泰晤士河岸边闪烁着的灯光。我们甚至还得到了一份这样的报告：一个纳粹党人跳伞，结果正好落进了一个妇女的战时菜园。”

“那么最后是怎么回事？”首相问道。

“假警报。”

“有没有什么真正有用的情报？”

“目前还没有，首相先生。”弗莱恩回答道，“我们尚未追踪到可信的威胁。不过，我确信它们是存在的。英国本土一定有潜伏着的间谍，他们伪装成爱国者，等待着来自柏林的任务。”

“继续努力吧，弗莱恩先生。”两个男人碰了碰杯。

弗莱恩清了一下嗓子，然后注视着玛姬，后者正在角落里安静地工作。

“哦，对了。”首相说，“霍尔普小姐，现在你可以离开了。”

玛姬收拾好自己的文件，从座位上站起来，“谢谢您，首相先生。”

当厚重的橡木门在她身后关上以后，丘吉尔前倾身体，“关于‘那件事’，有没有什么新的进展？”

弗莱恩叹了口气，“我们找到了一个黛安娜·施奈德谋杀案的目击者。她的室友看到过一个潜伏在公寓外面的男人，正好是谋杀案发生的那一天，时间段基本上也是吻合的。”

“他是谁？”

“她看得不是很清楚。当时是晚上，而且那个人戴着一顶帽子。”

“咳！这些麻烦事，还有那该死的纳粹党，真够人头疼的。”首相用他独有的发音说出了“纳粹”这个词，不过无伤大雅。他再次喝了一口威士忌，然后用手指着橡木门，“那么霍尔普小姐……”

“到目前为止，我们还看不出她与爱尔兰共和军有什么关联。尽管她的父亲……”

“她并不知道，是吗？”

“目前还没有线索表明她知道，首相先生。”

“那么，就让一切照旧吧，好吗？”首相举起酒杯，“至少现在应该这样。”

七

首相经常工作到夜里很晚，所以对玛姬来说熬夜是家常便饭。

地下战情室留出了一些空房，用作加班到很晚的初级职员的临时宿舍。凑合着睡在这种地方，这是玛姬对自己现在的工作最不满意的环节。躺在又硬又窄的简易小床上，她用粗糙的棕色军毯盖住自己，看着她从家里带来的小闹钟。现在已经差不多是凌晨五点了，再过两个小时她就得起床，再次开始一整天的日常工作。地下室通风系统发出了沉闷的轰鸣声，玛姬关掉手电筒，试图用意志力驱使自己的身体入睡。然而，经过漫长而累人的一整天之后，她仍然感到紧张而兴奋。尽管身体早已疲惫不堪，可她的大脑还在急速运转。

她想起了自己看到过的那些机密文件：基于平民伤亡预测，政府已经准备了成千上万口纸板棺材。除了最高级别的官员，没有人知道这件事。*如果德国人真的入侵英国，会发生什么事呢？街上会有肉搏战吗？会设立秘密警察、特别法庭以及绞刑吗？那些姿色姣好的英国女人，会不会成为征服者的小妾，用她们的自尊换取更好的给养和安全保障？*

她反复思考着首相和弗莱恩的对话。*这场战争到底会不会因为某个已经设法渗入某些政府办公室，并且已经获得了某条足以改变历史进程的重要信息的间谍而最终输掉？*

玛姬想着那些数字。数字是没有罪恶的。数字、小数点、曲线、分数……它们都独立于人类的思想和行为而存在。

她开始想念数学。她喜爱直来直去的运算法则，喜爱冷冰冰的逻辑分析，还喜爱问题被解决以后的兴奋快乐。然而，现在她眼里的数字全都关乎死者与伤者，以及被德国U型潜水艇击落或击沉的飞机和船只。白纸上的黑色数字曾经带给她很多欢乐，可现在它们则像小昆虫一样代表死亡。有时候她会在夜里梦见那些数字:汇集成群的数字用闪光的黑色翅膀飞翔,朝她蜂拥而来,继而停留在她的头发里,爬上她的鼻子,钻进她的眼睛……当她惊醒过来后,发现自己出了一身大汗,空气中弥漫着金属腥味,而被子则胡乱地堆在她的脚边。

这种暴力和恐怖无所不在的想法震撼和搅扰着玛姬的内心。研究战争是一回事,亲身经历战争又是另一回事。*过去的我是如何看待自己人生的呢?* 列方程总是有意义的,因为数学是有秩序的,这就是玛姬一直都很喜欢数学的原因。然而现在事实已经相当明了——周遭的一切秩序全无,她感到异常空虚,同时还伴随着被欺骗与被掠夺的愤怒。

她下班前最后读到的那份报告使她的心纠结在一起:在入侵某个法国小镇后,纳粹党人命令犹太男人在他们的妻子和孩子面前站成一排,接下来逼迫他们脱下裤子,并剃掉私处的体毛。这是个灭虱程序——或者说是所谓的灭虱程序,而事实上这就是一个权力和羞辱的演习。这些可悲的犹太人屈服了,因为除此之外他们的选择不外乎两条:要么被船运送到某个集中营里,要么在街头被射杀。

更多地了解了这场战争的病态和扭曲的细节之后,玛姬的内心开始充满仇恨,这种仇恨还向她展露了她从前一直未能发现的深藏在内心深处的残暴一面。*我能杀死一个纳粹党人吗?* 她问自己。如果是在过去,她很可能会说"不能"。也许她会说"能",不过那只可能发生在不是你死就是我亡的境地下。然而今天她感到自己可以轻易地完成这一举动,事成之后她的心在唱歌,因为这意味着以牙还牙。她甚至可以设想出自己咄咄逼人而对方跪地求饶的画面……她突然醒悟过来,*我到底是怎么了?难道我正在变成一个丧失人性的怪物?*

这天傍晚,戴维领她外出就餐,他们去了一家政府赞助的英国餐馆,屋子里弥漫着炒洋葱和炸鳕鱼的香味。在侍者将他们的餐盘端上餐桌并离去之后,玛姬开始咨询戴维的看法。她极度渴望能有人将自己拉回到文明世界中,而戴维看上去无疑是最合适的人选。

"莫非这就是人类的邪恶本质?"他一边说笑,一边狼吞虎咽地吃着自己的咸牛肉土豆泥,"不过在现在这种时候,那倒是个挺欢快的话题。"

"我是认真的,戴维。我想你一定考虑过这个问题。"玛姬摆弄着自己的餐具，干而无味的香肠和土豆泥已经开始变冷。她很清楚，现在的她需要某种理性的视角。

“我的祖父母是德国犹太人，他们在19世纪80年代晚期移居到英国。但是，我还有一些亲戚，他们直到1937年才开始离开德国，所以他们只能逃往更远的地方，比如上海。现在他们应该还在那些地方。”

玛姬一时不知道该说什么才好，“戴维，我很难过……”

他下巴的肌肉抽动了一下，“起码他们离开了德国，相对比较安全。”

她假想着伊迪斯姑妈的遭遇——她被剥夺了本可以干一辈子的工作，戴着粉红三角形①臂章，被关进集中营……这一想就一发不可收拾，因为要想的东西太多太多。她抓住了戴维的手，“听到他们是安全的，我感到很开心。我对已经发生和正在发生的一切感到难过。”

“我也一样。”他脸上的表情难以捉摸，“而且有点进退两难。”戴维的亲人们的命运使得他苦恼到了何种程度，这是玛姬永远都无法真正理解的。

“还是回到你最初的问题吧，不，我不认为德国人天性邪恶。不过，我认为希特勒的确如此，而且他身边围绕着许多疯子，这些人很可能在成长过程中经常拔掉苍蝇的翅膀，或者淹死小猫，用来取乐。和老头子一样，我不相信什么所谓的贱民国家。我把这场战争视为我们与希特勒以及纳粹主义对抗，而不是与德国人对抗。”

“你为什么会这样想呢？”玛姬有些迷惑，她想象着爆炸的画面，还有戴维的家人，这一切都不可能从她的头脑中清除掉。

“必须使德国人感到他们不是受鄙视的人，他们拥有和制造了那么多值得钦佩的东西，他们从前的敌人必然乐意信任他们以及他们将来选择的新政府。接下来，我相信他们可以作出正确的选择。”

他吃完了最后几口食物，将刀叉放在一边，“德国给了我们歌德的《浮士德》，贝多芬的《欢乐颂》，巴赫的《D小调双小提琴协奏曲》，还有，还有……”他停下来思考了片刻，“醋焖牛肉，以及萨克大蛋糕……不过它们也许来自奥地利？”他摇了摇头，“不管怎样，我认为它只是迷失了方

① 倒转的粉红三角形是纳粹在大屠杀时期用于鉴别同性恋囚犯的标志。

向，并且是暂时的。”

玛姬回味着他所说的话，她很想知道他究竟是对还是错。也许那就是停止暴力仇恨的循环的唯一方法，但是那样做很不容易。“即使你的想法并不是完全不可能，但你是否真的意识到了，要想说服其他人——尤其是英国人和法国人——那是战后最好的一条路，这件事其实是相当困难的？”

“噢，是的。”他一边回答，一边从她的盘子里叉起了一片尚未动过的冷香肠。

“你是否真的认为你刚才所描述的观点就是唯一的解决方案，以避免未来的子孙后代无休止地重复战争？”

他露齿一笑，“我说服你了吗？”

“我能够理解你的思路，可这需要常人所不能及的悲天悯人的情怀，难道你不是这样认为的吗？”玛姬看着他的眼睛，“如果你继续这样，也许我不得不叫你‘圣戴维’①了。”

“他也是犹太人。”他美滋滋地说，“为什么就没有人记得这一条呢？”

. . . . ———.—— . .

圣徒教堂外面的木牌上用有裂纹的描金漆罗马字母写着：**你们当悔改，因为世界末日可能近在咫尺。**下面还有两排小字，内容是做弥撒和忏悔的时间。克莱尔登上陡峭的石砌台阶，拉开了雄伟壮观的铁铰链门。

教堂里面安静而空旷，成排的祈愿蜡烛摇曳着发出朦胧的微光，在墙上跳着影舞。侧坛上耸立着身穿勿忘我草蓝色长袍的圣母玛利亚塑像，她的头顶笼罩着一圈金色光环。

克莱尔用自己的手指在圣水中浸蘸了一下，在心口比画了一个十字，然后在木雕祭坛前屈膝跪拜。接下来，她沿着走廊前行，高跟鞋在黑色大

① 威尔士的守护神。据说，公元6世纪，圣戴维·森特在威尔士传扬基督教，当撒克逊人入侵威尔士的时候，圣戴维带领威尔士人合力打败了侵略者。因此，圣戴维被威尔士人尊称为“民族的守护圣人”，并且定他去世的日期3月1日为威尔士国庆日，即“圣戴维日”。

理石瓷砖上"咯噔"作响。她经过了几扇由红宝石色、蓝宝石色、琥珀色和绿宝石色交替相间而成的彩色玻璃窗,来到了一排深色木质忏悔室附近。这里的空气中弥漫着熏香的味道。

除了克莱尔以外,教堂里空无一人——这不足为奇,因为现在距既定的忏悔时间还有好几个小时。

她径直走向离祭坛最远的忏悔室,进到里面,然后在阴暗处坐下。

她静静地等待着,片刻之后,她听到了格子窗滑开的声音。

"你好,孩子?"一个低沉的男声在窗外响起。

"神甫,请为我犯下的罪过祈求上帝宽恕吧。"

之后便是长久的沉默。尽管此前她曾经多次来到这里做同样的事,克莱尔还是屏住了呼吸。

她终于听到了他的声音。

"你的罪已经得蒙宽恕。"忏悔室的灯被打开了。

"迈克尔!"她欣喜地喊道,脸上写满愉悦。

"是我,亲爱的。"男人回复道。

克莱尔将手伸到格子窗上,墨菲用自己的大手按住了她的小手。两人含情脉脉地对视了片刻,然后她咧嘴笑了笑。

"怎么了?"他深色的眼睛突然变得十分严厉。

"只是……我不能适应你现在的样子。"

墨菲穿了一件神甫的黑色长袍,戴着白领圈,传统的紫色圣带搭在他结实的肩膀上。"为什么?你不喜欢吗?"

"不,可是……你没感到不自在吗?你戴着领圈,却不是真正的神甫。"

"为了我们的事业,我还做过很多更糟的事情。再说……"他停顿了片刻,"这让前来忏悔的人很开心——英俊的神甫倾听着他们琐碎的小罪。我向你发誓,有些修女故意延长她们的忏悔时间,只是为了坐在黑暗中,并且……"

"够了!迈克尔!"

"你应该叫我墨菲神甫,孩子。"他的双眼再次变得严肃起来,"那么,你带来了什么消息吗?"

克莱尔深吸了一口气，“是的，我打入他们内部了。他们让我誊写一封信，并要求我用相同的笔迹填写信封上的姓名和地址。噢，那封信的内容看上去真是无关痛痒，绝不会引起别人的注意——关于天气和糟糕的伙食等等。但是，信中有暗语，说的是军队即将进入挪威。”

“既然如此，想必你应该为我准备了一份副本？”

“我把它记在心里，然后在安全后的第一时间就把内容写下来了。”她从自己的手提包里掏出一张纸，将它从格子窗下面塞了过去，“给你。”

墨菲专心致志地看着那张纸，“啊！我看出来了！干得好！德夫林会很高兴的。”

“谢谢你。”克莱尔说，“很明显，他们都是白痴，一群娇生惯养、饮食过量的英国小人。他们认为搞懂法西斯主义会使他们更有力量，但终究……”

“敌人的敌人就是朋友。”两人异口同声地说道。

墨菲补充了一句，“爱尔兰国防军的朋友是真正的朋友。”

克莱尔笑了，“我总是喜欢听到这样的说法，它听起来比爱尔兰共和军顺耳得多。”

“如果我们想要实现我们的终极目标，那么我们将会需要纳粹党人的帮助。”墨菲说，“我们的终极目标是摧毁英国。”

八

玛姬沿着摄政街[1]往家走，这条街道上有很多商店，两侧的高楼有着统一的外墙装饰风格。她来到了有些古朴的波特兰广场，旁边就是摄政公园。但是，她无暇欣赏柔和晨光中的景色，战争的阴影笼罩着她，而她无法将其从脑海中驱除。

她再次重温过去一段时间里所发生的许多事情：富兰克林·德兰诺·罗斯福和罗斯福夫人仍然还是白宫的主人；金门大桥最终顺利建成；格伦·米勒的切分音之声在无线电广播里反复回响；毕加索的"立体主义"[2]和达利[3]的"超现实主义"[4]正轰动全球；大多数她所认识的波士顿女孩都迷恋埃罗尔·弗林[5]……战争该如何被引入这些情节呢？很明显格格不入，然而的确又是现实。纳粹德国空军随时可能将他们的注意力从军队转移到平民百姓身上，这意味着伦敦即将遭遇空袭。

---

① 1811年，年轻并热爱时尚的摄政王非常欣赏拿破仑在巴黎的城市规划，于是让著名建筑师约翰·纳什为其在从摄政王宫到摄政公园间设计一条全新的道路。纳什用了十年光阴，最终设计修建而成，这条宽阔且拥有漂亮、流畅大弧度的皇家大道——也就是后来的摄政街——如今已是伦敦最典型的时尚地标之一。

② "立体主义"是西方现代艺术史上的一个运动和流派，又译为"立方主义"，始于1906年，由当时居住在法国巴黎蒙马特区的乔治·布拉克与帕布洛·毕加索所建立。立体主义的艺术家追求碎裂、解析、重新组合的形式，形成分离的画面——以许多组合的碎片形态为艺术家们所要展现的目标。

③ 全名萨尔瓦多·达利，西班牙超现实主义画家和版画家，以探索潜意识的意象而著称，与毕加索、马蒂斯一起被认为是20世纪最有代表性的三个画家。

④ "超现实主义"是在法国开始的文学艺术流派，对视觉艺术的影响深远，于1920年至1930年间盛行于欧洲文学及艺术界。它的主要特征是以所谓"超现实"、"超理智"的梦境、幻觉等作为艺术创作的源泉，认为只有这种超越现实的"无意识"世界才能摆脱一切束缚，最真实地显示客观事实的真面目。

⑤ 澳大利亚男电影演员、编剧、导演、歌手。在他主演的电影中，较著名的有《侠盗罗宾汉》《铁血船长》等。

玛姬努力让自己不去关注巨大而平庸单调的巴洛克风格灰色大楼与亮红色的电话亭，以及大红色的双层巴士之间所形成的鲜明对比。她欣赏着典雅大方的黑色出租车，还有五彩缤纷的街角酒吧。不过，最重要的是，她非常喜欢伦敦层层叠叠的历史——浓缩了丰富背景的诗歌、戏剧、政治主张和宫殿。

她开始回忆，感觉到了一丝刺痛内心的耻辱——她最初甚至完全没有考虑过英国被牵涉进战争的可能性。她只是模糊地知道德国吞并了奥地利，接下来是苏台德区。相反，她一直在考虑自己的事：因为被迫改变了就读于研究生院的原本非常详细的计划，她感到非常恐慌。

当她在1937年夏天来到伦敦，因此而没有开始麻省理工学院的博士课程时，她感到这一决定是个绝对的错误。这件事违背了事物发展的正常秩序，她之所以会被数学深深吸引，很大程度上就是因为秩序。“什么是真理？什么是美？”在文学课上，学生们常常被问及这类问题，至于答案，自然是花样百出，既不明确，也不统一。但数学不一样，总是只有一个答案，而且总是可以确信这唯一的答案是绝对正确的。什么是真理？真理就是唯一正确的答案，是可以被证明的。什么是美？美就躲藏在精确的证明过程中。每当她做数学练习题的时候，复杂的数字被拆开，重新排列，然后再度组合……神秘被一点点地揭开，直到最终答案跃然纸上，一同到来的还有令人满意的成就感。

数学讲究优雅，合乎逻辑，可以预见，而且很适合计算纷繁复杂的生活。借助数学，人们可以寻找到协调、稳定的秩序，而玛姬本人，则拼命想得到秩序。这是有原因的：在某个晴朗的下午，当一辆车撞上另一辆车以后，她的双亲顷刻毙命，而她的整个人生被永远地改变了。如果是信奉弗洛伊德心理学的人，绝对无法理解她为什么会如此喜爱数学。①

当玛姬走向那栋房子时，她被它身上那种已经褪色的庄严给深深触动了。她开始想象她的父亲和伊迪斯姑妈沿着同样的街道步行回家的情景，她开始想象自己的祖母——她是谁，她有着怎样的人生。玛姬眼前突然闪现出圣诞节期间的伦敦景象，还有贴着英国邮票的信封，接下来是她

---

① 弗洛伊德心理学更注重人类原始的潜意识，而不是后天经历的影响。

父亲和母亲的故事……然而当伊迪斯姑妈决定切断与霍尔普祖母的联系以后,一切都消失了。玛姬脑海中的画面转换成了祖母孤独终老的样子,这使她感到有些愤怒,因为伊迪斯姑妈经常在有意无意间否定祖母。她为什么要这样做?玛姬想道,这并不是她第一次有这种想法。

玛姬意识到,对于伊迪斯姑妈来说,那件事突如其来,一定令她感到局促不安,甚至难以应付——她发现一个小婴儿需要分享她狭小的教员宿舍。不过,幸运的是她还是设法应付过来了。在玛姬长大些以后,她们开始真正地相互喜爱——也许不是以母亲和女儿的情感方式,而是两个性情相投的人,共同着迷于静静地追求知识学问。伊迪斯姑妈鼓励玛姬一心向学,她还说一旦获得学位,找到工作,玛姬就能得享"自由"。

玛姬选择了数学专业以后,伊迪斯姑妈看起来放心了不少。数学是她可以理解的事物,而她本人也很偏爱实验室里的煤气灯,略被烤焦的记事本,以及化学元素周期表——对她来说数学和科学远远胜过现实生活中混乱、复杂、无法控制的可变因素。"至少当你在实验室里使物品爆炸时,你可以弄清楚自己错在哪里。"她故作严肃地告诉玛姬。

玛姬一直都把伊迪斯姑妈视为伊丽莎白女王——有权威并且孤独,专横傲慢并且忧伤。在成长过程中,她有意识地从来不提出任何要求,有意识地尽可能少地妨碍和扰乱伊迪斯姑妈的生活。其他同龄女孩也许会吵闹着想得到新衣服,抱怨自己没能去想去的地方旅游,或者不得不帮忙做饭……她感到她的同龄人活得混沌麻木,难道他们不知道自己存在的成本——不论是经济上的还是情感上的?难道他们从来没有担心过,照顾他们的人有朝一日会受够了?难道他们看不出来,忿恨与怨愤会多么容易滋生,并且蔓延?

她所知道的仅仅是最基本的事实:她的父亲埃德蒙·霍尔普是伊迪斯姑妈的哥哥,是伦敦政治经济学院的一名教授。她的母亲克莱拉是他的妻子,是一名有造诣的钢琴师。在玛姬刚出生后不久,他们双双死于一场车祸。"就像新婚燕尔一样!他们过度专注,居然在交通灯前停下来亲吻,忽略了周围的东西。"她曾偶尔听到伊迪斯姑妈提起这件事,语气无比柔和。不过,她从来都不知道关于祖母的任何事情。

"什么?我有一个祖母?而你在这二十二年以来一直'忘记'了告诉

我这件事?”玛姬曾半开玩笑地问道。但是伊迪斯姑妈脸上的表情非常坚定,意味着这并不是一个玩笑。

“我们互不联系。她不赞成我……我人生中作出的某些决定。”伊迪斯姑妈边说边假装拉扯裙子上的线头——事实上那里什么也没有。谈话的地点是伊迪斯整洁、堆满了书的办公室,这间办公室位于威尔斯利学院科学馆内,后者是一栋深红色的砖砌建筑,外墙上覆盖着光滑的绿色常春藤。“她……嗯,这是个很长的故事,而且很早以前就结束了。”

玛姬沉默了,但并没有停下思考。

“玛格丽特,你还好吗?”尽管伊迪斯在美国居住了差不多三十年,她的口音仍然保持着清脆快速的英国腔。玛姬坐在伊迪斯姑妈的办公桌前,身体靠着椅背,一言不发。现在是六月末,窗外的天空很蓝,形态各异、千变万化的云朵快速移动着。一个*祖母*?她的心很乱,双手冰冷而黏湿。

“是因为奥莉芙吗?”奥莉芙·柯林斯是威尔斯利学院的一名经济学教授,有人将她和伊迪斯姑妈的关系称为“波士顿的婚姻”①。

伊迪斯姑妈忽略了这个问题,“你的祖母把一切都留给了你。我已经让我们的律师戴维斯先生仔细检查过她的遗嘱。看上去遗嘱中并没有太多与钱有关的条款,不过,她将她的房子留给了你……”玛姬脸上一定露出了惶惑惊讶的表情,以至于伊迪斯姑妈停顿了片刻才说完后面的话,“房子在伦敦。”

“那么……”玛姬在脑海中拼命搜寻合适的言辞,但是一无所获。她一时语塞。

“依我看,最好的做法是卖掉那栋房子,然后将钱存入你的研究生学习账户。戴维斯先生介绍了一家伦敦当地声誉很好的房地产中介。”

“你要去伦敦吗?”对玛姬来说,这件事就和刚得知自己遗失多年的祖母的消息时一样震惊。而且,伊迪斯姑妈要离开她去伦敦,这实在是使她紧张不安。玛姬很少离开校园,更没有离开过威尔斯利镇。在她眼里,

---

① 两名女性长期共同居住在一起,但并非专指女同性恋。1886 年,美国作家亨利·詹姆斯在描写两个未婚女人长期居住在一起的小说《波士顿人》中,使用了“波士顿的婚姻”这一说法。

波士顿就好像在海外,而伦敦则相当于外太空。

“不。”她表情严厉地说,“不是我去,是你去,毕竟财产归在你的名下。有时候我会感到内疚,因为你和我一起生活实在是有些狭隘,而你对于你父母长大的地方则完全一无所知。在伦敦待上一段时间,对你会有很大好处。你就把这段旅程当成在国外度一年假吧。”

一年?推迟一年入学?这怎么可能?接下来,她突然想起了什么。伦敦……英国……那里可是艾萨克·牛顿和莎士比亚的家乡,大本钟和白金汉宫的所在地。那里是她一直想去的地方——不过是将来的某一天,而不是现在,也不是一整年那么久。

“我想我不能去伦敦。我……秋天我就得去麻省理工学院报到了,你知道那是多么重要的事。”一个死去的祖母?不,不,不,这完全没有包含在我的计划之中。

“你只需要办理推迟入学手续,顶多推迟一年,玛格丽特。戴维斯先生认为,有人代表家族去到伦敦,对房产进行评估,将屋子打扫干净,监督房屋的售卖,这些事都是非常重要的。我不相信有哪家中介可以在没有销售方成员在场的情况下,将房子卖出最好的价格。我已经同麻省理工学院的院长亲自交谈过了,你明年秋天再登记入学,不会有任何问题。”

不可能!如果这个律师认为这样做很重要,那就让他自个儿去好了。但是当玛姬看着伊迪斯姑妈的眼睛时,她知道争辩是毫无意义的。在那一刻,玛姬真的很恨自己的姑妈。

“跟你说实话吧,玛格丽特,现在我们经济有些紧张,比我之前告诉过你的还更加紧张。我需要——你也需要——卖掉那栋房子,以此来支付你在麻省理工学院的学费。我知道这个事实令人很沮丧,但是从另一方面看,这栋房子是天赐之物。”

噢!这样一来情况就不同了。当她在威尔斯利学院求学时,学费难题从来都未曾浮现过。不过她很清楚,麻省理工学院将是截然不同的另一种环境。寥寥无几的奖学金和屈指可数的助教职位是轮不到她头上的,那一切都是男人们的专利。但是,英国那边是不是也是这样呢?“我还是不明白,为什么必须要我亲自过去,我们能不能就让那个律师……他叫什么来着?”

“戴维斯,你可以称他戴维斯先生。”

“那么,就让戴维斯先生一个人去英国卖房子吧。为什么非得要我去那里?”

伊迪斯姑妈叹了口气,这不是什么好兆头。“玛姬,我们后来发现,在你祖母的遗嘱里有一项条款,指定了必须由你亲自决定卖出房子,而且你必须亲自监督售卖过程。我用尽了一切办法,试图让你不用牵涉其中。但是法律无情,看起来……”

“你用尽了一切办法?”玛姬被这个过于明显的事实给触动了,“你本来不准备告诉我的,是吗?你原本打算自己卖掉房子,然后帮我交学费,让我以为那是你的钱。你根本没想过将我还有个祖母,以及她刚刚死了的这些事实告诉我,更不用说她在遗嘱中将房子留给我这件事了!”她震惊地看着伊迪斯姑妈,“我真不敢相信!”

“玛姬,有很多东西是你无法领会的。我只是……只是不希望让你被这些不愉快的事情所搅扰。”

“不愉快?这就是你对眼下形势的总结吗?一个‘不愉快’就把我给打发了?我想霍尔普祖母之所以在遗嘱中列出那个条件,一定是因为她知道你会就她的事对我撒谎。很遗憾,你果然这样做了。”

伊迪斯低下头,看着自己的双手。它们很瘦,甚至有些干枯。在傍晚的阳光下,散布在手背上的雀斑和老年斑十分明显,皮肤下面凸起的静脉颜色很深。她从来不用手套……玛姬在某一刻对她产生了同情。但是玛姬很快冷静下来——她撒谎了,对于玛姬除了她以外还有其他家人健在的这一事实,她居然守口如瓶。即便是祖母去世,她也没有说真话。如果可以的话,她一定会对遗产的事也撒谎。

“听着,我现在已经是一名大学毕业生了。难道你不认为现在是时候把我当作一个成年人来对待了吗?”

“我非常清楚你的年龄,玛格丽特。如果你希望我像对待成年人一样对待你,那么你就应该先让自己的言行表现得像一个成年人。除非你去伦敦将房子卖掉,否则你就不能去麻省理工学院报到。很遗憾,但是事实就是这样。”伊迪斯一本正经地说。

“好吧。”玛姬将双臂交叉在胸前,“我会去看房子,挑选一两个茶杯留作纪念,然后卖掉那个地方。你确定麻省理工学院会保留我的位子吗?”

“是院长亲自承诺的。”

她直勾勾地盯着伊迪斯姑妈的眼睛,“我决定了,我会去的。”

接下来她的确这样做了。

. . . . ———.—— . .

然而,那一年玛姬来到伦敦以后,房子卖得并不顺利。榆树叶已经变黄,可房子还没能卖出去,玛姬禁不住开始担心。这栋建筑物很快就变成了她沉重的负担,在它的飞檐和圆屋顶下面,她感到自己是一个被囚禁的傻瓜。在大西洋的彼岸,一切都是可以预见的,一切都是正常运转的,她的学校第一次在缺少了她的情况下开学了。玛姬感到非常不安,如果她没有待在教室里,也没有伏案解决数学问题,那么她还是谁呢?

当然,她不得不留在伦敦,因为她别无选择。随着战争警报的拉响,以及接下来的英国正式宣战,没有人还有兴趣购买这样一栋巨大的老式别墅,以及它过时的框架、锈蚀的水管和漏水的天花板。屋子内部,沉重而复杂的维多利亚式装饰毫无用处,被烟熏得变色的壁纸,还有积满灰尘、被虫蛀坏的丝绸织物……总之一切都显得无可救药。

那年秋天,她真的很寂寞,经常独自一人在大房子里“咯噔咯噔”地走来走去。无线电广播是她无聊时的好伙伴,每当看到邮递员的身影,她都会缠住对方,询问有没有来自家乡的信件。

与此同时,她难以自抑地对这个地方感到感伤。这里曾属于她的祖母,而现在——无论她眼里的伊迪斯姑妈是多么的残忍和可怕——这已是玛姬的房子了。她翻箱倒柜,找到了一些泛黄起皱的信件,是她父亲在战争时期寄给她祖母的。在其中的一封信里,他描述了他和玛姬的母亲第一次见面时的情景——对玛姬来说这是她自己在其他地方永远都不可能探究到的家族历史,因此她很感激自己有机会这样做。她控制不住地四处张望,很想知道如果她作为一个严格意义上的英国女孩在伦敦长大,她的生活会是怎样——有双亲和一个祖母,很可能还有一些兄弟或姐妹。

那些信件——以及这栋房子——是玛姬与她自己的另一种可能的人生之间的唯一纽带。

但是卖房子依旧是一个艰难的历程。首先，天花板必须得修好。随着天花板维修工程的进行，她眼睁睁地看着她从父母那里继承的一小笔钱——那笔钱从前是被伊迪斯姑妈慎重地投资和保管着的——逐渐变少甚至消失，内心的焦虑无以形容。当一个破损处被修补好之后，另一个地方又产生了新漏缝……玛姬安慰自己，这些被花出去的钱还能赚回来，只要卖掉房子，一切难题都解决了。不过，在凌晨的时候，要让自己别为这些事情忧虑，终究还是非常困难的。

玛姬逐渐发现，这栋老房子相较伊迪斯姑妈的房子，还是有一些舒适便利之处的。傍晚时分，她可以在木质餐桌旁柔和的灯光下安静地阅读或写日记，还能做一些练习题，同时收听着无线电广播里的《还是那个人》[①]。

厨房在19世纪末被翻新过一次，地板被铺上了蓝色和黑色方格图案的瓷砖，墙壁被漆成了淡黄色——可惜早已被角落里的小火炉日久年深的炊烟所污损。窗户上挂着印染了淡雅花草图案的棉布窗帘，窗外是一座后花园，里面长满了野草和粉红色的茶香味月季花。

在这间厨房里，玛姬开始感觉到了家一般的舒适。她可以听着无线电广播煮咖啡，也可以一个人坐在陈旧的圆餐桌前，一边读书一边吃饭。尽管她确信祖母的在天之灵会因为她随意的美国化生活方式而感到惊骇，但独自一人待在如此大的房子里，偶尔还是会感到害怕。

尽管很难想象，不过在来到伦敦后的几乎一整年时间里，玛姬都是独自居住的。这种情形一直持续到佩吉辞去了肯尼迪大使那边的工作，搬来与她同住之后才开始有所改变。接下来是查莉，然后是双胞胎姐妹，最后是萨拉——她是上周才搬进来的。

玛姬取出沉重的铁钥匙，打开房门，进到了祖母的房子。她在地垫上擦了擦鞋底，然后抬头一看，前厅的景象依旧让她感到十分震撼：一段华丽的螺旋楼梯俯视着门厅，左手边是一间大餐厅，右手边是客厅。一扇装

---

① BBC于“二战”期间播出的一档非常流行的与战争相关的广播节目。

有彩色玻璃的滑动门——上面有孔雀的图案,由亮蓝色、翠绿色和紫罗兰色组成——将客厅一分为二。

与客厅相邻的房间是两层楼高的图书室,顺着木质阶梯可以通往二楼。房间里还有一把弯折梯,用来取放搁置在高处的图书。书架明显不够用了,因为每一面墙从地板到天花板都堆满了积满灰尘、皮面装订的图书。角落里摆放着一张巨大的樱桃木书桌,覆盖着保护套的长沙发和椅子四处散乱着。房子的其他地方堆放着卷起来的破旧的波斯地毯和中国地毯,以及很多幅画着雾色朦胧的绿色英国乡村的油画,还有落满灰尘的维多利亚时代小摆设。

一听到玛姬进门的声音,穿着一身深蓝色夹棉睡袍的佩吉立即跑了过来,紧接着在玛姬脸颊上匆匆一吻。"嗨! 亲爱的,你现在一定累坏了吧!"佩吉边说边给了玛姬一个大大的拥抱,玛姬感觉到佩吉的睡袍散发着一股甜香味。

玛姬放下自己的皮革手提箱,跟着佩吉走进了厨房,双胞胎姐妹一见到玛姬,立即热情地跟她打招呼。"你们太亲切了。"玛姬对她们三人说道,"如果没有你们的话,我该怎么办呀?"她坐进一把陈旧的木质椅子,叹了口气,然后怀着感激的心情环顾四周。空气中弥漫着烤饼干的味道,香气扑鼻。

这时,穿着大红色绸缎睡袍的萨拉走进厨房,她的步履有些蹒跚。

前不久,萨拉的合租者结婚了,从此不再跳舞,而且搬离了伦敦。萨拉搬过来与玛姬同住,她选了二楼一间粉红色的小卧室,夹在玛姬和佩吉的卧室之间。大多数时候,玛姬甚至无法觉察到萨拉的存在,因为后者实在是太忙了。萨拉通常在天还未亮时就离开住所去参加剧团的排练,接下来一整天都会耗在那里,据说她连吃个工作餐都得狼吞虎咽。到了晚上,一般都是演出时间,等她回到家中的时候,往往都已经是深更半夜了。

她搬过来的时候并没有带多少东西,基本上就只有一个手提箱,里面装满了衣服和一大袋缎子舞鞋与中缝长筒袜。"亲爱的,我是个吉卜赛人,所以我还能说什么呢?"她初次在新家见到玛姬时如是说道,并耸了耸肩。玛姬只有在星期一才能与萨拉真正地碰面,因为那一天是萨拉的休息日。

“玛姬！”萨拉用她那青蛙般的嗓音喊道，她的脸因激动而放光。玛姬留意到萨拉长长的棕色头发乱糟糟的，眼睛下方有化妆品的黑色污痕——头天晚上演出化妆的残留物。“亲爱的，你回来了！”萨拉继续说道。

“只是回来洗些东西，顺便再收拾一下，不过能见到你真好。事实上，我真的非常想念你们大家。”

佩吉说：“我在做烤饼，另外还有无所不在的‘国民全麦……’①”

“‘面包’……片。”安娜贝拉接话道，扮了个鬼脸。

“忘掉那些该死的炸弹吧。”克拉贝拉补充道，“空投一些面包片，砸死讨厌的德国佬。”

“还有自制草莓酱，原材料是我们自己在战时菜园里栽种的草莓。这里有一些茶水，对了……快看！”佩吉轻轻一挥手，拉开了冰箱门，“一个鸡蛋！是我们留给你的。”她小心地敲破蛋壳，将鸡蛋倒入了煮沸的开水中。

“谢谢你，佩吉。萨拉，你最近还好吗？威尔斯剧团那边有没有什么新鲜事？”玛姬一边问，一边为自己倒了一杯淡茶，茶水还很烫手。

“一切都很好，最近我们在排演《天鹅湖》系列双人舞剧，也许我很快就会被指定为女主角。”

“你的食物配给够吗？我想你在跳完舞以后一定饿坏了。”

“事实上，恰恰相反，我觉得我的体重好像增加了。很多跳舞的人都习惯于在表演完之后吃美味的牛排，或其他什么好吃的。当然，现在我们不能再吃上那样的东西了，所以我们就吃很多全麦面包，后来我就发现自己的身体发福了。”

佩吉轻轻地戳了戳自己的腰部，“我也是这样的，我能感觉出来。我可怜的腰围啊，这是战争带来的另一场灾难。”她将荷包蛋和烤面包片盛进盘子，放到玛姬面前。蛋黄很烫，而且稀软，上面撒满了盐和黑胡椒粉。

“那么，安娜贝拉，克拉贝拉，你们俩最近在做什么呢？”玛姬问道。

---

① “国民全麦面包”是“二战”期间开始在英国流行的以全麦面粉制成的面包，富含钙质和维生素，这种面包之所以能在英国流行，本质上是缘于战争期间白面粉短缺。

“像往常一样，我们都在女王剧院里忙碌。”安娜贝拉回答说。近段时间，由英国女作家达夫妮·杜穆里埃撰写剧本的《蝴蝶梦》正在上演，男女主角分别是欧文·奈尔斯和西莉亚·约翰逊。安娜贝拉在剧中饰演一名年轻的女佣，而更害羞的克拉贝拉则是演出服供应商的助手。

“现在每天打烊的时间更早了……”安娜贝拉说。

“所以我们有时间成为红十字会的志愿者，帮忙沏茶，并将巴思甜面包分发给圣保罗守护者。”克拉贝拉再次帮姐姐结束了整句话。她所说的“圣保罗守护者”是一群自发组成的志愿者，致力于在空袭时拼死保卫圣保罗大教堂。

“约翰加入了圣保罗守护者的队伍，你知道吗？”安娜贝拉一边说，一边用手摆弄着一绺头发。

“设想一下——他既要做这个，同时还得为首相工作。”克拉贝拉补充道。

“尽管他有点严肃……”安娜贝拉起了个头。

“可我们俩都觉得他非常英俊。”克拉贝拉完成了这句话。

玛姬感到十分恼火。两姐妹几乎不认识约翰，她们有何资格这样谈论他，尤其是安娜贝拉。“他需要理发。”玛姬草率地说，紧接着咬了一大口鸡蛋吐司。

“不过，玛姬，你也是为首相工作的人。”萨拉说，“快给我们讲讲那里面的一切吧，一定很激动人心！”

玛姬有些茫然，不知道该从何说起。毫无疑问，她不能说出棺材制造的统计数字或官方预估的平民死亡人数，也不能说出她敲入打字机的其他机密文件的内容。“嗯……”

查莉慢悠悠地走进厨房，张开嘴打了个大大的哈欠，然后将套在自己庞大身躯上的睡袍稍稍拉紧了一些。奈杰尔有些羞怯地跟在她身后，他正在系上衣的第一颗纽扣。“早上好，女孩们！”查莉的声音低沉而洪亮。战争正式爆发后，查莉的生活态度变得更加“只争朝夕”，而随着奈杰尔的启程日期逐渐临近，他也愈加频繁地在这里留宿。

“你们好，女士们。”奈杰尔也向大家打招呼，与查莉相比，他更加沉默寡言。尽管女孩们都习惯了奈杰尔每逢休假便会在这里过夜的作息规律，可他偶然遇见她们当中的某些人时——尤其是在早上——总还是有点尴尬。也许他知道这栋房子的墙壁很薄，而查莉……她夜里的热情实在是难以控制。

“要茶吗？”克拉贝拉的语气略微有些冷淡，她对奈杰尔过于频繁的造访并不赞成。

“谢谢！”奈杰尔说。他拿起茶壶，为自己和查莉各倒了一杯茶。

“接着说吧。”玛姬继续刚才的话题，“首相办公室令人提心吊胆，那里的工作很乏味，很容易感到沮丧，不过……总的来说还好。”

“看来你很喜欢那里？”萨拉问道，她正将一小滴草莓酱均匀地涂抹在烤面包片上。

“是的。”

“这么说，你可以看到那里的所有东西？”查莉为自己加了一些茶水，略有所指地问道。

该怎么说好呢？“当你对口述进行速记的时候，根本没时间思考。他说得太快了，只要能跟上就已经很幸运了。”

“但是你一定可以偶然得知一些东西，比方说一些迹象、一些征兆，可以表明事态会如何发展……你应该知道我在说什么，比方说军队。”查莉问道，“再说详细一点，比方说英国皇家空军？”她说话时还紧张不安地看着奈杰尔，而后者紧紧地握住她关节粗大的手掌。奈杰尔已经完成了基本训练，开始尝试着出一些飞行任务，地点是一个离伦敦不算很远的军事基地。只要一休假，他就会立即赶回伦敦，与查莉黏在一起。

“听着，我什么都不能说，希望你能理解。”玛姬的语气很柔和。

“玛姬，我保证什么都不会说出去的，求你了。”查莉在胸口画了个十字，然后将右手举起。

“那么，我可以告诉你一点点……”

“太好了！”查莉赶紧将耳朵凑了过来。

“这可是最高机密！”

“什么？是什么？快告诉我，我等不及了！”

“嗯……我想说的是纳尔逊，它是丘吉尔的猫，它在破译德国人的密码方面扮演了重要角色。”

双胞胎姐妹"咯咯"直笑,"哦,我们应该养一只猫!"安娜贝拉大叫道。

"是两只!"克拉贝拉说,"它们可以成为……"

"好姐妹!"两人异口同声地喊道。

查莉恼怒地咬牙切齿,"那么谁来给它们喂食?谁负责清理它们的粪便?空袭来临的时候,谁去照顾它们,嗯?"

"我讨厌猫。"佩吉说,"而且我容易过敏。但是玛姬,他能得到你这个人才真是幸运,我希望他能赏识你。"

"你说纳尔逊?那是当然的!还有,这年头丘吉尔的宠物比大多数伦敦人吃得还好。"

佩吉"哼"了一声,"我说的是丘吉尔先生,傻瓜。因为如果他不赏识你,那我自己就要去唐宁街10号毛遂自荐,到时候休怪我无情啊。"

奈杰尔露齿而笑,并和查莉对视了一下。"看来我们得当心点呀。"他打趣地说。

"你是我的好朋友。"玛姬边说边拍了拍佩吉的手臂,"不过说真的,这没必要,至少现在还没这个必要。"

早餐结束后,查莉将奈杰尔送到前门,两人长时间地吻别。奈杰尔离开后,查莉消失在了楼上。佩吉和萨拉开始清洗盘子,而双胞胎姐妹则忙着看最新的《闲谈者》①。

玛姬回到前厅,却寻不见自己的手提箱。"你们有人看到我的手提箱了吗?"她朝着厨房喊道,"我确信我回来时把它放在门边的。"

厨房里面的每个人都响亮地给出了否定的答案。

玛姬非常困惑,她走上楼,听到查莉的房里有些动静。她没敲门就打开了房门,结果看到查莉在床上打开了她的手提箱,正翻找着里面的物品。

"噢……玛姬。"查莉的脸红了,"我只是在想,也许我可以帮你洗些东西,我知道你最近很累……"

玛姬的手提箱里并没有什么重要文件,但是她迅速走上前去,一把夺

---

① 英国期刊。

下了箱子。

“谢谢你,查莉。”她冷冷地说,这种隐私受到侵犯的感觉令玛姬很不舒服,“不过真的没必要。”

九

那天晚些时候，萨拉邀请玛姬去威尔斯剧团看她们的舞蹈排练和预演。舞蹈演员们一个接一个地漫步走进一个巨大的硬木地板房间，四面都是镜子。玛姬坐在房间边缘的一把折叠椅上，空气中弥漫着并不令人讨厌的新鲜汗水味与古龙香水味。

看着他们轻盈的体形，玛姬愈发感觉自己笨拙而庞大，就像童话里的爱丽丝喝了奇境中那个瓶子里的水一样。一个年长的男人坐在一部看起来很破旧的竖式钢琴后面，开始弹奏乐曲。与此同时，这里的舞蹈老师——一个体格魁梧，有着一双涂了黑色眼影的大眼睛，戴了一块黑色头巾的女人——审视着这群演员，嘴里喊出节拍："5，6，7……"

这些舞台背后的女孩们个个都是荒谬的华丽，她们穿着紧身衣和短裙，长腿裸露着，脚上是磨损严重的粉红色缎子舞鞋。萨拉穿了一套缝补过的黑色紧身连衣裤和褴褛的暖腿套，她用一根条纹罗缎丝带将头发扎到脑后。这里的男人屈指可数，他们穿着黑色短裤和白色衬衣，以及黑色的舞鞋。现在，每个舞蹈演员都拉着扶手杠做拉伸练习，他们双脚的动作变得越来越快，最后使得玛姬感到只是看着他们就会觉得眩晕。

简单平淡的基本功动作练习结束之后，演员们开始以复杂的组合舞步跑跳着穿过房间的对角线。萨拉也在其中，她的精确度和力度都非常均匀，恰到好处。就这样看着他们，真是一件非常快乐的事情，玛姬能够看出他们在工作时是多么的努力。这种艺术表现形式的要求如此之高，而他们看上去却如此自由，不受约束。

排练结束以后，一个身材高挑，脸形瘦长，有着一双深邃黑眼睛的男人拍了拍手，"好了，现在……嗯，谁留下来彩排呢？当然是玛戈特和迈克尔，其余人可以休息了，不过需要参加今晚演出的人得留下。"舞蹈演员们纷纷跑向他们的舞蹈包，并将包搭在肩上，谈笑风生地离开了。被要求留下来的那些人，有的坐在地板上休息，有的去到扶手杠旁边，继续做拉伸练习。

萨拉走向玛姬，因为排练已经结束，她的步伐不再像芭蕾舞女演员，倒更像一名拳击手。“你觉得怎么样?”她一边问，一边打开自己的舞蹈包，取出一条毛巾，抹掉了脸上的汗珠。

“实在是妙不可言。”玛姬说，“如果让我试着尝试一下那些动作，那我一定需要接受牵引治疗。”

“没那么严重。”萨拉被逗笑了。

“桑德森小姐。”高个子男人喊道。玛姬扭头一看，只见他低着头，脸上的鹰钩鼻十分明显。他穿着卡其色长裤和白色亚麻衬衫，领口开得很大。“是谁允许你带访客来参观排演现场的?”

玛姬赶紧站起来，准备离开，但是萨拉只是淡淡地笑了笑，“噢，得了吧，弗雷德。这位是我的室友玛姬·霍尔普，她只是很好奇，想知道我们这些舞蹈演员一天到晚都在干些什么。”

男人走近她们，玛姬伸出右手想同他握手，但他却将她的手拉到唇边，亲吻了一下。“很高兴见到你，霍尔普小姐。我是弗雷德里克·艾什顿[①]，也许萨拉曾经在你面前提起过我。”

真的吗?“哦，是的，没错，当然。”

他清了清嗓子，怒视着萨拉，很明显是因为她刚才对他不够尊重。“我是个舞蹈编导。”他边说边深深鞠了一躬，“我活在世上，就是为了编排舞蹈。”

“可你却不能以此谋生，真是太遗憾了。”一名男演员在扶手杠那边喊道，紧接着其他舞蹈演员们都跟着“咯咯”地笑了起来。

“肃静!”艾什顿有些不快地喊道。所有舞蹈演员听了这话，全都乖乖地回去继续练习了。“霍尔普小姐，今天你将有幸目睹艺术是如何实现和拓展的。”艾什顿说，“我要做的首先是让自己熟悉音乐。今天这个表

---

① 英国著名芭蕾编舞大师，英国皇家芭蕾舞团总编导和艺术指导，该团保留剧目中约有三十部舞剧系他所编。本书提到的维克·威尔斯芭蕾舞团就是皇家芭蕾舞团的前身。

演的配乐是我们自创的蓝伯特舞曲,我根据音乐节奏的变化,对戏剧的场景和舞蹈进行分解,通常我把这个过程称为'搭脚手架'。"

"我们更喜欢称它为'中国式水刑'[①]。"萨拉喃喃自语道。

艾什顿将脸转向萨拉,略微露出笑意,"那么,桑德森小姐,既然你有如此多的能量,何不向你的朋友展示一下舞台舞蹈的过程呢?"萨拉耸了耸肩,走回到房间中央。其余的舞蹈演员已经戴上了暖腿套,穿上了毛衣,懒散地趴在扶手杠上休息。"我最主要的职责是为舞蹈演员安排配乐,然后让他们将动作展示给我看。"艾什顿说。

钢琴师开始演奏,萨拉用不同的舞步跳动起来,"我的舞蹈可以让我扮演一些东西,也许是拟物的形象。"她边跳边说,"比方说一个喷泉,或者一只正在飞行的鸟。"萨拉的舞步变换着,她果真将自己的话语融合进了舞蹈动作中。艾什顿朝萨拉走去,根据音乐适时地帮助她调整两只手臂的动作细节,就好像他自己是个雕刻家。

尽管萨拉刚开始展示时带着顽皮的表情,但是玛姬却可以感觉到她现在已经完全专注于其中。当音乐结束后,舞蹈可能还没有完成,不过刚刚过去的那段时间里的确显露出了一些艾什顿可以调整和改善的细节。"如果你往舞蹈动作里添加多余的元素,那叫画蛇添足。化纷繁为凝练,去冗除杂,才是大师之笔。"他说完后又叫来了另外几个女孩,让她们与萨拉一起重复刚才的舞步,而他则继续编辑。接下来,玛姬又有一个新发现:一支舞蹈还没有被创造出来,但整整一个小时已经过去了。终于,艾什顿拍了拍手,"好了,女孩们,今天的任务已经完成了。接下来的时间,我需要和迈克尔与玛戈特一道工作。"

玛姬随身携带着照相机,她本想在萨拉排练的时候拍下一些照片。但是,当她看到艾什顿工作得如此忘情如此投入,便觉得有些难为情,不好意思再照相。

---

① 中国古代酷刑的一种。实施水刑时,犯人会被放到一个专用的拷问台上。拷问台由长木架构成,中部突起,其中一端的设计类似颈手枷。所谓的水刑就是往犯人口中大量灌水。一种方式是利用漏斗,待到犯人身体发胀时,再施以拳脚或用其他方式"放水",而后再次灌水,直至犯人精神崩溃并招供为止。另一种方式是使用管子,尽可能深地插进犯人喉咙,而后慢慢注水,让他们饱受窒息之苦。

萨拉回到玛姬身旁，看上去精疲力竭，但是十分快乐。“我很快回来。”她边说边走向更衣室。玛姬来到外面的大厅，四处闲逛，欣赏着挂在墙上的照片：演员们都穿着戏服，照片底部的文字说明很详细地介绍了拍摄的时间和场合。其中一张照片里，艾丽西娅·马尔科娃与艾什顿是舞伴，后者看起来比现在年轻许多。另一张照片的主角是玛戈特·芳廷，她穿了一条漂亮的芭蕾舞短裙，被迈克尔·索姆斯举在空中。

萨拉从更衣室里出来了，她换上了灰色法兰绒长裤和红色开司米毛衣，并将舞蹈包搭在肩膀上，看上去颇像凯瑟琳·赫本。“今天我们不坐地铁了，穿过公园走回家，你觉得如何？”

“好主意！”玛姬说。她们步行经过了国王十字火车站和圣潘克拉斯火车站，来到了摄政公园。今天比较暖和，清朗的空气散发着新鲜的苜蓿味和肥沃的泥土气息。一阵清风沙沙地吹拂着绿色的橡树叶和榆树叶，它们随风轻轻摆动，露出了淡银色的背面。

公园里有一些正在散步的人，玛姬注意到了一对老年夫妇，他们相互紧握着对方的手，还有一个戴着黑色圆顶高帽、行色匆匆的男人，很快就消失在视线之外。全市的大多数宠物狗已经被送到乡下，或是用三氯甲烷杀死，因为狗的叫声很容易引起入侵者的注意。事实上，就连普通人也变得深居简出，公园里和街道上都比过去安静了许多。伦敦动物园里的蛇和其他爬行动物都被杀死了，大象和狮子则被转移到了更加安全的地方。自从英国宣战以后，这座公园就变得非常空旷，甚至可以说是暴露。

“这真让人难以置信，难道不是吗？”萨拉打开了话匣子，此时她俩正漫步在翠绿色、散发着金色余晖的草坪上，“多么美好的一天啊！这种时节本来很容易下雨的，伴随着咆哮的狂风的雷暴雨，可今天却如此晴好。这应该是史上同期最迷人的初夏，只可惜大家心中的负担太重，无暇欣赏周围的一切。”

玛姬取出照相机，拍了一些照片。“也许这就是‘感情的误置’①吧。”她边说边将镜头聚焦在草坪中央一棵孤零零的银色垂柳上，并把头发拂到脑后，以免一些被风吹动的发丝挡住镜头。

---

① 把自然界现象或无生命事物拟人化的文学手法。

“什么意思?”

“根据约翰·拉斯金[1]的说法,‘感情的误置’可以用来形容人的心情与天气一致时的那种感受。他曾说:‘那是一个伸手不见五指的冷雨夜。’”玛姬拍了几张照片,然后走得更近一些,试图寻找更好的拍摄角度。

“看吧,你是如此的聪明,玛姬。而我呢,我绝不可能像你和佩吉那样聪明,毕竟你俩都念过大学。我在这里评论天气,而你却引用了一个早已死去的作家的名字。说真的,你可真是令人望而生畏啊。”

一个聪明的女人……是的,这很有意义,就像动物园里的大猩猩很漂亮一样……“你在开玩笑吧?你可是赛德勒·维尔斯剧团的舞蹈演员,一个真正的艺术家。而且你是如此的光彩照人!相信我,我真希望自己能像你一样踮起脚尖旋转。”

“过奖过奖,不过听到你这样说,我真的很高兴。我从很小的时候就开始学跳舞了,当时只是为了听从医生的命令。我的母亲没有钱让我学跳舞,这是真的,但是我的膝盖无力发软,而且有扁平足,医生说我将来很可能不得不戴上腿部矫正器。不过,他提到了芭蕾,他认为芭蕾练习也许会对我的腿脚有些好处。”

腿部矫正器,小萨拉戴上腿部矫正器的样子……“我的天哪!”

萨拉感伤地笑了笑,“我只记得,当我听到‘腿部矫正器’这个词以后,我不但每周上一次舞蹈课,而且几乎是将醒着时的每一分、每一秒都用来练习舞蹈。很快,不再有人在我面前提及腿部矫正器这个玩意儿,而学校则将我列为奖学金特长生,优先录取。后来,当维克·威尔斯芭蕾舞团来到利物浦巡演时,我的老师写了一封推荐信给妮内特·德瓦卢瓦夫人[2],邀请她来学校观看我们上课。德瓦卢瓦夫人说我可以去伦敦,先在赛德勒·维尔斯学校学习,学校为我提供奖学金。那一年我十四岁,接下来我在十七岁的时候就成为芭蕾舞团的正式员工。所以,我没怎么上过文化课,更无暇顾及成家的事。我的人生只有芭蕾,真的,一直以来都是

---

① 19 世纪的英国作家、艺术家、艺术评论家 。

② 英国著名芭蕾舞编导和教育家,皇家芭蕾舞团创办人,20 世纪英国舞蹈界的灵魂人物。

这样。”

“但是你找到了自己真正喜爱的东西，并且有机会从事它，那一定是很美好的经历。芭蕾舞短裙、玫瑰花，还有那些英俊的小伙子……”

“芭蕾舞短裙上沾满了汗渍和补丁，玫瑰花是带刺的，大多数男人都是娘娘腔。你说得没错，那里是剧院，是众目睽睽的焦点。但是，那一切都是假象，没什么是真实的。”她们又静静地走了一会儿，其间听到一只小鸟停在很高的树枝上婉转鸣叫，然后又安静下来。“我牺牲了太多东西。”萨拉继续说道。

“嗯，那倒也是。”玛姬说，“你投入了大量的时间和精力，还得承受表演时的压力。”

“而现今尤其艰难，因为周遭正在发生的所有事情。”萨拉停下脚步，仰躺在柔软、散发着芳香的草坪上，盯着垂柳的枝叶。“我的意思是，我们正处于战争时期。纳粹党人已经占领了巴黎，他们随时可能入侵英国，届时炸弹将会从天而降。就算我们一直都在跳舞，扮演天鹅、窈窕仙女，或者其他什么东西，又有什么意义呢？一切都是荒谬可笑的，我真的很难过。”

玛姬和萨拉坐在一棵特别漂亮的老橡树下，从她们所在的位置望过去，可以看到公园的边缘，那里有一排庄严宏伟的黑色铁栅栏。她们还可以看到，有人正在拆除那些铁栅栏，然后将它们带回去熔掉，用于制造战争武器。在玛姬眼里，萨拉长长的脖子、阴郁的眼神都非常上照，于是赶紧将相机镜头对准了她。萨拉点了点头，继续凝望。

“听着，萨拉，我明白你的感受。”玛姬一边说话，一边按下快门，“如果你作出决定，想要去工厂制造子弹和飞机，或是其他任何东西，那么你应该知道佩吉和我会立刻跟在你后面。但是，你现在正在做的事情真的非常重要。你有真正的天赋，而且与大多数拥有天赋的人不同，你有机会将它发挥出来。我想说的是，这里很快就会变得非常丑陋，而你所从事的工作是非常美丽的。没错，它的确是假象，但是将来会有很多人需要看你们的表演，尤其是在他们面临空袭恐惧、需要四处躲藏的紧张时期，我也包含在其中。”

“你真是这样认为的吗？”萨拉说，“我所放弃的那些东西……很多时候我只是不知道那样做是否值得。”

玛姬放下相机，直视着她的眼睛，“这是我的真心话。”

“说说关于你的事吧。”萨拉突然问道，“我们住在一起，可我却不知道关于你的任何重要事情——除了你喜欢咖啡胜过茶水，还有你经常独占所有的热水。我很好奇，你是一个像佩吉那样的南方淑女吗？”

“啊哈，当然不是！快打消这个念头吧。”玛姬说话时模仿着佩吉的表情，逗得萨拉咯咯直笑。“事实上，我是从新英格兰[①]来的。”

“哦，真高兴你和佩吉最后来到了伦敦，尽管这里正在发生的事情不那么令人愉快。”萨拉站起身，拍了拍裤子后面的泥土，“而且我挺喜欢查莉的，不过那对双胞胎嘛……”

“她们真的搅扰得你很心烦？”

“没错！的确是这样！”

“你知道吗，今天早上，当我走进家门时，我将手提箱放在前门附近。吃过早饭以后，查莉竟然将我的手提箱拿到她的房间里去翻找。她说……她说什么想帮我洗东西。”玛姬看着萨拉，“你说我是不是太疑神疑鬼了呢？”

萨拉笑了，“查莉？一个间谍？简直不可能。也许她只是认为你最近工作很辛苦，真的想帮你一把。”

“可这看上去……侵犯了我的个人隐私，她居然翻查我的私人物品。”

“玛姬，你是独生子女，而那些与兄弟姐妹一起长大的人——比如像我这样的——并不会将自己的所有物看得过于珍贵。我说的是实话，希望你别介意。”

也许她说得对，玛姬心想。查莉在家里是老大，她下面还有六个弟妹，所以她很可能只是习惯了客串母亲的角色。

“顺便问一下，你去看过他们了吗？”

“你是说谁？”

---

① 新英格兰——当地华人常称之为“纽英仑”——是位于美国大陆东北角、濒临大西洋、毗邻加拿大的区域。新英格兰地区包括美国六个州，马萨诸塞州（麻省）首府波士顿是该地区最大的城市以及经济与文化中心。

“你的父母。”萨拉思考了一下措辞，继而补充道，“他们的坟墓。”

玛姬叹了口气，“还没有。我知道，我知道……其实我一直都有这个打算，但不知怎的……”

“去看他们会触景生情？”

“差不多是这样吧。我完全不记得他们的模样——但是不知怎的我一直希望那里是一片混乱……以及……”玛姬站起身来，拍了拍自己的裙子，“我很傻，是吗？”

“一点也不。”萨拉回复道，“我们是不是该回去了？”现在天色已经开始变暗，而当局警告过空袭很可能在晚上发生。

萨拉挽着玛姬的胳膊，两人迅速地走向住所。头顶上是灰暗的天空，夹杂着不安的沉默。

. . . . — — — . — — . .

“我不想被耍。”皮尔斯说，他的声音很低，混杂在菲尼斯咖啡馆不成套的瓷器与不洁净的餐具碰撞时所发出的“咔哒”声之中。这家咖啡馆是一个很小、很暗的狭窄房间，位置很好，就在牛津广场外面。窗户上贴满了黑胶带，遮蔽了外面的景象，而且使得房间内部更加昏暗。“我不想被你和克莱尔耍，也不想被……”

墨菲露出了他最灿烂的笑容。“我是墨菲神甫。”他边说边用手指摸了摸脖子上的白领圈。

“哦，墨菲先生。”皮尔斯的嘴角略微有些皱起，流露出了一丝厌恶的情绪。他拿起一个有着发丝状细微裂纹的杯子，看了一眼印在杯子表面的由紫色和金色花瓣组成的三色堇图案，然后喝了一口茶。“自从爱尔兰共和军正式对英宣战以后，你，还有你们这个组织的其他人，大家所实现的壮举是非常出色的。”

“我们把这叫做‘暗战计划’。”克莱尔说，“所谓‘暗战’，就是躲在暗处进行破坏活动。这是德夫林的主意。”

“很好，很好。”皮尔斯附和道，“所有这些发生在银行、地铁站台、火车站以及邮局的爆炸事件，使得民众非常恐慌。你们干得很棒，德夫林应该也很高兴。”

克莱尔笑着说：“你能这样想，我们很高兴。既然现在你已经知道我是谁——还有我们是谁——那么接下来让我们商量一下该如何合作吧。我们的看法是，目前最不利的事态进展就是张伯伦下台，而丘吉尔上台接管。如果伦敦被袭击，张伯伦政府很可能崩溃瓦解，但是丘吉尔……”

“他不过是个醉鬼。”皮尔斯咕哝道。

“但他绝不会不战斗就放弃。”

皮尔斯将双臂交叉在胸前，“那么你们的建议是什么？我们应该如何对付丘吉尔先生？”

“暗杀。这是第一步。”墨菲咧嘴笑道，“当然还有一些其他的恶作剧。”

皮尔斯扬起了一边眉毛。

“在我的帮助下，再加上你的资源，我们拥有最完美的阵容。”克莱尔对皮尔斯说。

“我很清楚‘星期六’俱乐部能为这场赌局带来什么。”皮尔斯说，“但你们的筹码呢？”

克莱尔前倾身体，对着皮尔斯的耳朵低声说话，她的呼吸温暖而潮湿，“我们正好与首相的一名贴身员工有联系。”

. . . . — — — . — — . .

1940 年 6 月 4 日[①]，玛姬已经用打字机录完了首相最新的演讲稿，她决定去下议院看他发表演讲。

她戴上帽子和手套，然后离开唐宁街 10 号，往下议院走去。她经过了一段陈旧的砖石路面，意识到有很多决定过英国命运的人曾经行走在她脚下这些物是人非的石阶上。进入演讲厅以后，她走上位于演讲者座位背后的公务员旁听席，并在戴维和约翰旁边找了个位子坐下。身穿深

---

① 1940 年 6 月 4 日，著名的敦刻尔克大撤退在这一天结束，总共有三十四万名英法士兵从法国敦刻尔克撤退到英国本土。

色西装、脸色苍白的男人们陆续走进演讲厅,到处都挤满了人,密得无法形容。房间里充满了人们相互交谈的“嗡嗡”声,其间充斥着紧张的气氛和潜在的恐惧。

除了下议院议员,这里还有新闻记者、外交官和民众。玛姬看到了哈利法克斯勋爵,他是英国外务大臣,即将成为上议院领袖。哈利法克斯勋爵一直以来还有另外一个身份,那就是抨击丘吉尔的批评家,此刻他耷拉着脸,面无表情。前美国驻英国大使约瑟夫·肯尼迪——另一个抨击丘吉尔的批评人士,绥靖政策的支持者——从美国赶来,坐在外交旁听席,他瘦长的脸上带着无法参透的神色。

首相走进房间,他先站立了片刻,等待人群安静下来,然后微笑着扫视听众席,挨个向目光所及之处的听众点头致意。

玛姬对今天的演讲内容烂熟于心,因为在此之前她已经打过无数个版本的修改稿。

首相在开头先提到了比利时的失败和法国的灾难,还有“德国镰刀”如何砍倒了那些国家的军队。他谈到了发生在布伦①和加来的令人绝望的战斗,所谓的表里不一的利奥波德国王②,还有敦刻尔克大撤退。

他高度称赞了军队、医护人员和平民百姓的勇敢。不过,尽管言语中充满了尊重和感激,但他还是非常清楚地表明了一个观点:“……我们应该十分谨慎,切不可将此解救成功说成是一场胜利。在战争中,胜利是不能靠撤退赢得的。”

他还盛赞英国皇家空军:“但是,在这次援救中却蕴藏着胜利,这一点应当注意到。这个胜利是空军获得的。归来的许许多多士兵未曾见到过我们空军的行动,他们看到的只是逃脱我们空军掩护性攻击的敌人轰炸机。他们低估了我们空军的成就。关于这件事,其理由就在这里。我一定要把这件事告诉你们。我相信,纵观整个世界,在人类战争史上,还没有哪个地方、哪个时期对于年轻人来说有着如此多的机会。圆桌骑士、十字军,一切都已经成为历史,不仅遥远而且平淡无奇。年轻小伙子们每天

---

① 法国北部港市。

② “二战”期间的比利时国王,全称是“利奥波德三世”。德国入侵比利时后,他下令被围困的部队投降。

早上出发，去到前线，保卫他们的祖国，还有我们所拥有的一切。他们手中握有强大的武器，发挥出令人震撼的力量。人们在提到他们时会说：‘每一个早上都会产生一个崇高的机会，每一个机会都会产生一个高贵的骑士。’他们值得我们大家去尊敬。还有其他所有身处各行各业的勇敢的国民，他们已经准备好，并且永远准备好，为他们的祖国献出自己的生命和一切。”

整个房间轰动了，人们赞同地喊道：“对极了！对极了！”

玛姬看着约翰，他的表情严肃而冷酷，于是她用手肘轻轻推了推戴维。“他还好吗？”她低声问道。

戴维耸了耸肩，低声答复道：“他有一个朋友在英国皇家空军服役，这个人的飞机在法国被击落了。有时候他感觉自己应该去前线，而不是待在白厅。”

“噢。”玛姬简短地应答道。*是的，这解释了很多。*

“有人对我说，希特勒先生计划入侵英伦三岛，这件事我们早就预料到了，过去也时常有人这么盘算过。当拿破仑率领他的平底军舰和大军在布伦驻扎了一年之后，有人告诉他：‘英国到处都有荆棘和蒺藜。’的确，自从英国远征军归来后，这种杂草当然就更多了。”

房间里回荡起一阵低沉的笑声，而就在几分钟之前，整个演讲厅看上去几乎没有人笑得出来。玛姬知道首相为了书写和修改那些台词，付出了多少心血，然而现在的他演讲得如此轻松，毫不费力，如同脱口而出那般自然。*典型的英国式幽默，她想，告诉希特勒先生，让他立即滚开。*

接下来，演讲再次变得忧郁，玛姬可以感觉到听众的氛围发生了明显的改变。人群完全寂静，随着首相说出每一个词，人们的呼吸几乎变得均匀一致。每一个男人，每一个女人，都会紧紧跟随他，并和他并肩作战——他们已经准备好了与他共生死。

毫无疑问，他将亲自奔赴前线。

“……尽管欧洲的大片土地和许多文明古国已经或即将沦于盖世太保及一切可憎的纳粹机构之手，我们也不会气馁，不会屈服。”

他不须要再进行更多的解释。他看着前方的人群，同他们目光接触，“我们要坚持到底，我们要在法国国土上作战，要在各个海洋上作战。我们的空军将愈战愈强，愈战愈有信心，我们将不惜一切牺牲保卫我国本土。”

整个演讲厅——无疑还有整个英国，每个人都抬起下巴，心跳加速。玛姬感到浑身一阵战栗，这是恐惧的战栗，其间也混杂着某种强大而古老的荣耀。

首相提高了嗓门，带着感情响亮地说：“我们要在滩头作战，在登陆地作战，在田野、在山上、在街巷作战。我们永不投降！”

听众高呼赞成，一些下议院议员饱含热泪，甚至连哈利法克斯和肯尼迪也有些动容。庄严而宏伟的英语从温斯顿·丘吉尔的口中吐露出来，拥有一种强大的力量，甚至连炸弹的威胁都可以被征服。玛姬的双唇静静地跟随首相默念出那些词句，因为她在打字时就已经对它们滚瓜烂熟。

“即使整个英伦岛被占，我们饥寒交迫——这一点我认为是绝不可能的——那时，在英国舰队守卫下武装起来的英帝国海外领地将继续斗争下去，直至上帝认为适当的时候已经到了，新大陆将挺身而出，以其全部力量支援旧世界，使旧世界得到解放！”

一位下议院议员从自己的座位上站起身来，缓慢而响亮地开始鼓掌。紧接着，越来越多的人跟着站了起来，加入到鼓掌者的行列，顷刻间整个房间都被掌声填满了。玛姬、戴维和约翰也站起来鼓掌，直到他们的双手发红疼痛。玛姬的心因激动自豪而狂跳不已，她感觉喉咙有些哽咽。

最后，首相离开了演讲厅，人们也开始陆续退出。玛姬转过头对戴维说：“你是对的，我打心底感谢你帮助我得到这份工作。”

十

克莱尔和墨菲躺在他那张狭窄的小床上，黑暗中只有一支蜡烛闪烁着发出阵阵微光。房间很简朴，墙纸已经开始泛黄，位于潮湿、发霉的天花板边缘的墙纸有些开裂和弯曲。厨房里传出了萝卜炖汤的香味，这是当晚的晚餐。

“墨菲神甫，你是在哪里学会那些本事的呢？”克莱尔问道。她的手伸进薄薄的旧被单和粗糙扎人的灰色毯子，抚摸着他光滑的胸膛。

“哦，上帝以他神秘的方式运作这一切，亲爱的。”他回答道，抚摸着她的头发。

他们静静地躺了一会儿，听着一对喝醉酒的夫妇从外面的走廊上经过。

待那对夫妇走远后，克莱尔对着墨菲的耳朵低声说道：“你知道吗，很多女人在和男人幽会时都会被人看不起，哪怕只是从头脑中涌现出与一个男人同在一间公寓的想法，也会使她感到丢脸。”

“可我不是别人，至少我希望如此。”墨菲亲切地说，将她柔滑的发丝拂到耳后。

“噢，当然不是。”克莱尔回答道，“你是我挚爱的迈克尔。”

“很高兴听到你这么说。”墨菲说，“现在变得更容易了，不是吗？我是说过着表里不一的双重生活。”

克莱尔翻了个身，仰躺在床上，展开四肢。“我也不知道。不过，每当我和你在一起时，我都感到自己充满活力。一想到我们的事业，再想到你，当然还有爱尔兰，这一切都太真实了。我的另一半生活纯粹是在装模作样，不骗你，那个女孩只是一个喜欢傻笑的傻瓜。”

“可她毕竟是你的一部分。”

克莱尔说:“当然,所以我谨慎地保留着我的人生——还有她的人生——中的很多基本事实,但是我遗漏了重要的细节。我那讲盖尔语的父亲,他目睹了无数反对我们的暴行。听过吉姆·奥·多诺万的演讲之后,我变成了爱尔兰志愿者当中的一员。接下来,我遇见了你,然后坠入爱河。”

“但是你一定很喜欢变成她——那个爱笑的女孩。”

克莱尔将右手越过墨菲,伸向床头柜,那里有一盒香烟。她取出一支,并用一个镶嵌了珍珠母的打火机点燃它,吸了一口,继而慢慢地吐出烟圈。“你说得对。不过我想说的是,起初确实很容易。”她又吸了一口,“但是接下来事态改变了,张伯伦对德宣战,而那个讨厌的男人居然成为了新首相。”

“从某种程度上说,那也是意外获得的幸运。”

“没错。”克莱尔附和道,懒洋洋地将拿着香烟的手悬在烟灰缸上方,抖落了一些烟灰。“丘吉尔决意将英国引入这场愚蠢的战争。不过,这对他们来说是愚蠢的,对我们而言却不是。目前爱尔兰仍然还是中立国,而我们有一个极好的机会,可以帮助英国的敌人。”

墨菲叹了口气,从她手里夺过香烟,自己吸了一口。“你没能得到丘吉尔办公室打字员的工作,真是太糟糕了。否则,一切都会变得更加容易。”

“我知道,亲爱的,但是听着,我的计划很好,甚至可以称得上伟大。它会成功的,而我们将会打倒这个腐败的英政府。”

“好极了！阿门,孩子。”他模仿着神甫的语气,在烟灰缸里将烟头摁灭。紧接着,他将身体前倾,深情地亲吻她,“那么现在我们又该做什么了呢?”

. . . . ———.—— . .

“前些日子我曾经谈到过这场非常的军事灾难:当法军最高统帅部获悉法国前线在色当[①]和默兹河[②]一线肯定已经失守时,没能及时将北面的

---

① 法国东北部城市。

② 自法国东北部流入比利时,再经荷兰注入北海。

部队从比利时撤出……”首相口授道，此时他正在位于唐宁街10号的办公室里来回踱步。他眯缝着眼，表明他正在脑海里仔细斟酌自己的措辞，而玛姬则将它们尽可能快地录进打字机。

“过去两个星期里法国发生的军事情况并未使我感到吃惊。其实两星期以前我已经尽可能清楚地向下议院说明，最坏的可能性已见端倪。我说得非常明确，无论法国出现什么情况，绝不会影响英国和大英帝国继续作战，必要时可以长期作战，必要时也可以单独作战……”

首相一边讲话，一边沿着办公室的长边踱步。话语飞快地从他嘴里冒出来，玛姬必须尽最大努力才能跟上他的节奏。

“此外，还有轰炸的危险。敌人的轰炸机部队肯定很快就会轰炸我们。千真万确，这些轰炸机部队在数量上是超过我们的。不过，我们也有一支强大的轰炸机部队，我们将以此不间歇地打击德国的军事目标。我丝毫也没有低估我们面临的考验的严峻性，但是我相信我们的同胞们会证明他们能顶得住并且百折不挠地坚持下去，至少不会输给世界上的其他任何民族。一切取决于自己，每一个男人和女人都有机会显示自己民族的优秀品质，为自己的事业作出最大的贡献。对于我们大家来说，无论什么身份、什么地位，记得这句名诗总是有益的：

“‘对那值得纪念的事业，他作出了卓越的贡献。’”

首相走到窗边，停下脚步，“现在我们可以自问，战争爆发以来我们的处境是如何每况愈下的？那是由于德国人征服了西欧协约国的大部分海岸，许多小国被侵占，这就加大了空中攻击的可能性，也增加了对我们海军的牵制。但我们的海军并没有被削弱，相反还加强了我们远距离封锁的能力。如果法国的军事抵抗告终——目前还没有，但不管怎么说已经是大大减弱了——德国人就能集中其军事力量和工业能力对付我们。不过，按照我向下议院陈述过的理由，这绝不是轻而易举的事。即使入侵迫在眉睫，我们也已经从在法国维持庞大部队的重担下摆脱出来，并已经有了强大得多的兵力在本土作战。如果希特勒能把占领国的工业专横地控制起来，就将大大加强他原已庞大的军需生产，但这也绝不是一朝一夕之功。而我们现在则有把握从美国得到大量持续不断，而且越来越多的武器支援，尤其是飞机和飞行员。他们越洋而来，来自敌人的轰炸机鞭长莫及的地方。

“因此，在计算这张令人忧虑的资产负债表，并且清醒地反复思考我们的危险时，我认为有千万条理由要求我们竭尽全力和时刻警惕，但绝无丝毫理由惊慌失措，丧失信心……”

听到这里，玛姬不由自主地抬起头来。他真的是这样认为的吗？或者说，真相只是战争——他为英国精神而发起的辩论战——的另一个伤亡？

不过，在眼下这种时刻，考虑这个有意义吗？

“魏刚将军[①]所说的法兰西之战已告终结，不列颠之战即将揭幕。基督教文明的生死存亡在此一战。我们英国人、我们的制度和我们的帝国的存亡续绝也都在此一战。敌人全部的凶狂和强暴很快就会转向我们。

“希特勒很清楚，必须把我们粉碎在这个岛上，否则他就输掉了这场战争。如果我们能顶得住，全欧洲都将获得解放，全世界的人民就能进入一个阳光普照的辽阔高地。但是，如果我们失败了，全世界，包括美国和所有我们熟悉和关怀的国家，都将坠入一个新的黑暗时代的深渊，一个由某种扭曲了的科学所造成的更加凶险或者可能更加漫长的黑暗时代的深渊……”

他转过身来，面对着房间里面，然后使劲摇晃手中的雪茄，抑扬顿挫地说出了最后一句话：

“这是他们最光辉的时刻！”

讲完这些以后，他在办公桌旁重重地坐下，用手抱着头。

“做你该做的事，把稿子拿给我吧。”他说，甚至没有看她一眼。

“好的，首相先生。”泪水从玛姬眼里涌了出来，她飞快地将刚打好的文件取出来，递给首相。

. . . . ——— . —— . .

---

① 全名马克西姆·魏刚，法国陆军上将，“二战”初期任法军总司令，后来担任过一段时间的维希法国（“二战”期间纳粹德国占领下的法国傀儡政府）国防部长。

也不知过了多久，总之很长一段时间以后，玛姬从她那张满是文件和文件夹的木质办公桌上抬起头来，与此同时纳尔逊正在她的脚踝边摩挲自己的后背。"你的计算有偏差。"她对约翰说。就在几分钟前，他拿着一份简报，来到位于地下的打字员办公室找她。检查约翰的简报使她感到些许满足，因为这帮助她暂时地忘记了一直以来侵扰她内心的很多事情——炸弹、战争，还有死去的双亲。

约翰已经在战情室里毫不停歇地连续工作了好几天，他身上的深色西装看起来皱巴巴的，就好像他每天都是和衣而卧——事实上他很可能正是这样做的。他的脸色苍白，浓密的卷发在他头顶以一种奇怪的角度竖立着。他的眼眶凹陷，目光充满了焦虑。

"能详细说说吗？"他坐下来，按摩着自己的太阳穴，脸色越来越红。在他看来，玛姬是他所见到过的最漂亮的女人之一。与他所认识的其他女人相比，她与众不同，而且是非常与众不同。她很聪明——确切地说是充满才智——并且敢于说出自己内心的想法，尤其是在他面前。从他第一次见到她开始，她就在不知不觉间打破了他长久以来的内心防御体系。还有，只要有她在场，其他任何人对他来说都显得无关紧要。

约翰很清楚，战争时期并不适合谈恋爱，再说办公室也不是合适的场所。此外，他很了解玛姬的背景，也知道她在当前这种格局中所处的位置，但他不能将秘密透露出来。

所以，他所能做的全部，就只是带着欣赏的目光静静地注视着她，看着她在这个夏天慢慢地适应唐宁街 10 号以及地下战情室的工作环境。她红色的头发在荧光灯下散发出金色的光芒，不论她走到哪里，总是会留下淡淡的紫罗兰香水的味道。

但是此时此刻玛姬的脑子里却想着别的东西。她曾经留意到丘吉尔先生在简报中提到过的无线电测向技术，并认认真真地做过研究。根据她所能收集到的资料，她知道无线电测向器是一个报警系统，可以利用无线电波来探测敌人的飞机，它还有另一个名字——雷达。有了这项技术，英国皇家空军就可以清楚获悉德国战斗机会在何时到达，并且确切知道它们即将飞往何方。

这个仪器的工作原理诱发了玛姬埋藏在心底的数学天赋。通过发射和接收无线电波，它能够测量出发射端与反射面之间的距离，并以波形图的方式表现出来。当飞机在天空中飞行时，便会自动充当无线电波的反射面，从而暴露它们的准确位置。英国皇家空军的飞机备有特殊的识别信号，这样一来就使得对空部队的指挥官能够快速区分友机和敌机。

“你了解无线电测向器吗？”约翰问道。

“我录过丘吉尔先生的所有简报和信件，如果我连这个都不知道，那只能说明我太迟钝了。我还知道排队论、微分方程和密码学。”她笑着回答。

约翰吃惊地瞪大了双眼，而她对此感到十分欣慰。

约翰盯着玛姬，呆坐了好一会儿，接下来他歪着脖子问道：“那么汀斯利夫人和斯图尔特女士知道吗？”

“恕我直言，她们都没有数学学位。”

约翰再度沉默，片刻之后他说：“是真的吗？我的计算有偏差？”

“你看吧，这很简单，不骗你。”玛姬故意模仿出伊迪斯姑妈讲课时的语气，并拿出一张废纸来做草稿。“如果你想用雷达方程，那么在计算出德军飞机的确切方位之前，所有的变量都必须放在适当的位置。”

“是的，是的，这我知道。”他边说边站起来，开始踱步，玛姬可以看出他正在头脑中重新考虑这个问题。“那么，为什么我的计算结果有偏差呢？”

“还差一个额外的步骤。你假定方程中的‘F’等于‘1’，这就意味着你是在真空环境下进行计算。但是你看，这并不是理想化的抽象问题，你所面临的是一个真实的环境，所以事情就会更加复杂一些。”

“是吗？”

玛姬没有理睬他，继续说道：“你应该加入一些附加变量来计算‘F’，比方说地球表面的弯曲度，不同高度环境下的空气折射率等等。你还须要知道飞机相对地面的水平速度，这与飞机的理论空速——或者说显现在飞行员的测量仪上的速度——不是同一个概念。还有，风速和风向、相对湿度以及海拔高度，这些指标都须要考虑。”

“噢。”他停下脚步，抓挠着自己的头发，“唉！”

“你可以把附加因素补充进去，这并不复杂。举例来说，如果你假设空气折射率随着高度的改变线性变化,同时算出从伦敦到柏林的地表弧度……"玛姬将注意力转回到草稿纸上,并从办公桌的抽屉里取出了她心爱的"辉柏嘉"[1]计算尺,然后又进行了一些计算。

"你居然有一把这样的尺子?"约翰赞叹道,"它真漂亮!"

他以为我是用什么工作的?难道只有手指吗?"这是一份毕业礼物。"玛姬说。当然,当伊迪斯姑妈在毕业典礼上将这把尺子送给玛姬时,她绝没有想到有朝一日她竟然会用它来计算敌军飞机的轨迹。

"这真让人刮目相看。"他拖过来一把椅子,椅子腿在油布地毯上刮擦而过,接着他再次坐下。现在两人的距离很近,他前倾身体,端详着尺子,而玛姬可以感觉到他身上散发出淡淡的剃须皂香味和羊毛织物的味道。

"谢谢夸奖!"她又花了几分钟的时间,查看着各种数字,然后开始计算。"瞧!这是校正后的答案。"

他将手指放到额头侧面,开始按摩自己的太阳穴。很明显,这是他力所不及的工作。"我必须在今天之内将它完成,恐怕我现在已经严重滞后了。"他的眼神写满焦虑和彷徨,"我在大学里主修的是古典文学,对于数学我简直一窍不通。我……我不知道你能不能……"

"我很乐意这样做。"玛姬拿起了他的简报,"事实上,报告上的其他东西都是正确的。我只需要重新计算一下,很快就能给你。"

"谢谢你,玛姬。"

*你确实应该感谢我,*玛姬心想,此刻她的内心充满喜悦。他朝门外走去,而她则再次沉浸于数学带给自己的欢愉中。她享受着计算的快乐,在这一刻她发现自己是如此的想念数学。

差不多一个小时过去了,玛姬站在约翰的办公室门外,准备将她校正后的简报和一份将来可供他使用的数据表交给他,可就在这时她听到了有人说话的声音,"你说她了解无线电测向器?"玛姬听出来了,说话的人是斯诺德格拉斯。

"她的确了解无线电测向器,长官。除此之外,她还了解排队论和密

---

① 德国文具品牌,曾是全球计算尺市场的龙头。

码学，总之只要是你能说出的数学问题，她都能解决。”

“哦，这样啊。”

玛姬昂起下巴走进办公室，“斯特林先生，我想把这个给你，这是我们之前讨论过的关于数字的东西。”说话的同时，玛姬直视着斯诺德格拉斯，他坐在约翰办公桌对面的椅子上，手里捏着一支香烟，跷着二郎腿。

约翰站起来，伸手接过她递给他的文件。“谢谢你，霍尔普小姐。”他看了看那些计算结果，“斯诺德格拉斯先生，这就是我刚才跟你谈论的东西。”他边说边将文件递给斯诺德格拉斯。

“很好，很好。”斯诺德格拉斯头也不抬地说道，“老弟，我建议你把数学课本找出来，重新学习一遍，找回自己的记忆。”

约翰瞄了一眼玛姬，接着将目光移回到斯诺德格拉斯身上，“我相信霍尔普小姐比我更有能力，她比我更适合辅助格林先生做这些计算。”

“也许是吧。”斯诺德格拉斯靠在椅背上，用手里的香烟指着玛姬，“霍尔普小姐也许很聪明。”

玛姬努力控制住自己的舌头，但她可以感觉到自己的牙齿已经咬紧了下唇，脉搏在眼睛背后使劲跳动。*自负的蠢货！*她暗自想道。

“你是个聪明的女孩。”斯诺德格拉斯对她说，“这很好，将来你会有聪明的孩子。不过，对你来说，更重要的事情应该是外貌而非计算，难道不是吗？否则你如何才能让这里的男孩们——比如约翰——注意到你呢？请继续做好你的本职工作，做一名安静的打字员。”

约翰看上去有些尴尬，“长官，我真的认为，在目前这种情况下……”

“不行！”斯诺德格拉斯咆哮道，玛姬和约翰都被吓了一跳。“不行。”他调整了自己的语气，用柔和的声音再次重复了一遍。

“但是我能帮上忙。”玛姬说，“我可以帮上忙，可你却不愿给我机会。”

“很抱歉，霍尔普小姐，但事实就是如此。”斯诺德格拉斯平静地说。他深吸了一口烟，继而缓缓地吐出烟圈。有那么一瞬间，玛姬发誓她能够感觉到这个男人的表情中带着真正的惋惜。接下来，她看着他在烟灰缸里摁灭了烟头。

“抱歉？”玛姬不解地说，“你很抱歉？那么你为什么要这样做呢？你为什么拒绝提供完全正当的帮助？在你看来，我们究竟为什么要打这场战争？”

“我不确定……”斯诺德格拉斯开口说道。

“天哪！看在上帝的分上，玛莉·渥斯顿克雷福特[①]竟然是个英国人！”玛姬的情绪终于爆发了，“你知道《女权的辩护》吗？你看过这本书吗？”

“玛姬……”约翰劝慰道。

“别管我！我的舌头已经被压抑得太久了，现在我要把想说的话全都说出来。我再问一遍，我们究竟为什么要打这场战争？”

她看了一眼这两个男人，双手因愤怒而发抖。“让我来告诉你们吧。那是因为如果我们大家继续纵容希特勒为所欲为的话，那么我们所有人都将成为奴隶。作为一个美国人，我们曾有过非常可耻的奴隶制历史。你们一定很难想象那段时期是多么的恐怖。我们为了自由公民的权利而抗争，而这是美国人和英国人的基本权利，不论你是富有还是贫穷，生来都是自由而平等的。你可以表达自己的见解，也可以投票选举，当然还可以工作。还有，这一切绝不仅仅只适用于男人，女人们也在缓慢但确凿无疑地进步，比如投票的权利，接受高等教育的权利，借助法规保护我们的金钱和财产的权利等等。但是，目前这种对待女人的方式——我所说的主要是中产阶级和上层阶级的女人——把我们都当成孩子、空有其表的皮囊或珍贵的艺术品，其实这也是一种奴隶制度。所以，也许你想让我待在客厅，待在厨房，待在育儿室，或者待在办公室的打字机前，然而这不过是另一种形式的暴政，而这种暴政正是我们现在正在对抗的。”

顾不上等到对方的回应，玛姬说完后立即转身离开办公室，头也不回地来到走廊。她感到自己心跳很快，血往头上涌，于是她径直走进女洗手间，锁上了身后的门。

尽管这里充斥着令人作呕的消毒剂气味，但她浑然不觉。她背靠着

---

① 18 世纪英国著名女权主义者、作家。不论是 19 世纪、20 世纪还是 21 世纪，许多女性都是在阅读了她的著作之后，方才逐渐意识到自身所受的不平等对待。自从她开始，女性文学逐渐成为文学中主要的分类之一。从某种意义上说，她就是女权主义的开山鼻祖。《女权的辩护》是她的代表作之一。

墙壁，拼命深呼吸，直到她确信自己不会因冲动而打碎任何东西——或是出口伤人。她用冷水反复冲洗自己的脸和双手，然后向打字员办公室走去。一只漂亮的大猩猩，一条会打桥牌的狗……女人在战争中做了那么多工作，难道我们在男人眼中就仅仅是这样的形象吗？她开始明白，为什么伊迪斯姑妈一直以来都如此愤世嫉俗，接下来她满意地听着从自己嘴里迸发出来的声音："我恨迪克·斯诺德格拉斯！我恨！我恨！我恨！"

她回到自己的办公桌旁，剩余的火气促使她拂乱了桌上的摆设。还好现在她是独自一人，所以不会听到汀斯利夫人厉声说话的声音，也不会看见斯图尔特女士龇牙咧嘴的样子。她调整好自己的情绪，然后投入到工作中，忘情地打字。

"我很抱歉。"说话的人是约翰，他站在门口，两手插进了深色头发。

"别多想了。"玛姬冷冰冰地说，她的手指依然在键盘上飞舞。

"只是……嗯，有很多你自己并不知道的东西在起作用。"

"那是当然的。"玛姬停止打字，抬头看着约翰，"在天地间，当然会有很多事情是我自己无法理解的，当然会有很多东西超出了我自己的知识范畴。好吧，我只是个凡人，思想当然很狭隘。"

约翰向前迈出几步，走进了打字员办公室，"你应该知道，这件事并不是针对某个人的，当然也不是针对你的。"

"真的吗？这么说，斯诺德格拉斯只是在愚弄我了？"

约翰又朝着玛姬的办公桌走近了几步，"政治……"他缓缓地说，"政治和方程式不一样，它是肮脏和危险的勾当。"

玛姬的两只眼睛瞪得圆圆的，"危险？我可不认为我在无线电测向器的计算问题上帮一些忙是危险的。噢……也许我会被纸片割伤手指。天哪，真可怕！"

约翰绕到办公桌后面，紧接着在玛姬面前跪倒在地，然后紧紧握住她的手，"我……很抱歉我真的不能说，玛姬。我向上帝祈求，希望我能做到，可我真的不能。但是，请你相信我，好吗？求你了！"玛姬因他唐突的情绪表现和异乎寻常的感染力而感到吃惊，不过她暂时忘掉了那些恼人的烦心事。

突然，走廊那边传来了关门的声音，继而他们可以听到有人朝打字员办公室走来了。约翰赶紧松开手站了起来,玛姬脸上依旧写满震惊。

“请相信我,好吗?”他边说边转身离开了。

当玛姬低下头时,她意识到自己的双手正在发抖。我没有时间想这个。她将一张白纸塞进打字机,用重新获得的工作动力继续敲打键盘。

“你还好吗,亲爱的?”来人是前来上晚班的斯图尔特女士,她搽了脂粉,头发卷曲。她取下用粉红色丝绸玫瑰作装饰的草帽,然后在镜子前心不在焉地将头发理整齐。“刚刚斯特林先生来这儿干什么?”

“我真的不知道,斯图尔特女士。”玛姬发觉自己的声音听起来很奇怪,而且非常遥远,几乎感觉不到。“我真的不知道。”她又重复了一遍。

十一

快到凌晨五点的时候，克莱尔离开了墨菲的公寓。晨曦中，一阵寒冷的毛毛细雨纷繁落下。房檐下方，几只鸽子“咕咕”叫个不停。街对面有一尊纳尔逊勋爵的塑像，脸上挂着两行煤灰般的眼泪。

克莱尔在公寓楼的出口处停留了片刻，她将一条丝巾系在脖子上，然后撑开了自己的雨伞。这是一个安静的早上，车流很稀疏，商店都还没有开门。

只有街对面的咖啡馆开着。一个身穿蓝色绉条纹西装的秃顶男人坐在窗户旁边，他手里拿着一份报纸，面前的桌子上摆着一杯茶。在某个时刻，他抬起头四处张望了一会儿，然后低下头，将报纸翻了个面，继续阅读。

克莱尔把自己的华达呢外套的衣领竖了起来。有人曾警告过她要当心军情五处，不过她一直以来都小心行事，总是确保自己不会在别人心目中留下什么特别的印象。突然，她感到到处都是窥探的眼睛。

在咖啡馆外面，一些人正排队等候巴士车。克莱尔看着他们，心里涌出一种不安的感觉：人群中的某张脸好像是她以前见过的——也许是在酒店里，也许是在地铁站内。

也许是在公园中。

她抬起头，望着街对面的公寓套房，那里的窗格是菱形的，厚厚的遮光窗帘使人看不到里面。*如果有人在监视你，那么他们多半会选择一个固定的监视位置*，墨菲曾这样告诉她。比如一个楼上的房间，或者饭店，也可能是商店。

克莱尔扫视着那些窗户，还有屋顶，想弄清是否有正在注视自己的眼睛。没有人正在监视她，她也没有发现任何动静。

她再次迅速地环顾四周，然后戴上手套，迎着细雨向街对面走去。

. . . . ———.——. .

玛姬无法说动斯诺德格拉斯，后者拒绝向她提供更多职责。另外，她也想不明白约翰究竟是怎么回事。但是她可以意识到，有一件事是她能够做并且必须做的。

那件事不是别的——最终玛姬决定前去悼念自己的父母。

事实上，她早就打算这样做了，然而计划却一直被搁置。毕竟，亲眼看到墓碑，这会让事情看起来真实得多，而她并不希望让这一切变得更加真实。

但是萨拉无意中的询问，再加上她自己日益增长的恐惧和担心——在即将来临的一次空袭中，海格特公墓[①]也许会被摧毁——她终于意识到自己必须完成这件事，而且就是现在。

"你想买什么，小姐？"摄政公园旁边的花贩问道，他的双手粗糙强韧，所以他在工作时不需要戴上防护手套。

"我想买那束紫罗兰，谢谢。"她回复道。这些紫色的花朵朴素而忧郁，看上去正好适合她即将要去的地方。除此之外，紫罗兰也与她的素色棉布裙、草帽和轻薄外套十分相衬。

"你真有眼光，小姐。你是要去参加派对吗？"

"我要去海格特。"没错，我要去的地方是海格特公墓，玛姬想道。我已经推迟了太久，我拒绝接受现实，不过这一天迟早会来的。我必须得去。

"噢，这样啊。"花贩说，"那么你可以选择用报纸包装，或者你想让我为你将它们包装得更特别一些吗？"他从水桶中取出那些紫罗兰，茎上的水珠滴在他的手上，看上去很像一串串眼泪。

"那就帮我包得特别点吧，谢谢！"

---

① 英国伦敦的一座公墓，位于伦敦北郊的海格特地区。卡尔·马克思及其家人的墓地就在于此，该公墓还埋葬着英国物理学家和化学家法拉第，以及小说家乔治·艾略特等。

. . . . . ———.—— . .

玛姬乘坐地铁，来到拱门站，然后沿着蜿蜒曲折、郁郁葱葱的斯温小巷前往海格特公墓。

这片地方看上去漫无边际，到处都被树木所笼罩，不过却透露着一股荒芜与沉寂。维多利亚哥特式墓碑、普通陵墓、地下墓穴和简陋的土丘比比皆是，体现出死去的人在活着时的不同地位和身份。玛姬发觉这里的一切都令人感到安慰，尽管她此次的使命有些严肃。

她经过了一排排的墓碑，以及人工雕刻的展开翅膀的天使——它们当中有的是面朝天空的可爱小天使；有的是漂亮的年轻女孩，正神情端庄地低头俯视；还有一些天使像女神一样斜躺在陵墓上方，表情忧郁。墓碑的材质各不相同，有些墓碑是白色大理石制成的，旁边的花瓶里插着鲜花；有些墓碑是布满纹路和裂痕的深色大理石，上面覆盖着青苔和橄榄色的地衣。

玛丽·贝恩——长期患病的维克多之妻——现安息于此。一块石灰岩墓碑上刻着这样的文字，文字下方还有两只雕刻得非常精致的紧握在一起的手，它们几乎被一片平滑的常春藤所遮蔽。**亨利·戴维·阿特伍德——亲爱的小男孩——**1870—1873。小男孩的墓碑是黑色花岗石制成的，文字下方雕刻着一个破碎的玫瑰花蕾。在另一块布满苔藓的墓碑上，一条缠绕着躯干的蛇正在咬自己的尾巴，上方的文字写着：**纪念罗伯森·沃尔斯——被深爱着的丈夫和父亲——你永远活在我们心中。**

玛姬拿着一张她在公墓入口处找到的免费地图，经历了好几次不成功的尝试，错过了好几处该转弯的地方，并且被一些盘根错节的古树根绊倒过两次之后，她终于发现自己来到了她想要寻找的陵墓旁边。

在灰色大理石墓碑上，她看到了她母亲的名字和生卒年月，以及一双雕刻的翅膀。**克拉拉·路易斯·霍尔普——**1892—1916。她跪在草地上，用戴着手套的手指长久地触摸着那些刻蚀的文字。*你好，妈妈，*她在心里说道，*我来了，你的女儿来看你了。*

玛姬擦掉自己的泪水，用手帕重重地擤了一下鼻涕，然后拿起墓碑旁的花瓶，倒掉里面的水，并将那些枯萎很久的玫瑰花扔进了堆肥堆里。接下来，她来到附近的喷泉，为花瓶装满了新鲜干净的水。她折回母亲的陵墓，将深紫色的紫罗兰放进花瓶，接着再次跪在草地上。

来这里真让人伤心，玛姬心想。亲眼在墓碑上看到她的名字，还有什么事比这更让人伤心呢？上帝啊，我真的好难过。

紧接着她转念一想，那个前来这里祭拜她，并将花放进花瓶里的人，会是谁呢？

她站起身来，四处张望。父亲的墓碑在哪里？难道他们没有葬在一起吗？或者说，至少他们应该是相邻的吧？

她找了半天，但是一无所获。

远处走过来一个陵园工人，他是个驼背男子，脸颊被晒成了黑红色，手背和胳膊上满是棕褐色斑点，他正推着一辆红色的独轮手推车。

"花很漂亮，小姐。"走近以后，他边说边放下独轮车，然后用右手摸了摸毡帽的帽檐。

"承蒙夸奖。"她回答说，"谢谢你！"

"很高兴能看到有人前来照看那个陵墓。"他继续说道，"有段时间没人来了。"

"你对这里的每一个陵墓都很熟悉吗？它们的数量可不少呀。"

"自从战争结束后，我就一直在这里工作，可以追溯到 1918 年。这里的很多朋友都是在法国死去的。我只有星期天休假，其他时间都在这里工作，小姐。"

"既然如此，我想知道你能否帮助我。那个陵墓的主人，克拉拉·霍尔普，她是我的母亲。但是我找不到我父亲的陵墓。"

"他叫什么名字？"

"埃德蒙·霍尔普，全称是埃德蒙·查尔斯·霍尔普。"

男人取下自己的帽子，"这里没有人叫这个名字，小姐，对此我非常清楚。"

这不可能啊！他应该在这里的，玛姬心想，可是……尽管这一天很暖和，可她还是打了个寒战。公墓里充满了阴森和寂静，她浑身都起了鸡皮疙瘩。

直觉告诉玛姬，这也许是一个警告。

“在我的……在克拉拉·霍尔普的陵墓上有一些干枯的花，今天我来的时候看到的，你知道是谁留在那儿的吗?”

“有一位先生过去经常来这儿，每次他都会留下一些白玫瑰。”男人用他的大手摩挲着长满胡须的下巴，“但是我已经有很长时间没看到他了。”

年长的园丁将帽子放回头顶，然后拾起了独轮车的把手，“小姐，我得去继续工作了。”

“好的。”玛姬迅速回答道，她感到头脑“嗡嗡”作响，“谢谢你。”

. . . . ———.——. .

玛姬回到家中，思绪还在飞速运转，心也“怦怦”直跳。毫无疑问，第一件事是得打个电话。

“玛格丽特? 出什么事了?”伊迪斯姑妈的声音从大西洋彼岸传来，听上去细小而微弱。

“我有一个问题要问你。”

电话那头沉默了片刻，“说吧。”

“我的父亲被葬在哪里?”

这一次停顿的时间更长了，“噢，玛格丽特，我从未曾想到……”

“你从未曾想到什么? 是不是我居然会去寻找他们的陵墓? 没错，我的确去过了。我找到了我母亲的陵墓，但没能找到父亲的。他到底在哪里?”玛姬的手紧紧地握住电话听筒。

线路那头是死一般的寂静。

“喂! 你还在吗?”

“玛格丽特，难道你非得……为什么你就不能将过去的事情放下呢?”

“为什么你不回答我的问题?”

伊迪斯叹息道：“有些事情，如果忘掉它们，那对大家来说都是一种解脱。”

她为什么不肯回答我的问题？这究竟是怎么回事？

电话听筒里传出了“噼啪噼啪”的静电声。

“玛格丽特，我想我们的电话快断……”片刻的安静之后紧跟着是“咔哒”一声，接下来听筒里只剩下长久空洞的拨号音。

. . . . ———.——. .

伊迪斯·霍尔普教授坐在宽敞舒适的办公室里，然而她却须要夜以继日地完成无止境的行政文书工作。现在是六月中旬，威尔斯利学院科学馆的外墙上爬满了光滑的常青藤。在窗户外面，红襟知更鸟叽叽喳喳地叫个不停，郁郁葱葱的青草在阳光下反射出亮丽的光芒。尽管眼睛看着窗外，但她无暇欣赏威尔斯利学院美丽的草坪，以及远方那座巨大的哥特式尖顶行政楼。她一直都在沉思，琢磨着不久之前的那通电话。

很明显，那个心机很重的女孩发现了一个敏感的问题。她是一个理性的女孩，一个思维缜密的理工科女孩。只要她留在伦敦，她迟早都会将各种线索拼凑在一起，然后综合分析，最终得出结论。

不过，还有时间，伊迪斯心想。她搓了搓冰冷僵硬的手，接着走向角落里的打字机。还有时间，现在还来得及。

马萨诸塞州，威尔斯利学院

玛格丽特：

你必须赶紧回家，这是命令。

在你还是个孩子时，我为你所做的一切还不够吗？我什么地方亏欠过你？我知道，我绝不是一个真正的母亲，更不用说一个合格的好母亲了。但是我曾经认为——现在也认为——为了埃德蒙，我有责任确保你的安全。

我们之间从来没有伪装，你和我都是如此，我没有伪装成你的母亲，甚至连你的养母都没有伪装过。因为我认为如果我那样做的话，对可怜的克拉拉来说太不公平了。再说，伪装也不符合我的性格。但是我知道，

因为我们有着共同的兴趣爱好,所以我们之间具有一种特殊的密切融洽关系。

请你不要一时冲动,不要因为你对我的愤怒和不满,从而让你自己远离本将拥有的极好的职业生涯和有作为的人生。为此我年复一年辛劳地工作,而你也一直在为此努力。

赶紧回家吧,趁现在还来得及。

伊迪斯

她真正想写,但是又不能写的一句话是:*我所做的每一件事,都是为了你。*

. . . . ——— . —— . .

“让我们再过一遍细节。”

皮尔斯、克莱尔和墨菲在摄政公园里的玛丽女王花园碰头。这一天有雾,空气很阴霾,青草上还挂着早晨的雨水。鲜红色、粉红色、金色和乳白色的蔷薇花盛开着,尽管乌云密布,但它们似乎在发光。空气中弥漫着浓浓的花香味,毛茸茸的大黄蜂上下串动,兴高采烈地采摘金色花粉,翅膀发出了有韵律的“嗡嗡”声。

除了偶尔路过的行人和几只胖鼓鼓的鸽子,这片地方就别无他人了。三个人坐在蔷薇园里的一条长凳上,克莱尔坐在两个男人中间。这里非常安全,他们的谈话不会被任何人偷听。

“既然发生在地铁站里的爆炸事件有效地带来了一定的恐慌和歇斯底里。”克莱尔说,“我们一致同意,我们应该继续损害英国发动战争的能力。”

墨菲补充道,“在合作的基础上,我们可以分三路进攻。”

“是的,克莱尔负责暗杀,你负责爆炸,而我则负责绑架。我会将行动计划告知柏林方面。”皮尔斯说,“详情会出现在明天的《泰晤士报》上。”

“你不能用无线电通信的方式告知他们吗?”墨菲问道。

“嗯,我可以接收无线电报,但是发送的话……这太危险了。”

克莱尔将头发拂到耳后,“我还有个疑问,你不担心被逮捕吗? 毕竟‘星期六’俱乐部是一个很显眼的目标。”

“噢,有句话是怎么说来着? ‘堂而皇之地隐藏在显而易见的地方。’亲爱的,有时候越危险的地方反倒越安全。”皮尔斯说,“这与爱伦·坡[①]的《失窃的信》所叙述的故事很相似,你看过那本书吗?”他讲话的语气显然透露出他认为她没有看过。

“‘这样恶毒的计策如果配不上阿尔特拉厄,也配得上蒂埃斯特了。’[②]你说的是这个吗,马尔科姆?”克莱尔问道。

墨菲有些惊讶,“这句话是什么意思?”

“这是杜邦在故事末尾告诉叙述者的一句话。”克莱尔说,“是整个故事的点睛之笔。杜邦凭借智慧从 D 部长那里盗回了‘失窃之信’,于是他在用来掉包的信纸上写下这句话,故意刺激对方。”

皮尔斯朝她眨了眨眼,脸上露出了赞叹的微笑。“亲爱的,你真是棒极了! 让我刮目相看。”皮尔斯满意地说,“你说得对,完全正确。我堂而皇之地隐藏在显而易见的地方,这就是我们为什么要使用密码和暗语的原因。”他递给她一张广告宣传画,“我的朋友们,这是个很好看的东西。”

“哇! 我喜欢这个!”克莱尔喊道。显而易见,这是一幅无伤大雅的素描画:三个女人裹着时髦别致的服装,一只松鼠惊慌地用后腿跃起,准备跑到树上去。“全英国的女人们都会看到这幅画,她们会认为它展示的是最新款的女式时装。天才,真是天才。”她和皮尔斯目光相对,互望了片刻。

“那么,你自己负责的那部分工作,现在你准备好了吗?”墨菲用一只手搂住克莱尔的肩膀,关切地问道。

---

① 全名埃德加·爱伦·坡,19 世纪美国诗人、小说家和文学评论家,在世时长期担任报刊编辑工作。其作品是在任何时代都具有“独一无二”的风格。语言和形式精致、优美,内容多样。《失窃的信》是爱伦·坡撰写的短篇小说,是他以虚构的巴黎私家侦探奥古斯特·杜邦为主人公所著的三部侦探故事的第三部(另外两部分别是《莫尔格街凶杀案》和《玛丽·罗杰奇案》),这些故事被视为现代侦探小说的重要先驱。

② 小说《失窃的信》中的原句。这个典故取材自法国剧作家克雷比雍的《阿尔特拉厄和蒂埃斯特》:蒂埃斯特与阿尔特拉厄的妻子有染,而阿尔特拉厄吃掉了蒂埃斯特的儿子。该典故常被用来形容极其恶毒之人或事。

“当然。”她回答道，“我生来就是为了完成这个使命的。那么你呢？”

“那还用问吗，我马上就去圣保罗大教堂。”

. . . . ———.—— . .

公园里的三个人各自散去，克莱尔沿着长长的小径走向外面的大街。

一个年轻男人坐在一把公园长椅上，阅读着《泰晤士报》，他面颊红润，几乎刚到可以刮胡子的年龄。一个矮胖结实的女人穿着灰色斜纹布衬衫和中跟鞋，行走着消失在一片橡树丛后面。

克莱尔走出公园，举起右手招呼出租车，随即就有一辆的士在她面前停了下来。关于军情五处的监察者，迈克尔是怎么说的来着？*如果他们在大街上与你擦身而过，你绝对不会想再看他们第二眼。*

“你要去哪里，小姐？”头发斑白的出租车司机问道。

“我改变主意了。”她迅速转过身，走向别处。

她回到公园里，顺着一条小路来到了一个意大利风格的花园，这里种满了深红色、姜黄色、白色和金色的花朵。她停下脚步，假装欣赏一尊饱经风霜的褪色石像，暗地里四处打量着。

视线所及之处看不到任何人影。

她又沿原路折返回去。

一路上没有看到任何人，也没有发生任何事情。

当克莱尔再次来到街边时，她没有招呼出租车，而是迅速地朝大波特兰街地铁站走去。进到地铁站以后，她买了一张前往牛津街的车票，然后来到对应的列车旁等待，却没有上车。眼看车就要开了，就在车门徐徐关闭时，她突然像猴子一样钻了进去，这一举动引发了车内众人的瞪视。

她迅速调整好面部表情，一脸镇定，接着很快就找到了一个座位。

. . . . ———.—— . .

马克·斯坦迪希和休·汤普森来到一栋三层楼高的白砖大厦跟前，几根又粗又高的罗马式圆柱十分雄伟。早些时候，他们已经同彼得·弗莱恩约好在这家俱乐部里见面。在光亮的黑色大门旁边,他们将自己的身份证明出示给一名手握斯特恩式轻机枪、一脸严肃不苟言笑的英国士兵。

这名警卫挥了挥手,示意他们进到金碧辉煌的门厅,然后指着两扇毛玻璃门。“我有点紧张。”斯坦迪希轻声说道。

“我倒是很想知道他的另一半生活是什么样子,嗯?”汤普森说。

穿过毛玻璃门,他们来到了一个天花板很高的大房间,中央有一个游泳池,墙上用蓝色、奶油色、米黄色和深棕色的马赛克构成了古代巴比伦弓箭手的镶嵌图案。这里的空气又热又潮湿,很多面色苍白的中年男人在泳道里面游着自由泳或仰泳。

弗莱恩游完一个来回之后,看到了这两个新来的年轻人,他们穿着与环境极不相称的西装。“发生什么事了?”他边问边爬出泳池,侍者立即递过去一块干净的毛巾。

“她走进地铁站了,长官。”斯坦迪希有些紧张,他尽量让自己不去注视几乎是裸体的老板,后者有着桨手般修长结实的体格。“我们派了一名特工去跟踪她,但是她上车时将他甩掉了。”

“可恶!”弗莱恩咕哝道,试图将耳朵里的水甩出来,“他们在公园里待了多长时间?”

“大约十五分钟。”汤普森回答道。他的脸在这个湿热的地方有些冒汗,两边鬓角也渗出了汗珠。

“这个时间对于交换信息来说,已经足够长了。”

“是的,长官。”

“长官,她是个业余人员。所以,她必然会在未来某个时刻犯错,届时我们就可以出手。”斯坦迪希说,“我们会让一个负责打字的女孩将这些情况打成书面报告,然后交给你,你可以将它提交给丘吉尔先生。”

身材瘦小的理查德·斯诺德格拉斯穿着一套细直条纹西装,出现在了门口,然后沿着闪闪发光的瓷砖地面朝弗莱恩和他的两名手下走来。“我们有进展了,是吗?有什么进展?”

“这对你来说应该是非常愉快的一天,斯诺德格拉斯先生。”弗莱恩用毛巾裹住了自己的腰部,“我非常肯定,我们的工作取得了一定的突破。”

“那么……霍尔普小姐，她仍然……”

“她不知道。”弗莱恩边说边往更衣室走去，“根据我们得到的信息，她目前完全是一无所知。”

十二

玛姬真恨不得将脚下这个岛屿撕开，不顾一切地寻找自己的父亲。但是，她在唐宁街10号的工作，以及其他接踵而来的生活中的义务和责任，都是躲不掉的，这中间就包括为查莉即将到来的生日举办派对。

因为佩吉的工作是随叫随到的司机，而双胞胎姐妹也不能被指望可以做任何与清洁有关的事，所以这些工作就落到了玛姬和萨拉头上。今天是周末，玛姬和萨拉一起移掉了罩在客厅、餐厅和图书室里的家具上的覆盖物，用一根大木棍拍打掉地毯上的灰尘，用柠檬香味的地板蜡擦亮了地板，然后清洗了所有的水晶饰品。最终，她俩浑身是汗，腰酸背痛，但可以心满意足地欣赏自己的劳动成果。

被锈蚀的管道也许已经开始破裂了，天花板即将塌陷，但不可否认的是这座房子看上去仍然高雅而精美。枝形吊灯和黄铜饰物闪耀着光芒，木质梁柱散发出岁月的气息。“家具的确有些旧了。”玛姬承认道，她正用手指戳着一把天鹅绒椅子上的蛀孔。

“没关系。”萨拉说，“在灯光下，没有人会注意到这些细节。一切都会非常完美，你等着瞧吧。”

突然，她们听到了一点动静，是从厨房那边传来的。玛姬和萨拉对视了一眼。难道还有其他女孩在家吗？她们一起走进厨房，紧接着听到了微弱的说话声，“好的，好的，我会去那里。”是查莉在讲电话，她匆匆地将电话听筒放了回去。

“噢，我们不知道你也在家。”玛姬说道。

“我只是……必须得打个电话。”查莉回答得很迅速，“我可以帮上什么忙吗？”

“我们已经安排好了。”萨拉说。

"太棒了!"查莉退出了厨房,明显有些敷衍。

"真奇怪。"玛姬对萨拉说。

"的确非常奇怪。"

. . . . ———.—— . .

晚上七点过后,客人们陆续抵达。玛姬、佩吉、查莉和双胞胎姐妹都穿上了自己最漂亮的夏季礼服,站在门口欢迎大家。

"哇哦,今天你真漂亮,查莉。"佩吉说道,她留意到查莉穿着真丝连衣裙,用卷发器卷了头发,还涂着淡淡的口红。"看来今晚我们得叫你'水果奶油布丁'①了。"

"如果你还想活下去,就别那样叫我。"查莉面无表情地说,而双胞胎姐妹"咯咯"地笑个不停。

这场派对总共有十一个人:六个女孩,当然还有约翰和戴维,再加上西蒙与迪米特里——萨拉的主要舞伴,以及从军营请假赶回来的奈杰尔。

细长的生日蜡烛已经被点燃,桌子已经被摆好,晚餐还在烹饪中。多亏了萨拉——一个出人意料的好厨师——屋子里才能充溢着美味食物的飘香。

"好极了,女孩们。"奈杰尔进屋时赞叹道,其他几个男孩也和他一同到达了。今天奈杰尔穿着军礼服,看起来帅气而有精神,其他男孩则穿着晚礼服,也很好看。"这地方看上去真美妙,还有你们所有人也是如此。"奈杰尔搂着查莉的腰,将她转了个圈,然后亲吻了她的脸颊,"而你今天尤其漂亮,我的宝贝。"

"真肉麻,谢谢你,好好先生。"查莉一边说,一边行了个屈膝礼。约翰对此充耳不闻,眼睛一直盯着远处。他的眼袋很明显,颧骨比以前更加突出了。

"放开点吧,约翰。"玛姬说,"难道你从来都不给自己找乐子吗?"

"偶尔也会,不过这里毕竟是英国,而且战火即将来临,找乐子显得很

① 查莉的名字"夏洛特"也有"水果奶油布丁"的含义。

不合时宜。”

玛姬似笑非笑地看着他。

“别管他。”戴维走过来，亲吻了玛姬的脸颊，“他还在因希特勒的巴黎之旅而烦闷呢。”她嗅到了杜松子酒的味道。

“那么你呢？”她问戴维。安娜贝拉和克拉贝拉都对约翰表现出了热情，不过玛姬尽量不去看他们。

“我？我最近诸事不顺，心情一直不好，所以喝了很多酒。”

西蒙·保罗——约翰和戴维在牛津大学的校友，曾在“蓝月亮”俱乐部与女孩们有过一面之缘的男人——此刻明显落单了。玛姬向他伸出右手，以示友好，后者接过她的手，同上次一样亲吻了一下。“欢迎你来。”玛姬说。

“谢谢！”他简短地回答道。接下来，他转而对佩吉说：“哇哦，‘斯嘉丽·奥哈拉’[①]，你真迷人！”

迪米特里最后一个到达，他个头很高，肤色黝黑，身材苗条，浑身流露出华丽的气场。

最后，萨拉适时地出现在楼梯顶部，今天她穿了一件大胆的低胸金色礼服。“女士们先生们！”她以一种专业而华贵的姿势举起了双臂，“非常感谢大家前来参加查莉的生日派对。”她顺着楼梯走到一楼，举手投足间气质非凡。接下来，她对大家说：“这位是迪米特里·扎卡洛夫，我最喜欢的搭档。迪米特里，来和大家认识一下吧。”

迪米特里微笑着看着人群，“你们好，很高兴见到大家。”他朝萨拉鞠了一躬，然后双膝弯曲，伸出了自己的胳膊。西蒙见状，也用同样的姿势将自己的手臂伸给佩吉。“你真有魅力。”佩吉柔声说道，很明显她早已是春心荡漾。佩吉和西蒙走在前面，领着客人们进到图书室，那里有鸡尾酒正等待着大家。

当所有人都就座之后，佩吉将留在霍尔普祖母酒柜里的酒全部拿出

① 电影《乱世佳人》中的女主人公。

来，混合成了一壶马丁尼酒①。“你看上去真像玛娜·洛伊②。”西蒙赞叹道，并看着佩吉将冰块倒进银制调酒器。很快，调酒器的外壁就凝结了一层薄薄的水珠。

佩吉笑着甩了一下头发，“这里虽然不是萨沃伊饭店的美式酒吧③，”她将盛满酒的杯子递给约翰，“但是每一样东西都很美国化，正如你可以看到的，苦艾酒④的量保持在最低限度。现在请跟我讲讲你们在牛津大学的趣事吧。”

小饮过后，大家来到餐桌边坐下，桌上摆放着霍尔普祖母留下的精美瓷器和水晶器皿。今天的食物几乎全都是从战时菜园里就地取材的，首先是一道散发着百里香⑤味道的蔬菜汤，接下来是胡萝卜蛋奶酥、薄荷豌豆和糖汁萝卜。戴维不知从哪儿搞到了一些红葡萄酒，众人纷纷干杯为查莉庆祝生日。尽管玛姬曾经一度很担心这场派对能否顺利举行，不过目前看来晚宴的气氛非常热烈。迪米特里很幽默，而且富有魅力，最让人感到意外的是他是个波兰人，而不是大家此前所认为的苏联人。

“人们都喜欢从苏联来的舞蹈演员。”迪米特里说道，这时大家正喝着淡茶，吃着点缀了白色糖霜和粉红色玫瑰佐料的生日蛋糕——查莉、佩吉和玛姬近一个月以来一直节省自己的糖、黄油以及鸡蛋配给，才有了今天的蛋糕。“至于我的真名，我叫斯坦尼斯拉夫·怀兰奇。”大伙听到这里都笑了，相比之下“迪米特里”这个名字的确更加时髦一些。“而艾丽西娅·马尔科娃的真名叫莉莲·艾丽西娅·马科斯，她是地地道道的英国人。”

“不会吧！”安娜贝拉惊讶地喊道。

“千真万确。”萨拉说，她舔了一下叉子上的奶油糖霜，“而伟大的玛

---

① 又名马提尼酒。在所有鸡尾酒中，就数马丁尼的调法最多。人们称它为“鸡尾酒中的杰作”、“鸡尾酒之王”。

② 美国女演员，原名玛娜·威廉斯，以舞蹈演员的身份踏入影视圈。

③ 萨沃伊饭店是英国伦敦的一座豪华酒店，于1889年8月6日开业。它是英国第一家豪华酒店，吸引了皇室和其他富裕客人。温斯顿·丘吉尔经常带他的内阁在酒店吃午饭。

④ 苦艾酒是一种有茴芹茴香味的高酒精度蒸馏酒，主要原料是茴芹、茴香及苦艾药草。酒液呈绿色，当其加入冰水时会变为混浊的乳白色，这就是苦艾酒有名的悬乳状状态。

⑤ 一种生长在低海拔地区的芳香草本植物，为欧洲烹饪常用香料，味道辛香，一般被加在炖肉、蛋或汤中。

戈特·芳廷的真名叫佩姬·胡卡姆,来自萨里郡。我本来也考虑过改名字,但是我没有,因为我想的是如果改了名字的萨拉有朝一日成名了,届时我那些在利物浦的老朋友们却无法知道这一切。"

"你们最近在忙些什么呢,萨拉?"约翰问道,"我很想去看芭蕾,可惜工作太忙,没有时间。"真的吗? 屈尊俯就和闷闷不乐会导致你的时间很紧? 玛姬在心里说道。

"我们在排演《天鹅湖》,作曲是柴可夫斯基,舞蹈编排是佩蒂巴,尼古拉斯·谢尔吉耶夫负责舞台布置。尼古拉斯从前是马林斯基剧院的舞台监督。对了,戴维,迪米特里也会参演。"萨拉喝了一口茶,"他现在正在学习齐格弗里德王子[①]的角色。"

"我想我会喜欢的。"戴维回答说,紧接着他伸出手去,拿了一块小蛋糕。

"戴维!"佩吉小声提醒道,并用手轻轻地碰了碰他的指关节。

"这有什么?"戴维说,"今朝有酒今朝醉,该喝就喝,该吃就吃,谁也不知道明天会怎样。"

"当然,迈克尔·索姆斯才是主演。"迪米特里说,"不过我是预备演员,所以,也许将来某一天我也可能担任主演。"

西蒙笑着说:"这应该是个童话故事,很适合用芭蕾舞来演绎。"

萨拉勉强地笑了笑,"事实上,这是个悲剧。《天鹅湖》的故事主角是两个女孩,奥黛特和奥黛尔,她俩的长相非常相似,以至于很多人都会认错。奥黛特是个无辜的少女,她被一个邪恶的巫师用魔法变成了白天鹅女王。王子与她彼此相爱,并且试图拯救她。然而,巫师用一只黑天鹅——也就是奥黛尔——冒充奥黛特,欺骗王子。王子被迷惑了,可怜的奥黛特,她被注定永远都是一只天鹅。"

"噢。"西蒙说,"我想到了弗洛伊德的'圣母玛利亚-妓女'二分法。"

"有趣的是,同一个舞蹈演员需要扮演两个角色。"萨拉继续说道,"所以我们可以说奥黛尔披着奥黛特的外衣,而暗地里却是个婊子。"说

① 《天鹅湖》取材于德国中世纪的童话,讲述公主奥黛特和王子齐格弗里德的一段凄美而浪漫的爱情故事。

完后她笑了笑。

“首先。”查莉开口说道，“弗洛伊德是个十足的蠢蛋。其次，萨拉，《天鹅湖》的故事真的很美妙，我觉得我已经可以看到你分饰两角时的样子。”

安娜贝拉挤进了谈话，“换来换去是不是很困难呀?”她笑着说，“我只是在《蝴蝶梦》里扮演过一个小角色，那都已经足够困难了。如果一人分饰两角……我简直不敢想象。”

“这的确是个挑战。”萨拉回复道，“这中间当然有技术方面的要求。其中一个角色非常柔软和脆弱，而另一个却如钢铁般刚硬，并且非常性感。与此同时，第二个角色还得刻意模仿第一个角色。所以，这需要演员具备很全面的功力。”

迪米特里对戴维说:“你什么时候来看表演?”戴维没有马上回答，尴尬的沉默持续着。

玛姬觉察到了戴维的不安，因为迪米特里在公众面前显得对他过分关注，于是插话圆场，并试图转移话题，“嗯，以我们的日程安排，时间恐怕确实有些紧张。不过，这个问题倒让我想起了一个笑话——哦，不对，确切地说更像一个逻辑问题——叫作‘说谎者与讲真话者’。”

“喔，不会吧。”奈杰尔叹了口气，“这让我想起了伊顿公学①。”

“这并不是很难，如果你们仔细考虑的话。”玛姬说，“好了，问题是这样的:有两个士兵站在一个丁字路口，其中一个总是说谎，而另一个总是讲真话，但是你不知道他俩谁是谁。你需要知道向左向右究竟哪一条路才是通往安全地点的，而你只能找他们当中的一个人问问题。那么，你应该问什么问题呢？还有，你在得到答案以后，又应该怎么做?”

“这太简单了。”安娜贝拉说，“不论你问的人是谁，总之你都走跟答案相反的方向。”

---

① 伊顿公学坐落在温莎小镇，是英国最著名的贵族中学，地处白金汉郡的泰晤士河河畔，与温莎宫隔岸相望。伊顿公学是一座古老的学府，由亨利六世于1440年创办，以“精英摇篮”、“绅士文化”闻名世界，也素以管理严格著称，学生成绩大都十分优异，被公认是英国最好的中学，是英国王室、政界经济界精英的培训之地。这里曾造就过二十位英国首相，培养出诗人雪莱和经济学家凯恩斯，也是英国王子威廉和哈里的母校。

她的反应如此迅速，连玛姬都感到很惊讶。

“我不明白。”查莉抱怨道，继而摇了摇头。她喝了太多酒，头脑不太清醒。

“刚才安娜贝拉把第一个问题省略了，但她的回答是对的。”玛姬说，“你需要问的问题是：‘如果我问另一个人，哪条路是安全的，他会怎么说？’如果你找的对象是讲真话的人，那么他会告诉你，说谎者会让你选择哪条路。”

“而如果你问的是说谎者。”约翰立刻补充道，“他知道讲真话者会告诉你正确的选择，但因为他只说谎话，所以他肯定会指出错误的方向。所以，不论是哪种情况，你只需要走相反的方向就可以了。”

“对极了！”玛姬说道，但并不是很高兴。哎，也许他真的很聪明，但他也没必要因此而在办公室显得高人一等啊。

查莉仰天长叹道：“这就是我为什么只能成为一名护士的原因。”

约翰看着奈杰尔，“对了，你什么时候走，老兄？”奈杰尔将会被派往一个秘密的军事地点，之后就不能再跟任何人联络，更不用说自己的女朋友查莉了。而且要命的是，他根本不知道自己什么时候才能回来。

“大概两周以后吧。”奈杰尔淡淡地回答道，然后将手塞进查莉的裙子，捏了捏她的大腿。“我当然不愿意将我的心上人一个人留在这里，但是既然我已经作出了决定，就不应该退缩。”

“我们都相信你会做得很好！”萨拉说，“当你回来的时候，你会成为一个英雄。你的军服上会挂满勋章和绶带。”

“我不在乎我回来时是什么样子，我只在乎我可以回到谁的身边。”奈杰尔的眼睛紧紧地盯着查莉。大家都能看出她正努力压抑自己，不让自己哭出来。

“上帝啊，我本不打算在这个时候做这件事，也没有想到过会在餐桌旁做这件事。不过，看来是时候了。”他深吸了一口气，猛地单膝跪地，继而握住查莉的手，“夏洛特，我亲爱的查莉，你能否给予我极大的荣幸——成为我的妻子？”

查莉一脸惊愕，餐桌旁的其他人也全都目瞪口呆。

“哇哦哦！”双胞胎姐妹一起睁大眼睛惊叹道。

查莉满脸通红，但是没有片刻的犹豫，她立即伸出双臂，环绕着他的脖子，长久用力地深吻着他。所有人都被感动了，掌声响成一片。

“好的，好的，我愿意！我很希望成为奈杰尔·拉德洛夫人。”她宣誓道，然后用双手捧着他那淌着汗珠的通红脸颊，现在的她看不出是哭还是笑。

奈杰尔和查莉再次拥吻在一起，玛姬领着大伙围成一圈，一同唱起了《他是个快乐的好小伙》[①]，而戴维则将大家的酒杯再次注满。

“很抱歉，我还没准备好戒指，宝贝。”奈杰尔边说边坐下来，并让查莉坐到他的大腿上。

“没关系。”她呐呐地说，接着用双唇抵住他的领口，“我不需要什么该死的戒指，我又不是那种拜金的富家女。”

“天哪！”安娜贝拉大吃一惊。

“没有戒指？”克拉贝拉补充道。

“我不在乎什么戒指。”查莉将脸埋在奈杰尔的肩头，“我只在乎你。”

“等我第一次休假回来时，我就会送你一枚戒指。”奈杰尔说，“从那时起我们就开始计划筹办婚礼的事宜。你觉得可以吗，亲爱的？”

查莉思索了片刻，“你的父母会出席吗？”

“当然，这是传统啊，宝贝。”

片刻的沉默过后，查莉说：“不如我们私奔吧？”

奈杰尔笑道：“哈哈，你真是个古灵精怪的女孩。”他边说边用手帕擦拭着自己的红脸蛋。

. . . . ——— . —— . .

晚餐结束后，大伙各自离开餐桌，去客厅里休息。男人们簇拥在壁炉边，喝着白兰地展开了一场新的政治讨论，而玛姬也终于意识到为什么这

---

① 一首英国和美国流行歌谣，通常在为某人庆祝重要事件时唱诵。根据吉尼斯世界纪录大全，《他是个快乐的好小伙》在所有英语流行歌谣中排名第二，排名第一的是《祝你生日快乐》，排名第三的是《友谊地久天长》。

里的传统是男人和女人在用餐结束后就分开。不过，戴维没有加入男人们的讨论，取而代之的是他在钢琴上弹奏着《为君而狂》。

玛姬走向戴维，“真好听。”她赞叹道。然而，她突然听出钢琴有些走音，少了一个 F 弦，所以改口说道：“起码在这样一台老古董上，你能弹成这样已经很了不起了。你真是个才华横溢的人。”

“谢谢你，玛格丽特。”戴维在钢琴凳上挪开了一点点，为玛姬留出了一些空间，接着他开始忘情地弹奏诺埃尔·科沃德[①]的乐曲集锦。他长长的手指在键盘上飞舞，动作非常优美，玛姬不禁看得有些陶醉。当他转而开始弹奏一支节奏明快的旋律时，他的手指在键盘上如行云流水般舒适自在。玛姬还注意到，他的男高音真的很棒。

“我们自豪地讲述富丽堂皇的英格兰古堡。
我们保留它们，
只是为了供美国人租住。
尽管浴室的水管已经破裂，
尽管洗手间让人感觉有些糟糕，
但是，
它曾被查理一世在非正式场合使用过。
之后，
乔治四世在向北的旅途中在这里驻足。
国家公寓保持着它们的历史声誉。
尽管，
不在那里面睡觉是明智的，
因为它们随时有可能坍塌。
如果运气够好的话，
它们也许还会着火。
但是，
我们依旧要为富丽堂皇的英格兰古堡而战！”[②]

---

① 英国演员、剧作家、流行音乐作曲家，因影片《与祖国同在》获得 1943 年奥斯卡荣誉奖。

② 诺埃尔·科沃德创作于 1938 年的歌曲《富丽堂皇的英格兰古堡》，歌词中提到的英格兰古堡很可能是具有九百多年历史，多次被重建和扩建的温莎古堡。

接下来，戴维又开始弹奏《疯狗和英国人》。他对玛姬说："很不错的晚宴。"

"谢谢你，晚宴进行得如此顺利，我也很开心……"

然而就在这时，西蒙和约翰的讨论迅速升级成了一场争辩。约翰的嗓门越来越大，"听着，这正像老头子说的——你们所有人想要的方式不外乎如此：要是圣乔治[①]试图从毒龙口中救下美丽的少女，那么他就应该选择由一个代表团来陪同，而不是一匹马，还有就是得带一名秘书，而不是一根长矛。接下来，在与所谓的毒龙签订了某种毫无意义的协议之后，释放少女一事将会被提上国际联盟的议程。再往后，圣乔治将与毒龙合影，照片将出现在《泰晤士报》的头版头条上。

"但是，当一切都说完做完之后，那条该死的毒龙将会继续挟持可怜的少女，而圣乔治和他的秘书，还有圆桌会议的全体参加者，以及协议，连同那见鬼的国际联盟，一切都会被火烧成碎片。"

"那并不是我提议的，约翰。"西蒙的声音变得气势汹汹，"再说你也知道，我们都在讨论国王和祖国。我有我的看法，你有你的见解，戴维和奈杰尔也有他们的观点……"

"我们都年轻而无知。"约翰勃然大怒，"我们并不知道德国正在发生的事情。说实在的，我们什么都不知道。"

"听着，约翰。"西蒙说，"让我来告诉你现在正在发生的事情。一旦政府参战，带来的将是超大规模的屠杀。我们这边，敌人那边，到处都是大屠杀。"

约翰反驳道："这个世界因为有一个像希特勒这样的疯子存在，战争绝不可能避免。难道你不认为，当他听到我们正在谈论所谓的'国王和祖国'时，一定会哈哈大笑吗？难道你还没有意识到，如果没有强大的军事力量，英国就是待宰的羔羊？看看现在的我们，德军已经侵占巴黎，我们

---

① 圣乔治是传说中的基督教殉教者，他屠龙的事迹口口相传，流芳百世。据说，在利比亚的海边有一条毒龙，古时的人们由于惧怕龙的威力，每年都要向它贡献美丽的少女作为祭品。圣乔治像一个中世纪的骑士一样出现在世人面前，他穿着精致的盔甲，骑着自己的骏马与毒龙搏斗，骏马的两个前腿夹住了毒龙的双翼，圣乔治则用长矛刺中了毒龙的咽喉。毒龙终被降伏，少女得救了。该故事有多个版本，很多影视作品中都有它的影子，比如《怪物史莱克》。

在敦刻尔克遭遇打击,能做的仅仅是撤退而已。他们已经泰然自若地准备好了随时入侵英国……"

"不,不,不!"西蒙将拳头重重地敲打在壁炉架上,"这是不可避免的,因为政府知道年轻人的供给是源源不断的,这些人愿意为国捐躯,而且他们不会问任何问题。可我跟他们不一样,我喜欢问问题!而且现在还在问问题!我讨厌过去那种为了'国王和祖国'而战的战争,讨厌英国对待爱尔兰、印度以及巴勒斯坦的方式。在我看来,对于眼下这场战争,一切都尚无定论。"

"爱尔兰共和军是一群杀人犯,一群暴徒!"约翰咬牙切齿地说,"任何对此持不同见解的人都是叛徒!"

玛姬一拍桌子,站了起来,"够了!"她高声喊道,因一时激动而暂时语塞。"你们俩别斗嘴了!"她将双手叉在腰上,语气慷慨激昂,"战斗或不战斗?讨论这个还有什么意义?我们都被卷入战争了,正如约翰说的,英国随时可能遭到入侵。现在我真的看不出来政治斗争还有什么要紧的。等我们赢得了这场战争——而我确信我们一定会胜利——那时候将会有足够多的时间来进行哲学讨论和辩论。在那之前,我们都在英国,我们都在同一条船上,我们都面对着同样的敌人。还有,还有……奈杰尔和查莉马上就要结婚了,在这种时候我真的求你们了,为了'国王和祖国',赶快闭嘴!"

大家重新调整了座位,戴维找出一张唱片——《我和我的女孩》,将它放在留声机的转盘上,然后小心翼翼地调整好唱针的位置,接着打开了电源。在一阵"噼啪"爆裂声之后,音乐开始了。"这是兰贝斯走步舞曲[1]。"他说,"我想我们的蛋糕是不是快不够了?"

① 20 世纪 30 年代后期在苏格兰流行的一种舞厅慢步舞。

十三

在恐惧中担惊受怕地等待了几个月之后，纳粹德国的空军终于还是来了。

玛姬和汀斯利夫人以及斯图尔特女士都在办公室里敲打首相的信件。突然，空袭警报开始低声哀鸣，这一次不是演习。

她们赶紧离开座位，一路小跑着奔向相对安全的地下战情室，飞机发动机的声音在头顶轰鸣着。是我们的飞机，还是德国人的飞机？玛姬心想。好奇心驱使她打开了一扇窗户并向外望去：正在天空中盘旋的飞机也许有好几百架，甚至可能是上千架，它们就像高速飞行的黑色昆虫，在血红色的云彩中留下了一道道银色的烟雾拖尾。在夕阳的余晖下，旧的烟雾渐渐模糊变暗，可紧接着新的又来了。

“空袭来了，请大家注意。空袭来了，请大家注意。”她们听到了兰斯先生呼喊的声音，后者是战情室的管理员。尽管事态如此紧急，但兰斯先生依旧是“请”字当头，对此玛姬并不感到意外——在唐宁街10号，人们不论说什么事都喜欢加上“请”字。她甚至可以轻易地想象出他说：“‘启示录四骑士’[①]来了，请大家注意。‘启示录四骑士’来了，请大家注意。”

她们听见防空高射炮“隆隆”作响，并且看到头顶的飞机纷纷离开队形，投入空战。斯图尔特女士将一只手轻轻地放在玛姬肩头，“亲爱的，除了眼睁睁地看着这一切发生，我们什么也做不了。”

玛姬点了点头，不过她依旧不能让自己的视线离开天空中的景象。她呆呆地伫立着，对德国人的恐惧与愤怒、对英国人的入迷和钦佩一并涌上心头。

---

① 《圣经·启示录》中提到的四骑士，分别代表人类的四大灾害——战争、饥荒、瘟疫、死亡。

"快跟上,霍尔普小姐。"汀斯利夫人在前面带路,指引着其他人往楼下跑。

玛姬花了一些时间找到纳尔逊,并将它抱在怀里,然后飞快地往汀斯利夫人的方向跑去。她喃喃地说:"终于还是来了。"

. . . . — — — . — — . .

在地下战情室里,一场争吵正在酝酿。

"我应该上去看看。"首相斩钉截铁地说,"这是我的城市,真该死,而你……"他的手指震颤着指向伊斯梅尔将军,"你不应该阻止我。"

"首相先生。"伊斯梅尔将军已经不是第一次表达自己的观点了,"作为你的顾问,我认为这样做是不谨慎的……"

"谨慎?你跟我提谨慎?"丘吉尔有些气急败坏,"现在我们处于战争状态,伙计。在这种时候还谈什么谨慎?"

伊斯梅尔将军叹了口气,"既然如此,那就依你吧,首相先生。不过,请不要待太久。"

丘吉尔先生环顾了一下聚集在周围的职员,"谁跟我一起?"他脸上带着天真无邪的笑容,就好像是在邀请大家参加鸡尾酒会。

玛姬第一个举手,紧接着约翰和戴维也举手了。随后,在场的几名高级官员——伊斯梅尔将军、艾德礼先生[①]和艾登先生[②]——也决定跟他们一起去。时刻陪伴在首相身边的影子——沃尔特·汤普森则表情严肃地跟在首相身后。

"不用惊慌,别忘了我们是英国人。"当他们一行人顺着阴暗的楼梯

---

① 全名克莱门特·理查·艾德礼,英国工党政治家,"二战"期间担任英国政府的枢密院议长委员会主席,主要负责战时的民政事务(丘吉尔主要负责军务)。克莱门特·艾德礼在战时全力支持丘吉尔的领导,而法国在 1940 年向纳粹德国投降的时候,虽然内阁就继续主战或议和的决定出现分歧,但最终因为有克莱门特·艾德礼支持丘吉尔,使英国得以继续作战。此外,在整整五年间,亦只有他们两人一直在战时内阁供职。克莱门特·艾德礼于 1942 年至 1945 年出任副首相,并于 1945 年战争结束后在大选中击败丘吉尔,成为新一任英国首相。

② 全名罗伯特·安东尼·艾登,英国政治家、外交家,"二战"期间曾任英国国防委员会委员、陆军大臣、外交大臣和副首相等职,后来在 1955 出任英国首相。

往上走时，戴维戏谑地说道，但是没有一个人笑。接下来，他们来到了有利于观察的屋顶位置，放眼望去整个伦敦城好像都在燃烧，城市的地平线在黑暗中闪耀着橘红色的火光。

警报还在鸣响，头顶上传来德国梅塞施米特式战斗机呼啸而过的声音，与此同时他们还能够听到炸弹劈开建筑物时发出的巨大响声，并且可以感觉到英国人回击的炮火引起的震动，以至于连他们所处的大楼都开始摇晃……这一切都如此之近，正在发生的野蛮破坏使人难以承受，然而事实是无法改变的。突然，一阵可怕的震颤贯穿了玛姬的身体，她不由自主地后退了一步，正好靠在约翰身上。他将双手按在她的肩膀上，试图让她稳定下来，可她却因他的触摸而感到惊讶和慌乱不安。当约翰的手放开后，戴维拉住了她的手臂，并紧握了一下让她安心。

但是戴维的目光并没有离开地平线，事实上没有哪个人的目光能从那里移开。空气中充满了死亡和毁灭的气息，弥漫着刺鼻、苦涩的味道和一阵阵金属腥味。玛姬仰头望着天空，此刻她能够想象那些刚刚死去的人的灵魂正在他们头顶上方徘徊萦绕。

每隔两分钟左右，就有一拨新的飞机从他们上方飞过。发动机发出了刺耳的轰鸣声，这是一种邪恶的征兆。紧随其后的是一批又一批的燃烧弹，以及一簇簇堪比枝形吊灯的亮光，它们在黑暗中闪耀着光辉，继而将地面上的目标变成一团团炽白色的光芒。他们看到大部分燃烧弹一个接一个地熄灭，就好像消防队员在火焰愤怒失控之前就将它们控制住了。不过，还是有一些燃烧弹命中了目标，很快就有橘黄色的火焰从炽白色光团的中心升腾而起，顷刻间一栋楼就这样被火光吞没了。

在火光之上，天空被映成了深红色。在他们头顶上方，一团团粉红色的烟雾汇集起来，在广阔的天空中形成了一块“天花板”。在“天花板”的那一侧，他们看到了一些很小但很明亮的闪光，那是由防空炮弹爆炸而产生的光芒。燃烧着的地平线发出红色火光，将防空气球的身影映衬得更加清晰。

目睹着眼前的野蛮暴行，每个人都很沉默，只有戴维是例外，当一个特别华丽的“枝形吊灯”爆炸时，他居然轻轻地吹了一下口哨。对于玛姬来说，那是她曾亲眼见过的最华丽也最可怕的场景。尽管现在天气十分凉爽,但她可以感觉到自己的汗水从腋窝渗出,在胸膛上淤积,然后顺着后背往下滴流。

她的思想飞到了很远的地方,飞到了她的室友那里,飞进了广袤无垠的黑暗中。此刻她感到自己非常脆弱,精神防线开始一点点崩溃。"恐惧"变成了一个真实存在的人,站在离她很近的地方,甚至压在她的身上,动作猛烈而且粗鲁。玛姬无法自已,终于因恐慌而大哭起来。

"你还好吗?"约翰轻声问道。

她站直了身体,"是的,我很好。"她没有说谎,她会挺过眼前这一关的,他们所有人都能挺过去的。"那么你呢?"玛姬问道。

他的声音非常坚定,"我马上就会回到工作岗位。"

没错,回去工作。而今眼目之下,工作是他们唯一能做的事。

. . . . — — — . — — . .

第二天早上,上班途中的玛姬行走在遭受轰炸后的伦敦街头。根据BBC的报道,此次空袭是由三百架轰炸机在六百架战斗机的护送下完成的。就在一夜之间,超过四百平民丧生,更不用说炸弹带来的损坏和随之引发的火灾了。伦敦码头已经被大火烧得面目全非,而这还只是冰山一角。更严重的是,从今天开始,德国轰炸机将夜复一夜地接踵而至。

她继续前行,路过了一扇扇用木板条封起来的窗户,里面有一些猫正透过玻璃向外凝视。接下来,她路过了好几栋带有露台、角楼以及帕拉第奥式窗户[①]的房屋,以及一些形状酷似指向天空正在控告的手指的烟囱和教堂塔楼。很多曾经自豪地矗立在地平面上的楼房,现在正与堆积如山的瓦砾或建筑物骨架为伍。面对眼前的破坏、毁灭和荒芜,玛姬感到非常震惊,她不敢相信自己的眼睛,突如其来的悲伤势不可挡,将她淹没。

夜复一夜的轰炸就这样持续着,玛姬的感受开始逐渐变化,尽管悲伤和失落笼罩着伦敦人民,但奋勇反抗的精神正在滋生、萌芽和壮大。一种强烈的团结一致、相互支持的信念超越了恐惧感,另外还有一种近乎顽皮

① 意大利建筑师帕拉第奥设计的窗子,中间为一圆拱形顶窗,两侧各有一个较窄的平顶窗。

的黑色幽默是局外人也许无法理解的。尽管损害和威胁还在持续，但许多遭受轰炸的商店却选择了继续开门营业。

“你的售货窗口比以前更大了？”玛姬半开玩笑地对一名杂货店老板说，后者的店铺窗户在空袭中被打碎了。

这个男人会心一笑，“你说得对，小姐，事实的确如此。”

另一家正在营业的商店挂了一行标语：**他们可以打碎我们的窗户，但不能挫败我们的信念。**甚至连警察局门口也张贴着：**大家规矩点，警察还在工作。**

接下来，夜复一夜变成了周复一周，身处伦敦的每一个人都学会了在空袭中生活。他们学会了在恐惧和害怕中生活，适应了一个接一个的不眠之夜，以及持续的恶心和没有胃口。他们学会了在黑暗中迅速起床，以最快的速度跑向脆弱的由波纹钢板制成的安德森防空洞，一路上还不会跌倒或被绊倒。他们学会了适应在伦敦东区长时间燃烧着的火光，并且适应了城市的气味——浓浓的黑烟烟味，以及大家尽可能闭口不谈的从废墟下面发出来的恶臭。根据若干统计，很多人——数字应该超过了十七万——学会了在分散于城区各地的八十多个地铁站里生活，他们席地而卧，用自制的小烤架烹饪，将水桶用作卫生间。

他们开始习惯于看见身穿黑衣的人列队前进，这些人都是去参加不断举行的葬礼和追悼会的，或者是正在返程途中。送葬者的数量越来越多，乌泱泱的队伍看不到止境。

他们学会了在每天阅读早报的时候不哭泣。

但是，有些东西是玛姬她们无法适应，而且也不愿意适应的。当又一颗炸弹坠落在她们所住的街区以后，玛姬、佩吉和萨拉看见尸体——她们的朋友或邻居的尸体——从废墟中被拉出来，那些场面是她们永远也不能忘记的。

但是生活还能继续，而且必须继续。所有人都继续工作，继续吃饭，继续在商店里与人交谈，继续自己的人生，就好像他们都是那些经典英国戏剧中的人物——总是彬彬有礼、中规中矩，偶尔显得有些拘谨呆板。有些时候，这座城市古怪中夹杂着几分幽默。

不过，真的没有其他事可以做。

· · · · — — — · — — · ·

计划中的广告如期出现在了《泰晤士报》上，那是一幅无伤大雅的素描画，展示了最新的时尚女装：日常连衣裙、及膝裙、遮住手腕的手套、硬草帽，还有船形中高跟鞋等等。

但是这幅素描画中隐藏着玄机：一些不太明显的极小的点和短线分布于不同的区域，看上去就像是普普通通的手绘服装褶皱。不过，如果将这些线迹拼接在一起，那么会看的人就可以清楚地获悉画中所透露的隐藏信息。

皮尔斯对画面的布局很满意——它们并没有聚集一处，而是分别位于板球比赛比分的下方和纵横填字谜游戏的旁边——的确很容易被看到，但也很容易被瞬间忽略掉。

当然，这里不包括那些正在等待这幅广告的人。

他将报纸放在办公桌上，小心翼翼地用一把小而锋利的剪刀将这幅画从报纸上裁下来，然后将它收好，供克莱尔放进她的下一封寄往挪威的信中。“真是愚不可及的白痴。”他一边搅拌自己的茶，一边满意地自言自语，“他们什么都看不出来。”

这时响起了“咚咚”的敲门声，他走过去打开房门，是克莱尔。

他笑了，两人目光交汇。“我一直在等你。”他说。

她伏在他身上，用双手环绕着他的脖子。“我知道。”她说，“我想我们应该庆祝一下。”

他的身体开始有了反应，“那么迈克尔怎么办？”他好不容易才说出了这几个字，但声音里面充满了欲望。

她的手缓慢地摩挲着他的衬衣前襟，接着滑向他的腰带。“算了，我们现在还是不要谈论他吧。”克莱尔说。

· · · · — — — · — — · ·

尽管夜复一夜的轰炸不断地侵扰着伦敦，玛姬还是决定将自己的注意力转回到如何寻找更多关于父亲的信息这个问题上。

真是个古怪的任务，即将出门的她心烦意乱地想道。她将淡紫色丝带别在棕色稻草礼帽上，然后对着镜子戴好了帽子。

她已经找到了一条关于父亲的线索：他曾经是伦敦政治经济学院离散和应用数学系运筹学研究小组的一名教授。看上去应该首先从这里开始着手调查。

系主任塞缪尔·巴斯托允许她进到他的办公室，那里杂乱无章地塞满了书、报纸和文件。办公室的墙上挂着一幅埃舍尔[①]的木刻版画——《昼与夜》的复制品，窗台上摆了一盆长而尖的叶兰，房间里的空气充满了灰尘和香烟烟雾。

巴斯托大概六十五岁上下，他戴着一个有条纹图案的蝴蝶领结，脸像纸一样白，就好像他是个常年不见天日的人。"我没有多少时间，小姐，该怎么称呼你呢？"

"我叫玛姬·霍尔普。"她伸出了右手。

他站起身来与她握手，结果在她米黄色的手套上留下了一点墨迹。"很高兴见到你，霍尔普小姐。我能为你做些什么呢？"

"我希望你能回答我的一些问题。"

"是关于期终考试的吗？"他边说边将羊毛般的灰色头发拂到脑后，"考试内容全都是课堂上讲过的，你可以找一位同学，借用一下笔记……"

"不，巴斯托教授，这不是我前来找你的目的。事实上，我希望你能告诉我一些和我父亲有关的事情。他叫埃德蒙·霍尔普，曾在贵系担任教授，时间大概是 1906 年到 1916 年。"

塞缪尔·巴斯托突然坐下，就好像泄了气一般。他指着办公桌对面的一把深绿色皮椅，"噢，天哪！天哪！"

玛姬将一堆蓝色封面的书搬到地上，然后有些勉强地坐在那把椅子的边缘。

"埃德蒙·霍尔普，我差不多有……真抱歉，因为时间确实比较长，我

---

① 全名摩里茨·科奈里斯·埃舍尔，荷兰艺术家，专门从事创作木版画和平版画。

也记不清有多少年没听说过这个名字了。”他掏出一个沉重的银色打火机，点燃了自己的香烟，继而吸了一口。片刻之后，伴随着一声叹息，他吐出了几个淡蓝色的烟圈。

“这我明白。”她边说边前倾身体。

他盯着在办公室昏暗的灯光下燃烧着的烟头，接着闭上了双眼。玛姬注视着他，看到了他眼眶周围深深的皱纹和眼睛下面淤伤般的紫色阴影，还有额头上刀刻一样的抬头纹。他和我父亲年龄相当，她心想，也许我父亲也有同样的皱纹了，如果他还活着的话。

巴斯托教授长长地吸了一口烟，继而缓缓地吐出烟雾，“霍尔普小姐……”

“请叫我玛姬吧。”

“玛姬。”他若有所思地复述道，“见到你真的很高兴，玛姬。你毫无疑问是你父亲的女儿，当然，你也具备一些你母亲的面貌特征。我只见过她一两次，但是你父亲总是将她的照片放在他的办公桌上。我们常常没完没了地取笑他，问他是如何将一个这么漂亮的女孩给娶到手的。”

玛姬很希望对方继续讲下去——她希望听他说出所有的故事——然而她知道她必须将谈话拉回到自己的主题上来。

“你去参加了他的葬礼吗？”

“参加……参加什么？”他湿润的眼睛看上去非常震惊。

“他的葬礼。我想知道你是否参加了，或者说，你是否知道有哪个认识的人参加了。”

“我不明白，你为什么会突然问这样的问题。不过，我当然参加了你母亲的葬礼。”

“我母亲的？”她故作平静，“不，也许你听错了，我说的是我父亲。我……”

“亲爱的孩子。”他边说边前倾身子，“我从来没有参加过你父亲的葬礼。”

她十指紧扣，“为什么呢？”

“因为……据我所知……你父亲现在还活着。”

玛姬屏住了呼吸。

“我只知道他选择了独居，没有再来工作，并且略微有点酗酒的倾向。”巴斯托说，“我们都非常担心他。我知道他的妹妹在照顾你，而他……嗯，有一天，他突然消失了。”

“突然消失？”玛姬松开双手，“这不可能，没有人会无缘无故地突然消失。”

“只是看上去是这样的。听说他变得越来越孤僻，开始有妄想症状……再往后我们就听说他突然消失了。”

“这样啊，那么你是否知道他去了哪里呢？”

“亲爱的孩子，但愿我能够回答你的问题。但是你应该知道，在那段特殊时期，堑壕战[①]非常惨烈……你父亲跟我是好朋友，所以这样说我真的非常痛苦。而我一直宁愿相信他是去了乡下之类的地方，从而找回自己的灵魂，然后再和灵魂一道回来。但是，几个月过去了，接着几年过去了，可他再也没有重新出现。”

他还没死？玛姬感到后颈的汗毛都竖立起来了。这就是伊迪斯姑妈企图向我隐瞒的事情吗？她为什么要这样做呢？“听你这么说，他有可能还活着？”

“嗯，的确有这种可能性。”巴斯托说，“不过，我想在这些年里他可能遇到了很多事情。”

“那么你认为他最有可能去了哪里？”她追问道，“除了伦敦，他有没有一个特别喜欢的地方？”

巴斯托叹了口气，抓挠着自己的脑门，“那已经是很多年前的事情了……”

“请再帮我回忆一下吧。”玛姬恳求道。

“对了，我想起来了，他时常提到他在剑桥大学的时光。他很喜欢那里，在他心中始终有一处温暖的空间，是用来留存他在大学里那些岁月的。我能想到的就只有这么多了。”

剑桥大学……是的，他在三一学院完成了他的大学本科和硕博学业。

---

① 堑壕战又称战壕战或壕沟战，是一种利用低于地面并能够保护士兵的战壕进行作战的战争形式。堑壕战在“一战”中的西线战场（交战双方为德军和英法联军）造成了最多的伤亡。

玛姬心想。聊胜于无，总算有线索了。“谢谢你，巴斯托教授。”她打开自己的手提包，掏出一支钢笔和一个记事本，写下了一些东西，然后将那一页撕下来递给他。“这是我的电话号码，如果你回忆起了更多事情，请告诉我。”她站起身来，准备离开。

“你得知道……”他缓缓地说，“有时候，有些人并不希望被别人找到。”

玛姬被他的坦诚和直率所触动，“我能理解。”她回过头说道，“但是只要有机会，哪怕只有一线希望，我也会去尝试。”

十四

尽管夜夜都有空袭，可是生活还得继续。

“我们有票了！我们有票了！”佩吉喊叫着跑上楼来。

任何与萨拉以及她的舞蹈生涯有关的事——在这个单调无生气的战时世界里，舞蹈自然有着迷人的魅力——都会让佩吉感到无比美妙，甚至兴奋得发狂。她跳着舞进到玛姬的卧室，而后者正在往浴缸里放水，准备沐浴。尽管往腋下涂抹了窝露多①，并且在身上喷洒了紫罗兰古龙水，但就像其他伦敦人一样，玛姬还是需要洗澡。

“什么票？”玛姬透过浴室门嘟囔着抱怨道。她感到一阵恼怒，因为她刚刚脱去居家服，钻进了为她定量配给的五英尺深温水中。自她从伦敦政治经济学院回来以后，内心一直很不平静，所以希望以洗澡的方式在头脑中理顺巴斯托教授告诉她的所有事情。

“当然是芭蕾舞剧的票啊，小傻瓜。你知道吗，他们又开始表演了，只是开幕时间因空袭的原因而提前了。萨拉刚给我打过电话，她说这一次她会成为《天鹅湖》的女主角，因为玛戈特扭伤了脚踝。她在售票处为我们留了票，演出七点钟开始，我们需要赶在六点半之前去取票，所以……现在我们只剩下一个小时了，赶快收拾自己准备出门吧。快快快，抓紧时间！”

玛姬叹了口气，只得迅速地洗了个澡，然后不情愿地从浴缸里出来。毕竟，不管她打算为寻找父亲而做点什么，总之今晚铁定是做不成的。

---

① 20世纪上半叶很流行的一种除体味剂的名称。“窝露多”是标准的音译，而它的字面意思是：“异味？噢，没有了！”

. . . . . ———.——. .

尽管拉上了遮光窗帘，剧院看上去依然还像一个处在远离战争的城市中的小世界——虽然事实上这座城市几乎每个夜晚都会遭受空袭。大厅里面充满了金色光芒，亮光从漂亮复杂的巨型枝形吊灯里溢洒出来，映照在光滑的大理石地面上。佩吉先去取了票，然后领着玛姬来到了前排的座位区。“哈哈！我们的位子真好！”她兴奋地拍着手。

玛姬看着铺有深色天鹅绒的椅子，由枝形吊灯和壁画装点的精雕细琢的天花板，还有被金色幕布遮蔽着的舞台……这一切实在是太华丽了。工作人员递给她们一份节目单，接下来她们进到了与座号对应的那一排，玛姬看到约翰和戴维已经在那儿了。

看到她们后，两个小伙子都站了起来，约翰腿上的报纸掉到地上。所有人都注意到了那一版的标题——《不列颠之战：皇家空军在进攻！》

“好久不见，玛格丽特。”戴维寒暄道。他取下眼镜，用手帕擦拭了一下镜片，然后再次戴上。他倾身越过约翰，试图把玛姬看得更清楚，“你的晚礼服真时髦，是不是‘梅因布彻’[①]1937年款？”

“这是佩吉的，一直闲置在衣橱里。”

“哦，穿在你身上真好看。你说是吗，约翰？”

“她平时在办公室里也很好看。”约翰回答道，继而俯身去捡自己的报纸。看吧，这就是在玛姬心目中约翰讨人喜欢的一面，尽管她必须承认身穿晚礼服、戴着蝴蝶领结的戴维和约翰看上去都很优雅。她打开了节目单，映入眼帘的第一句话是：**在今晚的表演中，奥黛特和奥黛尔的角色将由萨拉·桑德森扮演**。约翰已经将他的报纸捡起来，正试图将它们重新叠放整齐。报纸发出了“窸窸窣窣”的响声，在当前的环境下听起来尤其响亮。

“你也喜欢欣赏芭蕾吗，约翰？”玛姬问道，后者立即放弃了整理报

---

① 梅因布彻是巴黎的美国服装设计师，20世纪30—40年代是其巅峰时期。梅因布彻最有名的作品是1937年温莎公爵夫妇结婚时为公爵夫人设计的结婚礼服，这款礼服在30年代是极具争议的设计，因为紧身收腰的造型改变了当时服装轮廓模糊的普遍外形，将服装史领入了下一个新篇章。

纸,而是将它们一股脑儿塞到了座位下面。

“说实话,我对此了解不多。”

“你是在伦敦长大的,你一定看过一些芭蕾舞剧。”

“看过一点吧。”他承认道,“的确如此。”

“离开美国之前,我在音乐会上看到过玛莎·葛兰姆①和她的舞蹈班子。”玛姬说,“很美,那种美感是用一种棱角分明的硬朗方式表现出来的。不过,你得反复看上几遍才能感受到个中精彩。几年前,我和一帮朋友去纽约游玩时,欣赏过美国芭蕾舞团的一些舞蹈,配乐是伊戈尔·斯特拉文斯基②的曲子,编舞者是苏联人,在我印象中他的名字好像叫巴兰钦。他们的舞蹈和你能想象的完全不同——没有芭蕾舞短裙,也没有王子和公主,只有音乐。看上去,他们是在用动作诠释音乐。”

“这么说,你很喜欢现代音乐,是吗?我可是伊戈尔的仰慕者。”约翰说。原来他喜欢斯特拉文斯基,可她并没有因此而感到惊讶,为什么会这样?

“哦,我不敢不懂装懂。它和你散步时哼唱的曲子不一样,也和柴可夫斯基的曲子不一样。但是,那是一个我永远都不会忘记的晚上。当晚只有一出芭蕾舞剧,名字是《阿波罗》……”

她突然脸红了,因为约翰正目不转睛地凝视着她。

“继续讲下去吧。”他说。

“嗯,那就像……噢,快看,演出开始了!”

灯光变得昏暗,乐队指挥在观众的掌声中登场鞠躬,继而扬起了指挥棒,示意序曲开始。优美动听的音乐萦绕在他们周围,玛姬忘掉了在办公室里工作的那些深夜,忘掉了令她精神紧张的打字机,还有黏滑的小肥皂片,被用得很旧的牙刷,定量配给的食物,以及令人反胃的国民全麦面包。她的注意力被转移到了一个童话中的王国,在这里,一位王子会爱上那个被可怕的魔咒变成天鹅的女孩。

玛姬知道萨拉天资很好,而且也很努力,不过当后者登台亮相的时

① 美国舞蹈家及编舞家,现代舞蹈创始人之一。

② 美籍俄罗斯作曲家。

候，她还是感到极其兴奋。萨拉穿着白色的芭蕾舞裙，她的头发被系到脑后，装点了白色的羽毛。动起来的时候，她不再是一名身穿漂亮剧装的舞蹈演员，而是一只活生生的被施了魔法的天鹅。她的舞姿如羽毛般轻盈，演绎着奥黛特的困境——被束缚，竭尽全力想摆脱魔咒。奥黛特浑身上下散发出一种强烈的渴望，期盼着王子能够以某种方式让她重获自由，但与此同时也有一种无奈的顺从，她得承认巫师具有强大的力量。

. . . . ——— . —— . .

幕间休息的时候，他们一个接一个地走出剧院，来到外面的大厅。西蒙不知从哪儿冒了出来，他一定是独自来的，不过也可能是查莉或双胞胎姐妹中的某一个邀请了他。“你们一定不太喜欢芭蕾舞剧。”他对玛姬和佩吉说，随即点燃一支香烟，吸了起来。

“恰恰相反。”佩吉回答道，她用手指搅动着自己的金色卷发。

“我是说着玩的，‘斯嘉丽’。我能看出你们都很喜欢它。”西蒙说道。这时，查莉和奈杰尔正在角落里亲密地窃窃私语，而戴维和约翰则与其他一些男人在酒吧间里展开了激烈的讨论，话题当然还是和政治密切相关。玛姬看到双胞胎姐妹朝男人们走了过去，确切地说她们的目标应该是约翰，她心里颇不是滋味。在某个时刻，安娜贝拉前倾身体，这样一来约翰就可以帮她点燃香烟。同时还可以看到她漂亮的礼服。

西蒙来到她们身旁，“‘斯嘉丽’，你这身礼服真好看。”他对佩吉说，并且上下打量着她，还用手掌在她背上摩挲。玛姬一时不知道该如何是好，事实上，自上次生日聚会之后，她一直不喜欢西蒙，也不信任他。

佩吉还是她那副一贯轻浮的样子，“哇！谢谢你，好好先生。”她以南方人特有的拉长声调慢吞吞地说。

“我是说真的，它很适合你。”他轻声说道。突然，约翰出现在他们身旁，他的表情很严肃，眼神让人难以理解。两个男人目光相对，彼此瞪视了片刻。“哦，对了，约翰，你觉得那些舞蹈演员的表现怎么样？”西蒙打破了沉寂。

“我认为现在是时候回到我们的座位上了。”约翰平静地说。

西蒙朝佩吉眨了眨眼，“既然如此，你打算回去吗？我觉得他好像不是很友好啊。”

不过约翰毫不退让，冷冰冰地站在原地。

“等表演结束后，我们再继续聊吧。可以吗，佩吉？”

玛姬感到很好奇，为什么约翰会对西蒙和佩吉产生突如其来的兴趣？这时，安娜贝拉走上前来，大模大样地挽起了约翰的手臂，并尖声傻笑着。

“哇哦，当然好啊，为什么不呢？”佩吉兴奋地回答道，而玛姬则很困惑地发现约翰皱起了眉头。他为什么会这样？是因为佩吉和西蒙的事，还是因为安娜贝拉？

在玛姬看来，第三幕和第四幕要比前两幕精彩得多。当奥黛尔——那只假冒女主人公奥黛特的黑天鹅——登场以后，萨拉的表演非常出色，甚至近乎完美。某个时刻，身为奥黛尔的她明显是在模仿奥黛特的气质：黑天鹅荡漾着自己的双臂，只用脚尖着地，以一种白天鹅特有的脆弱而温柔的方式走向受骗的王子齐格弗里德。

剧终谢幕的时候，佩吉和玛姬都跳起来狂热地鼓掌，萨拉站在台上不停地向观众鞠躬致意。

“我们去后台吧。”人群散开以后玛姬建议道，“毕竟我们都是芭蕾舞剧女主角演员的朋友们。”她拉着佩吉的手臂，“快来吧！”他们一群人都朝后台走去，那里没有上锁，也无人看守。

他们在后台走来走去，四处寻找萨拉。这里是一个昏暗、巨大的空间，长长的挂物架上放着很多演出用的服装，地上有几个装满碎松香——用来防止芭蕾舞鞋打滑的材料——的纸箱，空气中弥漫着汗水和香烟烟雾的味道。后台工作人员正在移动道具，不经意间他们听到了一个谈话的片段：“今天的演出棒极了，亲爱的！”“哦，那么你有没有看到萨拉主演的那部分？”“呸！我的脚受伤了，因为我以足尖站立的姿势摔倒了，你不知道吗？”

他们经过了一群汗流浃背、衣服刚换到一半的舞蹈演员，这些人的肩膀上搭着毛巾和毛衣，脸上画着浓厚的舞台妆。八方打听之后，他们终于在角落里找到了萨拉，她裹在红色的丝质长袍里，看上去十分纤细，身上的汗珠略微闪亮。萨拉正小心翼翼地取下假睫毛，紧接着她看到了他们。

“你们好，宝贝们！”她热情地喊道，然后站起来亲吻每个人的脸颊。舞台背后的萨拉看起来比平日更加娇小，加上她脸上浓厚的白色舞台妆和刚取到一半的假睫毛，整个人十分滑稽，玛姬忍不住笑出声来。

“你们感觉怎么样？喜欢吗？”萨拉问道。

“你的腿是我所见过的最美的腿。”西蒙说，“我本该一整晚都欣赏它们的。噢，等等，好像我的确是这样做的。”

萨拉白了他一眼，“我还是去跟那些成年人谈话吧。你们几位感觉如何？”

“非常完美！”佩吉一边说，一边在镜子里检查着自己的妆容，然后用萨拉的粉饼在鼻子上润色了一下。

“简直是一流水准。”奈杰尔补充道，可他的注意力却被佩吉给吸引过去了。

“我非常喜欢。”玛姬亲吻了萨拉的脸颊，“你可真让人惊讶！”

“你就像月光一样美丽温柔。”约翰说道。听了这话，玛姬惊讶地朝他看过去。他的评论很优美，她从来都不知道他有如此诗情画意的一面。

“你的嘴真甜，约翰，我想这话可以说给今晚所有的天鹅们听。而现在，我作为其中的一个，当然要为自己好好庆祝一下！”她边说边继续卸妆。

“毫无疑问，庆祝新一代柴可夫斯基天鹅女王诞生，最合适的场所非朗廷酒店的酒吧莫属。”戴维说，“大家都去喝伏特加酒吧！”

“耶耶耶！”安娜贝拉和克拉贝拉同时低声细语地说，“我们喜欢朗廷酒店！”

“好极了！”西蒙补充道，“那里有正宗的苏联伏特加，我们还等什么呢？”

. . . . — — — . — — . .

一行人走进朗廷酒店的大门，穿过高耸的柱子和门廊，来到了大厅，这里的地面是由黑色、绿色、酒红色和白色大理石组成的环形图案，闪闪发光。

“真是个大酒店。”佩吉赞叹道，品味着四周的高雅氛围。

“这里很像维多利亚火车站。”西蒙故意高声耳语，很明显他和佩吉的感受大不相同。

安娜贝拉挽着约翰的手臂，而克拉贝拉则和戴维走在一起。玛姬对双胞胎姐妹的感觉常常在恼怒和宽容之间交替变化，不过现在她突然非常讨厌她们。

众人经过大厅，来到了一楼的酒吧。房间很阴暗，墙上是桃花心木镶板，里里外外摆放了很多把栗色皮革椅子。伴随着浓浓的烟味，房间里到处充满了碰杯的响声和音调很高的女人笑声。他们找到了一张空闲的长条桌子，纷纷就座。约翰、安娜贝拉、萨拉、奈杰尔和查莉坐在桌子的一侧，玛姬、西蒙、克拉贝拉、戴维和佩吉坐在另一侧，一名侍者正朝他们走来。“我们要几瓶香槟吧。”戴维挥着手建议道，“趁现在英镑还值些钱。”

“我想要‘罗密欧－朱丽叶’雪茄。”西蒙说，“那是首相最喜欢的香烟，不是吗，红发妹子？”他对玛姬说，“它能让你感觉到仿佛回到了家里。”

侍者走到酒吧角落里的烟草贮藏盒旁边，取出了西蒙点的雪茄，然后将它带到他的桌子上。接下来，侍者用断头台式雪茄剪对它进行了一场标准的剪裁仪式[①]，继而点燃了它。西蒙接过雪茄，长长地吸了一口，接着向后靠在椅背上，扬起下巴，看上去非常满足，那姿势对于玛姬来说再熟悉不过了。

打开的香槟酒瓶被放在戴维右肘边的一个银制冰桶里，旁边还摆了几个蚀刻有花朵图案的宽口酒杯。戴维示意侍者离开，然后亲力亲为地为每个酒杯都注满了酒。“香槟……”他站起来宣告道，“是庆祝萨拉·桑德森成为芭蕾舞剧女主角演员的完美饮料。”说完后他低头致意。

“恭喜萨拉！”众人一起附和，彼此碰杯，“干杯！”

敬完酒之后，萨拉发现迪米特里也在这间酒吧里，他正准备加入其他舞蹈演员的谈话。很明显，这间酒吧是想家的东欧人经常聚集的地方。

---

① 由于制好的雪茄有一头是封闭的，所以第一步是要将关闭的那头打开，将它变成中空的像麦管一样的东西。通常情况下，关闭的一端叫“头部”，敞开的平坦的一端叫“尾部”。吸食雪茄的标准程序是先剪裁“头部”，然后点燃“尾部”。

她叫上戴维,两人一同走过去与迪米特里打招呼。

“还需要酒吗?”西蒙边问边注满了玛姬的酒杯,随后又为佩吉将酒加满。玛姬看到西蒙的一只手伸进桌子下面,放在佩吉覆盖着丝绸裙子的大腿上。她正打算提醒佩吉,却猛地瞥见安娜贝拉在约翰耳边窃窃私语,于是她立即改变了想法。毕竟,尽管他也许是经验丰富的情场老手,可佩吉已是一个成年女子。

玛姬看了看其他方向,查莉略微有些醉意,正和奈杰尔亲昵地互蹭鼻子。片刻之后,她听到西蒙和佩吉的谈话主题已经转到了爱德华八世和辛普森夫人。

“但这真的很浪漫!”佩吉用她秀气的拳头重重地敲在桌上。

“嗯,也许你说得没错,‘斯嘉丽’,可你毕竟是美国人。”西蒙说,“你不明白君主立宪制与童话故事中的王子和公主是毫无关系的。”

“噢,他在放弃王位之后是怎么说的来着?”佩吉闭上双眼默想了片刻,“他说他不能再继续做国王了,如果没有……我想不起来了。”

“如果没有我所爱的女人的帮助和支持。”约翰帮她作了补充。*天哪!他居然还有如此浪漫的一面?*玛姬有些惊讶。她喝完了杯里的香槟,戴维再次为她注满。*或者说,至少他的记性很好。嗯,这酒真的不错!*

歌手开始缓缓地演唱《没有你我也可以过得很好》,安娜贝拉转过头来,面朝约翰。“我非常喜欢这首歌。”她含情脉脉地说,随即从座位上一跃而起。“来和我跳舞吧。”她一把抓住约翰的手,将他从座位上拉起来,并使得他没有拒绝的机会。

*这样一个瘦小羸弱的东西,当然得自己主动点了。*玛姬的眼睛注视着杯子里金灿灿的香槟气泡,心里却不太平静。

当约翰和安娜贝拉站起来跳舞时,玛姬的目光一直跟随着他们。

西蒙迅速移到佩吉跟前,“‘斯嘉丽’,与我共舞好吗?”

佩吉笑道:“当然好呀。”

玛姬看着西蒙和佩吉一起进到舞池,开始跳舞。但是没过多久,他们好像打算要离开。*他们要去哪里?*这时,萨拉突然来到玛姬身旁,脸色苍白地说:“我们必须得阻止他们。”

“阻止他们?”玛姬有些惊讶,“你的意思是……但是无疑佩吉有资格享受一些……嗯，乐趣。毕竟，这和我们俩没有任何关系。”玛姬被弄糊涂了，萨拉看上去一直都是放荡不羁的，为什么她突然变得这么拘谨和古板？

“我……我现在还不能说，但是我需要跟她谈谈。”

玛姬盯着萨拉的脸，后者的表情异常严肃。“好吧，那……我们过去吧。”玛姬说。

. . . . — — — . — — . .

“你想去看看沃利斯·辛普森套房吗？”西蒙对佩吉说。他将手伸进衣袋，掏出了一串钥匙。“管理员是我的好朋友。”他边说边用手指按抚着她的背脊，“怎么样，你意下如何？”

“好呀，西蒙。”她抬起头，透过自己的假睫毛看着他的眼睛，“我很想去看看，毕竟那里是一个……嗯，历史遗迹。”她和西蒙一起走过大厅，然后进到一部内壁由复杂精致的镶嵌木面板构成的电梯里面，开始上楼。

“我们到了。”他边说边走出电梯，就好像来到了自己的家一样，“这里就是大名鼎鼎的辛普森夫人套房。”初次来访的佩吉对房间里的一切都感到好奇：墙壁覆盖着象牙色的波纹绸；窗帘是厚厚的蓝色织锦，上面有金色的花纹和图案；房间侧面有一个深蓝色的丝绸沙发，沙发两端各有一个茶几，茶几上摆放着古色古香的中国花瓶。

“据说爱德华八世和辛普森夫人并不是这间酒店接待过的唯一情侣。”西蒙的嘴里散发出浓浓的酒气，“奥斯卡·王尔德曾带过许多年轻小伙子来到这里，他们还说安东宁·德沃夏克经常同他成年的女儿一起住在这里……不知你能否想象个中奥秘。”他窃笑起来，“不过我可以告诉你，其实我们英国人并不像你们美国人所认为的那样古板和正经。”

佩吉只是冷冷一笑，在伦敦待过几年之后，她已经看透了英国人彬彬有礼的外表之下隐藏着的真面目，她对他们不再抱任何幻想。

他推开了一扇房门，“亲爱的，这里是卧室。”他轻言细语地说道，然后用一只手臂环绕着佩吉，将她拉向自己。

套房的大门毫无征兆地响了起来，有人正使劲敲门。“哎！该死！见鬼去吧!"他恼怒地说,接着弯下腰,准备亲吻佩吉。然而,敲门声一直没有停歇,反倒越来越沉重。

"什么人这么无聊?"西蒙意兴阑珊地走到门边,打开了门。

"是你们?"他非常惊讶,脸顿时红了。门口站着萨拉和玛姬,两个人的表情都很严肃。

萨拉迅速走到佩吉身旁,"你还好吗?"她紧张地问道。

"我？我很好呀。"佩吉一脸的困惑。

"佩吉,有些事情你必须得知道。"萨拉的声音变得很平静。

"为什么你们这两个……"西蒙气急败坏地说,"多管闲事的女人,请管好你们自己的事情!"

突然,空袭警报开始低沉地鸣响。

他们四个人面面相觑,愣在那里。

令人绝望的声调就这样持续着,很明显这不是演习。接下来,他们听到了一阵混乱嘈杂的说话声,以及房门纷纷关上的"砰砰"声,大楼里的人们匆忙地陆续撤离了自己的房间。

"酒店的地下室通往一个防空洞。"萨拉喊道。他们没有再说其他话,一起跑出房间,沿着楼梯往下飞奔。

. . . . — — — . — — . .

在地下防空洞里,一切都井然有序,甚至看上去好像就只是更换了大家的派对地点而已。人们将酒和酒杯都带下来了,酒店职员早已安置好了一些桌子和折叠椅。细长的蜡烛散发出摇曳的烛光,制造了一种貌似喜庆欢乐的节日假象。一群睡眼蒙眬、穿着睡衣裤的人出现在大家面前,他们年龄各异,看上去好像是一个大家庭的成员,周围的人纷纷鼓掌,似乎是在欢迎他们的到来。

玛姬找到了查莉、奈杰尔、戴维和那对双胞胎姐妹,他们在角落里的一张桌子旁边挤成一团。玛姬朝大部队走了过去,发现约翰没和他们在一起。

"你们终于来了！我们一直都在担心你们。"查莉欣喜地说,继而将玛姬拉过来，让她坐在自己和奈杰尔身边。

“不管你经历过多少次这种场面，仍然会感到很恐怖。”戴维叹息道，“还需要香槟吗？”

玛姬和萨拉都瞪着西蒙，而他躲开了她们的目光，留意到了人群中的一个男人。他朝那个男人走去，两人热情地握手，很明显是老朋友了。佩吉坐在一旁，神色有些尴尬。

“约翰去圣保罗大教堂了，他是圣保罗守护者，你们应该都知道吧。”戴维解释说。这时，玛姬观察着佩吉的脸，发现佩吉的视线一直都跟着西蒙转。“他们的使命是保卫大教堂，以免被大火烧毁。”戴维继续说道。

萨拉轻轻地拍了拍佩吉和玛姬的肩膀，然后将她俩拉到一边。当三个女孩走到一张小空桌旁边时，萨拉说：“亲爱的佩吉，我知道西蒙很英俊很迷人，但他对你来说并不合适。他……他不懂得尊重女人。当然，和他调情也许很有趣，但是请相信我，他就像玩具店里的小孩，总是希望得到最新最耀眼的小玩意儿。你可以找到比他好得多的男人，佩吉。请相信我，因为我……我……我是过来人。”她注视着西蒙的方向，脸上刻着后悔的神色。

“你……和西蒙？”佩吉好像觉察到了什么。

“那已经是很久以前的事了。”萨拉的声音苦涩而生硬，“可进展并不是很顺利。”她将一只手按在佩吉的手臂上，“听着，他想要的只是他得不到的东西。一旦他得到了，他就会开始准备征服下一个目标。”她深吸了一口气，“当我和西蒙在一起时，我们……我……”她垂下眼睛，黯然神伤，“他强行占有了我，然后我就怀孕了。我很羞愧，不知怎么搞的，我总感觉一切都是我的错。后来，他得知了这个消息，接着塞给我一些钱，让我好好‘照顾’孩子。”

萨拉？西蒙？玛姬拼命回忆，终于将以前看到的点点滴滴拼接在了一起。西蒙居然是个道貌岸然的衣冠禽兽？

“我很清楚，我不可能凭一己之力抚养一个婴儿。而且，我会因此而毁掉自己的身体和演艺生涯。但是，如果我站出来，指控他对我犯下了强奸罪，不会有人相信我的，这件事只有我知他知。如果我成为一个未婚母亲，一定会被大家鄙视和躲避。我甚至不知道，要是我母亲知道了这件事，她会不会原谅我。所以，回利物浦的老家是不可能的，我拿着钱，做了我必须做的事。”萨拉抬起头来，眼神充满忧伤和失落。

半晌之后玛姬说：“作出那个决定，一定是难以置信的艰难。”

“幸运的是，还有一些朋友愿意陪在我身边。约翰和戴维帮我找来了一位医生，是很出色的医生，不是那种穷街陋巷里的庸医。那位医生在骑士桥有一间诊所。他俩抽出时间和我一起去见医生，事后还将我送回家，并为我带来了热汤和鲜花，还让我……让我尽情地大哭。他们都很想杀死西蒙，但我努力说服他们不要那样做。”

“哦……”玛姬一时语塞。她注视着萨拉，后者的领口很低，所以可以看到她狭窄的肩膀和棱角分明的锁骨。

“萨拉……”佩吉有些哽咽，“我以前什么都不知道，我真的很难过……”

“没关系，一切都已经过去了。”萨拉的气色好了一些，“我并不恨他，他并不是一头怪兽。但是，我不会再犯同样的错误了。还有，我也不想看到我的任何朋友走上那条不归路。”萨拉叹息道，“他们三个大学同窗从前很亲密，不过我认为约翰一直没有原谅他。”

“谢谢你，萨拉。”佩吉说。

头顶上方响起了低沉的轰炸声，玛姬用双臂环抱着佩吉和萨拉，她慢慢地意识到自己开始适应一个事实——人和数字不一样，正当你以为自己已经找到正确答案的时候，它们会逃走，然后回来时又会让你重新惊讶。

十五

第二天，玛姬在位于地下的打字员办公室里整理桌上的简报，所有这些文件都盖有“今日必毕”的印章，她须要在首相午睡结束之前将它们全部归纳好，然后提交给他。

纳尔逊突然跳上办公桌，使她吃了一惊。文件从她手中滑落，乱七八糟地掉到地上。“哎哟，纳尔逊，你闯大祸了……”她喃喃地说，接着趴下去，手脚并用地在布满灰尘的棕色油毡地板上收集文件。与此同时，她注意到自己的长筒袜上有一道脱丝。*好极了，真是好极了*，她自嘲地想道。

纳尔逊似乎察觉到了什么，它跳下玛姬的办公桌，躲在汀斯利夫人的办公桌下面，瞪圆了那双绿色的大眼睛，专心地凝视着玛姬。

“当心点，纳尔逊。”玛姬一边整理文件，一边训斥它，“并不是每个人都像我和斯图尔特女士一样喜欢小猫咪，千万别让汀斯利夫人在这里逮住你。”丘吉尔的宠物整天在各个办公室里闲逛，恣意妄为却不会受到任何惩罚。尽管所有人都或出于主动或出于被动地容忍它们，但还是有一些人——像汀斯利夫人那样的——对此很不高兴。

玛姬下意识地注意到了一份摊开的报纸，那一版有广受欢迎的纵横填字谜游戏，还有无处不在的服装广告。画面中间的那个女人穿着领口镶有丝绢花的端庄连衣裙，戴着系有丝带的草帽，脚上是系带高跟鞋。*天哪，难道将来我们可以穿这样的衣服吗？如果我们不再受到战时配给限制，或许还行得通。不过在目前这种局面下，凑合着穿旧衣服应该更贴近实际。*她想起了自己那条有着白色镶边的褐色棉布裙，裙子很旧了，而且不是最新的款式，但是相当干净，而且刚刚熨平。

刚开始的时候，玛姬端详这幅广告纯粹是出于好奇，但是十几秒钟过去后，她觉得有些不对劲，于是将眼睛凑得更近。片刻之后，她眨了眨眼，意识到画面中的某些线条并不是简单的褶皱——起码它们看上去很不连贯,裙子褶边上的彩色丝纹是由很多独立的点和短线条组成的,或者……

会不会是某种密码?

不,这怎么可能,我一定是疯了!

她合上报纸,将它放在一边。

. . . . — — — . — — . .

墨菲回到自己的公寓,再次换上了神甫长袍。事实上,这是一件天主教神甫的长袍,并不是英国国教会的款式,但是他相信不会有人注意到这一点。

他朝圣保罗大教堂走去,因为距离不远,他很快就抵达了教堂外的大理石台阶。"下午好,神甫。"两名与墨菲擦肩而过的身材微胖、神色庄严的中年妇女向他打招呼。这座巴洛克式建筑宏伟壮丽,巨大而经典的圆顶是由著名建筑师雷恩①设计的,圆顶上方有一个黄金十字架。教堂正面是两层成对的科林斯式圆柱,左右各有一个文艺复兴风格的尖塔。

他用手轻轻地碰了碰自己的帽子,展露出一个迷人的微笑,"下午好,女士们。"

这座内外兼修的宏伟大教堂总是令人叹为观止。墨菲进到高耸的中殿,脚步轻快地走在黑白相间的菱形大理石地砖上。出于安全考虑,大多数窗户都被木板条封起来,使得这里的气氛更加黯淡,不过同时也增添了几分柔和与平静。

他经过了一排排雕刻精巧的唱诗班长椅,以及一幅幅高挂在墙上的画着圣徒和先知的壁画。他的头顶是由金色、青铜色和靛蓝色组成的拜占庭艺术风格天花板,中间用马赛克镶嵌出天使的图案。前方的尽头是一台巨大的吉本斯管风琴,在风琴旁边有一个通往地下室的入口。

---

① 全名克里斯多弗·雷恩,英国天文学家、建筑师。他是1666年伦敦大火后的主要重建者,他设计了五十二座伦敦的教堂,其中很多以优雅的尖塔顶闻名。著名的圣保罗大教堂也由雷恩在1675—1710年指导重建。

他仔细查看四周，确保自己没有被人注意到，然后沿着阴暗陡峭的阶梯向地下室走去。这段路不算近，总共有好几段阶梯，最后他来到了一个巨大的地下大厅。接下来，他拐了好几个弯，进到了一个潮湿而昏暗的小房间。这时，他从衣袋深处掏出了一块金色怀表。

这就是他精心制造的炸弹所需的最后一个组件。在过去一段时间里，他将各种材料和组件一点一点地藏在神甫长袍下面，偷偷带进圣保罗大教堂，然后将它们安置在这个小房间里。氯化钾、硫酸、电线、葛里炸药，雷管……现在一切都已经布置就绪。

金色怀表被用作炸弹的定时器。当他为怀表接上电线的时候，嘴里低声哼唱着一首古老的爱尔兰小调。在他小时候，他的祖母经常哼唱它：

“英勇的生命为祖国而战，
我们的记忆永不会逝去。
尽管充满苦乐祸福，
革命事业还得继续。
直到有一天，
我们让我们的祖国爱尔兰得享自由与荣耀。
天佑爱尔兰！
正如英雄们所说的那样。
天佑爱尔兰！
正如他们大家所说的那样。
不论是在高高的绞刑架上，
还是在我们战死的沙场上，
高贵荣耀的爱尔兰精神万世长存！”①

*亲爱的祖母，你一定会为我感到骄傲的，*他审视着自己的工作成果，*我还用上了父亲的怀表——摸着它的感觉真不错。*

他的思绪不由自主地回到了那天晚上——英国人烧掉了他家的房屋，还杀死了他的母亲。他藏在一间小棚屋里，暂时躲过一劫。后来，他

① 在1926年《战士之歌》被正式定为爱尔兰国歌之前，这首《天佑爱尔兰》非正式地充作爱尔兰国歌。

爬出棚屋，却正好看到几个“黑棕部队”[①]的士兵将他的父亲压在地上殴打，他们朝着他那生命垂危的身体野蛮地猛踢一脚，然后夺下了他的结婚戒指和怀表。

他躲在房屋的角落里，看着他们离开，两只眼睛因惊恐而瞪得很大。突然，他听到其中一个男人在说：“看，那边还有个小家伙！”

另一个男人也看见了他，立即摆出了一副摩拳擦掌的架势。“我们应该过去抓他吗？”很明显他不愿意留下任何目击者。

“算了，我觉得他不值得让我们耗费精力。”第一个男人说道，“嘿，小家伙，这个给你，接住！”紧接着他将怀表抛了出来。

墨菲不假思索地将双手伸向空中，但是还没来得及接住怀表，他就重重地摔倒在泥泞小路上。他匍匐过去，将那块体温尚存的怀表握在自己的一双小手里。它很结实，也很温暖。

“你可以用这个小玩意儿来纪念你亲爱的父亲。”说完，扔出怀表的男人“咯咯”地笑了起来。

他的同伴也笑了，“它还可以让你记住我们！”接下来，两个人都消失在黑暗中。

最后一道工序是用绿、白、橙三色电线将怀表环绕起来。这是为你做的，爸爸，他在心里说道，然后再次检查了所有的螺丝钉。

. . . . — — — . — — . .

这一天的工作还没有结束——信件需要录入，文件需要归档，紧接而来的可能还有下一场口授笔录。不过，玛姬始终不能摆脱那种持续不断的心神不安的感觉，就好像她从报纸上看到的东西始终留在她的眼角。

真的可能吗？她再次伸出手去，想拿起那份报纸。

不可能！

不，不，绝不！

---

① 又名：爱尔兰王室警吏团。指的是1920年6月被英国政府派往爱尔兰镇压新芬党武装起义的由六千人组成的武警部队。

她找到那份报纸，再次将其打开，翻到了那幅广告所在的版面。她的双眼无法离开那些由点和短线组成的可疑线条。

纳尔逊“喵喵”地叫着，声音响亮而且长久。它来到她的身旁，在她脚踝处摩挲自己的身体，继而发出了满足的呼噜声。

她用双手拂了拂头发，“纳尔逊，安静点！我正在想事情。”

. . . . — — — . — — . .

“阿勃韦尔”①是德国的情报机构，其职能就好比英国的军情五处和军情六处，它在英国展开了三种截然不同类型的间谍活动。第一种间谍被称为“S 小组”，其成员由以伪造的英国国民身份进入英国并从事间谍活动的特工组成。第二种被称为“R 小组”，这些特工是第三国公民——既不是英国人，也不是德国人——以合法的方式进入英国，然后搜集情报，并将他们的调查成果发回汉堡或柏林。最后一种——“V 小组”特工——是长期潜伏的特工，他们神不知鬼不觉地融入英国人的日常生活，然后随时待命。

马尔科姆·皮尔斯已经等待了好几年了。

在他公寓的卧室里，他反复检查，确保遮光窗帘已经完全关上。接下来，他将卧室的房门锁好。

对于漫不经心的旁观者来说，这间卧室毫无特别之处，完全不值得关注。房间四周的墙壁上贴着有条纹的绿色壁纸，中间摆了一张四柱大床，角落里有一幅画作——由金色画框围起来的狐狸和猎犬。除此之外，房间里没有任何个人纪念品或者照片。卧室侧面有一扇巨大的凸窗，可以很清晰地向外看到楼下的街道。在看似平凡的衣橱里，在成堆的裹在防水织物中的美利奴羊毛衫和开司米羊毛衫下面，藏着一台手提箱式无线电收发报机。

皮尔斯用假名在伦敦生活，这种日子差不多有十年之久了，不过他发

---

① 德语音译，“二战”期间纳粹德国的反间谍机关。

现自己依然向往浓浓的黑咖啡和童年时吃过的“年轮蛋糕”[①]。此时此刻，他努力摆脱这些杂念，然后将手提箱从衣橱里取出来，放置在窗户旁边——那里是接收信号的最佳位置。他打开箱盖，拨动了开关。

每个星期一的晚上十点，他都会打开这台无线电收发报机，然后接收十五分钟信号。如果柏林的上级对皮尔斯有什么命令或指示，就会通过这种方式与他取得联系。

十年来，每个星期一的晚上他都会坚持来到窗边，完成这项工作。每一次他都会准备好纸和笔，以及电报密码本，以备不时之需。大多数时候，他接收到的只是无线电波空洞的“嘶嘶”声。当然，他的确收到过真正的任务指示，它们的信号总是短而零星，而且时断时续。

不过今天晚上，情况将会和以往有所不同。信息已经通过报纸广告展示出来，而克莱尔已经将其中一幅广告裁下并寄送给挪威的联系人，后者会将它邮递到柏林。今天晚上，皮尔斯将待在收发报机前接收自己的新任务。

经过了看上去漫无止境的等待之后，无线电收发报机先是发出了几声“噼里啪啦”的爆裂声，接下来便是有规律的“嘀嗒”声。

汉堡的操作员发送出断断续续的密码，而且速度很快。皮尔斯将它们写下来，然后要求操作员以标准电报代码的方式又发送一遍。对方照做之后，皮尔斯确认了一下信息，紧接着关掉了设备。

皮尔斯花了几分钟的时间对照着电报密码本，对信息进行了解码。

完成这项工作以后，他将破译出来的文字握在颤抖着的双手里，难以置信地注视着它们。

密码是一串德文：

Bedienhandlung die Zuversicht.

翻译过来的意思是：

（执行）霍尔普行动。

---

① 在德国东部的萨克森－安哈特州，有一种非常具有特色的甜点叫“年轮蛋糕”，它看上去很像一小段树桩。将它横着切开的时候，里面有一圈一圈的年轮状花纹，十分美丽独特。

. . . . — — — . — — . .

“约翰?”

听到声音的约翰从办公桌上抬起头来,台灯的灯光照亮了木质办公桌上堆放整齐的文件。

这里是私人秘书的地下办公室。在约翰的办公桌前横着一根金属管道,上面挂了一块木牌:**请保持安静**。木牌旁边还放着一个防毒面具。戴维的办公桌在房间的另一侧,这张桌子上乱得一团糟,不过在横七竖八的文件上方还覆盖着一张大白纸,上面用巨大的印刷字体写着:**看在上帝和国家的分上,请勿触摸**。一个有着白色钟面和黑色罗马数字的挂钟每隔一秒就会发出响亮的“嘀嗒”声,角落里的小型金属扇吹动着这里陈腐而温暖的空气。

“什么事?”约翰问道,他那张棱角分明的脸露出了一丝笑意。

玛姬低头看着自己手里的剪报,接着又看了看约翰的办公桌。他有一个很大的文件架,里面用不同的标签将文件分门别类:**首相、航空部、机密、最高机密、国王……**

她再次低下头,看着手里那份剪报,她的手指已经沾上了油墨。*这不过是一幅女式时装广告,我这样做是不是显得荒谬可笑?*她可以想象出斯诺德格拉斯对此事的反应。

“玛姬?”

“没什么。”她结结巴巴地说,“只是……”

“你到底怎么了?”

她转过身去,叹了口气。她信任约翰,这一点是毫无疑问的,毕竟他曾在斯诺德格拉斯面前维护她。她终于下定决心,向前走出几步,将那份剪报递给约翰。

约翰皱起了眉头,他不得不提醒自己在近距离接触玛姬的时候保持呼吸自然,“这年头女人的裙子越来越短了吗?”

“不,不是。”玛姬焦躁地说,“你再仔细看看。”

“我不知道你想……”

“再仔细点!”

约翰只得照做，"我看到……我看到一张剪报，是一幅裁剪下来的女式时装广告。"他将眼睛凑得更近，"我看到了一幅素描画，上面有穿着裙子、戴着帽子的女人。"

"唉！"玛姬失望地说，"你再凑近点，看看那些线条。"

约翰眯着眼仔细看，"这幅素描是由线条组成的。有线条和阴影，还有小点……"

"完全正确！"谢天谢地！私人秘书约翰的心眼终于打开了！

约翰耸了耸肩，"它看上去和其他报纸广告没什么不同啊。"

"但是……难道你没看出来吗？那些点和短线。"我是不是该找个东西来敲打他的木瓜脑袋？"它们可能是密码！"

约翰发出了沉重的叹息，"听着，玛姬，我欣赏你的热情，千真万确。而且我知道你一直在为老头子和弗莱恩先生做笔录，所以你的脑海里充斥着间谍的形象不足为奇。但是我认为，这幅广告画和间谍活动还是有一定距离的。"

玛姬咬了咬牙，"我必须告诉你，所谓的'隐写术'，就是在显眼的地方写下密码。'隐写术'这个词语是希腊人发明的，最早关于它的应用记载是由希罗多德[①]在公元前440年写下来的。当时，戴玛拉托斯发出了一个警告，内容是希腊即将受到攻击，他将这个警告直接写在蜡板的木质背面上，然后再涂上蜂蜡，托人转交给希罗多德。"

"好吧，不过……"

"而希罗多德又是如何将波斯人即将入侵希腊的警告转达给希腊人的呢？他将信息文在一名奴隶的头皮上，很快奴隶的头发就重新长出来了，所以没有人看见头皮上的文字。这名奴隶到达希腊后，希腊人将他的头发剃掉，从而得到了信息。"

"玛姬，我……"

"在历史长河中，将消息藏匿在普通的地方，这是很常见的做法。"她的声音清脆而快速，"所以你不会介意我去试试吧？"

---

① 公元前5世纪的古希腊作家，他把旅行中的所闻所见，以及第一波斯帝国的历史记录下来，著成《历史》一书，成为西方文学史上第一部完整流传下来的散文作品。

“随你便。”约翰用一种谜一般的表情说道。

“我需要一本《摩尔斯电码[1]手册》。”

约翰站起身来，从书架上取下一本，递给玛姬。

她转过身去，准备离开。

“玛姬。”他在她身后温柔地喊道，“你何不在我这里完成这件事呢？我可以先看看，然后再提交给斯诺德格拉斯。”

“不，不用了，还是我自己来吧。”她回头答复道，“不过还是要谢谢你。”

“玛姬！”他再次喊道。她只得停下脚步，转身面对着约翰。“今天晚上，伦敦政治经济学院有一场演讲，演讲者是安东尼·艾登。具体时间是晚上七点，地点是学校里葡萄牙街的孔雀礼堂。”约翰继续说道。

“然后呢？”玛姬有些恼怒。

“我们在那里见面吧，到时候可以聊一聊。”

① 摩尔斯电码（又译为摩斯电码）是一种时通时断的信号代码，这种信号代码通过不同的排列顺序来表示不同的英文字母、数字和标点符号等。它由美国人艾尔菲德·维尔发明。在20世纪，世界各国的电报通讯一般都以摩尔斯电码为基础。

十六

玛姬迟到了。尽管她奔跑着穿过冷雾，奋力搭上了差一点就错过的巴士车，可当她抵达伦敦政治经济学院时，已经是晚上七点多了。约翰正在凉飕飕、烟雾弥漫的大厅里等她，他靠在一根漆着木兰花图案的爱奥尼亚式立柱上，双手插在衣袋里。

“嗨！”他一看到玛姬，那张紧绷着的脸立刻软化下来，“你终于来了！”走近以后，玛姬发现他看起来疲倦而苍白，黑眼圈十分明显。

“你好，约翰。”她打了个招呼。毕竟演讲已经开始了，我们没必要再寒暄其他的事。“那么我们可以进去了吗？”

他尊严而有礼貌地鞠了一躬，“你先请。”

他们在拥挤的礼堂尾部找到了两个靠在一起的座位，这里早已挤满了喋喋不休、呼来唤去的学生，他们戴着紫黄条纹的学校围巾，身上散发出香烟和羊毛衫的气味。看到这些人，玛姬心里感到深深的刺痛。现在的我本来也应该在这样的地方学习的，她心想，至少伊迪斯姑妈会允许我晚上外出。再说，这里毕竟是我父亲曾经教过书的地方。

玛姬和约翰坐在一起，中间隔着一种令人不安的沉默。

礼堂的灯光迅速变暗，安东尼·艾登走上了讲台。玛姬曾在办公室里看到过这个人，他中等身材，有着浓密的黑胡子，以及黑眼睛和方下巴。艾登此次演讲的主题是——在袭击之下保持崇高道德水准的重要性。当演讲接近尾声的时候，她将脖子蜷缩在自己的薄外套里面。

演讲结束后，约翰对她说：“这附近有一家挺不错的咖啡馆。呃，你想去喝一杯咖啡吗？”

“那我们可以谈谈那件事吗？”

“当然！”

. . . . ———.——. .

在咖啡馆里面，他俩都坐在摇摇晃晃的木椅子上。约翰俯下身来，将一个火柴纸夹垫在大理石表面咖啡桌的一条桌腿下面，使它稳固了一些。玛姬环顾了一圈，已经褪色的墙纸上有粉红色玫瑰和蓝色绣球花的图案，女侍者看起来疲倦而烦扰。玛姬和约翰各点了一杯咖啡。

玛姬一边搅动勺子，一边将看上去应该是牛奶但未必是牛奶的东西缓缓地倒进厚重的红色陶瓷杯子，使杯里淡而无味的棕色液体勉强可以入口。“这就是布朗运动①。”她用双手捂住杯子取暖，“如果你把牛奶加进去并搅拌它，它就会旋转和分散。但是，如果你往相反的方向搅拌，牛奶不可能再重新集合在一起。你不可能通过搅拌将牛奶和咖啡再次分开。”

“这么说，你是个牛顿学说的信奉者②，是吗？”

“事实上，我相信自由意志③。”

“可你又是个数学家！”

“这两个概念并不是相互排斥的。”她喝了一口咖啡，“我真的很想念美国咖啡。”

他看起来顿时很受伤，“英国咖啡也不错啊！”

“不，你错了。我告诉你吧，你应该知道你们英国人都很讲究沏茶的方法，既然如此，你们当然也可以在咖啡上投入同样多的精力。如果咖啡调配得当的话，就会非常美味，香醇浓郁。”

他突然挺直了身体，“哦，很遗憾它不合你的口味。不过你也知道，现

① 物理学术语，简单地说，悬浮微粒永不停息地做无规则运动的现象叫做布朗运动。

② 布朗运动是1826年英国植物学家布朗用显微镜观察悬浮在水中的花粉时发现的，之后很多科学家都对其进行过研究。1905年，爱因斯坦依据分子运动论的原理提出了布朗运动的理论，就在差不多同时，斯莫卢霍夫斯基也作出了同样的成果，他们的理论圆满地回答了布朗运动的本质问题。所以，究其渊源，布朗运动与牛顿学说没有什么交集，毕竟约翰不是理工科出身，所以会这样说。

③ 自由意志是一个哲学信条，认为我们的选择最终取决于我们自己。通俗地说就是人不完全由大脑控制，人的自由意志拥有对人自身的最高管理权限，超过大脑。

在毕竟是战争时期。”

“别那么认真，约翰。”两人在不太自然的沉默中静坐了片刻。很明显，我刚才可能说错话了。

“你不能否认，美国人沏不出好茶。”

噢，天哪！他怎么这样小气。她注视着他，有点不敢相信自己的眼睛和耳朵。

他看上去略微有些慌乱，“我只是想说咖啡的事……”他低下头，不愿正眼看她，“这也不是咖啡的事，你不应该随便批评其他国家，尤其是当你作为那个国家的客人时……”

“约翰！”玛姬打断了他，“尝一下这咖啡吧，我是说真的，味道太糟糕了。这和民族自豪感无关，糟糕的咖啡就是糟糕的咖啡。再说，我不但是这里的公民，还是一个拥有私房的房主。我正常纳税，而且我为首相工作。”

“喔，算了，不说这个了。”他端起杯子，喝了一大口品质低劣的东西，并努力控制住自己别做鬼脸。“那么你认为艾登的演讲怎么样？”

好吧，让我们再试试有没有默契。“演讲很有趣。但是，我不得不承认，我一直在思考那个难题。”

他浓黑的眉毛皱在一起。

她压低声音，“我是说那些密码，你知道的，就是那些藏在广告里的密码。我整个下午都在忙着解码。”

“哦，结果如何？”

她叹了口气，“结果……嗯……什么都没有。目前我还一无所获，就是这样。”

“玛姬，说真的，你认为那有没有可能是……”

“是什么？”

“我只是说有可能……好了，让我这么说吧，你看到的会不会只是并非真实存在的幻觉？毕竟，有很多受过培训的专业审查员负责随时搜集和采集那类信息。”

“噢，你是说那些牛津和剑桥大学的毕业生吗？”她嗤之以鼻地说，“听着，我只是在工作之余利用自己的闲暇时间做那些事，所以我不明白你为什么会妄加决断。”

接下来又是长久的沉默。玛姬看了看手表，“你要回办公室吗？”她喝完了最后一口咖啡，用餐巾纸擦了擦嘴唇，纸巾上留下了淡红色的唇印。“或者，你今晚是不是还得去保卫圣保罗大教堂？”

“嗯……我想说的是……”约翰深吸了一口气，“玛姬，我……”他的姿势非常奇怪，肩膀僵直，双手不停地摩挲着。

*噢，天啊！*她突然发觉自己双颊滚烫。“你认为这算是一次约会吗？”约翰问道。他低下头，盯着自己的咖啡。

“不管怎么说，总之我甚至不知道你为什么想和我这样的人约会。”她说，“你从不把我的话当真，比如当我把密码的可能性告诉你的时候……”她压低了声音，“其实你在任何问题上都没有认真看待过我的想法。”

“你无法想象我有多看重你，玛姬。我说过我会调查下去，并且把结果提交给斯诺德格拉斯。看在上帝的分上，请想想我已经把电码手册借给你了。再说，是你自己不愿意把剪报留给我的。”

“在你眼里，我是个得意忘形的女人。因为我可以旁听首相与弗莱恩先生的会议，而你却不在其中……”

玛姬以她所能做到的最庄严的姿势站起来，穿上外套，抓起自己的钱包，大步朝门口走去。

“事情完全不是这样的。”他也站了起来，递给女侍者几枚硬币，然后紧跟在玛姬身后。

玛姬本可以走得更快些，无奈她的裙子在膝盖处裹得太紧了。*该死的裙子！*“如果以你那严重错误的逻辑，从而得出看似顺理成章的结论……”她厉声说道，踩踏着走过泥潭，前往一个在伦敦的灯火管制下被笼罩在越来越黑的夜色中的巴士车站。“那么，你将会不可避免地认为任何有眼睛和大脑的人都可以破译密码，而不仅仅是被宠坏的富有的牛津大学毕业生。在他们的一生中，实际上从来不必为了任何东西而工作。”

“你就是这样看待我的吗？”约翰凭借自己的长腿轻易跟上了她的步伐，尽管天已经黑了，但车辆的交通灯还是提供了足够多的光线。“被宠坏的和富有的？”他摇了摇头，“真叫人失望。”

他们已经到达了巴士车站，玛姬转过身，面朝约翰，双手按在臀部，“哦，难道你不是吗？你和戴维，当然还有斯诺德格拉斯，以及弗莱恩，你们都是上层阶级的男人，拥有所有的优势，每一扇门都为你们敞开着。难怪你们想不惜一切地保持现在这种创造了你们这样的人的体制。”

在微弱的灯光下，约翰的脸看上去有些发红。毫无疑问，这个晚上是一个彻头彻尾的灾难。更雪上加霜的是，现在又开始下雨了。大而冰冷的雨点泼溅在他们身上，可雨水并没能阻止他们相互怒目而视。

就在这时，一辆红色的巴士车在他们身旁停了下来。被遮蔽的车头灯发出微光，穿透了前方的黑暗；雨刮器正在运转，他们听到了柔和的“飒飒”声。

“这是我遇到过的最不愉快的一个晚上。”正在排队准备上车的玛姬说出这句话时，语气像极了伊迪斯姑妈。她知道自己的任性和孩子气，但她并不在乎。

约翰没有说话。

没有任何征兆，突如其来的空袭警报开始发出恸哭般的哀鸣声，玛姬的心瞬间沉到了谷底。出于本能，约翰抓住了她的一只手臂，两人目光相对，忘掉了刚才的争吵。在他们四周，人们争相寻找避难所。

“我们去先前那家咖啡馆吧。”她说，“那里一定有地下室。”

“行，走这边。”

他们尽可能快地在黑暗中奔跑穿梭，飞机发动机的轰鸣声越来越大——一定有上百架飞机在头顶编队飞行。终于，终于，他们终于回到了咖啡馆。

“快进去吧，往那边走！”尽管两人的头发已经被淋湿，但女侍者还是一眼就认出了他们，“后门旁边有一扇小门，那里可以通往地下室。”玛姬和约翰跑着穿过咖啡馆的大厅，找到了那扇小门，继而沿着狭小的楼梯往下奔去。

几乎同一时刻，轰炸机开始投下炸弹。

他们在下楼的途中就可以听到炸弹下落时发出的啸叫声，并且感觉到了炸弹在附近爆炸时所产生的震动。玛姬很担心上面的建筑物会不会倒塌，以至于将地下室变成“活死人墓”。我们会因为上面的某颗炸弹而命丧于此吗？

在潮湿的地下室里，有的顾客竟然把他们的杯子和托碟一起带了下来，而咖啡馆的工作人员正将桌椅搬进地下室。很多人都拿着手电筒，细细的黄色光束四散乱串，使这里有一种鬼魅、恐怖的气氛。

约翰和玛姬坐在一条靠墙的长凳上，紧张的心情尚未平息。这时，一位系着领结、戴着单片眼镜的文雅老者走了过来，他从上衣口袋里掏出一个小银瓶，将其递给玛姬，“亲爱的，你们想喝点吗？这是杜松子酒，可以镇定身心。”

“那我就不客气了。”玛姬伸手接过瓶子，打开瓶盖喝了一口。好像并没有什么帮助。约翰摇了摇头，表示拒绝，于是她将瓶子递还给老人。“谢谢！”她尽量使自己的语气显得轻快些。

“不用客气，宝贝。”他回答道，然后仰起脖子喝了一大口，“我想今晚又将是一个漫长而难熬的夜晚。”

炸弹爆炸的声响越来越大，他们震惊和失望的情绪也越来越强烈。随着轰炸的继续，刺鼻的烟雾透过关上的门和窗户的缝隙渗入进来，飘进地下室。

“越来越近了。”她低声说道。约翰用手臂环抱着她，两人的大腿和膝盖紧贴在一起，玛姬能够感受到他的呢绒长裤底下的骨骼和肌肉。他的体温使她感到温暖，而她可以嗅到他衣领的味道。

轰炸的节奏还在加快，他们只能想象着恐怖和破坏的场面。玛姬紧紧地闭上双眼，思索着要是自己死在这个潮湿的夜晚，会是一种什么样的感觉。快要结束了吗？噢，求求你上帝，让它快点结束吧。

他们挤在一起，坐立不安，爆炸的冲击震撼着他们的骨头。明天我们将会感到全身僵硬和疼痛，玛姬心想，然而新的念头突然涌现，还有明天吗？为了分散自己的注意力，她开始在脑海中心算斐波那契数列[①]……

令她倍感欣慰的是，约翰的手臂一直环绕着她的双肩。

突然响起一阵巨大的轰隆声，就好像太阳爆炸了一样。玛姬用双手

---

① 斐波那契数列的发明者是意大利数学家列昂纳多·斐波那契，这个数列从第三项开始，每一项都等于前两项之和，没有尽头。

捂住耳朵，她感到自己的心快要从胸腔里跳出来了。约翰的反应更快，他迅速将她拉倒在地，然后用自己的身体覆盖住她。

炸弹击中了上面的建筑，地下室里顿时充满了浓厚的灰尘，仿佛所有的空气都被吸了出去。玛姬呛得不行，几乎窒息，她听到周围的人都在咳嗽和干呕。

她突然意识到约翰正压在自己身上，他的脸颊紧贴着她，他的呼吸在她耳边萦绕，两个人的心脏在一起跳动。

约翰挣扎着问道："你还好吗？"他的身体紧压着她，几乎一动不动。"我还好。"她的声音有些颤抖。片刻之后，她发现两人的谈话内容和姿势似乎不太相称，于是笑了起来，"那么你呢？"

"我很好。"他低头看着她，抚摸着她的头发，"我很好。"

轰炸毫无征兆地停止了，如同它毫无征兆地到来一样，就好像暴风雨终于结束了。他们听到飞机的轰鸣声越来越远，最终什么都听不到了。他们继续等待着，等待着……终于传来了警报解除的声音。约翰有些笨拙地从玛姬身上滚下来，然后他们缓缓地分开，各自站起来，抖落掉身上的尘土和碎片。

他们跌跌撞撞地走上楼梯，回到咖啡馆，继而来到黑暗的街道上。到处都是浓厚刺鼻的黑烟，他们的双眼因刺痛而不住地流泪。消防车的警报器发出单调低沉的鸣响，空袭拯救小队的成员们已经开始清扫街道上的碎玻璃。尽管一些窗户已经破碎，大门前的人行道上散落着玻璃渣，不过咖啡馆看上去没什么大碍。在深红色的火光中，碎玻璃就像碎裂的钻石一样闪闪发光。玛姬欣赏着它们的美丽，但同时也意识到自己的这种想法是多么的愚蠢和空虚。*破碎的玻璃，很美丽？*

他们对面的砖房被炸弹击中了，橙色和蓝色的火焰从房子中间升腾起来，报纸、书、枕头和小孩的玩具被爆炸的冲击波冲出房子，散落在街道上，一只粉红色的缎子舞鞋——不知怎么的它仍然洁净并且完好无损——静静地躺在道路中央。幸运的是，五个家庭成员全都安然无恙：父亲、母亲、身材瘦长的青春期女儿，以及一对双胞胎小男孩。他们都穿着睡衣，挤在一起，看着自己的家被烧毁。

约翰走上前去，"我能为你们做些什么吗？"

父亲耸了耸肩,“现在没什么可做的,我想消防队就快来了。”

“如果你们没有地方可去……”

“谢谢你!”父亲说,“不过我的母亲和父亲就住在这附近,他们会很高兴接纳我们的。”

但是妻子的表情与丈夫不同,她转动着恐惧的眼睛,露出了一个惨淡的笑容,“我想不出还有什么事会比这更加糟糕,无休无止的空袭,还有与公婆住在一起的前景。”

男人在妻子脸颊上亲吻了一下,“会没事的,宝贝。”

约翰转身走向玛姬,“那么,刚才空袭之前我们……”

“别再想了,是我不好。”

“没什么。”他说,“我可以陪你走回家吗?”

玛姬环顾着周围那些正在燃烧或被炸毁的建筑物,“谢谢你。”她紧紧地挽住他伸向她的手臂,“我会非常感激的。”

. . . . ———.——. .

浅灰色的清晨中,他们一起走进了摄政街,空气中依旧弥漫着刺鼻的烟雾。这的确是一个受到严重空袭的夜晚,街道上满是碎玻璃和建筑物残渣,一只死去的麻雀张开翅膀,躺在道路中央。当他们来到波特兰街时,玛姬逐渐开始意识到,当她和约翰在咖啡馆的地下室里躲避空袭时,她所住的街区也遭到了非常严重的轰炸。

她加快步伐,放开了约翰的手臂。她的双手变得冰冷,她可以听到血汩汩地涌向头脑的声音。现在她差不多是在小跑,心已经提到了嗓子眼。不要紧,保持平静。会没事的,会没事的,没有理由……

萨拉和查莉坐在屋子门前的台阶上,像雕像般一动不动。双胞胎姐妹坐在更靠下的台阶上,两个人都用手臂抱住对方,看不到她们的脸。听到脚步声以后,所有人都抬起头来看着玛姬。玛姬一看到她们带着泪痕的脸,顿时明白了一切。

佩吉死了。

十七

“她的车在空袭中翻车了，当时她正在返回公司总部的路上。”查莉说。

女孩们坐在台阶上，麻木地望着地平线附近的乳灰色天空，约翰坐在更靠下的阶梯上，表情凝重。“一定是油箱着火了……”萨拉的眼睛再次溢出了泪水，“噢，太可怕了！”

查莉用颤抖的手指在自己的手提包里翻找着，掏出了破旧的香烟盒和打火机。她打开盒子，取出一支香烟，试图点燃它，可她的手抖得厉害，所以老是点不着。约翰从她手中轻轻地取下香烟和打火机，然后慢慢拨动转轮，使打火石开始碰撞，紧接着一束橙色夹杂着蓝色的火苗冒了出来。他将香烟凑过去，吸了一小口，继而把点着的香烟和打火机一并交还给查莉。

“谢谢你！”她接过香烟，猛吸了一大口。

“大概是什么时候发生的事？”玛姬问道。

“昨晚稍早的时候。”安娜贝拉说，“警察是在午夜时分过来的。”

“是车祸吗？”约翰问道。

“对，一起车祸。”克拉贝拉说。

萨拉擤了擤鼻子，“警察说，看上去她的车一定撞上了一棵倒下来的大树，然后整个车身发生了翻转。”她抽泣着说，“汽车翻转了……”有一阵子她几乎不能说话，“然后着火，燃烧起来。”

玛姬努力让自己不去想象一辆车被淹没在火海中，以及车里的佩吉挣扎着想逃出来的画面。

“我明白。”查莉小声说，就好像她读懂了萨拉的想法。她那通常低沉而洪亮的声音不见了，此刻是一反常态的微弱和紧张。

他们所有人都呆坐在台阶上，长久地沉默着。黎明到来得很慢，光线时弱时强，就好像时间停止了片刻又突然重新开始。

佩吉死了，玛姬对此想了又想，但还是不能完全接受这个事实。

在以往的时候，佩吉随时会走出大门来到街边，斥责其他人回来晚了，或询问她们当天的所见所闻，偶尔还会自豪地炫耀一番自己新做的连衣裙。在玛姬的头脑中，佩吉还是活生生的一个人——她在厨房里喝茶，“咯咯”地笑着，时不时地来上一段即兴舞蹈……玛姬还想起了佩吉在克拉芬餐厅学习拉丁文的情景。

她怎么可能就这样死去？

“她的母亲……”

“我们告诉过警察说我们会打电话通知她，但我们还没有打。”安娜贝拉一边说一边看着查莉，后者摇了摇头。

“再说，现在是美国弗吉尼亚州凌晨一点[①]。”克拉贝拉补充道。

“我们可以过几个小时再告诉她。”玛姬说，“让她多睡一会儿。这个晚上之后，她将会有很长一段时间都夜不成眠。”

“你说得对。”查莉深吸了一口烟。

“她的遗体在哪儿？”约翰问道。

萨拉重重地眨了眨眼，“没有遗体。事实上，警方什么也没找到。”

“噢，天哪！”玛姬说，“怎么会这样？”

“玛姬……”约翰坐到她身旁的台阶上。

不过事实终归是事实，佩吉已经死了，并且没有留下任何东西。而他们几个人除了等待着弗吉尼亚州黎明的到来，然后给佩吉的母亲打电话之外，什么事也做不了。

. . . . — — — . — — . .

在她们准备动身去参加佩吉的追悼会之前，玛姬站在佩吉房间的门口长久地凝望着。她们已经把佩吉的所有物品打包，装进了一个扁平的

① 伦敦时间清晨六点。

圆顶木箱，即将寄回给她在弗吉尼亚州的母亲。佩吉的母亲告诉女孩们，她们可以在佩吉的遗物中留下她们自己想要的。玛姬决定保留佩吉的“乔伊”香水瓶，那是个沉重的方形玻璃瓶，瓶盖是金色的，里面差不多已经空了，只留下了一点点带着甜味的茉莉花与玫瑰花混合芳香——这会勾起回忆。萨拉保留了佩吉的蓝色绸缎发带。

“快点，玛姬。”她听到萨拉在前厅呼唤自己，还有双胞胎姐妹低声说话的声音。是时候出发了。

“我来了！”她朝萨拉喊道，这时查莉突然出现在她眼前。“查莉！”玛姬有些惊讶，她留意到自己的朋友一改往日的装扮，“你……你穿裙子了，而且还涂了口红。”

“嗯，是的。”查莉边说边用戴着手套的双手抚平裙子的下摆，“我想佩吉会喜欢的，不是吗？”过去佩吉总是劝说查莉改穿裙子或礼服，并建议她涂口红，抹香水。在佩吉眼里，这一切都是生活的必需品。

“对，对，她会喜欢的。”当玛姬离开住所时，她轻轻地关上了身后的房门。

. . . . — — — . — — . .

追悼会在附近一座灯光昏暗的狭小教堂里举行。圣坛上摆放着秋天的花：晚熟的红玫瑰，黄色和白色的菊花，以及南蛇藤。

在教堂里长长的深色靠背长凳旁边，他们低垂着头站在一起。玛姬咬住自己的下唇，直到它流出血来。她的头脑里还在思索广告上的密码，以至于略微有些心不在焉。她环顾四周，发现视野中的每一个人都被悲伤击垮了。*从何时开始，我们看起来竟显得如此苍老？*

玛姬瞥了一眼约翰，后者穿着他最好的黑色西装，站得笔直。她突然有个念头，希望自己可以伸出手去握住他的手。约翰双眼四周的细纹变得更加明显，脸形变得更加瘦削。当神甫领着大家进行祷告时，玛姬发现约翰的身体有一点点动摇。

该玛姬发言了，她走在坚硬无情的地板上，鞋子发出了无止境的“咔哒”声——她感觉自己好像永远也走不到讲台上。

“我……我决定朗读一首亨利·斯科特·霍兰德[①]的诗歌。”她的声音有些颤抖，所以她做了一下深呼吸，使语气较为平稳，“我想佩吉一定会喜欢的，而且我想她也喜欢我们以这种方式来悼念她。

“生离死别根本就算不了什么，
我只不过悄悄溜到了隔壁房间。
我还是我，你还是你。
我们彼此间原先的那些关系，
现在仍然维持。
请用你熟悉的我的老名字叫我，
用你惯用的随和方式跟我说话。
不要改变你的语调，
不要装出严肃或悲痛的神情。
要像我们以往在一起时那样，
为那些逗人的小玩笑捧腹开怀。
游玩吧，微笑吧，要记得我，为我祈祷。
让我的名字像以往那样，始终家喻户晓。
让人们轻松地说起它，
根本不觉其中有什么鬼魅阴影。
现在的生活就是原先的生活。
生活跟原先一个模样，
绝对的延续性永存于世间。
死别不过是一桩小小意外，何足挂齿。
凭什么因为眼不见我，就要把我遗忘？
我正在等你过来游憩，
就在咫尺附近，

① 19 世纪末 20 世纪初牛津大学神学教授，本人也是一名基督教传教士。他于 1910 年 5 月在国王爱德华七世驾崩的时候在圣保罗大教堂做了一次布道，并在这次布道中探讨了人们对死亡那种天生的又好像自相矛盾的反应：对未知的恐惧以及对延续性的信仰。他根据对延续性的信仰的讨论，提出了他最知名的观点：生离死别根本就算不了什么。他在诗中通过“我”（逝者）尝试把自己对生离死别的观点告诉“你”（生者）。他的这段原话后来被改写成诗歌的格式展示给世人，且经常被引用。

就在拐角那头。

一切安好。

万象永续,万类永存。

刹那后,一切宛如从前。

来日重逢,你我必将笑谈这离别苦愁。”

当玛姬返回自己的座位后,萨拉伸出手臂拥抱她,查莉也紧紧地握住她的胳膊。双胞胎姐妹各伸出一只手,轻拍着她的手背。她低下头来,滚烫的泪水顺着脸颊流下,滴落在黑色大理石地砖上。萨拉递给玛姬一张绣花手帕,玛姬接过它,擦了擦脸上的泪水,然后捂住嘴巴抑制自己的啜泣,她的目光全神贯注于裙子上的一根细细的线头。

线头垂落在裙子的下摆边缘,她用力拉扯它,然后注视着线头尾部的针脚散开……她感觉到了一种残忍的成就感。她知道真正的哀痛尚未到来,当她独自一人将自己反锁在房间里,并用浴缸的水流声盖过其他一切噪音时,她将歇斯底里地嚎啕大哭。如果在现在这种静默的场合肆意宣泄自己的情感,这不符合她的性格,也会使她感到害怕和不知所措。

. . . . — — — . — — . .

追悼会结束之后,一行人去了酒吧。在眼下这种时候,看上去的确也没有其他事可做。

“你能承受得住吗?”约翰在“玫瑰与王冠”酒吧的小隔间里问道,他挪出一点空间,让玛姬坐在他身旁。他努力露出笑容,尽管他的感觉比她好不到哪里去。

“我很好,约翰,谢谢你的关心。”她坐到他身旁,并为萨拉留出了位置,后者伸出双臂,环抱着玛姬。克拉贝拉和安娜贝拉两姐妹去吧台买饮料。

玛姬的脸上除了麻木以外没有任何表情,她已经彻底精疲力竭,与此同时她眼中的萨拉和查莉也是心力交瘁。查莉为了纪念佩吉而涂上的口红开始脱落,还沾了一些在门牙上。就连一向喳闹的双胞胎姐妹也非同寻常地保持着安静,当她们端着酒杯回来的时候,几乎一句话也没有说。

接下来，女孩们坐在一起，彼此支撑扶持，每个人都在讲述关于佩吉的小故事——她曾经做过或说过的细微琐事和只言片语，有些令人心酸，有些则非常滑稽。

轮到玛姬了，“我记得……”然而她所记得的东西实在太多，甚至当她环顾这间酒吧时，也能勾起无数的回忆：她们第一次来这间酒吧时的情景；佩吉第一次将她介绍给戴维和约翰；男孩们激烈地讨论政治话题，并且嘲笑着议论佩吉各式各样的求爱者……她突然感到自己的喉咙哽住了，无法再继续说下去。“很抱歉，还是以后再说吧。”她最终说道。

她可以感觉到约翰的视线停留在自己身上，她很想迎着他的目光看过去，但是她的眼睛有些不受控制。

“致佩吉！”他们站起来祝酒，然后一饮而尽。

十八

在唐宁街10号的私人秘书办公室里，约翰握着一杯温热的茶水，花了一些时间研究眼前这份剪报——这是他自己从《泰晤士报》上找到的那幅玛姬正在怀疑的广告画。那些点和短线，它们是货真价实地存在的，不是幻觉。他看了看自己的书架，取出了另一本《摩尔斯电码手册》，然后试图解码。

没有，什么信息都没有，只是胡言乱语。

约翰将剪报推到一边，叹了口气。

又是一个死胡同。

他很难过，因为这意味着他必须将结果告诉玛姬。

约翰只有二十六岁，但他眉间已经有了深深的皱纹。很久以前——或者说看起来是很久以前——在牛津大学以及接下来的唐宁街10号，他与一些女人有过短暂的罗曼史，而他从没留下过麻烦混乱的局面，也没有让任何人受到伤害。但是，在他所认识的女孩中，没有一个是他真正喜欢的。不过，玛姬和其他女孩都不一样，他被她深深吸引——她的脸、身体、才智，还有幽默感。

但是在眼下这种时刻，因为战争已经开始，一切都必须改变。他全身心投入工作，并且敏锐地意识到其他强壮健全的男子全都在英国皇家空军、英国皇家陆军以及英国皇家海军服役。当那些与他年龄相当的小伙子们在前线浴血奋战时，他自己在办公室工作中又做了些什么呢？他已经失去了两个在皇家空军服役的朋友，他们的飞机被德国梅塞施米特式战斗机击落，从而壮烈牺牲。他想象着他们连人带机坠落在英国乡间的地面上，继而一命呜呼的悲壮场景。从某种程度上说，他感到自己在办公室工作——哪怕是为首相工作——他也让他的朋友们失望了，从而使得自己在他们心目中的形象大打折扣。

如果是在几年前——那时候战争看上去根本就是不可能发生的事情——他会想方设法地取悦玛姬，讨她的欢心，逗她发笑，并约她共进晚餐。如果事实是那样的话，他绝不可能遭遇这次这种在伦敦政治经济学院所经历的尴尬和惨败，这一点是毋庸置疑的。然而，假想归假想，可现在的事实是……唉……尽管他们在一起工作，但战争时期一切都和以往不同了。

她一定是想多了，约翰告诉自己，下次再见到她，我会告诉她很多时候广告就仅仅是广告而已。

戴维走进他和约翰的斯巴达式[1]战情办公室，“又在犯痴了吗，老兄？”他边说边坐下来，开始处理办公桌上的一大堆文件。

“哼哼！”约翰嘟囔着抬起头来，因被戴维看穿自己的心事而感到有些困窘。

“既然有这个心，那你就主动点。”戴维取出一个马尼拉文件夹，翻阅着里面的文件，“她很聪明，也很漂亮，完全配得上像你这样的人。”

“我可没时间干那种蠢事。”约翰说，“好像你还没有意识到……”

戴维转了转眼睛。

“现在是战争时期。”

戴维露齿而笑，“那正是我要说的。”

. . . . — — — . — — . .

结束了一天工作的玛姬回家以后，拨通了戴维的电话，后者还在办公室里加班。

“我想请你帮个忙。”她开门见山地说。

“你的愿望，便是我的使命。”戴维回答道。

“你想离开市区吗？”

戴维将面前的文件推到一边，“从而远离轰炸？我一直都有这个愿

① 斯巴达式房间的含义是不倡导享受的简陋房间。

望。”

“开车去剑桥,可以吗?”

“剑桥? 那里有什么?”

玛姬沉默了片刻,她期望找到的东西是什么呢? “说真的,我自己也不知道,也许是幽灵吧。如果一切顺利的话,或许可以找到一两个答案。”她有些神经质地扭动着盘绕在一起的黑色电话线,“你有兴趣吗?”

“关于什么问题的一两个答案,玛姬?”戴维追问道。

“关于我父亲。”她说,“我认为……嗯,我认为他有可能还活在世上。”

“他还活着?”

“我不敢确定,也许吧。不过起码我想调查一下这种可能性是否存在,所以我得先问一些问题,而剑桥大学三一学院看上去应该是最合乎逻辑的调查地点。”

戴维抬起头看了看墙上的挂钟,“再等几个小时,让我把工作做完。”他说,“我会去你家接你。”

“你真是个很好、很好的人。”玛姬兴奋地喊道,“千真万确!”

“承蒙夸奖,待会儿见。”

戴维放下黑色的电话听筒以后,约翰直勾勾地望着他,“是玛姬吗?”

“你又何必明知故问呢?”戴维打趣道,“莫非你吃醋了?”

约翰“哼”了一声,“没有。这么说……”他从办公椅上站起来,走过去坐在戴维的办公桌上,“你们准备去剑桥,是吗?”

“的确如此,老兄。”戴维说,“虽然我不知道她为什么不要求我带她去牛津大学,不过……”

“剑桥那边有什么?”

“哇哦,你为什么这么在意?”戴维说,“你看起来不像是在犯痴,对吗?”

“戴维,这件事真的很重要,我没开玩笑。快告诉我,为什么玛姬想去剑桥大学?”

戴维叹了口气,“是因为她父亲的事。很可能也没什么事,但如果这样做能够让她感觉舒服一点的话……”

约翰立刻跳了起来，迅速朝门口走去。

“你要去哪儿？”戴维在他身后喊道。

“我只是想起了一些事情。”约翰喊了回去，“你继续工作吧。”

“天哪！是不是每个人都失去理智了？”戴维嘟囔道，重新回到自己的工作中。不论男人还是女人——他永远都不能真正了解他们。

. . . . — — — . — — . .

约翰冲进了斯诺德格拉斯的办公室。

“她知道了！”

斯诺德格拉斯从橡木办公桌上的文件堆里抬起头来，和颜悦色地说：“斯特林先生，我能否再次提醒你在进来之前应该先敲门？”

约翰急匆匆地关上身后的门，然后压低声音说：“她知道了。”

“谁？”斯诺德格拉斯问道，“知道什么了？”

“玛姬，她知道了。”

“她到底知道什么了？”

“我还不能确定，但是她打算去剑桥。”

“这样啊……”斯诺德格拉斯放下手中的笔，拂了拂自己用以遮盖秃头的几缕黑色长发，接着拿起了绿色的电话听筒，“看来我们有事情做了。”

. . . . — — — . — — . .

“你的车很漂亮。”玛姬坐进戴维的雪铁龙轿车，摸着光滑的皮革座椅。汽车引擎发出“咕噜”声，驶入了灯火管制下的伦敦街道。

“苦命的孩子。”戴维说，“汽油居然会成为夺去她生命的元凶。”他穿着很随意的白色开领衬衫，深蓝色的外套，以及灰色的法兰绒长裤。

他们开车行驶在柔和的夜色中，保持着令人舒适和惬意的沉默——只有月亮和从车头灯罩的狭缝中透射出来的微弱光线为他们提供照明。

“今晚你能开车送我去剑桥，我真的很感激。看来还得在那里留宿，这样一来你就用掉了唯一的休息日。"

戴维拍了拍玛姬的手,"因为是你啊,玛格丽特。我很乐意这样做。再说,这会提升我在办公室的形象,你知道的——陪同一个漂亮女孩……"

她一拳打在他的手臂上。

"哎哟!"

"这是爱的亲拍。"她笑着说,"现在我们需要拟订一个行程计划。当我们到达剑桥后,先在剑桥大学酒店订好房间,休息一晚,然后一大早就去三一学院。"

"如果你父亲仍然还在那里,那么他起码偶尔会在大学食堂的导师餐桌上露面。"

"听起来那里是个很不错的展开调查的突破口。"

. . . . — — — . — — . .

事到如今,玛姬一定已经找到他了,伊迪斯想道,即使现在她还没找到,剩下的时间也不多了。因为她实在是太聪明了,这种事难不倒她的。游戏结束了,现在伊迪斯所能做的就只有努力解释,并且期望——或者说祈祷——玛格丽特会理解她。毕竟,埃德蒙已经疯了,而且毫无疑问的是他至今仍然处于发疯状态。所以,她认为她所做的一切都应该是情有可原的。

马萨诸塞州,威尔斯利学院

亲爱的玛格丽特:

我怀着无比沉重的心情写下了这封信。

也许你已经知道,我的童年和成长过程非常与众不同。这不仅仅是因为我表现出了科学方面的天资——相信对于年轻女孩来说这是非常罕见的情形——而且我还上过大学,在19世纪末期,几乎没有上大学的年轻女孩。当时我身处剑桥大学这样一个无比陌生的环境,真的就像离开

水的鱼一样难以适应，尤其是在研究生院。看上去没有任何人理解我，也没有任何人认可我在这个世界所扮演的角色。

只有一个研究生是例外，她做经济学方面的资深研究，很快我和她就成为了最好的朋友。随着时间的推移，我发现自己爱上了她，而她也爱上了我。我邀请她和我一起回伦敦度过圣诞假期，可是你的祖母一定觉察到了我们俩彼此怀有感觉的本质。她说我是“反常的”，甚至还用上了更加恶劣的形容词，从此我的朋友们再也不愿和我说话。这些经历，在一定程度上玷污了我们纯洁的感情。原本纯洁的、充满柔情的爱暴露在外部世界之后，就演变成了扭曲的、反常的甚至变态的堕落行为。

我自己很难接受那样的现实，要么彻底否认自己，要么过一种不再与其他家人分享的彻底独立的生活。我感到我想要的人生与人们对我的期望不可能协调一致，所以我必须离开，否则整个人都会被毁掉。

当克拉拉突然去世，而埃德蒙遭遇了我们称之为“车祸事故”的那件事之后，我理所当然地承担起了照顾你的责任。事实上，埃德蒙早先在起草自己的遗嘱时就和我讨论过这一点——如果他或你母亲遇到什么意外的话，我将成为你的监护人。因为你祖母的年龄太大，不可能独自照顾一个幼儿。尽管我们考虑到了有可能发生的种种不测，但是我们认为那些东西都只是必要的书面条文而已。我们从来没有想象过它会真的发生，更不用说是在你还是个婴儿的时候就发生了。

至少可以这样说，那种情况是极端不寻常的，而埃德蒙失去了他心爱的妻子。

起初，我认为在那样的打击下，他的精神略微失常是正常反应，而且可以慢慢恢复。

但是随着时间的推移，他看起来丝毫没有任何好转的迹象。

尽管事实上我从来都不喜欢婴儿或小孩，可我却爱上了你。你不再是一个普普通通的婴儿，你是独一无二的玛格丽特，有着一双认真的眼睛和令人震惊的红色头发——头发的颜色表明你有一颗火热的内心。当我注视着你胖乎乎的小手指和小脚趾时，我知道我不会再让你离开我。尽管他是你父亲，但我知道埃德蒙已经不能胜任抚养你的责任。

当我去接你的时候，你祖母不出意外地再次批评我“缺乏道德操守”，暗示我的家不是一个适合孩子成长的理想环境，以及诸如此类的贬低的话。我再一次被我自己的母亲驱逐，那一瞬间我认为我自己建立起来的美丽新世界顿时土崩瓦解了。然而，我必须让自己振作起来，因为我须要对这个走进我生活的小生命负责。

接下来，我终于获得了剑桥大学的博士学位，然后我将我的履历表发送给了美国的好几所雇佣女性教员的女子专科学校。威尔斯利学院表明了录用我的意向，我立即欣然接受了这个机会。对我来说，这是个重新开始的机会，让我可以在一个远离家人，并且不需要对除了我自己和你以外的任何人负责的地方工作和生活。在我眼里，美国不仅仅是美丽新世界，更是一个可以让我开启崭新人生的天堂。在威尔斯利学院，我能够按自己的意愿生活，我还可以继续做我的私生活中的真我。由于中间隔着大西洋，你的祖母不再有机会用言语玷污我，或者让我被迫感到自己的真情实感是反常的。

因为这些原因，我们——我和你——到了美国。我需要远离我母亲的妄断，而且我的确认为埃德蒙不可能完全康复。

情况真的很复杂，而我也不是在为自己找借口，但是在你尚且年幼的时候就告诉你双亲都过世了，这解释起来的确要容易许多。我一直都有意将真相告诉你，但随着时间的推移，好像总是等不到合适的时机。

我希望你能让自己的心来说话——至少试着理解我的立场——如果你不肯原谅我的话。顺便说一下，我为你留在伦敦而感到非常自豪，尽管我依然不喜欢你这样做，而且我每天都在为你的安全担忧。自从我的母亲过世以后，我就一直在试图理解她的立场。虽然我至今还是无法理解，但我已经学会了原谅她——起码在大多数时候是这样的。

我一如既往地爱着你。

伊迪斯

十九

第二天，在剑桥大学酒店的餐厅吃过早餐——蛋粉以及味道不佳、勉强可以入口的茶水——以后，玛姬和戴维出发前往三一学院。尽管处处都充斥着有伤尊严的战时景象——楼梯上的金属防滑条被剥除，临时增设的战时菜园和防空避难所，还有被木板条钉死的窗户——剑桥大学依然是一个非常美丽的地方。头顶的天空是湛蓝色的，有着淡淡的卷云，完全配得上是现实版的约翰·康斯特勃①所画的英国风景画中的天空。温暖而清新的空气里夹杂着泥土的芳香，新鲜的氧气进到玛姬的大脑，使她感到一阵亢奋，精神焕发。

“那里是雷恩图书馆。”戴维指着一栋建筑物介绍道，那栋楼高耸的部分看上去很像是用象牙雕刻的。

“你怎么知道的？你不是从牛津大学毕业的吗？”

“嗯，我和剑桥大学的一名赛艇桨手曾经是好朋友，尽管有些滑稽……”

“哦。”她已经明白了戴维正在确认什么，“我想我懂你的意思。”

“我以前认为你也许会猜测，但我并不是很确定。”

“你是在什么时候发现你的……”——我该用什么词语来表达呢？——“你的特殊偏好的？”

他俩在一个寂静、空无一人的庭院里漫步，唯一陪伴他们的只有一个起旋涡的大理石喷泉，以及一群棕褐色小麻雀，它们正“叽叽喳喳”地叫着，并用喙吸起喷泉水，清洁和整理自己的羽毛。

“我认为现在的标准说法应该是‘有点那个’。”他微笑着看着她，让

---

① 19 世纪初期英国风景画家。

她知道他并不介意刚才的问题。“比方说，你可以问：你是从什么时候开始知道你是‘有点那个’的？明确地说，我一直都知道。”

“我的姑妈伊迪斯也是……”——她以前一直没能鼓起勇气说出这件事——“‘有点那个’的。她的生命中曾经有过一个很特别的朋友，她是另一个女教授。”

“噢。”戴维话锋一转，“这很奇怪，是吗？”

“不，不是这样的……嗯，我的意思是，没错，是很奇怪，但我毕竟是被姑妈——而不是我的父母——抚养成人的，她是个或多或少有些疯狂的科学家。我没别的意思，事实上我一直都知道你的……偏好。”

“真的？”戴维扬起了一边眉毛。

“萨拉曾提到过她想帮你安排认识舞蹈团的人，我认为那个人就是迪米特里。”

“哦，对，是这样的。”他说，“萨拉一直想帮我撮合对象，她找的候选人通常都是赛德勒·维尔斯芭蕾舞团的男演员。”

“而且，佩吉也知道。”玛姬说。

“佩吉……”他摇了摇头，“佩吉总是喜欢卖弄风情，而我则是个交际广泛的人，再说，我很安全。所以，我想你们也许会谈论我，但我是不会介意的。”

“是的，佩吉很喜欢成为被关注的焦点。”他们沉默了，回忆起了那道伤疤。

“那么约翰呢，他知道吗？”

“约翰知道，毕竟他和我是最要好的朋友。”

“那他为什么从来都没有女朋友？”尽管玛姬心里认为约翰和戴维不一样，但她还是想确认一下。

“不，约翰喜欢女孩，这点千真万确。他只是没有将太多时间和精力放在这上面，再说最近工作非常忙碌。”

玛姬决定不和戴维提及伦敦政治经济学院那个尴尬的晚上，以及在咖啡馆地下室度过的夜晚——那个夜晚因佩吉的去世而黯然失色。

她改变了话题，“那么，你的……嗯，我想说的是，现在你有没有相好呢？”

戴维在他薄薄的眼镜镜片背后流露出了小狗般可怜的眼神，“没有，最近我非常孤单寂寞，尽管曾经有一个很不错的小伙子……他在财政部工作。”

玛姬突然扬起了眉毛，“你说的是弗雷德·吉布森吗？”

“弗雷德……”戴维苦笑着说，“弗雷德，弗雷德……不过进展并不顺利。”他模拟戏剧场景叹了口气，“而现在，可怜的我，只能孤身一人。”

“我还是很好奇，你是如何……你通过什么途径认识新对象呢？”

“噢，我亲爱的玛姬，你以为我平常就只和你一个人见面吗？拜托啦！”他笑着说，“我是个活跃于交际场的人，这你是知道的。”

她笑着摇了摇头，当然了。“这么说，你一直都知道自己的偏好咯？”

“是的，我一直都知道。而我的父母——我很感激他们一直都足够明智和通情达理——假装没有看见，所以他们不会问我太多问题，感谢上帝！”戴维的表情突然变得有些严肃认真，“不过，玛姬，我得说奥斯卡·王尔德的时代距我们并不遥远。”尽管庭院里只有他们两人，可他还是突然将声音压得很低，“这种事情仍然被认为是一种罪行，而这样的人还是会被关进监狱，或者被送到精神病院注射激素。自从我开始在白厅工作之后，不论在什么场合，总之这并不是我能够在屋顶上高声宣扬的事。”

玛姬拍了拍他的背，“虽然现在还不行，但也许将来某一天就可以了。”

“也许吧。”他扶了扶自己的眼镜，不过他的声音听起来一点也不自信。

. . . . — — — . — — . .

在凉爽的微风中，他们顺着冷冷清清的鹅卵石小径穿过了三一学院的四方庭院，然后又路过了几栋精巧雅致的建筑物，以及未经修剪的绿色草坪和广阔的战时菜园。一路上他们还遇见了站成两排的由瘦高个子男人组成的白人唱诗班，他们都穿着带有雪白色轮状皱领的长礼服，红色的长袍在微风中轻轻摆动。最后，他们来到了内维尔厅——三一学院的食堂。

他们穿过两扇对开大门，进到了一个洞穴般的巨大房间，墙壁上镶着木板，大部分区域整齐地放置了很多长条桌椅。突然间，玛姬感到自己非常渺小、拘谨和卑微。她抬起头，看着高耸的椽木，发出了一声叹息。毕竟，这里曾是艾萨克·牛顿爵士用餐的地方。

“这里不过就是个食堂，有着和别处一样糟糕的英国食物。他们把它修建得很大，从而令人敬畏，但别让它影响你的情绪。”戴维故意高声低语道。玛姬嗅到了午餐的气味——肉馅土豆馅饼和酸苹果奶油蛋羹。

食堂里面很空旷，因为大多数男人都去参加战时服务了，但是尽头处的导师餐桌有些热闹。在那里，几位满脸皱纹、身穿黑袍的导师刚刚用餐完毕，正纷纷散开。玛姬赶了上去，她尽量使自己的脚步更轻一些，以免高跟鞋敲打地面时发出太大的声响。

“先生，打扰一下。”玛姬找到了一位有着最和善双眼的导师，“我叫玛姬·霍尔普，这位是戴维·格林。我们想找一个人。”

周围有几双眼睛都望了过来，这位导师礼貌地停下脚步，示意同伴们先走，然后透过自己的牛角框眼镜看着玛姬，“亲爱的孩子，大多数男孩都已经离开学校，去为国王和祖国服务了。”他眨着眼睛说道。玛姬注意到他有一头稀疏的银发，脸颊和鼻子上都长满了红色痤疮。

“不，事情不是这样的。”她有些语无伦次，“是……”

“我们在寻找埃德蒙·霍尔普教授。”戴维从容不迫地插嘴道，“他的一位同事说他很可能回到了三一学院。请问最近你有没有碰巧看到过这个人呢？”

“埃德蒙·霍尔普……”导师缓缓地说，“埃德蒙·霍尔普，这些天来我好像经常听到这个名字。”

玛姬和戴维相互交换了一下眼神，这一切都被导师看在眼里，他的眼睛突然变得坚定而严肃。“跟我来吧。”他说，“我们需要私下谈谈。”

. . . . ———.——. .

安东尼·科利尔导师的办公室庄严堂皇，非常壮观。彩色玻璃窗上绘着一幅圣乔治屠龙的画作，但是这幅画已经几乎完全被厚厚的黑胶带覆盖起来。金色橡木办公桌背后的墙上挂了一幅威廉·布莱克[①]的《善恶天使》,不过应该是复制品。

“请坐吧,霍尔普小姐,格林先生。”他指了指两把棕色皮革椅子。

玛姬和戴维就座后,他也坐进了办公桌背后的转椅。

“在战争之前,埃德蒙·霍尔普是这里的一名学生,当然我所说的是另一场战争。在我的印象中,他是个杰出、有才气的学生。”

“他是我父亲。”玛姬说。

科利尔教授交叠着他那双长满老年斑的大手,“哦,原来是这样。”

戴维清了清嗓子,“霍尔普小姐一直都以为她的父亲在1916年的一起交通事故中过世了,但是她现在有理由相信她父亲也许还活着。她父亲的一名同事暗示说他也许会回到这里,先生。”

教授的双手捏得很紧,并且抵住了自己的鼻子。玛姬的双手有些颤抖,于是她将它们交叠在一起,压在膝盖上,使自己保持镇定。漫长的沉寂之后,他终于开口问道:“那么你们两位是什么人?我的意思是你们做什么工作?”

“我……我为首相工作,先生。我是个打字员。”

“而我是首相的一名私人秘书。”

科利尔导师在他的办公椅上转了几下,“我需要一点时间。”他挥手示意他们出去,“请在外面稍等片刻,不会太久的。”

戴维和玛姬对视了一眼,然后一同来到外面的大厅,倚靠在镶着木板的墙壁上。“你认为这一切是怎么回事?”玛姬低声问道。

“我不知道。”戴维回答说,“但是可以肯定的是他一定知道一些东西,否则他就会直接请我们离开。”

玛姬感到有些六神无主。

终于,办公室的门打开了。

“情况是这样的,我给在白厅工作的一些朋友打过电话了,看来霍尔普小姐和格林先生的确是首相办公室的员工,身份不菲啊。不过,那边有权力的人希望你们放弃这场徒劳的搜索,然后回到自己的本职工作当

① 18世纪末19世纪初的英国诗人、版画家,浪漫主义文学代表人物之一。

中。”

这就是你要说的吗？到底是怎么回事？玛姬感到一阵突如其来的激动。很明显，我们已经发现了一些东西。不仅如此，这些东西还是某个上级不愿意让我们继续深入挖掘和寻找的。但是，原因何在呢？“先生，这是不是说明我的父亲还活着？”

“你父亲已经死了，霍尔普小姐。”科利尔导师平静地说，“我为你所失去的而感到难过，亲爱的孩子。现在，请你们回去吧。”

. . . . — — — . — — . .

迈克尔·墨菲点燃一支香烟，吸了一口，然后对着空中吐出了三个烟圈，一个比一个小。这是他第一次被允许进到这里——如果不是因为他自己的公寓楼里每层楼只有一个公共卫生间的话，克莱尔绝不会允许他来到这个地方。由于他们必须完成的一些任务，克莱尔的换妆过程不能被任何人看见。所以她领着墨菲偷偷地从后花园溜进来，然后通过曾经是仆人专用的楼梯走进她的房间。她知道此时其他人都在工作，不会在家。

克莱尔坐在一个白色梳妆台旁，她穿着一条蓝色塔夫绸褶边裙，眼前是一面污迹斑斑的镜子，刻蚀有玫瑰花的镜框显得十分陈旧。梳妆台的台面上放着一支打开包装的红色染发剂，还有一袋化妆品——装在银色管子里的眼影膏，用旧了的黑色睫毛膏，以及短而粗的口红。她的头发上已经涂抹了卷发剂，还别着几个钢制发夹。

化装打扮结束之后，她感到一阵兴奋，就好像自己是戏剧中的女演员，正准备在首映典礼上登台亮相。是时候了，她想，已经到最后关头了，我们即将完成任务。

. . . . — — — . — — . .

玛姬和戴维缓缓地走向雪铁龙轿车。

“王八蛋！”玛姬愤怒地说，努力抑制住了在沮丧中猛踢车胎的冲动，

“他知道，他一定知道，只是他不肯说……”

“玛姬。”戴维的语气很温和，“这不是他的错。你应该明白，现在正在打仗，很多东西都必须保密，只有极少数的信息可以被透露或公开……”

“打仗！”玛姬突然停下脚步，“对啊，打仗！”她兴奋地拥抱戴维，还在他的脸颊上亲吻了一下。“打仗！哈哈！你真聪明，太聪明了！”

“没错，现在正在打仗，这是众所周知的事实。”戴维愉快地说，“但我不明白你为什么这么高兴，玛格丽特？”

“如果我的父亲还活着——而且有证据表明这一点的话——他很可能正在从事与战争有关的工作。”

戴维瞪大了双眼，“你认为他是军人？”

“不，你想歪了。但你应该知道布莱切利公园，对不对？”

“布莱切利公园？这我当然知道。在那里，所有的数学家以及专业领域与数学相关的人士都被聚集在一起……”他的眼睛瞪得更大了，“天哪！你认为他是个译解密码者？”

“考虑到他在数学领域的专长和造诣，我认为这种可能性是存在的。”玛姬回答道，“布莱切利公园离这儿有多远？”

“我们应该去布莱切利镇……”戴维凝想着，“那个小镇正好在剑桥大学和牛津大学之间，紧邻‘大学线’①，过去我去找韦斯利的时候经常路过那里。”他看着玛姬说，“噢，我想你懂的，就是那个桨手。”

“我们从这里过去，需要花多长时间？”

“最多几个小时，我想的话。”他斜着眼看了看手表，“下午和晚上我们可以待在那里，不过接下来嘛……”

“我知道，我们必须赶在明天清早之前回到伦敦。”玛姬开始想象汀斯利夫人不快和谴责的表情。

“但是，我不得不说这真是一个绝好的主意。”戴维说，“如果他真的在那里，那么我们一定能够找到他！”

---

① 从1862年至1967年，剑桥大学和牛津大学之间有铁路直接相连，后因乘客减少，铁路被迫中断运输，以至于这两所大学的学生要去对方学校的话都必须绕经伦敦。后来，这条铁路线于2006年重新恢复通车。

玛姬还是有些顾虑，“看来你非常乐观。”她说，“可那里很可能有非常严密的安保措施，我们未必能顺利通过。”

“别担心。”他说，“现在我们需要保持乐观。”

. . . . ———.——. .

克莱尔注视着镜子里的自己，红色的头发与她的肤色的确不太般配，但整体看来还是不错的。事实上，应该称得上是很不错——她完全可以冒充玛姬，尤其是在戴着帽子、蒙着面纱的情况下。

可怜的玛姬，她在心里说道，她是如此的认真，如此的用心良苦。她深入细致地思考她所遇到的每一件事……谢天谢地！她已经动身前往牛津大学、剑桥大学或其他什么与她心中的问题相关的地方了。现在真是绝佳的时机。

她环顾四周，突然对这个地方产生了一种留恋的情怀。是的，她们曾在这里有过美好时光。最开始是偶然相遇，然后是迅速建立起来的友谊，接下来变成了其他更多的细节与回忆。很多时候，克莱尔会不自觉地忘记自己其实是在扮演某个角色。当她和墨菲制造出她死亡的假象时，她甚至感觉到了一阵巨大的内疚。玛姬是个甜美的女孩，她越来越多地意识到这一点，从而因她自己的欺骗行为感到更加羞耻。她是个真诚的女孩，甚至可以说是过分忠贞。她叹了口气。不过，总有一天她终将克服伤感情绪。她又摇了摇头，开始怀疑自己到底是在愚弄谁呢？嗯，也许她永远也无法忘却，但是不论如何眼下的任务必须得完成。

任务已经开始倒计时。她往鼻子上扑了些粉，完成了自己的化装，然后站起身来转了几圈。“踢踏……踢踏……”她哼着小调，将双手按在腰上，走了几个舞步。

“真不错。”墨菲说，“好极了！不过，我还是很想念你以前的头发。”

“你不喜欢红发吗，亲爱的？”克莱尔伸手拍了拍波浪状的头发，接着用雕刻有花纹的玳瑁发夹将它们扎到脑后。“这项工序挺轻松的，因为她并不是很在乎自己的发型。”她低下头看了看自己的双手，它们缺乏光泽，有一些细小的伤口，“而且她也无心保养手上的皮肤。”

墨菲用手指着床上的棕色草帽，“再戴上那个试试。”

克莱尔戴上帽子，并将一个顶部镶珍珠的别针别在帽子上。她缓缓地放下网状面纱，使其遮挡住了自己的双眼。接下来，她垂下眼睛，佯作端庄地盯着地板看。

“你觉得怎么样？”

“简直是一模一样！”他兴奋地吹了一下口哨，“祝贺你，亲爱的。那么，你真的准备好了吗？”

克莱尔长叹一声，再次看了看镜中的自己，“准备好了，我……”

突然，他俩同时听到了从楼下传来的动静，立即都愣住了。克莱尔将手指放在嘴唇上，示意墨菲不要作声。

. . . . ———.—— . .

戴维和玛姬驱车行驶在秋天的乡间小路上，两旁的小灌木丛和树篱已经开始变成黄色和棕褐色，果园里的果树上挂满了红红的小苹果，田野里点缀着星星点点般的白色绵羊。他们的车经过了几间茅草屋顶的小酒馆，一座华丽无比的维多利亚式火车站，以及一系列高耸的哥特式尖顶教堂和罗马诺曼式塔楼——在它厚重的墙壁上有很多狭窄的箭头状狭缝。

看到这些东西，真让人情不自禁地想高唱《大不列颠颂》，玛姬想道。她摇下车窗，让新鲜空气与秋风一起吹拂到自己脸上。她提醒自己不要为一些胜算不大的机会而过度兴奋。我只希望在我们抵达目的地之前，罗宾汉①和他的同伴们不要和我们搭讪。

布莱切利是维多利亚时代的铁路小镇，砖砌房屋和商店几乎都沿着铁轨修建，色彩明快艳丽的遮阳棚使古老的建筑物焕发出更多生机。耳边不时传来火车头发出的“哐当”声，以及低沉抑郁的汽笛声，伴随着喷涌而出的蒸汽和煤烟。

雪铁龙轿车在小镇里迂回行驶，有时候很像一只无头苍蝇。东拐西

---

① 12 世纪英国民间传说中家喻户晓的绿林好汉，出没在舍伍德森林之中，以劫富济贫为其宗旨。

弯了好几个地方后，戴维最终将车停在“八大杯”酒吧门外。

“现在适合喝酒吗？”玛姬试探着问道。

“我们可以在这里吃一顿午饭。”戴维笑着说，“不过我得先打个电话。”

“电话？打给谁的？为什么得现在打？”

“我只需要几分钟时间。”

. . . . — — — . — — . .

墨菲和克莱尔听到了一系列声响——一个包被放在地上，继而是衣服被挂在衣架上，片刻之后楼梯上响起了轻轻的脚步声。

“嗨？”他们听到了低沉而刺耳的说话声，“有人在家吗？”

紧接着，房间门突然被打开了，“玛姬？是你吗？”

这个可怜的女孩刚迈步走进房间，墨菲就迅速蹿到她身后，并一把抓起台灯旁边的乳白色玻璃杯，猛地挥向她的后脑。可怖的撞击声过后，杯子四分五裂，玻璃渣纷纷落下，年轻女人像坏掉的玩偶一样倒在地板上。

克莱尔看着地上的女人，后者双臂张开，两腿弯曲，鲜血不断地从头部的伤口涌出，淤积在她的头发上。

“噢，天哪！迈克尔！”她惊叫起来。顾不得地上的玻璃碎片，克莱尔跪倒在地，喘息地看着自己的“前室友”。片刻之后，她抬起头瞪着他，“你在做什么？”

暗杀首相，以此来推动他们的事业，这是一回事，可谋杀无辜的人却是另一回事，何况这个受害人从来没有做过任何坏事——不论对谁来说都是如此。她不由自主地想到了黛安娜·施奈德，然后使劲甩了甩头，渴望将这个想法从脑海中驱逐出去。

“我必须得这样做，我们必须得这样做。现在快站起来，我们须要赶快行动。”

克莱尔的肩膀耷拉了下来，她用双手捂住脸，残酷的现实使她几近窒息。“她会死吗？她死了吗？”与黛安娜·施奈德的死有所不同的是，克莱尔以前并不认识黛安娜，可现在的情况大不一样，这是一个她认识的人，而且是一个她了解并且喜爱的人。

墨菲蹲下来，将手放在俯卧在地的女孩的脖子上，摸了摸她的脉搏。“就算现在还没死，她的时间也不多了。”他站直身子，吸了口气，“看在上帝的分上，快振作起来吧，克莱尔。”说完，他从床上取下一条蓝色蚕丝被，盖在那个纤细、静止不动的身体上。

克莱尔直视着他，眼里涌出了泪水，“你没必要杀死她。”

“不，这是我必须做的，因为你自己不具备杀死她的勇气。”他仁慈而坚定地将双手按在她的两只手臂上，然后展露出自己最迷人的微笑，“我亲爱的女孩，请别忘了，你和首相还有一个约会。”

克莱尔长久地凝视着地板上的尸体，一言不发。最后，她擦去眼里的泪水，然后挺直后背，深呼吸了一下，“你说得对，的确如此。”

. . . . — — — . — — . .

“八大杯”酒吧里光线十分昏暗，空气中弥漫着一阵阵烟雾。玛姬坐在一张单薄的深色木质餐桌旁边，她感到自己身下的椅子也是摇摇欲坠的。酒吧的内墙贴着印有花朵图案的深紫红色壁纸，花边窗帘的背后，无处不在的灯火管制黑胶带若隐若现。玛姬叫来侍者——一个皮肤被晒得黝黑的金发女郎，为自己和戴维各点了一份鱼类套餐。端上来以后，她才发现那是一种根本叫不出名字的海洋生物，上面淋有黏糊糊的酱料。戴维一直躲在柜台后面打电话，玛姬只得心不在焉地吃了几口。她听到远处教堂的大钟敲了五下①，庄严的钟声在空气中回响着。

再试试看吧，等得有些不耐烦的玛姬掏出了剪报和电码手册。她可以听见四周人们低沉的交谈声，银制餐具和瓷器碰撞时发出的“叮当”声，以及无线电广播里正在播放的《夜莺在伯克利广场歌唱》②。

她深吸了一口气，然后呼了出来，尽力使自己的思绪平静一些。她应

① 很多时候教堂的钟声并不是报时，而是用来传达信息或提醒弥撒快要进行等等。响五下是为了纪念耶稣受难时的五道伤，往往是在中午十二点进行，而不是凌晨或下午五点。

② “二战”时期英国经典情歌。

该看到什么呢？噢，不，等等，也许她还凑得不够近……

什么也没有。

哎，该死！她生气地将它们推到一边。

. . . . ——— . —— . .

在凉爽的秋风中，她行走在圣詹姆斯公园里的砾石小径上，经过了平静的湖泊和一片片毫无生机的战时菜园。野鸭和野鹅昂首鸣叫着，就好像正在发出警告。克莱尔将帽檐拉得更低，并整理了一下刚刚染好的红色头发，使得自己的脸尽可能被遮蔽。微风带来了瑟瑟寒意，于是她将外套的衣领向上翻起，围住了自己的脖子。来到堆着沙袋的白厅和政府大楼附近时，她停下脚步，定了定神，然后从容地走向财政部大楼——那里有通往地下战情室的入口。

就是现在了，她有些激动地心想，这一刻终于来了！

前面有个岗亭，她低着头，眼睛向下盯着地面。当她来到两名站岗的士兵身旁时，以一种平静的姿态出示了自己的身份证明文件。第一个士兵只是粗略地看了看文件，随即便挥手示意她进去，但另一个士兵则花了相当长的时间仔细检查，不过也没能看出什么破绽。

克莱尔冷静地做着深呼吸，让自己的脸部肌肉放松。最终，第二个士兵将文件递还给她，并为她打开了巨大的金属门，大门的铰链在旋转时发出了响亮的"嘎吱"声。"谢谢！"她礼貌地说道，然后走过一段狭窄的螺旋形楼梯，进到了大楼内部。

. . . . ——— . —— . .

"黑马"酒吧里一个阴暗的角落，两个男人坐在小桌旁窃窃私语，他们是迈克尔·墨菲和马尔科姆·皮尔斯。皮尔斯看了看表，"现在一定已经发生了。"

"克莱尔是一名优秀的特工，她不会让我们失望的。而且她可以让自己顺利脱身,这也是计划的一部分。”墨菲转动着他手上的克拉达戒指[①],并示意女侍者过来,又点了一些酒。“依我看,丘吉尔的办公室应该不会将新闻稿发送给 BBC,相反他们会保持安静。接下来的好几天——甚至有可能是好几个星期——我们都不会看到公开消息。”

“你说得没错。”皮尔斯说,这时酒吧侍者将两杯啤酒放在他们面前,因此他沉默了片刻。“不过,你的女人很可能因此送命,是吗?”他将声音压得更低了,“可怜的小东西,她是个如此漂亮的女人。你会不会时常感到遗憾,认为他们应该派一个丑女孩来执行这类任务。”

“你的目标是让德国赢得这场战争。”墨菲耸了耸肩,“可我们的目标是统一爱尔兰。克莱尔很清楚她自己的使命。”

“也许你们还会炸死罗马教皇,只要你们认为这样做是有用的,对不对?”皮尔斯吹响了赞赏的口哨。

“听着,我已经引爆了一些炸弹——地铁站、女人、小孩……然而最终我的上级却认为这些事造成了负面效应,因此叫停了这项计划。”他边说边摇着头,“真可惜,一切才刚刚开始,我们已经实实在在地使英国人感到震惊和慌乱。”

“正是基于这个原因,我们才有机会与克莱尔以及玛姬·霍尔普……对了,说到霍尔普小姐,她现在怎么样了?”皮尔斯突然转移了话题。

“她离开伦敦了,是一趟短途旅行,克莱尔告诉我的。所以现在看起来是绝佳的时机。”

“是的,太棒了,希望她别那么快回来。”

墨菲喝了一大口啤酒,“那么,你刚才说我们需要……”

“我的朋友……”他略微停顿了片刻,“我会照顾好这个局面的。”

墨菲站起身来,思考了片刻。为什么那个婊子玛姬·霍尔普可以活下去,而克莱尔——他一生的挚爱——却很可能送命?他将来还会负责“照看好”玛姬,不过事分轻重缓急,重要的事得先做。

“很抱歉,伙计。”他将几枚硬币扔在桌上,作为酒钱,“我和我们的朋

---

① 爱尔兰的传统婚戒,是爱尔兰文化遗产的一部分,象征着爱情、友谊和忠贞。它的整体式样是两只手捧着一颗心,心上戴着王冠,意思是“我向你双手奉上我的心,并冠以我的爱”,另外还有一层意思是“让爱情和友谊永远主宰”。

友保罗还有个约会。”

“很好。”皮尔斯说，“接下来我们就开始分头行动。”带着我们对同一个女人的各自不同的回忆——他是这样想的，不过当然不会讲出来。

“祝你好运！”墨菲用爱尔兰语说道。

“也祝你好运。”

. . . . — — — . — — . .

女侍者为玛姬的茶杯加了一些热水，就在这时她突然如梦方醒。

是的，一定是的。它一定是密码，而且毫无疑问是一串摩尔斯电码。

但是它无法被解码。

“请问你还需要什么别的吗，亲爱的？”女侍者问道，“我们这里的脆皮蓝莓馅饼很不错，尽管我们的糖不太多……”

“不用了。”玛姬头也不抬地回答道，“不过还是谢谢你。”

玛姬用双手托着下巴，冥思苦想。

它只是无法被解码。

莫非……难道它是一种超级密码？比如……双重加密的密码？嗯，很有可能，让我再试试吧。

二十

地下室里的空气阴冷而潮湿，夹杂着淡淡的混凝土以及化学卫生间[1]的气味。克莱尔走在一条狭长的走廊上，高跟鞋与水泥地面碰撞，发出了响亮的“咔哒”声，还伴随着阵阵回声。这里的天花板很低，被粉刷成了白色，墙上看得到一些卷曲着的软管，每隔十几米就有一个红色的消防水桶。她与好几个男人擦身而过，他们的胡须都修剪得很整齐，不过脸色却十分阴沉。为了尽量避开人们的视线，克莱尔走得很快。

她和墨菲曾仔细研究过偷来的财政部大楼和地下战情室的建筑蓝图，但是当她亲自行走在一系列陡峭的楼梯以及用煤渣砖砌成的走廊上时，这种真实而紧张的感觉与纸上谈兵截然不同。尽管如此，克莱尔依旧可以保持冷静，她低垂着头，步履轻快地走向首相的地下办公室。

目标房间号是65A，它的隔壁是地图资料室，对面则是越洋电话室。当克莱尔找到首相的办公室时，她的双手禁不住有些发抖。她调整好呼吸，敲了敲门，没有人回应，于是她打开门走了进去。

首相的私人办公室很狭小，里面具备了一名战时高级官员的所有“排场”——行军床上整齐地叠放着绗缝[2]丝绸羽绒被，地板上铺了一块红色长毛绒波斯地毯，角落里是一张巨大的木质办公桌。桌面上放着几个麦克风，那是他在BBC演讲直播时用的，麦克风旁边还有一个存放雪茄的贮藏盒。

她走上前去，坐在首相的办公椅上，然后从手提包里缓缓取出手枪

---

① 集便器使用化学品将污物消毒并集中处理的卫生间，常见于飞机或新型列车上。除交通工具外，化学卫生间也常见于建筑工地以及大型的户外嘉年华会等，当然还有“二战”时期的地下战情室。

② “绗缝”的意思是用长针缝制有夹层的纺织物，使得里面的棉絮等填充物保持固定状态。

……有那么一瞬间，她因过度紧张和激动而感到一阵眩晕，甚至眼冒金星。她大口呼吸着，让自己平静下来。伴随着一系列迅速而有节奏的“咔嚓”声，子弹已经上膛，消音器也安装好了。

. . . . ———.——. .

玛姬坚信这段密码是双重加密过的，因此破译的时候也得经历两个步骤，甚至不排除更多的步骤。既然如此……她挠了挠脑门，要是……要是它是反向书写的，那又会怎么样呢？

如果倒过来的话，这串摩尔斯电码就变成了：

- - - . -. - -. - ... - ... . - ... - -. . - - -. - -. - - .... . - -/ - - .... -. . .. -. ... - . - -. .. - - -. / - - - . -. - -. - ... - ... . - ... - -. . - - -. - -. - - .... . - -/ . - . -. . / .. -. . -. . -. -... ... ... - - - ... - . -. . / - - - . -. - -. - ... - ... . - ... - -. . - - -. - -. - - .... . - -/ -. -. -. .... -. - -

玛姬打开手册一看，突然惊喜万分，因为这串电码终于变成可破译的了。她赶紧对照着手册，将它们一一转换成英文字母：

Orqvsavnaqyhat Mhirefvpug Orqvsavnaqyhat Are Frrbssvmvre Orqvsavnaqyhat Cnhy.

天哪，这是什么东西？她的心再次沉到谷底。

讨厌！讨厌！讨厌！玛姬摩挲着自己的太阳穴，咬紧了下唇。

. . . . ———.——. .

事实上，墨菲和克莱尔对后者即将执行的任务并不抱太大的幻想。她的主要目标是暗杀温斯顿·丘吉尔，由此摧毁英国这部战争机器。除此之外，其他一切东西都是次要的。

克莱尔会付诸行动，然后赶在被别人发现之前尽可能快地逃离现场。接下来，她将回到迈克尔张开双臂为她所准备的怀抱里。

然而，更有可能出现的情况是：她会被逮捕，并且以帝国叛徒的身份被绞死，甚至当场就被击毙。不论如何，他俩都知道她幸存的机会其实相当渺茫。从某种意义上说，她现在已经形同幽灵。

但是克莱尔早将个人生死置之度外，她用装好子弹的手枪指着房门，静静地等待着，酝酿着内心的仇恨。她想起了那些训练用的靶子，以及奔跑着的兔子和梅花鹿。她开始回味那是一种什么样的感觉？——看着它们惊慌地逃窜，继而被子弹击中，与此同时她自己的手臂感受到了巨大的反冲力。紧接着，它们停止奔跑，目光呆滞，片刻之后才倒在地上。她想起了自己第一次真正的杀人，对方是一个在都柏林骚扰她母亲的英国军官——这家伙尾随她们来到了她们的家。当他将她的母亲摁在餐桌上欲行不轨的时候，她扣动了扳机，子弹从他的左耳进入，又从右耳飞出……在墨菲的帮助下，她处理掉了尸体，然后两个人开车来到海边，乘坐一艘捕鱼小艇逃到了英国。

突然，门打开了。

. . . . — — — . — — . .

希望渺茫，真的非常渺茫，玛姬感到一阵头痛，就好像右眼后面有个冰锥正在敲击。*我已经浪费了太多时间……*

她四处寻找戴维。*他怎么还在打电话？*

她的目光总是不由自主地回到密码上。*唉，你们这些讨厌的令人痛苦的小点，我真为你们感到难过……对了，如果密码只有一部分是反向书写的，结果会不会不一样？*

她试了半天，还是一无所获。

*该死！该死！该死！*她使劲将头发拂到脑后，盯着天花板发呆。一只黑色小昆虫在她耳边"嗡嗡"地叫着，她心不在焉地拍打它，结果自然是劳而无功。

她打了个哈欠，然后在伸懒腰的时候突然灵机一动——这个突如其来的念头使她的后颈因兴奋而感到一阵针扎般的刺痛。*如果……如果是德语呢？*她打了个寒战，紧紧地握住铅笔，心"怦怦"直跳。她几乎可以嗅到成功的滋味。

她对照着德文电码表,果真得到了三句德语:

Bedienhandlung die Zuversicht.

Bedienhandlung der Seeoffizier.

Bedienhandlung Paul.

天哪!玛姬顿时觉得脊柱阵阵发凉,天哪!天哪!天哪!

她又花了一些时间,将德语翻译成英语——幸亏她在学校里学过一些德语。

被彻底破译的密码变成了三句话:

霍尔普行动。

海军大臣行动。

保罗行动。

玛姬赶紧将它们抄写在自己的记事本上,她感到自己的呼吸非常急促。

霍尔普行动……这是什么意思?该不会是……她的思绪不由自主地飘往一个方向……难道和我有关?她差点笑出声来。不过,这种想法实在是太荒谬可笑了,我不过是一台非常、非常、非常庞大的机器上的一个无比微小的齿轮。她露齿一笑,而且显然是一个很自恋的齿轮。

她将自己的注意力移回记事本。

保罗行动……会不会是西蒙·保罗?毕竟他曾经公开表示过自己反对战争,而且他为哈利法克斯勋爵工作,后者是众所周知的绥靖政策支持者。

那么海军大臣行动又是什么?玛姬倒抽了一口气。"海军大臣"是丘吉尔先生的代号,因为他曾担任第一海务大臣[①]……这是不是意味着他的生命将受到威胁?

她将一些钱放在桌上,然后跑向那个身材干瘦矮小、有着一头黑发的调酒师。"请问……哪里可以打电话?"她气喘吁吁地问道。

"小姐,请往那边走。"他指了指身后那条昏暗的走廊。

---

① "一战"期间丘吉尔是英国第一海务大臣。

玛姬来到了电话间，这里有很多小隔间，每个小隔间里都有一部电话。她看到了戴维，后者正在其中一个小隔间里聚精会神地讲电话，没有注意到她。玛姬没有惊动戴维，而是径直走进尽头处的小隔间，然后从手提包里摸出几枚硬币，将它们塞进电话机，接着开始拨号。在等待电话接通的过程中，她咬紧下唇，轻轻地跺着脚。终于，电话通了，“请接威斯敏斯特区，3349。”她对接线员说。

接下来是一连串短暂的“嘀嗒”声，之后是片刻的安静……突然，她听到了对方接起电话的说话声。

“请帮我找一下约翰·斯特林……当然，我不会挂的……是的，情况非常紧急……”玛姬用手指拨弄着又黑又粗的电话线，“喂？是约翰吗？我是玛姬……不，不，我很好……”她不停地打断约翰的话，她的声音很柔和，电话间里的其他人都听不见。“听我说，约翰，那个密码，你还记得吗？它是真的！它是用德语写成的，而且在破译前得先倒转顺序。如果你把它破译成德语，然后再翻译过来，它讲的是霍尔普行动、海军大臣行动和保罗行动。其他两个我不是很确定，但是海军大臣行动必然和丘吉尔先生有关。”

“玛姬，现在你在哪里？”

“约翰，我刚刚告诉你的信息可比我在哪里要重要得多……”

“你还在剑桥大学吗？”

玛姬用余光瞥见戴维已经打完了电话——他放下听筒，然后朝他俩的座位走去。

“我稍后再打给你。”她捂住嘴巴低声说道，“不过请你赶紧调查一下，这件事非常重要，而且非常紧急！”

玛姬回到餐桌旁边，发现戴维几乎是面无表情。“我打了一些电话。”他说，“到处求援。”

“是吗？”玛姬还不确定自己是否应该将密码的事告诉戴维。但是严格意义上说，约翰的级别比戴维更高，而且拥有更多权限。

戴维将手按在玛姬手上，她感觉到他的手很冰冷。“玛姬，你是对的。你父亲还活着，而且的确是在布莱切利工作。”

她沉默了片刻，让自己慢慢消化这个鲜活的新消息。他还活着，我父亲还活着。对她来说,密码的事看上去已经不再是首要的了,“但是为什么……”

“情况有些复杂。”戴维继续说道。

“复杂?”天哪,难道现在的情况还不够复杂吗?“那么他在哪里?我想见他!”她的双手在发抖,“我须要见他!”

“你会见到他的。”戴维说,“不过首先你得自己做好心理准备。”

他在开玩笑吗?她心想,这样的会面该如何做准备呢?

“总之,事情和你想的不太一样。”

. . . . ——— . —— . .

在唐宁街10号的办公室里,约翰重重地放下光滑的绿色听筒,然后在办公桌上的文件堆里翻找着,试图找出那张剪报。在办公室的另一侧,纳尔逊伸了个懒腰,眨巴着眼睛,弓起背部蹲伏在戴维的办公桌上,身体倚靠着文件篮。

“时间已经过去那么久了,已经发生过那么多事了,她为什么还要如此执著地研究密码呢?”他一边翻找一边喃喃自语。纳尔逊轻轻地跳到地板上,黑色小爪子着地时没有发出任何声响。

突然,他看到那幅广告从文件堆里飘出,然后缓缓地掉落在地。“谢天谢地!”他叹了口气,伏到地上拾起了那张剪报。

他的眼睛眨了一下,紧接着又眨了一下。

然后是第三下。

他急忙从书架上取下一本《摩尔斯电码手册》,开始按照玛姬的建议破译那串密码。

“我的天啊!”他惊叹道,“我的天啊!她是对的。它果然是反着书写的。该死!该死!该死的德国人……”

当他开始进行破译工作的时候,他感到浑身皮肤一阵刺痛。不过,他并没有停下来,而是坚持完成了这项工作。最后,当他看着破译出来的信息时,自己好像听到了耳朵里面血液流动的声音。纳尔逊在一旁“喵喵”地叫着,但约翰没有理会它。

“老头子危险了。”约翰猛地站了起来,“我得赶紧去告诉老头子。”

. . . . — — — . — — . .

门打开了,来人是约翰,他的手里拿着剪报和记事本。“玛姬? 不会吧,我们刚刚才通过电话啊……”

克莱尔在头脑里设想过很多情节,然而此情此景却是她完全没有想到过的。

约翰突然沉默了,他仔细地看着眼前这个女人,不敢相信自己的眼睛。“佩吉?”他喃喃地说,“佩吉?”

“噢,约翰,我很抱歉。我真的非常、非常抱歉!”

二十一

布莱切利公园由一大片维多利亚时代修建的都铎式风格[1]建筑群所组成，公园四周被高高的铁栅栏包围起来，大门处有士兵把守。戴维摇下车窗，向守卫出示了他们的身份证明文件。没过多久，守卫挥了挥手，让他们通行。

戴维和玛姬开车驶向雄伟堂皇的红砖楼房，路边的建筑工地传出了刺耳的施工噪音，与此同时他们还能听到鸭子和鹅的叫声。头顶的天空蔚蓝而明净，秋日下午的阳光让人感到十分温暖。玛姬发觉自己的腋下有些冒汗，她突然产生了一个念头——自己本该穿颜色更浅的衣服，而不是现在这身棕色府绸套装。

“维多利亚时代居然还会建造这种其丑无比的房屋。”戴维在停车时嘟囔着说道。这里的男人和女人都行色匆匆，看上去和平民百姓没什么区别，不过很明显是男子居多，他们都穿着宽松起皱的裤子和陈旧的亚麻布外套。庄园里的草坪很不平整，到处都是可见的磨损和印记——被人踩踏或被自行车碾压而形成的。并不是这里的人素质不高——如果要进到周围那些临时搭建的小屋，他们不得不横穿草坪。不远的地方还有一个花园，里面杂草丛生，一片破败。当玛姬和戴维一起走出停车场时，她看到一只肥胖的青头鸭摇摇摆摆地从他们面前经过。

“这么说，这里就是传说中的布莱切利公园了。”当他们走向建筑物

---

① 这一风格因流行于英国都铎王朝(1485—1603)而得名，该时期大型的宗教建筑活动停止了，新贵族们开始建造舒适的府邸，在这种情况下，混合着传统的哥特式和文艺复兴风格的都铎式就应运而生。都铎式府邸建筑体形复杂起状，尚存有雉堞、塔楼，这些属于哥特风格；但其构图中间突出，两旁对称，已是文艺复兴风格。这种房屋具有鲜明的民族特色，常为游人所注目。

的前门时，玛姬有些惊异地环顾四周。在战争爆发以前，她曾在脑海中想象过这里的样子，此刻的她半闭双眼，找回了她头脑中的画面：一大片平滑整洁的绿色草坪。穿着花棉布裙的女孩们和穿着水手装的男孩们在草坪上来回跑动，放着风筝。负责照看孩子的女保姆穿着浆硬的白色围裙，带着赞许的神情在旁边安静地观看。穿着丝质礼服——上面绣有玫瑰、水仙和薄荷——的女士一边喝茶，一边小口吃着点缀了小草莓的蛋白甜饼。男士们穿着蓝色的绉条纹西装，戴着草帽，惬意地喝着琥珀色的雪利酒[①]。

“依照官方说法，这里是政府密码学校。”戴维说，“我已经申请获得了拜访许可，不过我们还得经历一些考验。”

他们走进前门，穿过一条布满灰尘的走廊，顺着一段曾经光鲜华丽、现在有着明显的刮擦磨损痕迹的木质楼梯上到了二楼。从楼梯口侧面的窗户望出去，玛姬看到了一排木兰树，还有几栋临时搭建的小屋，不过更打眼的是高耸的铁栅栏，以及铁栅栏顶部带刺的铁丝网。

楼梯口旁边摆了一张长条桌，上面覆盖着一块灰色军毯。“霍尔普小姐。”站在桌子背后的一名官员朝玛姬打招呼，他又矮又胖，胡子拉碴，一口龅牙非常难看，“我可以领你去见埃德蒙·霍尔普博士，也就是你的父亲。”说完，他伸出手臂拦住了戴维，“你得在这里等着。”

“可是……”戴维正要申辩。

“很抱歉，我也是奉命行事。”官员打断道。

“没关系。”玛姬安慰戴维，同时也在安慰自己，“不会有事的。”

戴维迅速眨了眨眼，然后轻拍玛姬的后背，“我在这里等你。”

玛姬和那名官员沿着一条长长的走廊向里走去，他们的脚步声回响在磨损的木地板上。

“请进去吧。”官员指了指前方一扇房门，接着就转身离开了。

玛姬站在门前，眼睛一眨不眨地愣了许久。一旦这扇厚重的橡木门被打开，对她来说一切都将和以往不同。

---

① 又译：雪莉酒，是一种由产自西班牙南部安达卢西亚赫雷斯－德拉弗龙特拉的白葡萄所酿制的强化型葡萄酒。雪利酒味道清新、醇美甘甜。

她抓住白色的陶瓷门把手，试着转动了一下，发现门没有上锁。伴随着门把手发出的“咔哒”声和铰链发出的“嘎吱”声，房门缓缓打开了。这个房间阴冷昏暗，遮阳帘遮挡了窗外的大部分光线。

玛姬的眼睛花了一些时间才适应了这里暗淡的环境，当她可以看清楚东西后，她看到一个男人弯着腰坐在一张破旧的木质办公桌背后，并伸手打开了一盏落地灯。“嗯，这样要好一些。”他嘟哝道。

紧接着，他对玛姬说：“你是谁？”

. . . . — — — . — — . .

“跪下！”克莱尔咬牙切齿地说。

“你在开玩笑吧？”他依然不敢相信自己的眼睛。

“闭嘴！”

约翰只得照她的指示做了，他放下剪报和记事本，然后双膝跪地，并用两只手抱着头。不过，他的眼睛一直盯着她的脸。“佩吉？”他喃喃地说，最终接受了眼前这个女人就是佩吉的事实。

“我不是佩吉！”她激动地喊道，双手不住地发抖，“我的名字叫克莱尔。”

“佩吉……哦，不，克莱尔。”他说，“别这样做。不管发生了什么事，请放下枪，让我们谈谈。”

她沉默了，双唇紧紧地闭在一起。片刻之后，她伸出一只手，将首相床上的一个枕头的枕套扯了下来。她将枕套扔给约翰，“把这个戴在你头上，然后转过身去。”

“如果你要杀我……”接过枕套的约翰缓缓地说，“那你起码得有勇气看着我的眼睛。”

她没有这样做。

“佩吉，放下枪。”约翰慢慢地站起来，放下双臂，朝她的方向迈了一步。

“站在原地别动！”克莱尔尖叫起来，这时她瞥见了掉落在地上的剪报，“什么？那是什么？”她喊道，“你是从哪里得到那个的？”

“哦,你说那幅广告吗?”约翰柔和地说,“怎么了?它和你有什么关系吗?海军大臣行动?”

克莱尔顿时脸色发白,而约翰则更加确信玛姬是对的。他又向前迈出一步,“已经结束了,佩吉。”

“不。”她的声音变得很小,双手还在发抖。

“恐怕的确结束了,凯利小姐。”斯诺德格拉斯的声音在门外响起。

二十二

“你是谁?”这个男人再次问道。两人目光对视时,那种似曾相识的感觉令玛姬心头一震。

她尽量不去直视他的脸。“我叫……”起初她的声音小得像蚊子,但她随即调整了语气,大声说道:“我的名字是玛格丽特·霍尔普。”

“玛格丽特·霍尔普。”男人重复了一遍,接着向后靠在他的军用金属折叠椅的靠背上,“马,马,马,马车,马夫,小马驹。霍,霍,霍,霍金,霍金斯,霍普金斯。”

她难以置信地看着对方,他的容貌跟她以前在照片上看到的那个人极为相似——都有着高额头、鹰钩鼻和方下巴。当然,他现在比拍照时更加苍老了,笑纹和抬头纹都十分明显,再加上鬓角的银色头发,使得他的容貌发生了一些变化,但是变得并不多。

毋庸置疑,这正是她的父亲。

但是他看上去非常的不对劲。

“马车,马夫,小马驹。”目光涣散的他继续咕哝道,“霍金,霍金斯,霍普金斯!”

“父亲?”她轻声说道,“爸爸?”

房门再次被打开了,“噢,霍尔普小姐,霍尔普教授。”一个声调很高、带着鼻音的男声说道。玛姬回头一看,门口站着一个又高又瘦的男人,有着渐后的发际线和一口小黄牙。他穿着华达呢夹克和休闲裤,让人猜不出他的身份。“我是肯尼思·伊斯顿。很高兴见到你,霍尔普小姐。”

他走进房间,打开了一盏顶灯。“我必须得道歉。”他说,“我本该在你进来之前就在这里守候并为你们俩作介绍的。”

她的父亲紧紧抓住伊斯顿伸过去的手臂,并以此为支撑费力地站了起来。尽管他穿了一件正装衬衫，系着领带，但是当他笨拙地从桌子背后挪动出来时，玛姬非常清楚地看到他还穿着蓝条纹棉睡裤和磨损的皮革拖鞋。

“埃德蒙，她是你的女儿，玛格丽特·霍尔普。”伊斯顿说，“霍尔普小姐，这位先生是你的父亲。”

这个应该是她父亲的男人继续咕哝和喃喃自语，并且目光涣散。

“哎，就这样吧，埃德蒙。”伊斯顿温和地说，“让我们送你回去，好吗？”他将自己的夹克搭在她父亲的肩头，然后拿起一个红格子茶壶套，罩在他脑门上。“这样他就不需要戴帽子了。”伊斯顿对玛姬说，声音中流露出了一丝歉意。

一名身穿白大褂的护士来到门边，她帽子的边缘向上卷曲，就像一对翅膀。“霍尔普教授。”她的声音严厉而坚定，“现在该吃药了。”他慢吞吞地跟在护士身后，眼看就要走出房间了，这时他回头看着玛姬的方向，并用他那一成不变的语调念叨道：“左右，左右，左左右右。左手，右手，握她的手。”

“我们走吧，霍尔普教授。”护士敦促道。

“握手！握手！”他的态度似乎非常坚决。

伊斯顿先生叹了口气，“霍尔普小姐，能否劳驾你……”

于是她伸出了自己的右手，而她父亲则伸出双手握住了她的手。他的力气很小，手很冰冷。

接下来，他像幽灵一样离开了。

“伊斯顿先生。”她终于开口说道，“你……你对我父亲了解多少？”

肯尼思·伊斯顿指了指房间里的另一把金属折叠椅，然后自己坐进了霍尔普教授刚刚腾出来的椅子，“霍尔普小姐，请坐吧。”

坐下来以后，她才意识到自己的双腿抖得厉害。

“你需要喝杯茶吗？”

该死的、愚蠢的英国人！一天到晚就只知道茶，茶，茶！真是迂腐！
“不用了，谢谢。我只想知道一些问题的答案。”

“当然，这没问题。”他将双手交叠着放在办公桌上，“我知道你签署过一些官方机密条例，所以你应该明白不论你得知了什么样的信息，你都得保守秘密，甚至是在被严刑逼供时也得这样。哪怕是……绞刑……"

"是的，我知道。"她有些不耐烦地挥了挥手，"请讲吧。"

"那么让我们从头说起，好吗？当你的父母遭遇车祸以后，你的母亲当场就去世了。"他的声音非常柔和，"你的父亲差点丧命，但他最终还是活下来了。他昏迷了很长时间，然后走上了一条漫长艰巨的康复之路。"

伊斯顿先生松开双手，然后合并指尖比划出了一个形似尖塔的动作，"接下来的事实显而易见，你被你父亲的妹妹——伊迪斯·霍尔普小姐带到美国去了。鉴于他在身体以及精神方面的不稳定状况，她决定向你隐瞒你父亲还活着的事实。她请他支持这个决定，而他的确同意了。"

一个可怕的、讨厌的、不能被原谅的决定。

"可是……"

"这是一个极其艰难的局面，你知道吗？你的父亲经过康复治疗，情况有所好转，但他一直没能完全恢复到他的正常状态。他的智力水平依旧能够胜任伦敦政治经济学院的教授，然而他几乎是……嗯，我该如何表达才好呢？他几乎是一个白痴天才，尽管在他的学科上依旧拥有卓越的才华，可他却几乎无法与周围的人正常交流。"

我的天啊！

"随着时间的推移，连搞科研的能力也渐渐从他身上消失殆尽了。战争打响以后，他离开了伦敦政治经济学院，住在剑桥大学，并由三一学院的一些老警卫照顾着。"

"既然他病得如此厉害，"玛姬缓缓地说，"那他为什么会在这里呢？"

"也许你父亲的精神不太正常，但他仍然是个天才。在布莱切利——也就是我们所说的'X 基地'——我们迫切需要天才。所以，从 1939 年起，他就被安顿在这里，负责为政府密码学校截获情报……"

"没错，我知道你们在这里破译德国密码。"

伊斯顿看起来一脸震惊。

"我为首相工作。"玛姬解释道，"我当然知道布莱切利公园是干什么的。"

伊斯顿重新打量着玛姬，过了许久他缓缓地说："这样啊，那你一定知道我们已经招募了一群全英国最有才华的人，其中就包括阿兰·图灵，他从一开始就在这里工作。当然，这里的人才不止他一个，还有很多数学家、密码学家、埃及考古学家、象棋冠军、纵横填字谜专家、通晓数种语言的人……”

“还有我的父亲。”

“没错，还有你的父亲。”

“但他仍然……”

“他确实是疯疯癫癫的，但是对他人无害，完全无害。重要的是，他很有才华。尽管我不能详细道来，不过要是没有他的话，有些密码我们根本就不可能发现。你知道吗？他是我们的英雄。”

“哦，我想我明白了。”她并没有真的明白，起码现在还没有，但是在这种情况下她还能说什么呢？

“我知道这是一个非同寻常的消息。但是，考虑到目前的形势，还有你为首相工作的事实，斯诺德格拉斯先生认为你有必要知道。”

她眨了眨眼，“斯诺德格拉斯？他负责这件事吗？”

“哦，是的，千真万确。”伊斯顿先生说，“他很欣赏你，对你评价颇高。为了这次会面，他做了不少安排。”

她一时半会儿还回不过神来。

“我想现在我需要喝一杯茶，伊斯顿先生。”

. . . . — — — . — — . .

“克莱尔·佩吉·凯利。”斯诺德格拉斯说，“真没想到会在这儿见到你。”

以一连串迅速流畅、令人眼花缭乱的抓捕动作，斯诺德格拉斯跨步到她跟前，将她的一只手臂反扭到背后，然后夺去了她另一只手上的枪。

当他牢牢控制住她时，她开始抽泣。

斯诺德格拉斯朝约翰点了点头，后者走到电话机旁边，拿起听筒，拨出了一个号码，“是保安部吗，这里有情况，我们都在首相的战情办公室里……好的，谢谢你。”

约翰转过身，面朝斯诺德格拉斯，脸上同时写着吃惊和放松，“长官？

你……你认识她？”

“凯利小姐被列在军情五处的监视名单上已经有一段时间了，斯特林先生。她是美国人，这是事实，不过她和爱尔兰共和军有密切关联。这样说吧，我们有非常充足的理由对她进行密切监视。”

约翰身子一软，差点跌坐在地，他赶紧扶住一把木椅子的靠背，“那你之前为什么没告诉我？”

两名全副武装的士兵迅速走进房间，评估着眼前的情势。斯诺德格拉斯朝他们点了点头，“把她带到牢房去。”接下来他转身对约翰说，“那样岂不是破坏了所有的乐趣？”两名士兵熟练而敏捷地将一副钢手铐戴在克莱尔的手腕上，然后准备将她带出房间。

约翰低下头，看到了地上的剪报，“长官。”他边说边弯腰将它拾起。

“约翰。”克莱尔轻声说道，眼里充满泪水。

“不要我说吗？”他站起身来，将剪报递给斯诺德格拉斯，“这幅广告的线迹里面藏着密码，如果解译出来，大意是海军大臣行动，保罗行动，还有霍尔普行动。这个……嗯，她……”他用手指着克莱尔，后者即将被推出房间，“这起暗杀未遂事件很可能就是海军大臣行动。”

“让我看看。”斯诺德格拉斯浏览着广告的内容，“你确定吗？”

“是的。”约翰回答道，“而且，玛姬……霍尔普小姐现在正在布莱切利咨询一些问题，并且即将得到答案。”

“我知道了。”斯诺德格拉斯说，“目前情况还处于我们的控制之下。”

. . . . — — — . — — . .

戴维和玛姬开车返回酒店，路上吃了一顿很随意的晚餐——事实上他俩都没怎么吃。在玛姬的房间里，戴维试图通过聊天来打破沉默，他懒洋洋地躺卧在一把淡绿色簇绒椅上，“真可笑，你有没有注意到接待员看着我俩时的眼神？尽管我们订了两个房间，但你一定能看出他认为这个夜晚会有很多……”他意味深长地停顿了几秒钟，“鬼鬼祟祟的不良行为。”

“你说得没错，可你现在的确待在我的房间里。”玛姬躺在床上，将羽绒被压在身下，盯着墙纸和天花板发呆——她正在脑海中梳理伊斯顿先生告诉她的所有事情。“你将不得不偷偷摸摸地溜回去。”她继续说道。

戴维脱掉自己的黑色皮鞋，将双脚放到床上，“难道你不认为我可以先享受一下足底按摩吗？”

“哇哦，天哪，你的袜子上有个洞。”

戴维抬起自己的一只脚，仔细检查了一圈。果然，他粉红色的大脚趾从黑色袜子里冒了出来，上面还附着一些线头。“该死，真见鬼！”

“试试穿长袜吧，怎么样？”她扑哧一笑，低下头来，注意到自己的袜子上也有一道微小的脱丝，就在脚后跟旁边。

“我试过，不骗你。一点也不舒服。”

接下来是片刻的寂静，“对了，你……你是否想谈谈那件事？”戴维终于试探性地问道。

“只是……唉，我也不知道该怎么说。”她不确定自己能否用语言表达出来，“我的意思是，我父亲还活着，然而他又不像是真的存在。他能够在战争中出一份力，对此我很骄傲，不过……”

“是不是感觉就像再次失去了他？”

“从某种程度上说，的确如此。我有过很多……期望，但是它们现在全都破灭了。而且，本来我有很多话想告诉伊迪斯姑妈，可现在我只是为她感到难过。如果我面对像她那样的局面，或许我也会作出同样的选择。不论如何，我已经开始理解她为什么要那样做了。”玛姬可以看见伊迪斯姑妈年轻时的样子，她是如此的意气风发，而且有着远大的前程，然而她的生活中却凭空增添了一个死去的嫂子，一个精神错乱的哥哥，还有一个小婴儿。“也许不知道全部真相反倒是最好的。”

戴维轻轻叹了口气，“也许你说得对。”

“然而现在我们连自己也帮不了，不是吗？”

. . . . ——— . —— . .

戴维倒在椅子上睡着了，他的嘴巴略微张开，发出了微弱的鼾声。玛姬并不愿意将他一个人留在酒店，但是她知道明天一大早他们就得回到唐宁街10号,而今晚也许是她能再次见到父亲的最后机会了。

她将白天穿过的套装换成了厚重的羊毛衫和棕色灯芯绒长裤,还把亚麻色单鞋换成了厚底鞋。接下来,她找到了自己的外套,将钥匙和身份证塞入口袋,然后尽可能安静地离开了房间。

戴维睡得很熟,看来除了空袭警报,没有什么能让他从美梦中醒过来。

"现在出去散步是不是太晚了点,你觉得呢?"一个身材肥胖、满脸油光的秃顶男人在接待台背后问道。

"我失眠了。"她说,"需要一些新鲜空气。"

"别走太远。"男人警告道,"你一个姑娘家的,最好不要独自夜行。"他好色地盯了她一眼,"莫非你是出去跟某人约会?"

玛姬冷冷地看着他,"既然你已经提到了……这里有没有后门可以出去?"

"顺着那边的走廊一直走,穿过厨房,你就可以看到后门了。"他朝她眨了眨眼,"祝你好运!我是说你的……约会。"

天知道他在想些什么。

玛姬离开之后,接待员迅速拿起电话,拨通了一个号码,"是我,先生,她刚刚离开酒店。"

. . . . — — — . — — . .

与伦敦一样,灯火管制正在实行,不过一轮银色的新月高高地挂在阴暗的夜空,使得能见度足以正常行走。风从树丛中吹过,叶子在黑暗中"沙沙"作响,凉爽的空气中夹杂着泥土气息和柴火燃烧的烟味。头顶上的星星忽隐忽现地闪烁着——小熊星座、北极星、飞马座、双鱼座、仙后座,以及银河系散发出的光芒。

玛姬手里拿着一张纸条,那是她父亲在离开前同她握手时偷偷塞给她的。

当时她费了不少力气才确保自己没有露出惊讶的神色,并伺机将纸条藏进了自己的钱包。接下来,她还得在伊斯顿先生面前继续伪装。当戴维和她一起回到酒店之后，又是更加艰难的等待。最后她终于找到机会，将自己锁在洗手间里，然后读到了纸条上的文字：

13012113031852519161520200175

10017215514191916152118200181501 4

23514554200152001121 1

这堆数字会是一个疯子的胡言乱语吗？在这一点上，玛姬表示怀疑。这也许是某种密码，比如“维吉尼亚密码”①的变种。但是，破译的密钥是什么呢？通常情况下双方都得具备共同的密钥……

玛姬心想，即使是在这么多年之后，即使是在这么多年都彼此杳无音信的情况下，我和他都知道的信息是什么？经历了一系列的挫败之后，玛姬突然灵光一闪：她的生日——1916 年 3 月 1 日。

既然如此，如果用数字来表示生日，那么“01/03/1916”就变成了一个密钥，再把这看作一串数字的开始：

01/03/1916/4/5/6/7/8/9/10/11/12/13/14/15/16/17/18/19/20/21/22/23/24/25/26/，

然后，再代入 01 = 1，03 = 2 以及 1916 = 3：

1/2/3/4/5/6/7/8/9/10/11/12/13/14/15/16/17/18/19/20/21/22/23/24/25/26，

二十六个数字可以对应二十六个依次排序的英文字母：

A/B/C/D/E/F/G/H/I/J/K/L/M/N/O/P/Q/R/S/T/U/V/W/X/Y/Z/。

如此一来，

13012113031852519161520200175

10017215514191916152118200181501 4

23514554200152001121 1

---

① 人们在“单一恺撒密码”的基础上扩展出多表密码，称为“维吉尼亚密码”，该方法最早记录在吉奥万·巴蒂斯塔·贝拉索于 1553 年所著的书《吉奥万·巴蒂斯塔·贝拉索先生的密码》中。然而，后来在 19 世纪时被误传为是法国外交官布莱斯·德·维吉尼亚所创造，因此现在被称为“维吉尼亚密码”。维吉尼亚密码引入了“密钥”的概念，即根据密钥来决定用哪一行的密表来进行替换，以此来对抗字频统计。

就变成了：

1312113218525315202017 5

101721551419315211820181514

2351455420152011211，

然后再调整为：

13/1/21/13/2/18/5/25　3/15/20/20/1/7/5

10/17/21/5/5/14/19　3/15/21/18/20 18/15/1/4

23/5/14/5/5/4/　20/15 20/1/12/11，

最终再变成字母：

MAUMBREY COTTAGE（毛姆布依小屋）

10 QUEEN'S COURT ROAD（女王宫廷巷 10 号）

WE NEED TO TALK（我们得谈谈）。

二十三

玛姬小心翼翼地横穿小镇的街道，结果还是差点儿被一辆自行车撞倒。“姑娘，当心点！”骑车人在黑暗中大声喊道，连人带影很快就消失了。

“我会的。”她没好气地咕哝道。路边的商店和餐馆都早已关门，不过当她经过一间门窗紧闭的酒馆时，却听见摇滚歌曲《滚啤酒桶》的旋律从里面传了出来。她苦笑了一下。尽管有战争，尽管有灯火管制，可人们依旧想方设法地寻找乐子。

走出小镇以后，夜幕变得更黑了，她不得不步步谨慎地向前移动。这里实在是太容易迷路了，而事实上她的确走了很多弯路，还被树根绊了一下，扭到了脚踝，疼得要命。也不知过了多久，她终于发现自己来到了女王宫廷巷。

毛姆布依小屋由圆柱形的灰色石块堆砌而成，外墙和屋顶都覆盖着常青藤和山楂树。在月光和星光的映照下，它看起来就像童话故事里的别墅。这里不会有七个小矮人，也不会有大灰狼，玛姬心想，只有疯帽子①。她关掉手电筒，发现门缝下露出了一丝微弱的光线。她深呼吸了几下，然后开始敲门。

在经历了几秒钟痛彻心扉的等待之后，她听到了渐行渐近的脚步声，紧接着门“吱嘎”一声被打开了。那个被她视为父亲的男人温和地说：“进来吧。”他的声音听起来理智得令人难以置信，“需要我帮你拿外套吗？”

她默默地走进房间，脱掉外套，环顾着这里的一切。客厅很小，低矮

① 《爱丽丝漫游奇境》中的奇幻角色之一。

的天花板上可以看到明显的横梁。厨房在客厅的另一头，旁边还有一段陡峭的都铎式深色木质楼梯可以通往二楼。壁炉里的火正在燃烧，房间里面温暖而舒适。

"请坐。"他说，"你想喝茶吗？或者是更烈一点的东西？我记得这里好像还有一些白兰地。"

"我想喝白兰地。"玛姬说完后小心翼翼地坐在破旧的天鹅绒沙发上。这个男人到底是谁？他现在看上去完全正常。在布莱切利时，他的目光呆滞涣散，可现在在他的眼神里写满了热情和理智。他将一些琥珀色液体倒进了两个窄口酒杯，接着将其中一个杯子递给坐在沙发上的玛姬。

在片刻的沉默之后，他率先开口说道："你破译了密码，我就知道你能做到。现在我认为你一定很想知道……"

经历了太多难熬的时刻，长时间严重缺乏睡眠，过去的几天里多次被震惊……这一切使得玛姬烦躁不安，几近崩溃，难以控制自己的情绪。"哇哦，是的。"她插嘴道，"我的确很想知道。"她喝了一口白兰地，感觉喉咙有些发烧。

"玛格丽特。"他说，"我知道这样做很困难，但是在我们的谈话开始之前，我想先给你看些东西。"

他站起身来，走向一个摆在一张小桌子上的大纸箱。"所有的这些……"他边说边抱起纸箱，将它放在她身旁的沙发上，"曾经都是为你准备的。现在，它们也是你的，只要你愿意保留它们。"

他坐回到自己的椅子，而她一脸诧异地看着纸箱。

几秒钟后，她战战兢兢地打开了箱盖。

箱子里面装满了礼物，很多很多的礼物，有的被粉红色的包装纸包裹着，有的被银色蓝条的包装纸包裹着。有些包装纸看起来很旧并且颜色发黄，有些包装纸看起来则是完全崭新的。

玛姬拿起了其中一个包裹，它很小，包装纸上画着一只已经褪色的蝴蝶。

"打开吧。"她的父亲温和地说，"不用犹豫。"

她撕开包装纸，里面是一只白色的毛绒小羊，它的脖子上系着一个黄缎蝴蝶结和一颗银色小铃铛。

"嗯,这只小羊……"他缓缓地说,"它是你三岁生日的礼物。"

她将小羊放下,但视线还停留在它身上。"呃,我想你迟到了。"她尽力想掩饰内心的痛苦和怨恨,但却没有成功。

"我明白。"他说,"请听我解释。当你母亲去世后,我非常痛苦,我以为我会失去理智。而事实上,我的确有一段时间失去了理智,不得不入院就医,那种状态大概持续了一年。后来,我终于出院了,可伊迪斯已经将你带到美国去了。我很难过,因为我无法再照顾自己的孩子。"

"那么这些东西又是什么意思?"她用手指着那堆礼物。*难道他真的认为这些礼物就可以补偿我所经受的一切——在没有父亲的环境下成长,并一直以为他已经死了?难道他真的认为这些礼物就可以化解那些谎言,还有那些欺骗?*

"噢,玛格丽特。"他说,"我从来没有停止过想念你,我无时无刻不在想着你啊!每年你过生日的时候,我都会为你买一件新礼物。不过,伊迪斯说你已经经历得太多了,而我自己对现实的掌控和把握又非常不确定。所以,我说服自己相信,我的女儿还是不知道我的存在会比较好。"

"你真的认为那是正确的选择吗?还是你认为那样做对你来说是最容易的处理方式?"

埃德蒙看着自己摊开的双手。

"你为什么不留下来坚持争取我的抚养权?"

"我试过了,我尽到了最大努力。"

"你为什么不更努力一点呢?我认为你只是选择了离开。"

"玛姬……你还需要什么东西吗?尽管开口说吧。"他有些失控,"你需要钱吗?我有钱,因为我自己从来都不怎么花钱……"

"不。"玛姬严肃地说,"我不需要你的任何东西。"

令人不安的寂静萦绕着他们,最终是玛姬打破了沉默,"那么,你又是如何来到这里的?你怎么会在布莱切利出现?"

"当我的精神已经足够正常,不再需要继续住院以后,我不知道自己该去哪里,也不知道自己该做什么。伦敦总是会让我回忆起你的母亲,所以我明白我必须得离开。一些友善的剑桥大学导师为我提供了机会,让我在剑桥大学做临时导师,而且可以住在学校里。"

“我就是这样找到你的。”玛姬说，“我去了伦敦政治经济学院，塞缪尔·巴斯托告诉我说你不仅活着，而且很可能已经回到了剑桥大学。接下来，正是剑桥大学让我联想到了布莱切利。”

埃德蒙眨了眨眼，“你是如何知道布莱切利的？”

“我为首相工作，我是他的打字员。所以，很多机密资料我都知情。”

埃德蒙很花了一些时间才消化理解掉玛姬刚刚告诉他的事实。“塞缪尔……天哪，是的，塞缪尔·巴斯托……嗯，在那些日子里，剑桥大学里有很多‘疯子’。后来，我们当中的大多数人都来到了这里——布莱切利。”

“然后开展密码分析工作。”她说，“是这样吗？尽管没有人告诉我详情，但我对此知道得还不算少。”

“嗯，破译密码，你说得没错。”

“可你的反常行为又是怎么回事？”她追问道，“现在你在这里看上去完全正常。”

“哦，关于这个问题……”他摸了摸下巴，“你得知道，我经历过车祸和亲人丧生，很多人都因此而知道了我。所有人都知道我遭遇了身体和精神方面的重大创伤，而且自车祸后我的健康状态一直都不太稳定。这样一来，我就可以轻而易举地在其他译解密码者面前假装成一个疯疯癫癫的白痴天才。”

这真是令人费解，“可是……可是你为什么要这样做？”

“军情五处的人来找我，并建议我这样做。他们怀疑这里的管理有漏洞，确切地说，布莱切利有间谍。因为我是个精神失常的人，所以别人会对我放松警惕，而我的工作就是密切留意其他研究员，看是否有人不老实，耍花招。”

玛姬喝了一大口白兰地，“这么说，他们之所以同意让我见你，是因为你愿意继续保持伪装的假面目。”她思索着说。

“我从来没有想到过居然会见到你，尤其是在战争爆发之后。为什么一个美国女孩会来到伦敦呢？尤其是在这样的战争时期。不过，当理查德·斯诺德格拉斯打电话告诉我……”

“斯诺德格拉斯？”*天哪，怎么又是这个人，看上去他好像无处不在。*

“斯诺德格拉斯先生知道你正在找我，他还知道我的职务以及它的敏感性质。所以……是的，我同意继续伪装。但是，我却不愿意让与你相见的机会就这样白白溜走。”

“斯诺德格拉斯怎么会知道我在找你？”

“我们所有人都在监视之下。”埃德蒙说，“我搜集情报有好几年了，我们很快就能抓到布莱切利的间谍。彼得·弗莱恩是这项行动的头儿，但是当你卷入其中以后，我确信斯诺德格拉斯先生……”

“但我不过是个打字员，为什么他会对像我这样的小人物感兴趣？”

“真是个好问题，亲爱的。”一个陌生男人从阴影中走了出来，“好得不能再好了。”

. . . . — — — . — — . .

回到自己的办公室以后，斯诺德格拉斯仔细端详着那份剪报，他的眼睛眨得很快，“斯特林先生，你对此有十足的把握吗？”

“这的确是密码，长官。它是反向书写的摩尔斯电码，破译出来是德语，提到了三项行动。其中，海军大臣行动一定与丘吉尔先生有关，因为他曾经担任第一海务大臣……”

“这是否意味着尽管我们已经拘捕了刺客，但现在仍然还有两项行动正在进行中？”斯诺德格拉斯边说边拿起了一个红色的塑料电话听筒，“请帮我接军情五处。我找彼得·弗莱恩，情况紧急。”

在等待电话转接的间隙，斯诺德格拉斯用一只手捂住话筒，“还有，这次你干得不错，斯特林，可以说是好极了。”接下来电话那头响起了弗莱恩的声音，斯诺德格拉斯立即松开手对他说：“我们得长话短说，有人试图暗杀首相，我们已经将行动未遂的刺客克莱尔·凯利拘禁起来了。”

斯诺德格拉斯安静地聆听了片刻，然后继续说道：“还有，根据我们搜集到的情报，这还只是个开头。一项与霍尔普有关的行动……”

他应该是被弗莱恩打断了，几句话过后，他瘦小的肩膀耷拉下来，“是的，这也是我正在担心的。嗯……最后一项行动叫保罗行动。”

约翰在一旁有些坐立不安，“那么霍尔普小姐怎么办？”

斯诺德格拉斯严肃地瞪了约翰一眼，然后继续对电话那头的弗莱恩说："霍尔普小姐现在人在布莱切利。尽管我们的'疯子'成功地扮演了他的角色，不过我们还是打算立即出发，将她接回来。"

他挂断电话，随即朝门边走去，"咦，斯特林先生，你还在等什么？我们首先得找到霍尔普小姐和格林先生，还得祈祷他俩没有干出其他傻事。接下来，我们会去找霍尔普教授，并将他交给警方，实行保护性监禁。"

约翰呆呆地看着他，无言以对。

斯诺德格拉斯的步伐很快，三两秒工夫就离开了房间，紧接着他的声音在走廊上响起："赶紧跟我一起来啊，斯特林先生。"

. . . . — — — . — — . .

"你究竟是谁？"埃德蒙·霍尔普问道，他的表情很紧张。

这个白发男子慢悠悠地走向他们，"我叫马尔科姆·皮尔斯。你还好吗，霍尔普教授？我想我应该没认错人吧。"他讲话的语气彬彬有礼，就好像他们正一起喝下午茶。

玛姬说："你来这儿干什么？"

他没有理睬她，"有很多人对你正在从事的工作非常感兴趣，霍尔普教授。你知道在布莱切利内部有间谍，这件事我们是知道的。我们还知道，你就是那个诱捕间谍的诱饵。所以，绑架你可以实现一箭双雕的效果，一方面我们可以确保我们的间谍特工的人身安全，另一方面我们还可以获得一个有关英国破译德国密码的能力水平的信息宝库。"

"我不会告诉任何人任何事。"埃德蒙说。

"你会说的，如果你希望你的宝贝女儿能平安无事的话。"皮尔斯边说边走近玛姬。冷汗顺着她的背脊往下滴流，眼前的一切看起来很像是电影中的慢镜头。

"现在，让我把接下来的任务告诉你们，怎么样？"他的语调舒缓放松，如同父亲对孩子讲话。他从上衣口袋里掏出了一捆绳子，"我们需要静悄悄地离开这里。门口有一辆车正在等我们。霍尔普教授，你来开车，而我和你的女儿会坐在后座。一切都得遵照我的指示来做，明白吗？"他将绳子递给埃德蒙。

埃德蒙艰难地咽了一下口水，"亲爱的玛格丽特，我很抱歉。"他边说边用绳子将她的双手捆绑在一起。

"这样做可以让你摆脱麻烦，霍尔普小姐。"皮尔斯说。绳子很细很粗糙，勒进了她的肉里。"好极了！"在埃德蒙打上最后一个结的时候，皮尔斯显然十分满意。

"现在，让我们出发吧，你们准备好了吗？"

"Bedienhandlung die Zuversicht."玛姬突然想到了什么，于是讲出了这句德语，意思是"霍尔普行动"。

"什么？"埃德蒙和皮尔斯看上去都非常震惊。

"Bedienhandlung die Zuversicht."她缓缓地重复了一遍，现在她已经将零散的信息拼凑在了一起。"霍尔普行动……没错，这就是广告里的密码所提到的霍尔普行动，不是吗？绑架埃德蒙·霍尔普——全英国最优秀的密码破译专家之一——并且赶在他找出德国间谍之前。"

"什么密码？"埃德蒙问道，"还有，什么广告？"

"报纸上有一幅广告，展示的是女式时装。"玛姬解释道，"但是摩尔斯电码就隐藏在服装的褶皱里。"

皮尔斯依旧十分冷静，"这么说，你已经发现了，不过现在已经太迟了。"片刻之后他接着问道，"还有其他人知道吗？"

"没有了。"她低声说，"没有了，只有我知道，因为没有人肯相信我。"

皮尔斯笑了，显出了脸上的两个酒窝，"那就好。"

前提是约翰没有快速并及时地将这些信息汇集起来，玛姬想道。

. . . . — — — . — — . .

在军情五处的办公室里，彼得·弗莱恩"砰"地摔下电话听筒，非常恼怒。

"妈的！"他发出了一声怒喝。稍微冷静点后，他对自己的秘书——一个矮胖结实、有着一双能干的大手的女人——喊道："马上把马克·斯坦迪希和休·汤普森给我找来！"

“好的,弗莱恩先生,我这就打电话。”她拿起电话听筒,开始拨那两个人的分机号。

“再给我一份上周五的报纸!赶快!”

秘书刚打完电话就赶紧站起来,东奔西跑地寻找报纸。几分钟后,马克·斯坦迪希和休·汤普森一脸惶恐地走进了弗莱恩的办公室。

弗莱恩正在他办公桌前的波斯地毯上来回踱步,听到动静后,他转过身,面对着这两个年轻人。

“有人试图暗杀首相。”他说,“爱尔兰共和军的特工克莱尔·凯利已经被拘留了,多亏理查德·斯诺德格拉斯及时介入。现在他和他的一名助手即将动身前往布莱切利。不过,现在看起来在别的地方还会有其他袭击行动。看在上帝和英国的份上,你们这两个白痴手头还有没有什么忘记汇报的事情?比方说与一个叫保罗的人有关的情报?”

休将淡茶色头发拂到脑后,“刚刚你是说一个叫保罗的人吗,长官?我会去查一查,不过我想……”

“别再想了!赶快行动起来!把信息整理成文件交给我。”弗莱恩喊道,一把抓起了自己的外套和帽子。“我要去一趟唐宁街。”他压低声音咕哝道,“在我回来之前,事情必须得理出个眉目来。”

. . . . — — — . — — . .

“她在哪里?”

斯诺德格拉斯和约翰已经抵达了剑桥大学酒店,他们的车在半路上爆胎了,最后几英里路程只得凑合着缓缓行驶。他们从前台接待处的男人那里索要了一把钥匙,紧接着飞快地跑上楼。

约翰将戴维摇醒,动作十分粗野,“玛姬在哪里?”

“约翰?”戴维睁开惺忪的睡眼,“你怎么……”他抓起自己的眼镜,站了起来,“噢,天哪!”他颤抖着的双手怎么也戴不好眼镜,“仁慈的主啊!快告诉我这是个噩梦吧!快告诉我理查德·斯诺德格拉斯并不是真的在我的房间里!”

“这里明明是玛姬的房间。”约翰说,“她人呢?”

戴维环顾了一圈，此刻他已经彻底清醒了，“她刚才还在这里的，我们一直在说话，接下来我一定是睡着了……”斯诺德格拉斯禁不住仰天长叹道：“上帝啊！救救我们所有人吧！”短暂的停顿之后，他转过头对戴维说：“快穿好你的衣服，戴上帽子，我们得去找霍尔普小姐。”他压低声音喃喃自语道：“也许我们本该在她身上系个铃铛。”

戴维将自己的外套穿在身上，“不过，她应该会没事的，对吗？我的意思是，这种时候她会去哪里呢？现在是……什么，都已经是半夜了？”他紧张地看着约翰和斯诺德格拉斯，突然意识到了什么，“你们俩为什么会在这里？”

“等我们回去后，记得提醒我将你们俩解雇了。”斯诺德格拉斯说，“不过现在没时间说别的了，赶快出发！”

二十四

四周黑得可怕，只有极微弱的从车头灯罩的狭缝中透射出来的黄色光线和一弯银月可以帮助皮尔斯看清夜幕中的道路。他们经过了荒凉的村庄和布满青草的小山坡，埃德蒙开得很快，汽车在急转时猛烈地甩尾。

“快到了，快到了。”皮尔斯查阅着一张老旧的行车路线图，“现在右转。对，就是这里，开进这条车道。”

车道尽头有一块装饰华丽的牌子，上面写着——**韦斯特摩之家**，但是两扇锈蚀的黑色大门和杂草丛生的车道与这个高贵的姓氏极不相称。汽车驶上一段陡坡，最后停在了一栋庞大、陈旧、形状不规则的木结构砖房前面。埃德蒙通过后视镜看了玛姬一眼，她也望着他，但两人都对目前的境况束手无策。别墅的水泥柱和石台阶都有很多裂缝，灌木丛野蛮生长，窗户被常青藤遮蔽得严严实实。周围黑得伸手不见五指，只听见一只猫头鹰发出凄厉的叫声。

皮尔斯用手枪抵着玛姬的后背，三个人走过了一条鹅卵石通道，来到了别墅的前门。曾经黑得发亮的大门油漆，现在已经暗淡并且开始剥落。皮尔斯伸手拉了拉门铃，它发出了低沉、悲切的鸣响。

片刻之后，一个大块头女人打开了房门。她粗糙而斑白的头发在脑后盘成了一个紧紧的圆髻，身上穿着棕色斜纹布裙子和羊绒开衫，脚上是实用耐穿的牛筋浅帮鞋。一串分成三股的灰珍珠项链环绕在她脖子上，从房间里面溢出的昏暗灯光在她周围形成了一个淡淡的光环。

在她身后站着一个双颊红润、头发雪白的男人，大而夸张的白色翘八字胡十分打眼，他穿了一件棕色的狩猎夹克，腿上是格子呢长裤。

“莱蒂西亚·巴伦夫人，罗杰·巴伦先生，是你们吗？”皮尔斯问道。

“是的，没错。”莱蒂西亚回答道，她的眼睛留意到了玛姬手腕上的绳子，以及皮尔斯的手枪。“请进来吧。”

罗杰发出了一些低沉的咕哝声。

由于室内比室外亮不了多少，他们花了一些时间才看清楚房间里面的状况。两只体形庞大的黑狗趴在石材壁炉旁边，它们的皮毛非常粗糙，而且积满了灰尘。墙壁上覆盖着木质护墙板，尽管现在已经破败，但仍然看得出曾经的辉煌。墙上的狩猎纪念品——一头雄鹿标本——瞪着一双玻璃似的黑眼睛，直勾勾地看着房间里的这些人。破旧的波斯地毯覆盖着石质地板，几个大洞清晰可见。窗户被厚厚的遮光窗帘遮蔽着，使得这个房间的墙壁看起来暗淡而且迫近。空气中弥漫着柴火烟味和樟脑丸的味道，时不时还有刺鼻的酒味。

其中一只大狗睁开一只警惕的黑色眼睛，但紧接着又很快闭上了，另一只大狗则完全没有醒来。“它们是莱纳斯和莫蒂默。”莱蒂西亚和善地对三名访客介绍道。

“我是马尔科姆·皮尔斯，我想你应该知道我。我们共同的好朋友——伦敦‘星期六’俱乐部的亨利·霍森——十分‘体贴’地安排了此次会面。”

“你们能来这里真好。”莱蒂西亚的声音有些发颤，当她伸出柔软白皙的右手准备与皮尔斯握手时，情不自禁地两眼放光。“真的，当亨利将情况告诉我之后，我非常高兴能提供我们的寒舍。现在我们去厨房吧，可以吗？我们这里已经很长时间没有来过客人了！”

玛姬注意到莱蒂西亚在说出这番话时丝毫没有羞愧和耻辱的神色。

厨房很大，天花板很高，地板上铺着黑白相间的瓷砖。用过的餐盘还堆放在水槽里，他们可以嗅到油炸动物内脏的气味，以及满溢的垃圾桶所发出的臭味。

“请坐吧。”莱蒂西亚对皮尔斯说，她用手指着划痕累累的木质餐桌。尽管玛姬因恐惧而腋下出汗，可是当莱蒂西亚紧接着用怪异的口音亲切友好地说出“需要喝茶吗”五个字时，她忍不住笑了起来。

皮尔斯指了指地板，“你们坐那儿。”玛姬的双手被捆缚着，很不灵活,但她还是和埃德蒙一起顺从地坐下了。皮尔斯坐在一把温莎椅[①]上,始终用手枪指着父女俩。

"不用了,夫人。"

"请叫我莱蒂西亚。"

"谢谢你,莱蒂西亚。今晚我们还有很多事情要做。"

她在皮尔斯身旁坐下,而罗杰则在厨房门边徘徊。她的眼睛好像在跳舞,"我真不知道该如何形容我此时此刻的兴奋和激动。能尽绵薄之力协助你的行动,我们非常高兴。"

"这是很大的帮助。"皮尔斯说,"元首将不胜感激。"

"你认识他吗?"她用一只手捂住了胸口,"他是什么样的人?"

"人中之神。"他回答道,"他拯救了德国。他让德国拥有了秩序、力量和纪律。"

"多么伟大啊!"莱蒂西亚前倾身子,"这里的人是不会明白的,那个愚蠢的醉鬼丘吉尔当然也不会明白。

"那么他们……"莱蒂西亚指了指埃德蒙和玛姬。

"一个是全英国最好的密码破译专家,一个是醉鬼王八蛋的秘书。两个人都是宝贵的信息来源,这就是我们须要将他们带到柏林去的原因。"他朝两名俘虏微笑了一下,显出了脸上的酒窝,"就在今晚。"

"这也为我们提供了出力的机会。"莱蒂西亚用手指拨弄着脖子上的珍珠项链,"我知道将那架老旧的'一战'军用飞机藏在谷仓里是很危险的,但我相信它迟早有一天会派上用场。"

玛姬有些紧张。他们居然有一架飞机?

莱蒂西亚突然闭口不言,眉头紧皱。

"怎么了?"皮尔斯问道。

"只是……"

"请说。"

---

① 发源于17世纪末至18世纪初的英国,其名字来源于一个叫"温莎"的小镇。温莎椅的构件完全由实木制成,但具体材料和结构款式变化多端,以"设计简单而不失尊贵,装饰优雅而不奢靡"为特点。在英美国家无论是普通老百姓的寒舍、乡间客栈,还是富裕阶层的豪宅中,随处可见温莎椅的影子。

斜靠在门框上的罗杰开口了,“飞机是双座的,只能坐两个人。”

. . . . ———.——. .

“该死!”斯诺德格拉斯有些气急败坏。

毛姆布依小屋里非常寂静,只有两个半满的窄口酒杯可以证实这里曾经有人待过。

“该死! 我们来晚了。”

“糟糕!”约翰的反应更加激烈,“我们必须得追上他们。”

斯诺德格拉斯摸着下巴四处查看,试图寻找是否有打斗的痕迹。

“请问,有人能向我解释一下这一切到底是怎么回事吗?”戴维终于忍不住了。

约翰严肃地瞪了戴维一眼,“佩吉没有死。”他说,“她是爱尔兰共和军的潜伏间谍,假装在事故中丧生。她曾试图利用玛姬,从而获知关于丘吉尔的机密情报。当那个方法被证实不奏效后,她潜入唐宁街 10 号,企图暗杀老头子。她是装扮成玛姬的样子混进去的,差点就得手了。”

“这倒不至于。”斯诺德格拉斯轻蔑地“哼”了一声,继续寻找线索。“我们的安全防范及监视体系是非常严密的。当我们打算雇用霍尔普小姐时,我们当然对她进行了详细的背景调查。在那之前,我们已经在监视凯利小姐了。事实上,当我们发现凯利小姐和霍尔普小姐是朋友以后,我认为这是个危险信号,所以完全不想雇用霍尔普小姐。你们应该还能回忆起这些东西。”

戴维缓缓地点了点头。

“她自然不可能成为私人秘书。”斯诺德格拉斯叹息道,“你们也许还记得,凯利小姐曾为肯尼迪大使工作——在他返回美国之前。”

约翰大步走到门边,“真搞不懂你们俩在想些什么,这种时候居然还有闲心议古论今。总之,我不会就这样坐着干等,再说我们手头已经掌握了‘星期六’俱乐部的各个安全屋的地址。我认为我们该走了,谁愿意和我一起?”

“我想起来了,我们就是在约瑟夫·肯尼迪举办的一场鸡尾酒会上遇见佩吉的。"戴维边说边跟在约翰身后,"他经常举办那样的酒会,而奈杰尔总是会邀请我们,因为他试图赢取查莉的芳心。"

"没错。"斯诺德格拉斯和他们一起走向戴维的轿车,并坐进了副驾驶座位。"凯利小姐想方设法地与你们建立联系。后来,当时局改变、张伯伦下台以后,她变得更加积极了,不是吗?"

约翰坐进了车后座,"我懂了,这就是她推荐玛姬来做打字员的原因。"他已经将很多往事联系起来,"当她发现自己得不到这份工作之后,她想让一个朋友进入唐宁街 10 号。"

"这是不是就是你不想让玛姬做私人秘书的真正原因?"坐进驾驶座的戴维也开窍了,"私人秘书可以接触太多的机密情报。"

戴维将钥匙插进锁孔,发动了汽车引擎。斯诺德格拉斯点了点头,"我的确很不希望她在唐宁街 10 号工作。但当时弗莱恩先生极力推荐她,并说那样做反倒会更加安全。再说,我们还可以密切留意她。"

汽车在黑暗中驶出酒店车道,进入了外面的公路。"这么说,她本来是可以成为私人秘书的,而不是打字员。"戴维感叹道。

"天!我只能说你说得太对了!"斯诺德格拉斯说,"这个女孩比你们俩加在一块还聪明得多,能得到这样的职员真是我的幸运!那时,我们怀疑凯利小姐和她的指挥者正在图谋大事,所以让霍尔普小姐靠近我们,但又保持适当的距离,不失为明智之举。现在你们可以回想一下,当我知道她很了解无线电测向器的时候,为什么会如此紧张?"

"嗯。"约翰感到自己已经可以将很多细节拼凑在一起了。

"那么她父亲又是怎么回事?"戴维问道,竭力看清前方的道路。

"霍尔普小姐一直以为他在 1916 年就去世了。我们担心如果她发现他还活着,那她会危害到他的伪装。或者说,他会主动卸下自己的伪装——事实证明他的确这样做了。"斯诺德格拉斯的眼睛一直盯着戴维,"当我发现你和霍尔普小姐正在做一件如此愚蠢的差事时,我立即就意识到我须要打一些电话了。"

"这么说,他并不是真的精神错乱?"戴维非常吃惊。

斯诺德格拉斯耸了耸肩,"这曾是非常必要的,其实现在也是如此。布莱切利有一个间谍,德国人就是通过这种方法打探我们的密码破译能力。一旦我们即将成功破译密码,他们就会立即改变密码的结构,从而占据先机。大家都知道霍尔普教授很聪明,但同时又是个疯子。我们希望间谍在他面前疏忽大意,最终暴露自己。”

“那他暴露了吗?”戴维问道。

“还没有。”斯诺德格拉斯回答说,“但是我们已经很接近了,非常接近。”

“但是玛姬和她父亲又是怎么回事呢?”约翰问道。

“霍尔普教授一定用了某种特别的方法,秘密地通知玛姬去见他。这件事必然会发生,毋庸置疑,因为这么多年以来他从来没有机会与她相见。好不容易见面后,她却以为自己的父亲是个疯子,这一点他无论如何也是受不了的。我们早就预见到他会寻找机会向玛姬透露更多的事情。”

“可他们现在会去哪里?”戴维问道。

“他几乎就要找出藏匿在布莱切利的德国间谍。但是,如果对手抢先一步将他除掉,那么原本相互制衡的局面就会被打破,我们破译德国密码的能力将受到严重削弱。恐怕这就是‘霍尔普行动’的意义所在。”

戴维的双手紧紧握住方向盘,语气非常严酷,“这么说,他们要么逼他招供,要么杀了他?”

斯诺德格拉斯歪着头,“很可能是先逼供,再杀人。”

约翰忍不住问道:“那么玛姬呢?”

“霍尔普教授本人应该不会招供。”斯诺德格拉斯说,“但是如果……”他的声音略渐微弱。

“如果他的女儿处于危险之中,那他也许会招。”戴维接话道,重重地踩了一脚油门。

. . . . — — — . — — . .

当皮尔斯去他的车里取无线电收发报机时,罗杰看守着玛姬和她的父亲,房间里的气氛相当紧张。

“挺尴尬的,是吗?”罗杰十分得意。

埃德蒙将头转向一边,假装对架子上一排有裂纹的陶器感兴趣。

“的确是这样。”玛姬轻声说道，“我叫玛姬·霍尔普，这位是我的父亲埃德蒙。”她将自己的名字告诉对方，试图感化他们。“你好！”玛姬又向莱蒂西亚打招呼，展露出了自己最迷人的微笑。

皮尔斯提着他的手提箱式无线电收发报机走了进来。“闭嘴。”他厉声呵斥玛姬，并将箱子放在桌子上，然后打开了箱盖。莱蒂西亚帮他设置好天线，继而站在一旁静静地等待着。尽管只能听到空洞的“嘶嘶”声，可她还是难以抑制地表现出了内心的狂热期待。

皮尔斯缓慢而小心地录入了自己的密码，“还得再等会儿。”他略表歉意地对莱蒂西亚说。

信号声终于传过来了，皮尔斯将它记录下来，然后让对方重复了一遍。

“真的是从柏林发来的讯号吗？”莱蒂西亚屏住呼吸问道。

“事实上，是从汉堡发来的。”

他从包里掏出电报密码本，花了几分钟解密信息。

最后，他抬头说道：“我已经确认了，他们的指示是让我先拷问你们两个，然后再把剩下的活人带到柏林去。”

二十五

“你就不能再快点吗?”坐在狭小后座的约翰朝前面的戴维喊道。

“斯特林先生。”戴维身旁的斯诺德格拉斯发话了,“格林先生开的是一辆老式车,而且在灯火管制期间加油站的油也挺次的。也许……你想和他交换位子?”

“可它一点也不旧。”戴维将自己的眼镜向上推了推,然后轻轻拍了拍包了皮革的仪表板。“没错,它的确是老式车,如同上好的波尔多葡萄酒。再说,既然你们的车在布莱切利爆了胎,我想我们别无选择。”

“玛姬需要我们,她的父亲也需要我们。”约翰焦急地说。

斯诺德格拉斯透过后视镜看着约翰,接下来他脸上的表情缓和了一些,“我们会赶上的。再坚持一下,老弟!”

“你确信我们所走的路是正确的吗?”戴维问道。

“弗莱恩先生安排了人手监视马尔科姆·皮尔斯,他认为皮尔斯会从布莱切利转移到一个安全屋,继而找机会逃到国外去。很明显,伦敦‘星期六’俱乐部的某个成员在这附近有一个接头人,弗莱恩先生相信皮尔斯会将玛姬和她父亲押送到接头人那里去。如果这一步成功了,那么用不了多久,他们就会设法离开英国。”

“离开英国?”戴维有些吃惊。

“这是有可能的。”斯诺德格拉斯说,“比如乘船去爱尔兰,甚至可能会有预先约定好的潜艇来接他们。除此之外,他们还可能乘坐飞机,避开雷达的监视,先逃到法国,然后再飞往德国。”

接下来他们沉默了,每个人都花了些时间来设想各种可能性。

“顺便说一下。”斯诺德格拉斯透过后视镜与约翰目光相对,“你破译了密码,干得不错!”

“长官,那不是我的功劳。”约翰说,“是玛姬,是她破译了密码。”

斯诺德格拉斯有些自嘲地笑了笑,“是她吗? 真不赖。”

“玛姬?”戴维有些不信。

“这是真的。几天之前,她留意到了隐藏在报纸广告里的密码,并且拿过来给我看。说实话,那时我认为她想多了。今天下午——大概是下午一点左右——她打电话给我,说她已经破译了密码。正是她的电话让我意识到丘吉尔先生处于危险之中,于是我去了他的办公室……”

“在那里,克莱尔用枪指着你。”斯诺德格拉斯插话了。

戴维第一次听到这个名字,“克莱尔是谁?”

“佩吉。”约翰回答道。

“佩吉?”戴维将脸转过来,盯着约翰,“不,我听到你们在说克莱尔。”

“佩吉就是克莱尔。”

“这不可能啊,佩吉就是佩吉,我认识她很久了,从未听说过她有两个名字。”

约翰叹了口气,“别再执拗了,佩吉真的就是克莱尔。”

“噢,天哪!”戴维看着窗外的黑夜,思索了片刻。“这么说,玛姬发现并破译了密码,却没有告诉我?”

“没错,事实的确如此。玛姬发现了暗杀计划,但她并不知道这件事和佩吉有关——或者说和克莱尔有关,总之她们是同一个人。”

“你们两个说够了没有?”斯诺德格拉斯怒喝道,“我们还有非常重要的事情需要处理!”

“好吧……那么,马尔科姆·皮尔斯到底是什么人?”戴维盯着前方的路面,声音变得有些怯懦,“目前我只知道他是一个卧底。”

“我们已经查出他的真名是阿尔布雷特·冯·莱恩。”斯诺德格拉斯说,“他于 1901 年出生在怀特查佩尔区的伦敦医院。他的父亲叫沃尔夫冈·冯·莱恩,是一名外交官,并且是富有的普鲁士贵族。他的母亲埃米莉·安斯沃斯则是一名英国名媛。他们一家人原本居住在伦敦,第一次世界大战爆发以后便举家迁回柏林。在那之后,他的母亲于 1920 年因肺癌在普鲁士去世。沃尔夫冈和年轻的阿尔布雷特战后常常搬家,并且又在伦敦住了一段时间。1937 年,阿尔布雷特突然消失了,所以我们只能推测有可能发生的事：他接受了‘阿勃韦尔’的培训，然后以一个虚假身份——马尔科姆·皮尔斯——回到伦敦，开展间谍活动。”

“而他有能力冒充英国人。”戴维心领神会地补充道。突然，他猛踩刹车，避开了一只停在道路中央的雄鹿。

“据说，阿尔布雷特在阿尔卑斯山的一次登山事故中丧生了。”约翰说，“但是他的尸体一直没被找到。同时，一个名叫马尔科姆·皮尔斯的男人贫困潦倒并且孤独无依地死在了贝特莱姆皇家医院。阿尔布雷特冒充这个人的身份，变成了普通英国公民马尔科姆·皮尔斯。当然，毫无疑问他加入了一个法西斯主义集团——‘星期六’俱乐部，借此结识志趣相投的英国人。”

“而我们就是这样找到他的。”斯诺德格拉斯补充道，“他通过‘星期六’俱乐部与凯利小姐以及她的指挥者建立起联系。他们一起合作，彼此协调发起袭击。”

戴维一脸疑惑地看着约翰，“你怎么知道得这么多？”

“我可以阅读机密文件，我有这个授权。”约翰扭头看着窗外，故意避开戴维的目光。

“我也是啊。”

“我的权限比你更高。”

“你就吹吧。”戴维十分不悦，差点撞上一堆倒下的树枝。

“伙计们，你们现在不是在参加牛津大学的辩论赛。”斯诺德格拉斯严厉地说，“我们都为首相工作，不该起内讧。我们在处理高度机密信息的时候都遵循一个原则——各人只需知道自己应该知道的东西。”

“很明显约翰应该知道的东西比我多。”戴维嗤之以鼻地说，两眼瞪着后视镜里约翰的倒影。

斯诺德格拉斯叹了口气，“英国注定要失败。”

. . . . — — — . — — . .

“已经差不多了。”皮尔斯说，此时他正用一根沉重的金属拨火棍拨旺壁炉里橙红色的火焰。

埃德蒙拼命挣扎，想摆脱束缚自己的绳子，可罗杰捆扎得非常牢固。皮尔斯用一只手继续拨火，另一只手拔出手枪，对准了埃德蒙。“罗杰。”他说，“照看一下那个女孩。”

罗杰走到玛姬身后，将双手放在她的肩头，然后按抚着她的后颈，色迷迷地说：“宝贝，现在你只需乖乖听话，就不会有任何麻烦。”她浑身都起了鸡皮疙瘩。

“喂！罗杰！”莱蒂西亚不满地喊道。

“抱歉。”他放下了自己的双手，“我可不敢有什么非分之想。”

“离她远点！”埃德蒙说，“听着，带我去柏林吧，我会把我知道的东西告诉你们，毫无保留地告诉你们。但是，你得让她留下，让她活着，她对你来说毫无威胁。”

“你为什么这么在乎我？”玛姬大声说，“你几乎不认识我。在今天以前，你从来没有像父亲一般对待过我。”

“玛格丽特！”埃德蒙低语道，“现在不是讨论这种问题的时候。”

“哇哦，家庭团聚的场面多么令人感动啊！”皮尔斯的眼睛注视着在炉火中被慢慢加热的拨火棍，“但是我担心她已经知道得太多了。再说，她很可能拥有许多值得分享的‘花边新闻’。”

“而且她可以认出我们。”罗杰担忧地说。

“看来，我只剩下死路一条了。”玛姬缓缓地对莱蒂西亚说，后者的眼睛因突如其来的顿悟而瞪得溜圆。“这样一来你们就会成为杀人犯。”她严肃地望着莱蒂西亚，觉察出后者的眼神里有一丝犹豫，“你真的认为你可以背负着杀人犯的罪名继续生活下去吗？”

“在杀死她之前，让她先告诉我们美国何时会参战。”罗杰看着玛姬的眼睛，“毫无疑问，作为丘吉尔先生的秘书，你一定打印过无数封写给罗斯福总统的公函，并且归档过许多罗斯福总统的来信。美国到底会不会参战？什么时候参战？他们会投入多少资源？”

事实上，她的确为丘吉尔先生打印过很多——感觉有成百上千封——写给罗斯福总统的信件，并且也阅读过不少回信。美国正在为战争提供食物和武器，还有飞机、潜艇以及船只。尽管目前美国还没有作出官方承诺，但它很快就会参战的。

不过没必要告诉他们这么多。

“丘吉尔先生跟罗斯福总统的联络很有限。”玛姬对罗杰说，“每当他们需要沟通的时候，都会使用进行过扰频处理的电话专线，所以我也不可能知道他们在说些什么。”她当然不会说实话。

玛姬突然产生了一种强烈的愿望，她很想见到伊迪斯姑妈。“别让那个混蛋把你打倒”，姑妈过去常常这样说。当她感觉到恐怖越来越近时，便拼命重复伊迪斯的话语，为自己打气。

“真让人失望。”皮尔斯说，“好吧，霍尔普教授，现在轮到你了。你们这帮人的密码破译工作进展到哪一步了？你都知道些什么？”

埃德蒙重重地眨了眨眼，脸上的肌肉抽搐了几下。“我们进展得不太顺利。”他的语气很缓和，“正如你一定已经知道的，我们的破译工作有些成效，但我们目前只得到了一个密钥。尽管我们耗费了大量的时间，可是恐怕基本上都是在做无用功……”

当然，有些东西是他没有说，并且也不能说的。事实上，英国情报处的核心是德国人从来都不曾指望的东西。在布莱切利发挥主要作用的并不是人——至少所谓的“专家”的重要性与德国人所能想象的情况大相径庭。英国情报处采用了阿兰·图灵发明的计算机器，其工作原理基于波兰译解密码专家马里安·雷耶夫斯基[①]的最新研究成果。通过这些英国机器，纳粹密码被一步步地以精确、稳定、科学的方式破译出来，其速度比人工破译快几百倍，甚至上千倍。尽管他们的工作才刚刚起头，还有很长的路要走，但毫无疑问的是间谍活动正在进入一个崭新的时代。

“真的吗？”皮尔斯说，“不过我怀疑你们俩都没有说实话。”他拿起拨火棍，在炉火里进行最后的加热工作。“好家伙，现在你终于可以派上用场了。你们看到这根拨火棍了吗？它很漂亮，而且很烫。好了，我打算先用它来灼烧你的女儿，霍尔普先生，直到你们将我想知道的一切都告诉我。她是个漂亮的孩子，不过可惜的是等我完成自己的工作后，她就会面目全非了。”

---

① 波兰数学家和密码学家，20 世纪 30 年代领导波兰密码学家团队率先对德国使用的英格玛(Enigma)密码进行了系统性的研究和破译。

他取出烧得通红的拨火棍，走向玛姬。她试图挣扎，然而罗杰死死地按住了她的双臂。拨火棍离她的脸很近，她能够感觉到它所散发出来的热量。现在她的心脏仿佛快要爆炸了一般。

拨火棍碰到了她的头发，她可以听到令人毛骨悚然的“嘶嘶”声，还嗅到了头发燃烧的焦味。

“你这个混蛋！”埃德蒙喘着粗气咬牙切齿地说。

“我没事。”玛姬强装镇定，“这比我的卷发棒更好用。”

莱蒂西亚忍不住哈哈大笑起来，但紧接着她猛地用一只手捂住了自己的嘴巴，玛姬再次与她目光相撞。

皮尔斯重新加热了拨火棍，然后将它直接放在木质餐桌上。伴随着一阵“嘶嘶”声，一缕青烟缓缓冒起。玛姬用余光瞥见莱蒂西亚像触电似的抖了一下。莱蒂西亚的眼睛里写满了恐慌，玛姬能够看出她从来没有预见到事态会如此失控。

“皮尔斯先生。”莱蒂西亚说，“其实你真的没必要……”

“你丫闭嘴！”

他的言语如同一记耳光掴在莱蒂西亚脸上。她更加卑躬屈膝地站在原地，整个人看上去就好像缩小了一圈。

皮尔斯再次将拨火棍凑到玛姬面前，这一回他用它去碰触她的肩膀。她的羊毛衫开始闷烧和冒烟，房间里充满了织物烧焦的气味。这时，她看到莱蒂西亚的鼻孔张开了。

当她肩膀处的衣服化为灰烬后，皮尔斯继续向下移动拨火棍，将它按进肉里。

玛姬的肩膀被灼烧着，她痛得大喊起来。肌肉被烧焦的臭味顿时飘满了整个房间。泪水控制不住地在她眼眶里打转，她赶紧扭过头去看着莱蒂西亚，故意让两行眼泪在后者的注视下流淌下来。玛姬清楚地看到莱蒂西亚已经脸色发白。

“够了！够了！”埃德蒙喊道，“我会说的，我会坦白一切，现在赶快住手！”

所有的目光全都集中到他身上。

“我想你已经打听到了，我们很清楚你们发送的消息是加密过的。”

埃德蒙说。

拨火棍再次凑到玛姬面前，“你得告诉我我还不知道的东西。”皮尔斯说。

玛姬能够看到莱蒂西亚开始在厨房里缓慢地移动，但男人们并没有注意到她。

“我们知道你们相互之间交流信息时，设置密码用了五个转轮[1]。”

莱蒂西亚已经走到了厨房的水槽边。

“嗯，这个我已经知道了。”皮尔斯不耐烦地说。

莱蒂西亚突然抄起了一只巨大的黑色铸铁平底煎锅，玛姬看到了一些残留在锅底的炒鸡蛋——那是他们今天的晚餐吗？

“莱蒂西亚……”罗杰吃惊地喊道。

太好了！玛姬暗自高兴，莱蒂西亚，毕竟你还是个有良心的人。

接下来的一切就好像电影里的慢动作镜头。

皮尔斯转向莱蒂西亚，“巴伦太太？你究竟……”

沉重的煎锅击中了皮尔斯的后脑勺，他立刻扑倒在地，一动不动。

罗杰目瞪口呆，“你这个蠢女人！看看你都干了些什么？”

. . . . — — — . — — . .

高耸的天花板，对称的装潢……墨菲并没有被圣保罗大教堂内部的壮丽和优雅所打动。该死的新教徒，他咕哝道，然后沿着一条侧廊向里走去。他的鞋底轻轻拍打着黑白相间的菱形大理石地砖，一路上他尽量让自己不去关注祭坛和任何有关耶稣的画像。

他在圣邓斯坦小礼拜堂[2]为克莱尔和她的任务点了一支蜡烛，然后继续前行。克莱尔现在已经死了，他对此深信不疑。但是如果她完成了自己的使命——暗杀了那个老混蛋——那她也称得上死得其所了。

---

① 密码的“转轮”是英格玛密码的精髓，标准的英格玛密码有三个转轮。转轮越多，密码破译起来就越困难，具体原理这里不做赘述，感兴趣的读者朋友可自行研究。

② 伦敦圣保罗大教堂中殿两侧有三座小教堂，分别是万灵教堂、圣邓斯坦教堂（用于个人祷告）以及圣徒迈克尔和圣乔治教堂，还有气势恢宏的惠灵顿纪念碑等。

一定是这样的。

一个戴着优雅的灰色假髻的老妇人扭头看着墨菲，她捧着一本《圣经》，青筋突出的双手有些颤颤巍巍。

“呃，不好意思，夫人。”他突然意识到自己的帽子还戴在头上，于是迅速将其取下，捂在胸口，装出一副虔诚的姿势，沿着长长的走廊继续前行。

他环顾四周，发现没有人注意到自己，然后他穿过一扇门，紧接着又穿过另一扇门。走过几段向下的楼梯之后，他来到了地下室，继而朝着黑暗中一个他非常熟悉的地方走去。

正是在那个地方，他夜复一夜地工作，缓慢而精准地安装好了炸弹。

“亲爱的，我来了。”他边说边用手抚摸着炸弹的边缘。他曾在黑暗中耗费了大量的时间，精心地制作这个精巧漂亮的“艺术品”。一旦消灭了温斯顿·丘吉尔并且摧毁了圣保罗大教堂——对于该死的英国人来说教堂象征着伦敦的精神——他和克莱尔将使得整个英国彻底屈服。不再有强硬的领导，只剩下一群惊慌失措的民众，德国几乎不费吹灰之力就可以将这个国家纳入囊中。

“好极了，宝贝。”他对着炸弹轻声说道，并最后一次检查了各处的电线和螺丝钉，“时间不多了。”

在他上方的教堂大厅里，母亲们正为她们参军的儿子们祷告，寡妇们正为她们死去的丈夫祷告，甚至还有一些无神论者也合着双手，满怀希望地仰望天花板。在墨菲为自己的炸弹设置定时器的时候，他丝毫没有考虑过这些人。

黑暗中，金色怀表发出了缓慢的“嘀嗒”声，开始倒计时。

二十六

“罗杰!”莱蒂西亚嘶哑地喊叫着,刚刚将马尔科姆·皮尔斯打倒在地的长柄平底煎锅还被她紧紧地握在手里。

罗杰看着面朝下俯卧在地的皮尔斯,怒目圆睁,“天哪,你这个疯女人！你为什么要那样做?”

“我并没有同意过干杀人的勾当！皮尔斯说希特勒会带来秩序和纪律。”她皱起鼻子,“而不是在我的厨房里严刑逼供!”

两只大狗被屋子里的动静给惊醒了,它们在黑暗中狂吠着,并用爪子飞快地抓挠厨房门,发出了刺耳的刮擦声。

“但你仍然信奉元首的事业吗?”

“嗯……是的。”她回答道,“我只是不喜欢用拨火棍烧人的做法。”她弹了一下舌头,“这可一点儿都不体面。”

“你这样说我很遗憾。”罗杰说,“不过无论如何,我们还是得继续。”

玛姬和埃德蒙相互交换了眼神。皮尔斯的手枪还在地板上,如果他们俩其中有人可以拿到手枪的话,那么他们至少还有一线希望。

“罗杰!”莱蒂西亚的声音十分激动,“你这样做是不对的!”

“我认为你根本就不明白我们现在的处境。既然已经投下了一便士,就该索性再花一英镑。有句老话是怎么说来着……一不做二不休,对吗?这两个人能够认出我们,而且柏林那边的人还等着我们把俘虏送过去呢。”

“他们等的人是皮尔斯先生,不是你。”

“别以为他们真的在乎皮尔斯,他们想要的是俘虏。所以,我得亲自开飞机将这两个人中的一个带到柏林去。”

“你已经很多年没有驾驶过飞机了。”莱蒂西亚抗议道。

"那不过就像骑自行车一样简单。"他摇了摇头,"真没想到,我居然还会在另一场战争中飞行。"

"罗杰！你总不能只带走一个,却把另一个留在这里吧。那我怎么办？我应该做些什么?"

"别担心。"他温和地说,然后走到她面前,"一切都会好的。"

她突然张大嘴巴,目光涣散,紧接着软绵绵地瘫倒在皮尔斯身旁。

罗杰转过身来,面对着玛姬和埃德蒙,"现在我们继续吧,你们有问题吗?"

. . . . ——— . —— . .

克莱尔被囚禁在地下战情室的其中一间会议室里,她坐在一把灰色金属折叠椅上,双手被手铐铐在身后,两只脚牢牢地与椅腿捆在一起。房间里面空荡荡的,余下的东西就只有一张破旧的木桌和另一把金属折叠椅。天花板上有一只没有灯罩的荧光灯泡,发出了昏暗的光线。这里一片寂静,唯一的声音是通风系统在"隆隆"作响,不过房间里的空气很不新鲜,充斥着陈腐的异味。

突然,她听见了门锁被打开的"咔哒"声,紧接着一个男人推开门走了进来,她看到他手里提着一个黑色皮革公文包。

"凯利小姐。"他一边打招呼,一边将自己的公文包放到木桌上,"我是彼得·弗莱恩,军情五处的处长。"

她没有答话,两眼直勾勾地盯着桌子。

弗莱恩取下帽檐朝上翻起的安东尼·艾登帽,脱掉军大衣,然后坐到她对面,打开桌上的公文包,取出了一个马尼拉文件夹。

"我想给美国大使馆打电话。"她终于开口说道,"我是美国公民,我有权利这样做。"

"萨拉·桑德森也有她的权利。"他朝打开着的房门喊道,"带她进来。"

两名警官推着一张金属轮床走了进来,上面放着一个和床一样长的黑色拉链袋。他们将轮床推到克莱尔身旁,然后拉开拉链,露出了一张脸……拉链袋里是一个女人,一个漂亮的女人,她已经死了,双眼紧闭,面色苍白而平静。

克莱尔将脸转向一边,眼里涌出了泪水。"你这个该死……该死的大笨蛋。"她小声说道。

弗莱恩示意两名警官将尸体推走。"我们可没有伤害她,凯利小姐。"他说,"是你杀了他。"

"不!那不是我干的!"克莱尔咽了一下口水,"再说,在任何战争中都有……附带损害[1]。"她的声音很小,哪怕是对她自己来说,都显得很没有底气。

"嗯,你所说的'附带损害'的受害人是萨拉·桑德森。"

克莱尔将身体蜷缩在椅子里,"我压根没想过自己还能活下来。"

"是的。"弗莱恩说,"我们分析了你的计划,先杀死首相,然后再自杀。然而,现实和计划总是有偏差的,不是吗?"

克莱尔沉默了,但她太阳穴附近的血管跳动着作痛。

"事实上,我认为你不会自杀,更不用说杀死其他人了,不然的话约翰·斯特林怎么可能还活着?在那种情况下,任何称得上刺客的人都会立马除掉他,毫不迟疑。现在,如果你还想活下去,唯一的机会就是将你所知道的一切全都告诉我们。"

克莱尔继续沉默着。

弗莱恩打开桌上的文件夹,取出了一份文件,开始阅读上面的内容:"让我们看看……克莱尔·佩吉·凯利,1916 年 7 月 2 日出生于美国弗吉尼亚州里士满市。父亲弗朗西斯·泽维尔·凯利是一名语言学家,母亲的名字叫伊梅尔达·玛丽·多诺万·凯利。接下来是……嗯,曾就读于波特中学和威尔斯利学院。1938 年来到伦敦,为美国驻英国大使约瑟夫·肯尼迪工作。最主要的兴趣,嗯……是跟男人一起喝酒。接下来,随着战争爆发以及肯尼迪大使返美,开始申请妇女辅助团体的职位,并得到了肯尼迪大使的大力推荐。1940 年 3 月 15 日参加面试,然后是面试通

---

① 军事用语,也可以叫做意外伤亡或间接损害,指的是平民或其财产因邻近被摧毁的军事目标而遭受的损害。

过，被录取，于一周后开始工作。到目前为止，这些材料应该还没有什么错误，对吧？”他扬起一边眉毛，“介意我再补充一些吗？”

克莱尔一言不发。

“事实上，那次面试的筛选过程并不严格。但因为你是战争时期留在英国的美国公民，来自一个相当富有的美国家庭，并且持有肯尼迪大使的介绍信，这些条件都为你加分了。”

弗莱恩继续看着手中的文件，“暑假期间你会回家，你的家位于……贝尔法斯特[①]，这就有些蹊跷了。起初，这不足以算作一个危险信号。但是，当你申请首相秘书的工作职位时，我们认为有必要对此进行调查。我们最终的说辞是由于你是美国人，所以不能得到那个职位，还记得吗？”

克莱尔一动不动，但是现在她已经面无血色。

“我们还发现你是一个经常去教堂做礼拜的人，凯利小姐。尤其是在休息日，地点是一座天主教堂。”

“这没什么不对啊。”

“刚开始的时候，我们认为你只是和某位神甫比较熟。不过，很明显事实要更加复杂一些。”

“我想找一位律师。”

“而我想让狮子与绵羊羔同卧。”弗莱恩说，“可是我们都得不到自己想要的，是吗？尤其是黛安娜·施奈德。”

克莱尔猛地倒吸了一口气。

“噢，看来你还记得她。我们有一名目击者认出了一个名叫迈克尔·墨菲的男人，他曾在犯罪现场出没，其实当时你也在那里，对不对？”

克莱尔没有说话，但她眼睛下面的肌肉开始抽搐起来。

“尽管你可以说出……你们在美国是怎么称呼它的？我记得好像是美国宪法第五条修正案[②]，是吗？然而我们这边可没有这条法规。而且，你和我都知道你其实还不如直接杀了她——那个可怜的女孩。你先用某

① 爱尔兰城市，现为北爱尔兰首府。

② 美国宪法第五条修正案规定：无论何人，不得在任何刑事案件中被迫自证其罪。根据这一宪法条款，不管是在警察局、法庭还是在国会听证会上，任何人都有权保持沉默，拒绝提供可能被用来控告自己的证据。

种方法诱惑了她，再让墨菲对她下毒手，你这样做与你亲自杀死她其实是同罪的。”

克莱尔紧咬嘴唇，努力使自己不要喊出来。

“你曾试图得到首相身边的工作——那本是个多么高明的妙计啊！但是，唉，你的人事档案里已经有了太多的危险信号。”

弗莱恩抬起头看着她，“不过，那次挫折并没有阻止你推荐一位老校友——玛格丽特·霍尔普小姐——来竞聘这个职位，是吗？而你预期的是自己作为霍尔普小姐最好的朋友兼室友，一定能够从她那里获取许多重要信息。”

克莱尔依然一言不发。

“除此之外，我们还在监视‘星期六’俱乐部，凯利小姐。当你同他们扯上关系后，我们开始挖掘得更加深入。起初，我们曾担心霍尔普小姐可能也卷入了你们的阴谋。但是，之后我们发现你经常去见的教区神甫事实上就是迈克尔·墨菲。这样一来，我们就可以将你与爱尔兰共和军，以及‘阿勃韦尔’联系起来。”

克莱尔抬起头来，“我想跟你谈个条件。”

“除非你能够说服我，否则你就会被绞死。”

弗莱恩从一个印有交织字母图案的银烟盒里取出一支香烟，将其点燃，深深地吸了一口。

“跟我谈谈迈克尔·墨菲怎么样？”他用交谈的口吻说道，“他也是‘附带损害’吗？就同黛安娜和萨拉一样？”

“迈克尔？”克莱尔惊讶地眨了眨眼，“你们逮捕了迈克尔？”

“正如我刚才所说的，我们一直在监视你，当然还有迈克尔·墨菲，这项工作已经持续了有段时间了。现在我们的人已经将他拘捕了。”

“迈克尔是不会屈服的。”克莱尔断然说道。

“我想你说得没错。正因如此，为了救他，你得与我们合作。”

透过克莱尔的眼睛，弗莱恩知道自己已经参透了这个女人。她不会为了保住自己的生命而妥协，但为了保护自己所爱的人，她也许会被说服。

“你能开出什么条件？”

“我们准备的条件是……让你和墨菲活下来，但你得用信息来交换。”

“我……我不能。”

“你企图暗杀英国首相，而你失败了。凯利小姐，你失败了！现在请把我们想知道的东西告诉我们，我们会放你和你的男友迈克尔一条生路。”

. . . . — — — . — — . .

莱蒂西亚的身体倒在皮尔斯旁边的地板上，一动不动，玛姬和埃德蒙无法看出他俩是死是活。他们再次注意到了皮尔斯的手枪——它依然静悄悄地躺在皮尔斯身旁。罗杰继续用自己的手枪指着两名俘虏，可枪管却在玛姬和她父亲之间摇摆不定，看得出来他不能决定该先杀哪个。

因为疼痛，玛姬一脸苦相，但她努力控制住自己不要因为跳动着作痛的肩膀而喊叫出来。

厨房外面，两条大狗还在咆哮。

“安静！”罗杰大喊道。它们小声呜咽了几下，然后走开了。

“我觉得你应该解开我手上的绳子，这样我们就可以好好聊聊。”玛姬趁疼痛的间隙喘息着说，“这也是你想要的，不是吗？”

“嗯，我倒是挺想看看拨火棍的成效如何。”罗杰来到了玛姬身后，她可以嗅到他身上的古龙香水味——香根草混合着汗水和恐惧。他开始解开缠在她手腕上的绳子，而她咬紧了嘴唇，不让他看出她手臂上的伤势的严重程度。

“你会带我去柏林吗？”她问道，此时他已经将手枪放在了自己身旁的地板上。

“你个头更小，而且是女人，当然更容易控制。”罗杰边说边解开绳子，“而且你很可能有机会接触到更高层的机密信息，远比你现在透露的多。我确信盖世太保有很多办法让你开口。”

“那你自己怎么办？”让他说话，她告诫自己，让他分心，也许我们还有机会。“你的妻子死了，而你的接头人也失去了知觉。难道你打算在柏林开始全新的生活吗?”

“在这里,我什么都不是。”他继续解开绳子,一阵阵刺痛从她手腕处扩散开来,就像电击一样。“看到这个房子了吗?我们以前雇了仆人,还养了很多马,经常举办狩猎派对。现如今,一切都消失了,全消失了。这里除了我自己以外,什么都没有了。但是在柏林,我还可以成为一名英雄。”

绳子终于被解开了,继而滑落在地,玛姬自由了。她摩挲着自己的手腕,促进那里的血液循环,然后开始查看手腕和肩膀的伤势。她小心翼翼地将衬衫和毛衣从烧焦的皮肉上揭开——这是个坏主意,钻心的疼痛使她忍不住龇牙咧嘴。

罗杰用枪抵住她的太阳穴,继而抓住她的手肘,将她强拉着站起来。“听着,别打什么歪主意,宝贝。”他恶狠狠地说。

他把枪口从玛姬头上移开,紧接着瞄准了埃德蒙。

在这个过程中,由于被埃德蒙分心,他用来挟持玛姬的手有些放松。

她知道这是她自己唯一的机会。

“永别了,霍尔普教……”他说。

趁他说话的时候,玛姬用尽全身力气挣脱出去,然后猛地一转身,扑向皮尔斯的手枪。

她一把抓起手枪,将枪口对准罗杰。它比她所想象的还更大、更重,与此同时她肩上的伤口抽痛着表示抗议。但是,在这种时候,没有什么事比将一把手枪握在手里更能让她感到舒适和惬意了。

“我想我们现在所面临的局面就是所谓的‘僵持’状态了,霍尔普小姐。”罗杰嘴上很平静,可他难以掩饰内心的紧张。

突然,他身后的房门被踹开了,斯诺德格拉斯出现在了门口,两旁分别站着戴维和约翰。

“哇哦,霍尔普小姐。”斯诺德格拉斯说,“看来你已经控制住了局面。不过,希望你别介意我们为你提供一点小小的支援。”

罗杰意识到自己已是寡不敌众。

“请放下你的武器,先生。”斯诺德格拉斯轻声说道。玛姬此前从未想到过,当她看到他的卷须状头发和塌肩膀时居然会如此高兴,更不用说看到约翰和戴维了。

“妈的!”罗杰咒骂道。

“我再说一遍,放下武器!”斯诺德格拉斯的态度非常严肃。

罗杰看出自己已经别无选择。他缓缓跪下,然后将枪放在地板上。斯诺德格拉斯右手握枪指着罗杰,左手掏出了一副手铐。他将手铐扔向戴维,“交给你了,格林先生。”

戴维用一只手接过手铐,快步向罗杰走去。

他将罗杰的双手反铐在背后,动作一点也不温柔。

“霍尔普小姐,现在你安全了。”斯诺德格拉斯说。玛姬这才反应过来,放下了举着枪的手臂。

约翰一阵风似的跑到玛姬身旁,“你还好吗?”他边说边伸出右手。

她握住了他的手。他的手很大,也很温暖,令人欣慰。*毫无疑问,他一定破译了密码,所以他来了。*她站起来,把枪递给斯诺德格拉斯,后者“咔哒”一声关上了枪的保险栓。“太好了,谢谢你们,尽管现在已经……”她看着埃德蒙,苦笑了一下,“很晚了。”

“深更半夜的。”约翰说,“你在想什么呢? 在乡间闲逛吗? 真让人担心……”

“还有你。”戴维对埃德蒙说,“你不是已经疯了吗?”

埃德蒙耸了耸肩,“说来话长了。”

“等军情五处把这家伙拘捕起来,”斯诺德格拉斯指着罗杰说道,“我们大家有足够多的时间交流。”

二十七

彼得·弗莱恩将自己的烟头扔在地上，用鞋底碾磨着，“我希望你能告诉我，现在还有哪些人在外面为非作歹。”

克莱尔紧闭嘴唇，别开视线不愿正视他。

“我们很清楚，你破天荒地愿意帮我们的唯一原因就是墨菲先生。”弗莱恩继续说道，“不过相信我，现在让我们改变对他的处理决定还不算晚。”

克莱尔看着他，不停地眨眼。*很好，他想，让她仔细考虑清楚。*

“我曾听到过迈克尔和一些人交谈。”她终于小心翼翼地开口说道，“但我不知道他们在哪里，也不知道如何同他们取得联系。”

弗莱恩站了起来，绕过桌子，来到克莱尔身后。“伊门·德夫林是谁?”他在她耳边嘶哑地小声问道。事实上，他们已经掌握了很多关于伊门·德夫林的信息——他是伦敦最成功、最具势力的地下人物之一。在德夫林的“保护”下，很多声色场所堂而皇之地经营着。自战争爆发以后，德夫林麾下的黑市生意依旧保持繁荣，尤其是糖、香烟、汽油和长筒袜生意。军情五处一直怀疑德夫林与爱尔兰共和军有关联，不过到目前为止他们还不能证明这一点。

“迈克尔曾与他谈过几次话。我听到过他的声音，但是从来没有见过他。他是迈克尔的上级之一。我所知道的就只有这些了。”

弗莱恩挺直了腰板，“噢，这可不够。”

“恐怕我能说的都已经说完了。”

没有任何征兆，弗莱恩突然一把将她的椅子掀翻了。克莱尔的手臂和双腿仍然被束缚着，伴随着一声巨响，她连人带椅重重地摔倒在水泥地面上。克莱尔尖叫起来，表情无比震惊和痛苦。

一名警卫立即出现在门口,"一切都还好吗,弗莱恩先生?"

"非常好,谢谢你。"弗莱恩说,继而俯下身去看着克莱尔,她的脸因惊恐和疼痛而扭曲。

警卫转身离开了,并且轻轻地关上了身后的门。

"再给你一次机会。"他温和地说,"跟我聊聊伊门·德夫林的事。"

"我已经全告诉你了!"克莱尔呻吟着说。

"你说你从来没有见过他。"

"是的。"

弗莱恩将克莱尔和椅子一起扶起来,"如果你不立刻把全部真相告诉我,那么拯救你心上人的条件将不予考虑。很快,他就会因叛国罪而被绞死。"

"可你说过……"

"你真的认为首相会答应吗?放过试图谋杀他的二人组?迈克尔·墨菲——还有你——将会因战争罪行而被处死。不过,首先你会被关进监狱,等待审讯。让我告诉你吧,监狱里面的情况我还是略知一二的,尤其是在现在这种战争时期。那里尽都是杀人犯和强奸犯——他们都是罪犯,可他们是英国罪犯。明白了吗?我们需要让你明确地做好心理准备——关于你免不了遭受的事情。"

弗莱恩在女孩面前蹲了下来,灰色眼睛里的瞳孔又大又黑,"你得明白,不出两周时间你就会想自杀。墨菲先生也许能坚持得更久一些,但这也是在他经受那些……不可言说的可怕事情之前。"

当弗莱恩看出她已经完全理解了他的话以后,便站了起来,转过身去,看起来即将离开房间。

"等一下!"

弗莱恩停下脚步,但没有回头。

"我们向伊门·德夫林汇报工作,并且从他那里领取行动指示。但他从来不会直接与我们联系,或者说起码他没有直接和我联系过。我都是通过迈克尔接收我自己的任务。"

弗莱恩缓缓地转过身去,"圣保罗大教堂的炸弹是怎么回事?"

"炸弹是迈克尔偷偷地分批带进去,然后再将零件组装起来的。不过，设计并制造炸弹的人是德夫林。他原本是个工程师，知道如何安排这一切。还有，他也是唯一能制止这件事的人。”

“他在哪里？”

她眨了眨眼，“我不知道。”

“凯利小姐，我必须得提醒你……”

克莱尔看着他的眼睛，“我祈求上帝，但愿我能知道。可我不知道，真的不知道！”

. . . . — — — . — — . .

唐宁街10号的气氛十分紧张。现在是早上，橙红色的太阳透过珍珠灰色的云朵，照亮了地平线。他们没多少时间了——确切地说不到四个小时。

在内阁会议室里，埃德蒙、戴维、约翰和玛姬坐在一张巨大的深色木质长方桌的一端，他们所坐的椅子是包裹了红色锦缎、有着华丽镀金框架的“威廉·肯特椅”[①]。房间里既明亮又通风，墙壁是淡褐色的，护墙板的颜色就像浓缩奶油。角落里的老式落地大摆钟“嘀嗒嘀嗒”地响着，与此同时远处的大本钟发出了整点的鸣响，缓慢而稳定。在豪华的汉白玉壁炉架上，放着一个小花瓶，里面是一束紫色石南花。花瓶上有一行字——**致首相，祝您好运。**

我们都需要好运，玛姬心想。她的肩膀和手腕还在抽痛，为了转移自己的注意力，她思考着即将到来的一整天的安排，以及首相将在何时与余下的内阁成员开会。接下来，她将脸转向约翰，迎着从窗外射进来的光芒注视着他的侧面轮廓。他感觉到了她的目光，朝她笑了笑。

斯诺德格拉斯走进房间，弗莱恩紧随其后，并关上了他身后厚重的房门。不过，纳尔逊赶在门被关上的那一瞬间溜了进来，它优雅地跳上了一把无扶手单椅，继而安顿下来，发出了满足的呼噜声。

“霍尔普教授，”斯诺德格拉斯指着身穿深色西装的男人介绍道，“这

① 威廉·肯特是18世纪初期英国著名设计师。

位是彼得·弗莱恩,军情五处的头儿。弗莱恩先生,不如你先让大家了解一下目前的最新情况?”

“谢谢你,斯诺德格拉斯先生。”他看着在座的大家,“我们就别再浪费时间签署什么官方机密条例了,好吗?自打战争一开始,军情五处就一直在追踪和监视我们认为对英国有威胁的人的各种活动。马尔科姆·皮尔斯是一个在本国生活的法西斯分子,而且是所谓的‘星期六’俱乐部的头目之一,这一点想必你们大家都已经知道了。”他朝埃德蒙和玛姬点了点头,“结果他比我们所认为的还危险得多。阿尔布雷特·冯·莱恩是‘阿勃韦尔’的潜伏间谍之一,他的任务是绑架埃德蒙·霍尔普教授,后者即将发现一名潜伏在布莱切利的德国间谍。感谢在场的各位,这项行动已经被我们挫败。”

“他现在怎么样了?”玛姬问道,“还有罗杰和莱蒂西亚呢?”

“马尔科姆·皮尔斯和罗杰·巴伦已经被正式拘捕了,等待他们的将是盘问和审讯。”他说,“莱蒂西亚·巴伦已经死了。”

“后来是什么情况?”玛姬追问道,她回想起了莱蒂西亚所做的最后一件事——拯救了他们的性命。

“警察叫来了一支善后团队,他们将她的尸体带到北伦敦的火葬场去了。”弗莱恩回答说,“不过,我们官方的说法是,巴伦夫妇被家人叫到爱丁堡[1]去帮助一位患病的伯母。”

善后团队、火葬场……唉,就这样吧。玛姬沉默了。

弗莱恩说:“但是事情还不止于此。”

听到这话,约翰立即关切地看着玛姬。

“昨天,有人企图暗杀首相。”斯诺德格拉斯、戴维和约翰看起来都是一脸平静,但是埃德蒙大吃一惊,玛姬也猛吸了一口气。

弗莱恩举起一只手,“暗杀行动被挫败了,多亏理查德·斯诺德格拉斯和约翰·斯特林的迅速反应。行凶者是一个名叫克莱尔·凯利的女人,她还有个名字叫佩吉·凯利……”

佩吉?

---

① 英国著名文化古城、苏格兰首府,位于苏格兰中部低地福斯湾的南岸。

“她是马尔科姆·皮尔斯及爱尔兰共和军的同伙。”

“玛姬,”约翰说,“我很难过。”

佩吉?

“霍尔普小姐,我很痛心,因为我不得不告诉你这件事。但是,你得知道为了执行这次暗杀任务,凯利小姐伪装成你的样子,骗过保安进到了战情室。你还得知道,她为了不暴露自己的伪装,伙同自己的同伴——一个名叫迈克尔·墨菲的爱尔兰共和军特工——杀死了一个年轻的女人。她叫萨拉·桑德森,她在克莱尔即将离开寓所的时候发现了她的伪装。”

整个房间里全都是震惊和沉默的脸庞——很明显连斯诺德格拉斯和约翰都不知道后面这件事。

佩吉?

还有萨拉?

“萨拉。”玛姬最终缓缓地说,“她死了?”

埃德蒙笨拙地拍了拍玛姬的手背,不过这对她来说依然是种安慰。

约翰表情凝重,面色苍白。

“我真希望事情就到此为止了。”弗莱恩说。

“你的意思是它还没有完?”玛姬悲痛地说。一个人的承受力毕竟是有极限的。纳尔逊从椅子上跳下,然后在她的脚踝处摩挲着。她茫然地将手伸下去,爱抚着她。

“恐怕是这样的。”他看着大家,“暗杀丘吉尔先生和绑架霍尔普教授的行动只是他们阴谋的一部分,现在我们已经成功挫败了这两项行动。不过,还有一项行动是我们必须得遏制的。”

“保罗行动。”玛姬脱口而出。

“没错。”弗莱恩回答道。

玛姬思索着他带来的新信息,将其作为一个手段让自己从另外两件难以接受的事情中抽离出来——佩吉还活着,而萨拉却死了。佩吉是一个叫克莱尔的叛徒。萨拉已经死了,佩吉——或者说克莱尔——还活着……唉,还是考虑保罗的事要容易些。

不管他是谁。

....———.——..

弗莱恩再次走进克莱尔·凯利的审讯室，房间看上去和之前一样，只是克莱尔显得更加心烦意乱和蓬头垢面。她的口红已经掉色了，只留下了一点点深红色的印记，而她双眼下方的眼袋就像青灰色的肿块。

“能给我一些可以吃的东西吗？”克莱尔的声音十分虚弱。

弗莱恩没有答话，而是将一张照片放在她面前。

“你认识这个人吗？”

克莱尔看着照片上的男人，他前额的头发刚刚开始脱落，鼻子很尖，有一双热切的黑眼睛。“我不认识。”她说。

“他和迈克尔·墨菲有关联。”

“我不认识他。”

“他叫约瑟夫·麦考马克，是伦敦欧拉托里学校①的物理学教师。”

克莱尔抬起头看着弗莱恩，“那么，你对他的了解比我还多。”

“他是我们接近伊门·德夫林的唯一途径。如果没有你的帮助，我们无法实现这一点。”

“我凭什么还要帮助你们？我们的交易已经结束了。”

弗莱恩举止温和地说：“未必是这样。”他坐在桌子上，倾身靠近克莱尔，“我知道你很爱迈克尔，你今天的所作所为清楚地表明了这一点。但是，如果你不帮助我们接触到德夫林，你就再也不能见到他。”

有人在敲门。“请进。”弗莱恩喊道。

一个身穿军情五处黑色制服的高个子男人走了进来，“我们的部队已经就位了，长官。”

“谢谢。”弗莱恩说，“让他们待命。”

高个子男人点了点头，离开了房间。弗莱恩站起身来，将手反扣在背后，低头看着女孩。

“我可以放你们一条生路，克莱尔。你和墨菲先生将被引渡到爱尔兰。在那里，即使你们遇见的不是爱尔兰共和军的支持者，他们对你们的

① 英国著名的罗马天主教私立男校，开设于1859年，被誉为“天主教的伊顿公学”。

态度也会比我们仁慈得多。我记得你曾告诉过我,这就是你想要的。我可以让你和墨菲活下去,而不是因叛国罪而被绞死。现在唯一的问题是,你打算选择哪条路?”

克莱尔沉默了。

弗莱恩转过身去,准备离开。

克莱尔没有抬头,但她小声问道:“你想让我做什么?”

弗莱恩再次转身,面对着她,“去找约瑟夫·麦考马克,告诉她说你想和德夫林对话。”

克莱尔“哼”了一声,“他根本不会让我进他的门,更不用说接近德夫林了。”

“但是,如果你告诉他说你有一个可以帮到他的人质,他就会同意的。”

克莱尔瞪大了眼睛,“一个人质?谁?”

弗莱恩微微笑了一下,“在适当的时候我们会让你知道的。”

二十八

玛姬想出了一个计划。

“你打算怎么做?”约翰紧张地问道,此刻他正在内阁会议室里来回踱着步。玛姬坐在一把红木雕花椅子上,双手交叠在一起。纳尔逊趴在她的膝盖上,心满意足地发出呼噜声。

“对外宣称的‘故事’是这样的。”她缓缓地说,“军情五处打算将……”——说出这个名字很难,但她还是得坚持说下去——“克莱尔押送到拘留中心。然而,半路上发生了车祸。在随之而来的混乱局面中,她搞到了一把手枪,并且将我挟持为人质。她会把我带到麦考马克那里去,然后他会领着我们去见德夫林。”

戴维试图将情况了解得更清楚些,“等你见到德夫林……然后呢? 难道你可以友好地找他索要引爆器?”

“是啊。”埃德蒙也插嘴道,“请把这中间的逻辑再解释一下。”

“以前由德夫林所设计的炸弹都有引爆器,无一例外。”弗莱恩说,“他坚持用这种方法设计它们,这样一来他就能拥有炸弹的最终控制权,而且绝不会被自己的炸弹所伤害。凯利小姐将以霍尔普小姐为挡箭牌,从而打入他们的内部,然后……”他清了清嗓子,“讨好德夫林,从而得到引爆器——据说他总是随身携带着引爆器。好了,关于这项任务,我们目前的态度是持保留意见。”

约翰吃了一惊,“这他妈的到底是什么意思?”紧接着他转过头来对玛姬说,“我很抱歉。”

*对他来说,在这种时候讲脏话就好像是在冒犯我。*玛姬心想。

“我的意思是,如果真要执行的话,那么我们将会在那片区域秘密地安插军情五处的工作人员,每辆车、每间商店甚至每扇窗户背后都有我们的人。我们并不是让霍尔普小姐单枪匹马行动。”

“噢,没错,与她同行的还有一个曾经冒充她的身份,杀死萨拉,并且企图暗杀首相的女人。”约翰说。

斯诺德格拉斯“哼”了一声,“是啊,你们对凯利小姐放心吗?你们真的相信她可以令人信服地扮演自己的角色?”

弗莱恩耸了耸肩,“这个嘛……她在过去的三年里以一名爱尔兰共和军恐怖分子的身份住在伦敦,却一直未被发现。她欺骗了她的雇主,她的同事,还有她的朋友们。是的,我认为我们可以放心,她是一个货真价实的欺骗专家。”

玛姬看着约翰,“目前看来这是我们最好的机会——同时也是唯一的机会——找到德夫林,拿到引爆器,拯救圣保罗大教堂。”

“可我们怎么知道她是不是真的愿意同我们合作?”约翰问道。

弗莱恩交叠起自己的双臂,“不管我们安排得多么天衣无缝,霍尔普小姐随时都会处于极大的危险之中。正因如此,我们将会在发现情况不对劲的第一时间就及时介入。”他看着玛姬,“你真的确信自己愿意去做这件事吗?”

埃德蒙按住玛姬的手背,“你并不是非去不可,玛格丽特。”他的声音很小,“如果你不去,这里的每一个人都不会怪罪你。”

“毫无疑问,这趟行动的确很危险。”戴维补充道。

约翰只是静静地看着她,没有说话。

*这是我的事,我得自己做决定,*玛姬心想。但是,此刻她能够看见的东西就只有圣保罗大教堂优雅可爱的圆顶——在数不清的灾难中它一直都顽强地幸存了下来。

纳尔逊瞪着一双神秘的绿眼睛,注视着她。

“我会去的。”她说。

所有人都看着弗莱恩。“那么好的,接下来你和凯利小姐将会被简要告知行动计划,然后你们俩就立即出发。”他说,“谢谢你,霍尔普小姐。”

埃德蒙看着女儿,无可奈何地叹了口气,“不过,不管怎么说,在你离开之前应该先把身上的伤口处理一下。”

“这个交给我好了。”约翰提议道,当他察觉到戴维疑惑的目光后,赶紧又补充了一句，“我学过急救护理。”

“那就好。”戴维边说边取下眼镜，迅速擦拭了一下镜片，“抓紧时间吧。”

“在我们的办公室里有急救药箱，你能帮我将它带过来吗？”约翰对戴维说。

“不用那么麻烦。”玛姬努力使自己的语气显得更加轻快，“我想我可以去你们的办公室。”

当她尝试着站起来时，身体里的每一块肌肉好像都失灵了，而且每一根神经末梢都在抗议——别动，求你了，别再动了。纳尔逊被移到地板上，它尖利地“喵喵”叫了几声，然后开始专心地清理自己的皮毛。

约翰毫不迟疑地伸出手臂，玛姬挽着他，两个人一起朝门外走去。

. . . . ———.——. .

在私人秘书办公室里，约翰让玛姬坐在他的办公椅上，然后脱下她的外套，卷起衬衣的袖子，他自己则忙活着准备绷带和药膏。

“呃，如果可以的话……”

“你是说脱掉毛衣吗？”玛姬解开了开襟羊毛衫的纽扣，试图将它拉下来。然而，干涸了的淤血使得羊毛衫的纤维牢牢附着在伤口上。“噢，该死！”她一边奋力撕下，一边痛苦地呻吟，“该死！该死！该死！”

约翰一直保持着微笑的表情，“我很高兴能看到你率真的一面。”

玛姬紧闭双眼，忍受着新一轮疼痛的波涛，“等这一切都结束了，我想我还有更多的话要说。”

“现在你能不能……嗯……解开扣子？”约翰问道。玛姬小心翼翼地照他说的做，当衬衣布料从伤口拉离时，她痛得皱起了眉头。一块难看的伤口露了出来，因凝结的淤血而显得黑乎乎的。现在由于伤口被撕裂，又有少量鲜血开始渗出。

“没我想象的糟糕。”

尽管疼痛难忍，玛姬还是虚弱地笑了笑，“哈，你这是典型的英国式说辞，低调而且轻描淡写。”

“英国人比较含蓄，你不知道吗？我们不像戏剧里的人物那样凡事都溢于言表。”

“嗯，我早就留意到了。”

当约翰用消毒水浸洗被烫伤的伤口时，玛姬忍不住开始颤抖。“你在发抖。”他用双臂环抱着她，“会好起来的。”

玛姬抓住他的前臂，她头脑里没有被疼痛分心的那一部分注意到了约翰身上所散发出的香皂味道。“真的吗？”她说，“其实我自己一直都有些怀疑。”

约翰用干净的纱布裹住伤口，然后用胶带将其固定。“我相信你。”他看着她的眼睛，“我们所有人——当然也包括我在内——都在你身后支持你！”

“谢谢你，约翰。”

玛姬放下自己的袖子，接着又穿上了毛衣。她真的很想换一身衣服，连她自己也记不清现在这身衣服已经穿了多久。但是，她和弗莱恩都一致认为继续穿这身衣服会使一切都显得更加真实。

“不用谢。”他轻声说道，“还有，你是对的。”

“对的？”玛姬一时不知道该说什么，她突然非常清楚地觉察到他的亲近。

“如果你没能将密码破译出来，佩吉——也就是克莱尔——现在也许已经接触到首相了，而且你的父亲应该也在去柏林的路上了。所以……”

玛姬朝他笑了笑，“已经灭掉了两个，但还有一个等着我们去解决。”

. . . . — — — . — — . .

当玛姬走进拘留室时，克莱尔看着她，一言不发。

沉默，这对此时的玛姬来说或许还更容易接受一些。眼前的克莱尔穿着玛姬的衣服，尽管衣服已经起了皱，而且被弄得很脏，但毫无疑问那就是玛姬的衣服。还有，她的头发被染成了艳丽的红色……玛姬实在是不愿意正视这个女人，但是她们将一起工作，而玛姬也深知这一点，所以她需要暂时撇开个人情感。仅仅是暂时的。

“佩吉。”玛姬试探性地开口说道，“不过我听说现在应该叫你克莱尔了。”

“玛姬，我非常、非常抱歉。”她说，“我决不是有意……”

“克莱尔，佩吉，不管你是谁，总之我现在不想听。”她深呼吸了一下，“我们将要一起完成这项任务。我们需要找到德夫林，并且拿到引爆器，这样一来我们就能够拯救圣保罗大教堂，使其免遭炸弹毁灭。就这些，我说完了。”

克莱尔的眼睛噙满泪水，“玛姬……”

“恐怕我们现在没时间说太多，凯利小姐。”弗莱恩在门口说道，“事实上，我们只剩下不到两小时了。”他拿着一把金属钥匙走向克莱尔，打开了她的手铐。

克莱尔摩挲着自己的手腕，玛姬转身对弗莱恩说：“下一步该做什么？”

“我们已经伪造好了事故现场，以防万一。如果麦考马克或德夫林想要核实你们的‘故事’，这方面你们不用担心。”

“好的。”玛姬说。

“好的。”克莱尔小声附和道。

“祖国和人民将会感谢和称赞你的，霍尔普小姐。”弗莱恩说。

“我想现在如果有一杯马丁尼酒会更好。”

弗莱恩的嘴唇抽动了一下，差点笑出来。“我想这应该没问题。”他说，“祝你们好运。”

. . . . — — — . — — . .

在事故现场，他们都坐在弗莱恩的汽车后座上，听见了救护车哀号的声音，看到了挡风玻璃被撞得粉碎的事故车辆。一些人的身上涂满了看起来像血的东西，由急救服务人员用医院轮床急匆匆地推走。

玛姬环顾四周，感到难以置信。“这一切都是布景吗？”她忐忑不安地询问弗莱恩。

“当然。”他回答道，“现在，让我们再回顾一下。”他对克莱尔和玛姬说，“你们俩遇上了交通事故。克莱尔原本是被送往女子监狱等待审讯，而霍尔普小姐是陪同她一起过去的证人。嗯……请原谅我必须做一件我已经开始感到抱歉的事……”

话音未落，他毫无征兆地伸出右手，并用手背击打玛姬的脸，而且力度还不小。

这记响亮的耳光在狭小的汽车空间里回响着，她的身体因惯性而倾斜，脸颊感到一阵钻心的疼痛。顷刻间，弗莱恩的手印清晰地显现在玛姬的左脸上。

“这……”克莱尔明显被吓了一跳。

“这他妈的是什么意思？”玛姬捂住自己的左脸颊，那里已经开始肿胀。“我那本已死去的父亲居然还活着，而且疯了。我失眠了，紧接着被绑架，然后在枪口的威胁下被拘禁起来。我被一根烧红了的拨火棍烫伤。我刚刚知道我那已经死去的最要好的朋友原来是一个还活在世上的叛徒。所以我得问你，弗莱恩先生，这他妈的到底是什么意思？”

“我再次向你表达诚挚的歉意，霍尔普小姐。”弗莱恩说，“但是你必须让自己看起来像是在一场车祸中受了轻伤。”

“哦，那你为什么不打她？”玛姬嘟囔着说，并用手按摩着自己的脸颊。

“现在，请你们记住。”弗莱恩说，“我们的特工已经隐蔽在了周围的区域。”他掏出一把手枪，装好子弹后将其递给克莱尔。“拿着这把枪。”他说，“这样能让你们看上去更加真实。”

克莱尔的眼睛里写满了怀疑，她缓缓地接过手枪，然后看了看玛姬，紧接着又看着弗莱恩。

“你应该很清楚，你是不会开枪的。”弗莱恩平静地说，“因为你知道你们周围都是特工。再说，为了墨菲先生，你也不可能变卦。”他又看着玛姬，“你准备好了吗？”

玛姬扬起了一边眉毛，“我从没有没准备好的时候。”

. . . . — — — . — — . .

当玛姬和克莱尔走向麦考马克的住所时,她们没有作任何交谈。这栋建筑物非常普通,有着红棕色的砖墙,两旁是布满灰尘的灌木丛。

走到门边时,克莱尔抓紧了玛姬未受伤的胳膊,并用另一只手握住藏在上衣口袋里的手枪的枪柄。“如果麦考马克不肯相信我们,那又该如何是好?”她小声问道。

玛姬一把将克莱尔的手从自己的手臂上推开。“首先,你别碰我。”她咬着牙说,“其次,让他相信我们是你的职责所在,而你正是这方面的专家,难道不是吗?”

克莱尔有些害臊地垂下了眼睛。

这让玛姬感觉稍好了一点,不过仅仅是一点点。

克莱尔敲了敲门。

没有人回应。

她再次敲门,这一次更重,声音更大。

还是没有回应。

她将一只耳朵贴在门板上。“我能听到他的收音机在响。”她一边说,一边第三次敲门,比前两次都更加用力。“听着,我知道你在里面。”她大声喊道,“快开门。”

门缓缓地打开了,她们看到了一个瘦高个头的男人,他鬓角的头发已经灰白,身上穿着有领尖扣的白衬衫和棕色羊毛衫,还有灯芯绒长裤。在沉重的黑框眼镜下面,他的脸上带着温和、如绵羊般温顺的神色。与他一同出现的,还有响亮的 BBC 广播声:“……事故现场的人群已被疏散。目前我们尚不知道具体伤亡人数,不过据悉至少有上百人受到影响……”

“你是谁?”他问道,眼睛在玛姬和克莱尔脸上来回移动。

“克莱尔·凯利。”她回答道。

*从她嘴里听到这个名字,感觉真是奇怪而又陌生,*玛姬心想。

“再说一遍?”

“克莱尔·凯利。我是你的朋友。我认识迈克尔·墨菲,他遇到麻烦了。”

麦考马克瞪大了眼睛,鼻孔也张开了。“我不知道你在说什么。”他最终说道,然后准备关门。

克莱尔用手臂挡在门缝里,“我需要同德夫林谈谈。”

“我不认识什么德夫林。”

“不,你认识。”

“快走开!”麦考马克严肃地说,“否则我就要叫警察了。”

克莱尔向前迈出一步,挤进了他的房子。“你是不会叫警察的,而你我都知道原因何在。”

麦考马克变得有些紧张,“你到底想要什么?”

“我手头有个人质。”她指着玛姬说道,并暗示自己的衣袋里有一把手枪。“她是德夫林想要的人。她叫玛格丽特·霍尔普,在唐宁街10号为丘吉尔工作。现在快让我们进去,免得被别人看见了。”

麦考马克腾出位置,让这两个女孩进到他自己的住所。公寓里面干净整洁,木质餐桌上放着几堆学生论文,还有一杯热气腾腾的茶和一盘吃过一些的土司面包及果酱。窗户旁边挂着一个古老的维多利亚时代的鸟笼,里面住着一对翠绿色的虎皮鹦鹉,它们正用嘴整理自己的羽毛。

他迅速关上门,“你是怎么找到我的?”

“迈克尔,迈克尔·墨菲。”

“我不认识什么迈克尔·墨菲。”

“但他知道你。”克莱尔深吸了一口气,“迈克尔和我一起工作。我本该除掉丘吉尔的,可是计划失败,我被捕了。他们打算将我转移到另一个牢房,哪知半路上发生了车祸。其他人要么死了,要么受伤了,而我还算幸运,没什么大碍。我设法搞到了一把手枪,并挟持了这个女人。她是丘吉尔的秘书,非常宝贵,我们不能杀她——至少在我们从她嘴里打探到机密信息之前还不能杀她。”

麦考马克皱起眉头思考了片刻,“我从收音机里听说了那起事故。”又过了几秒钟,他突然说道:“你们俩站在原地别动。”

他走到电话机旁,拿起重重的听筒,拨出了一个号码。

“我是麦考马克,一个名叫克莱尔·凯利的女人现在在我的公寓里。”

短暂的沉默之后他说:“她说是一个叫迈克尔·墨菲的男人告诉她的。”

接下来又是一段沉默,然后她们听到了麦考马克的声音:“她带来了一名人质,是一个为丘吉尔工作的人。”

玛姬屏住呼吸,静静地等待着。

“好的,我知道了。”他说完后挂断了电话。

“德夫林要见你们。”

二十九

麦考马克的车是一辆黑色的“沃克斯豪尔”[①],坐在车里的三个人被紧张不安的沉默笼罩着,他们隐约能够听见从伪造的事故现场传过来的救护车的哀号声。克莱尔正在开车,麦考马克和玛姬坐在后座,他一直用手枪抵着她的肋骨。

“还有多远?”克莱尔问道。

“快到了。”他说。

克莱尔通过后视镜看着麦考马克的脸,“你看起来很紧张。”

“我很好奇,你到底在期待什么?”

“听着。”她严肃地说,“如果我还有其他选择,决不会来找你。”

“由此带来的结果是,我变成了那个别无选择的人。”

“为了我们的事业,每个人都得倾尽全力,这有什么问题吗?”

“没有任何问题。”

坐在后座的玛姬静悄悄地复习着行动计划的整个过程。这是他们制止爆炸、拯救圣保罗大教堂的唯一机会,对此她再清楚不过了。然而,这当中的很多环节——甚至可以说是每个环节——都有可能出错。有太多的变数……

. . . . ———.——. .

汽车穿过伦敦东区——在战争之前,这里一直都是全世界最大并且最重要的港口——的瓦砾和废墟,最后在一个巨大的灰色仓库旁边停了

① 英国汽车公司,1925 年被美国通用汽车公司收购,直到今天依然是英国主流汽车品牌。

下来。这个仓库完好无损地矗立在周围的破败中,看上去傲慢而孤独。几辆大型卡车“隆隆”作响地开进开出,一些身穿布满污渍的毛衣的男人们正将一个个看起来十分沉重的箱子搬进一辆没有标记的卡车。

麦考马克伸手指着一个方向,“穿过那些门,然后再往右走,他正在等你们。”玛姬和克莱尔走下车,朝仓库的入口走去。还没走出多远,她们突然听到身后传来了汽车引擎加速的声音。回头一看,麦考马克驾着车迅速离开了,很快就不见踪影。

见此情形,玛姬和克莱尔不由得面面相觑。

她们知道军情五处的特工一定埋伏在这附近——在堆积如山的瓦砾后面,用残存的砖瓦和水泥墙作掩护——但是她们无法看到他们。*特工们真的藏在那些地方吗?*

“就这样吧,我想也只能这样了。”玛姬最终说道。

克莱尔迅速点了点头。

她们来到一扇黑色的大门前,门上有一个电子蜂鸣器。克莱尔按下按钮,一阵尖厉刺耳的铃声在整座建筑物里回响着。

没有回应。

她又按了一次,持续的时间比上次更长。

漫长的等待之后,门“咔哒”一声自动打开了。她们走了进去,然后搭乘一部很小的货物升降机来到了二楼。

伊门·德夫林坐在一张柚木办公桌后面,两旁各站着一名肌肉发达的随从。他看起来刚刚步入中年,面容和蔼可亲,长相没多大特色,淡褐色的头发梳成了整齐的偏分头,发胶闪闪发光。他穿了一套中规中矩的棕色斜纹西装,看打扮就好像一名会计师或图书馆管理员。他身后的遮光窗帘已经被收了起来,透过窗户可以看到很多船只沐浴着晨光,在铅灰色的泰晤士河上工作。

他看着克莱尔和玛姬,脸上带着亲切友好的微笑。

尽管他的反应温暖而热情,可玛姬还是感到浑身一阵战栗。*啊,坏人,坏人,含笑的可恨的坏人!我该写进我的记事簿里。一个人可以笑,*

笑，并且是一个坏人……[1]

“瞧一瞧德国人在这个地方都做了些什么。”他一边说，一边用双手比画着——他所指的是整个伦敦东区，“这里曾经是英国的荣耀，可现在呢？全都被摧毁了，真可惜。”他再次笑了笑，好像一个慈祥的叔叔。

“你们给我带来了很多麻烦。”他温和地对眼前这两个年轻女人说，“凯利小姐……”

“我别无选择！”克莱尔喊道，“他们将我拘留起来，等待我的就只有绞刑一条路！那起事故是我唯一的机会，而我不知道我还能去哪儿……”

德夫林往杯子里倒了一些咖啡，打断了克莱尔的话，“我们接到消息，据说墨菲已经被逮捕和拘留了。他是个好人。”他放下咖啡壶，停顿了片刻，“他们一定会绞死他，对吗？”

“是这样的。”克莱尔面不改色地回答道。

“你是一个撒谎专家，克莱尔·凯利。”他拿起小银钳，将一块方糖放进自己的咖啡杯。

克莱尔迅速抬起头，“你说什么？”

德夫林用勺子搅拌着杯里的咖啡和糖，然后端起杯子和托碟，喝了一小口。接下来，他满足地叹了口气，“没有什么能比得上一杯好咖啡了。”

“德夫林先生，请相信我，我没有背叛你。”

德夫林目不转睛地盯着克莱尔，片刻之后，他看了看玛姬。

他伸手从办公桌最上面的抽屉里取出了一把袖珍手枪，枪柄上镶嵌了精致的象牙雕刻品。他离开自己的座位，将手枪递给克莱尔。

“证明给我看。”他的脸上依然带着和蔼可亲的表情。

这个场景可不是计划的一部分。玛姬能够感觉到自己的腋下开始冒汗，上唇和后背也渗出了汗珠。

克莱尔愣住了，她的眼睛直勾勾地看着玛姬，玛姬注意到她下巴上的肌肉抽搐了一下。

就这样吧，玛姬心想，真的就这样吧。此时此刻她能思索的东西就只有这么多了。

---

① 莎士比亚的戏剧《哈姆雷特》中的台词。

突然,克莱尔说:“这是浪费!”

“你说什么?”德夫林显然十分吃惊。

“她是丘吉尔的重要秘书之一。”克莱尔说,“她所知道的信息对我们来说必定是很宝贵的,对你来说尤其如此。”

“我是叫你杀了她。”德夫林温和地说,“现在,快动手吧。”

克莱尔将枪凑近自己的脸,检查着里面的子弹。

这个看似简短,但明显是为了耽搁的小动作激起了德夫林脸上慈祥而失望的表情,“唉,凯利小姐。”他一边叹息一边摇头,“看来我对你的期望值太高了。”

紧接着,他对身旁的两名随从说:“请把我的客人带到楼下去,我会在保罗行动完结之后再见到她们。”

. . . . ——— . —— . .

“她们去得太久了。”斯诺德格拉斯不停地用他那短而瘦小的手指敲击着内阁会议室里的会议桌。埃德蒙、戴维和约翰静静地等待着,每个人都是一脸紧张,而且面色苍白。弗莱恩正在讲电话,背对着其他人。

响起了轻微的敲门声。“请问……”大家循着声音看过去,原来是汀斯利夫人。

“什么事?”斯诺德格拉斯站了起来,态度有些粗野。

“嗯,请问……请问有什么需要我帮忙和协助的吗?”

“你只需回去继续做自己的事情,就是在帮助我们了,汀斯利夫人。”他严厉地说。

汀斯利夫人后退了一步,双手紧张地摸着脖子上的项链,“这我当然明白,斯诺德格拉斯先生。”她说,“我只是在想……”

“据我们目前所知,她一切都好。”他的语气比刚才稍微柔和了一些,“有什么消息我们会告诉你的。”

“谢谢你。”汀斯利夫人转身离去,关上了背后的门。

“圣保罗大教堂那边的情况怎么样了?”埃德蒙问斯诺德格拉斯,“拆弹小组有什么进展吗?”

“有一些进展。”斯诺德格拉斯回答说，“但是还远远不够。现在只剩下一个小时了。”他用手摩挲着头顶仅存的少许头发，“我们需要那该死的引爆器。”

这时，弗莱恩放下了电话听筒，转身面对大家，“军情五处的特工跟丢了，霍尔普小姐和凯利小姐都脱离了他们的视线。不过，他们确定目前还没有人开枪。”

“接下来该如何是好？”约翰面色一片瓦灰。

“现在我们能做的就只有等待。”

“你可以选择等待，”埃德蒙说，“但我有个主意。”

. . . . ———.——. .

德夫林的手下将玛姬和克莱尔绑在地下室里的一根水管上。她俩背对背站着，手和脚都被宽胶带严严实实地捆绑起来。这间地下室很大，堆满了一摞又一摞的纸板箱，空气中弥漫着潮湿、发霉和老鼠屎的气味。

绑完之后，德夫林的手下一言不发地离开了。他们的脚步声响彻在布满污渍的水泥地面上，在黑暗中渐行渐远。

“这下好了，现在你一定很高兴吧。”当脚步声消失以后，玛姬愤愤地说。尽管自己被束缚得很紧，而且手臂和肩膀还在疼痛，但她竭尽全力减少与对方的身体接触。

“不是这样的。”克莱尔轻声说道。

“让我再来验证一下我自己的理解对不对——你愚弄了我们所有人，你是爱尔兰共和军的秘密特工，与纳粹串通一气，是你杀害了萨拉，你还假冒我的身份，企图暗杀首相。”

“萨拉是被迈克尔杀死的。”她的声音小得几乎听不见，“不是我。”

“那好吧，这样终归要好一些，不是吗？”玛姬厉声说道，“我确信这对九泉之下的萨拉来说是一个莫大的安慰。”

克莱尔沉默了片刻，“我知道你一定不会对我刚才所做的事心存感激。当德夫林把枪递给我的时候，我本可以杀了你，我本应该杀了你。”

“那你为什么没有动手呢？”

克莱尔深深叹了口气，就在玛姬认为她不会再开口说话的时候，她用很小的声音说道："因为我不能再杀人了。我开始并不知道……并不知道杀了人以后会是这样，杀人的代价太沉重了。"

"代价？"

"我亲手杀过一个男人，而他本来就应该死。但是，我曾参与了其他的阴谋，黛安娜·施奈德，以及后来的……"她几乎无力讲出这个名字，"……萨拉……"

"噢。"玛姬说，"如果被杀的人是你自己认识的人，情况就会很不一样，你是这个意思吗？"

"不是我干的，但我当时的确在现场。"

"那么当你想杀害首相的时候呢？如果你真的遇见了丘吉尔先生，会发生什么事？"

克莱尔在黑暗中局促不安地扭动着身体，"约翰……约翰先出现在我面前。那种感觉很特别，我不能扣动那该死的扳机。我认识约翰，而且了解他，我……我只是不能近距离地射杀他。我不论如何也无法让我的手做出那样的事。"

玛姬花了一些时间来消化克莱尔所说的一切，然后她在黑暗中"哼"了一声，"这么说，你的手就是你的良心？你应该感谢你的手，对吗？"

"刚才是我的手让你活下来的，所以请你不要再说带刺的话了。"

但是玛姬没有就此打住，"以目前的情况，如果我们可以活下去，那么因为你与弗莱恩合作，所以你和你的男朋友很可能会被引渡到爱尔兰去。在那里，毫无疑问大家会像欢迎英雄一样欢迎你们。"

"不，他们不会。"克莱尔低声说道，"大多数爱尔兰人并不愿意宽恕爱尔兰共和军的所作所为。"

"真的吗？"

"没错，千真万确。请想想爱尔兰的国旗，它是由绿色、白色和橙色的方块所组成的，是吗？绿色代表盖尔人的传统，橙色代表奥兰治王子威廉的支持者——换句话说就是新教徒，中间的白色则意味着两者的和平共处。"

"听上去倒是美好的展望。和平，这的确令人向往。"

“他们是不会休战的。”克莱尔愤愤地说，“只要他们还想继续铲除天主教徒。”

“不过……”玛姬说，“总之你们在那里的话，还是会比你们在这里的处境更好些。”

克莱尔一言不发。

玛姬很想克制，但是她做不到，这真是漫长而又糟糕的一天。“你是不是一直都在嘲笑我们？我的意思是，当你假扮成佩吉的时候，你是不是认为我们都是白痴，而且如此轻易地就被你那迷人的金发女郎言行所愚弄？”

克莱尔继续沉默了片刻，“我并不指望你能理解我，玛姬。”

“既然如此，那你倒不如痛痛快快地讲个明白。反正短时间内我们哪儿也去不了，再说，这也是你欠我的。”

她叹了口气，“‘佩吉’并不是谎言，起码并不是你所想的那样。如果我一帆风顺地在弗吉尼亚州长大，就会变成‘佩吉’那个样子——一个地道的美国女孩，幸福地忽略掉这个世界上正在发生的其他事情。”

玛姬完全没想到会听到这样的话。

“然而事实却不是那样的，我经常回爱尔兰过暑假，在那里我看到了最可怕、最不公正的现象。爱尔兰一直在闹自治，对此你有过耳闻吗？”

她当然没有，“没有。”

“爱尔兰人想自己统治自己，可英国人不同意。这么说吧，差不多从18世纪开始，英国人对爱尔兰人征收重税，并且实施任意强加的规则。”

“我还是不明白你到底是怎么牵涉进去的。”

“第一次世界大战结束以后，英国人处死了爱尔兰共和军的领袖。有人是这样描述那件事的——‘看着鲜血从关闭着的门背后渗出’。自那时起就有游击战，我们浴血奋战，为了保卫我们的语言和文化，还有我们的自由。”

克莱尔深呼吸了几下，“夏天的时候，我们住在贝尔法斯特，那里有极其恐怖的暴行。恶毒残暴的新教徒将居民们从家里拉出来，然后在自家门前的台阶上处死他们。接下来，新教徒还会烧掉他们的房子。再往后，英国派出了一支由退伍军人组成的‘黑棕部队’——他们的别名是因制服的颜色而得来的——他们的行径更加恶劣，我甚至无法用言语告诉你他们有多么恶劣。”她暂停了片刻，“但是我可以告诉你，这种事情一直持续着，一直持续到了今天。我……我看着我的母亲被人强奸，那个坏蛋是一名英国军官。而我的父亲，他根本没做错什么事——只是试图保留赛尔特语，使其不被后人忘却——然而他竟被人枪杀了。”

这些话，无疑解释了很多东西。“但是尽管如此。”玛姬力求简短，并不想作太多评论，“为什么要在伦敦制造爆炸案？为什么要暗杀温斯顿·丘吉尔？现在的战争显然要浩大得多。”

“这取决于你如何看待它。”

“你真的如此坚守自己的信念吗？我的意思是，萨拉、约翰还有戴维，他们真的都是你的敌人吗？还有我？”

“你们不是敌人，但是你们支持敌人。你们用你们的税金、无知以及默从……”她停顿了一下，“你们无法改变自己的身份，而我当然也不能。总之，我不指望你能理解我。”

我还能说什么呢？“我仍然无法理解，这我承认。”玛姬缓缓地说，“而且我不能——永远不能——原谅你。”*但是……*“但是我可以看出你曾经经历过很多糟糕到无法形容的事情。”

接下来，她们就这样在黑暗中背对背地站着。克莱尔开始小声唱歌，起初她的女高音有些沙哑和颤抖，但随后逐渐变得充满力量：

“星期一的早晨在蒙特乔，
树上的绞索挂得老高，
凯文·巴里为了解放，
就把他年轻的生命抛。
那年夏天的那个早上，
小伙儿年仅十八周岁，
然而谁也不得不承认，
他的头颅昂得有多么高。
就在他面对刽子手之前，
在他那间沉闷的牢房里，
黑棕部队对他严刑拷打，

因为他不肯讲出这一切：
那些英勇无畏的战友的名字，
还有他们想知道的其他事情。
‘把你的秘密告诉我们，
你知道我们会放了你。’
凯文·巴里的回答是‘不！’
请像对待战士一般射杀我，
别像对待小狗那样绞死我，
因为我曾为解放爱尔兰而斗争……”①

① 这首歌是在爱尔兰被广为传唱的《凯文·巴里之歌》，歌词中提到的“蒙特乔”是位于都柏林市的一座监狱。

三十

圣保罗大教堂内部以及周边区域的人群被迅速疏散。“这里发生了煤气泄漏事故!”身穿连体式工作服的军情五处秘密特工告诉前来做礼拜的人和神职人员,“很抱歉! 所有人必须立即撤离。真的很抱歉,我们会尽快处理的。抱歉,非常抱歉!”

弗莱恩和埃德蒙将车停在教堂门口,下车后两人迅速跑上一段大理石台阶,穿过高耸的科林斯式圆柱,来到大门跟前。负责看守的特工又高又瘦,长着一张娃娃脸,他一看到弗莱恩便立即说道:“长官,请进。”

他们向里走去,经过了教堂中殿和祭坛,然后进到了通往地下室的狭窄楼梯。楼梯很长,被分为好几段,好不容易走完了,他们终于来到了潮湿、阴暗的教堂地下室,这里的空气十分阴冷。

拆弹小组的工作人员正安静有序地进行着拆除炸弹的程序化操作。弗莱恩找到了组长亚瑟·赫尔利,“有什么新进展?”

“不太乐观,长官。”赫尔利承认道,他不停地摩挲着下巴上灰色的胡子楂。这些胡子楂连同他双眼下方的黑色眼袋,足以表明他已经持续不断地工作了很长时间。“如果我们把它拆开,它就会爆炸;如果我们不把它拆开,它也会爆炸。”他微微耸了耸肩,动作几乎难以察觉,“还有,如果我们不把它拆开,就无法移动它。”他尽量保持着轻松的口吻,但是紧张的下巴却暴露了他内心的真实想法。

“可以让我看一看吗?”埃德蒙问道。

“随你吧,先生。”赫尔利回答说,“我们已经安排了最优秀的人员来处理这件事,不过也许你能以全新的角度取得一些突破……”

弗莱恩和埃德蒙进到了放置炸弹的那间地下室,它比埃德蒙此前想象的要大得多。两名正在炸弹旁边忙碌的特工看到他们后,立刻站起身来。“我们还在努力,长官。”高个子特工说,“但是,截至目前尚未取得突破。”

. . . . ———.——. .

“我在想……”玛姬边说边扭动着自己的手腕,“我在想如果我能够摸到胶带的末端的话……”她的手指在宽宽的黑色胶带上摸索着,又拉又拽。

“我想你是对的。”克莱尔也开始做同样的事。

“真糟糕,你把你的长指甲剪掉了。”玛姬懊丧地说,“它们本可以派上用场的。”

“嗯。”克莱尔压低声音应道,“我要让自己看起来更像你,所以从头到脚都得模仿你,当然也包括你那啃啮过的小手指。”

“这个环节你做得很出色,甚至比头发更出色,毕竟红发是很难染的。”

“你能不能安静点,让我安心做事?”

“我只是说说而已。”

两人都沉默了,黑暗中唯一的动静就是她们的手指在胶带上刮擦的声音。“我找到了!”玛姬激动地说,“我摸到它的末端了!我已经在尽全力将它拉起来,你那边怎么样?”

克莱尔继续扭动自己的手腕和手指,“我还在试。”她用指尖摸索着,“太好了,我也找到了……我正在拉它……”

“我这边已经有效果了。”玛姬说,“让我们继续吧,坚持就是胜利。”

尽管花费了不少时间,但她们最终顺利地解开了手腕上的束缚。只要这一关被突破了,再要解开脚踝上的束缚就是小菜一碟。很快——确切地说是非常快——她们就成功了,两个人在黑暗中相视而笑,那种感觉就好像是回到了往昔。

但仅仅是“好像”。

“快点。”玛姬说,“我们得赶紧离开这里。”

玛姬和克莱尔一路上都踮起脚尖走路,她们顺着楼梯从地下室走向地面。突然传来了一阵叫喊声,她们躲在一扇门的背后窥视着,只见十几个军情五处的特工用枪对准了德夫林,后者穿了一件军大衣,提着一个公文包,背对着她们所在的方向。"请将引爆器交出来。"领头的特工说道,态度非常友善。

"我不同意。"德夫林笑了,他那原本和蔼可亲的脸此刻看起来如同骷髅般狰狞,"再说,要是你们把我杀了,那么你们都会死。"

"但是……你也会死。"特工显然有些不知所措了。

"的确如此。"德夫林温和的眼睛里流露出坚定的神情,"英雄一般的死亡。我是个烈士,为事业而献身的殉道者。"

. . . . — — — . — — . .

"霍尔普教授?"弗莱恩一边说,一边指了指那堆装置。

"请叫我埃德蒙。"

他正跪在炸弹旁边,专心地凝视着。

"我们本来试图将电线和电池分开。"一名更矮更结实的特工对他们说,"但是它太不稳定了,我们不想冒险。这个炸弹里面装填了很多炸药,足以将整座教堂和附近的一些街道炸毁。"

"有没有一根看上去像是引线的线路?"埃德蒙问道,现在他已经是四肢着地趴在地上。

"天哪,'福尔摩斯'!"高个子特工有些讥刺地厉声说道,"那里当然会有一根该死的引线。"

"好了,好了,我只是问问而已。"埃德蒙说。

弗莱恩示意两名特工退后些,他们很不情愿地照做了。紧接着,弗莱恩也退到了一边,但是目光一直没有离开埃德蒙。"发现什么了吗?"

两名特工变得有些不耐烦,而且很紧张,因为弗莱恩挡住了他们的视线。

"我不知道。"埃德蒙回答道,"我们有一些选择,但是任何一个选择都可能是陷阱。"

"我们刚开始时也是这样说的,长官。"高个子特工说,"这里主要涉及到绿色、白色、橙色三根电线，如果我们切断了正确的线路，炸弹就会被关闭。但如果我们错了……”

“大爆炸！”矮个子特工补充道，“这里的炸药多得足以炸毁整座大教堂，甚至比这更严重。他一定是将制造炸弹所用的材料一点一点地偷运进来的。”

“谢谢你。”弗莱恩冷冷地说，“那么，霍尔普教授？”

埃德蒙抬起头看了弗莱恩一眼，然后站起身来，在裤腿上擦拭着双手。“我们还可以用引爆器关闭炸弹。她们拿到引爆器了吗？”

每一双眼睛都聚焦到了“嘀嗒”作响的金色怀表上，与此同时弗莱恩说：“还没有。现在我们只剩下二十四分钟了。”

. . . . — — — . — — . .

玛姬和克莱尔透过门缝看着眼前正在发生的一切。玛姬低声说：“如果他炸死了我们所有人，那么就没有人能够阻止圣保罗大教堂的爆炸了……”

克莱尔已经想好了自己下一步必须做什么。“很抱歉，玛姬。”她轻声说道，“我对所有的事都感到抱歉，尤其是萨拉。”

她突然一把将门推开，走进了德夫林和特工们所在的房间。时间仿佛停止了，德夫林和他的手下先是看到了她，然后用了很长时间才慢慢接受了这个事实。

接下来的事情差不多是在转瞬间发生的。德夫林正要采取行动，克莱尔抓起一把椅子，将它举过头顶，然后跑向德夫林。德夫林迅速转身，朝她开了一枪。

子弹的冲击使得她趔趄了一下，随即是一声尖叫，但她继续扑上去，将椅子砸向他的肩膀。

德夫林蹒跚了几步，但并没有倒下，他的脸上写满了震惊。“凯利小姐！”他按摩着疼痛的肩膀说道，“你不应该……”

克莱尔倒在地板上，她的上衣渐渐被血染成了深红色。

看上去就好像是编排的舞蹈慢动作：一名特工扑向公文包，然后将其扔给另一名特工，后者立即接过公文包，与此同时又有一名特工扣动了扳机……枪声响起，子弹打穿了德夫林的头颅。当德夫林倒地后，两名特工冲上前去，从他手里扯下手枪，然后在他身上搜索引爆器。

时间再次回到了正常节奏。

“克莱尔？”玛姬喊叫着跑向倒在地上的女孩。鲜血持续不断地从克莱尔胸部的伤口涌出来，她的身体一动不动，目光呆滞暗淡。“佩吉？”玛姬继续呼喊。

离她最近的特工检查了一下克莱尔的身体，接着合上了后者的眼皮。“她死了。”他冷淡地说。

对德夫林进行搜身的特工突然变得异常恐慌。“他身上没有引爆器！”其中一个喊道，“没有引爆器！”

玛姬站了起来，这时她感到自己的肩膀剧烈抽痛。

“这里随时会爆炸。”一名特工对玛姬说，“我们得赶快离开。”

“可是……”可是克莱尔——或者说佩吉——怎么办？她正躺在血泊中。

“不论如何，我们必须得走了。”

. . . . —— — — . —— — . .

一行人来到仓库外的空地上，这里停着一辆无标记的黑色厢式货车。原本守在货厢里的特工为他们腾出了足够的空间，让他们进到车里并坐在地板上。随后，一名特工“砰”的一声关上了货厢的滑动门，紧接着轮胎发出了尖利刺耳的摩擦声，货车飞驰着开走了。

“刚才你在那里相当勇敢，小姐。”其中一名特工说道，他是个有着一双和善眼睛的男人，一头金发看上去近乎是白色。

“谢谢。”玛姬简短地回答道。

他轻轻地拍了拍她的手背，“我为你的朋友感到难过。”说完他环视着自己的同伴们，他们都点了点头。

“我叫威尔。”他继续说道，“威尔·阿彻。”

“我叫玛姬。”她麻木地回应着。

“玛姬，很高兴见到你，尽管是在非同寻常的境况下。”

“我也一样。”

“你还好吗？你看起来脸色不太好。”他说。

“我想……我想我现在不想说话。”她说。片刻之后，她感到一阵突如其来的压力作用在她的肋骨下方，紧接着又是一阵眩晕。她以为自己会呕吐，结果还算幸运，不适感很快就消退了。不过，她还是能感觉到自己的双腿和双手都开始颤抖。

她的头有些晕，于是她蜷缩着身体，努力使自己不要昏倒。

她大口大口地喘气，然后开始了漫长而痛苦的无声啜泣。她的双手握紧了又松开，接着又握紧……她的身体承认她的头脑已经无力处理所思所想的一切。

在她无声地啜泣时，威尔·阿彻尴尬地轻拍着她的后背。

“真抱歉。”她最终说道，然后坐直了身体，大口地吸着气。

“别担心。”他边说边从口袋里掏出一块很大的亚麻布手帕，继而递给她，“擦擦眼泪吧。”

“谢谢你。”她用手帕轻轻地擦了擦眼睛，然后使劲擤了一下鼻涕。“真的非常感谢。”她说，“那么接下来我们该做什么？”

阿彻无助地摊开双手，摇了摇头，“我也不知道。”

玛姬抬起下巴，“我们离圣保罗大教堂还有多远？”

三十一

厢式货车在距离圣保罗大教堂还有几个街区的地方停了下来,车上的特工们纷纷跳下车。一些身穿制服的警察围在一个路障旁边,“很抱歉。”他们郑重地劝诫那些怨声载道的乱哄哄的人群,“实在是太抱歉了,这里的一切都关闭了。明天再来吧,由此造成的不便请你们谅解。”

特工们快速跑向路障,然后一个接一个地纵身跳了过去。

“怎么回事……”一名警察高声喊道,他的脸颊很红,下巴是双下巴,两只眼睛瞪得像铜铃一般。

其中一名特工转过身来大声说:“军情五处!”

“哦。”警察喃喃自语道,“来这里拯救这该死的一天。”他发现群众看到特工后的反应有些激烈,于是赶紧解释道:“只是气体泄漏!不用担心!一切都在我们的控制之下。”

玛姬紧跟在特工后面,也想跳过路障。

“喂,不,你不行,小姐。”胖警察边说边将她拦下,这时又有另外一名警察走了过来,“这里严禁市民擅自进入,所以你不能进去。”

“可我和他们是一起的!”

警察看着她那张带有伤痕的脸,肮脏的双手,还有被撕裂和烧坏的毛衣,继而缓缓地摇了摇头,“我知道,小姐。”他努力控制住自己不要笑出来,“当然,没准你是个秘密特工。”他用手肘戳了戳自己的同伴,终于还是笑出了声,“你看起来就像是我们自己的‘玛塔·哈丽’[①]。”

---

① 玛塔·哈丽是荷兰人玛嘉蕾莎·吉尔特鲁伊达·泽利的艺名。“一战”期间,玛塔·哈丽是巴黎红得发紫的脱衣舞女,但更是一位周旋在法、德两国之间的“美女双料间谍”,跻身历史上“最著名的十大超级间谍”之列。即便在死去以后,她仍然被人评说争论,其经历还被拍成电影。

“她和我们是一起的。”阿彻在前面的台阶上喊道。

“哦,好的,先生,好吧。”他回答道,极不情愿地让玛姬过去了。

阿彻和玛姬一起跑过台阶,进到圣保罗大教堂,然后途经长长的中殿,进到了通往地下室的阶梯。地下室里阴暗潮湿,就好像是龙的巢穴。当他们找到弗莱恩、埃德蒙、斯诺德格拉斯和其他在黑暗中忙碌的特工时,已经累得上气不接下气。

“霍尔普小姐,这里可是高度……”弗莱恩正想说话。

“这里不安全,玛格丽特,你快出去。”她父亲插话道。

阿彻并没有理睬他们。“长官,没有引爆器。”他对弗莱恩说,“起码没有实体引爆器,这一点和其他炸弹都不一样。”

听到这话,特工们纷纷叹息,其中一个吼道:“妈的!”

玛姬思索了片刻。“没有实体引爆器……没有实实在在的引爆器。”她说话的样子如同自言自语。片刻之后,她转过身,面对着自己的父亲,“炸弹看起来是什么样子的?”

“你不会认为……”他说,“即使是像我这样的不与孩子同住的父亲,也会允许你……”

“我带你去。”阿彻没等到埃德蒙说完就抢先说道,弗莱恩点了点头表示同意。接下来,他们一起进到了炸弹所在的那间地下室。在那里,定时器轻轻地发出“嘀嗒”声,就好像是跳动着的心脏。

玛姬和阿彻围着炸弹走了一圈,不停地打量和评估它——所有的炸药都被裹在不同颜色的电线里。“这是什么?”玛姬发现了那块金色怀表。

“定时器。”其中一名拆弹小组的特工简略地回答道。

“不过,为什么是个怀表?这有什么含义吗?”

他耸了耸肩,“要是我知道就好了。”

“还有,快看。”玛姬继续说道,“那些电线。”

“它们怎么了?”弗莱恩问道。

就好像是在做梦一般,玛姬回忆起了她和克莱尔之间最后的对话,中间的白色似乎意味着两者的和平共处……这让她想起了一些往事的细节,但她无法回忆起整件事是什么。

弗莱恩一脸苦相,“你的意思是不是其中一条线应该被切断?”他看着拆弹小组的领头特工,后者点了点头。

“切断正确的线,就可以关闭这个系统。但是从它的构造看起来,我们不可能知道应该切断哪根。”

到底是什么事呢?玛姬拼命回忆,是与爱尔兰国旗相关的……

“我们只剩下五分钟了,弗莱恩先生。”一名特工压过“嘀嗒”声说道。

玛姬皱着眉头,绿色……

“长官!它就要爆炸了!”

“是的,我知道。”弗莱恩不耐烦地朝那名特工挥了挥手,“快走,快出去,让所有人离开这里,包括霍尔普教授。”

玛姬和阿彻对视了一眼,然后一起看着弗莱恩。“不行,我们已经走到这一步了,不该放弃。”她说,阿彻也点了点头。

其他特工和埃德蒙一起纷纷离开地下室,只剩下玛姬、阿彻和弗莱恩三个人,他们再次端详着那些电线。

“依我看,切断绿色电线是不可能的。”玛姬开口说道,她知道绿色象征着什么,以及它对克莱尔来说意味着什么。

“那么还剩下白色和橙色,各有百分之五十的概率。”

“切断橙色的线,就好像砍掉新教徒。”阿彻沉思着说。

“但是切断白色的线就意味着破坏停战,放弃和平,总之诸如此类的意思吧。”弗莱恩说。

“究竟应该是橙色还是白色呢?”玛姬的心已经提到了嗓子眼,滚烫的汗珠从她的上唇和后腰渗出。

“这是个问题。”弗莱恩喃喃自语道。

突然,她的记忆之门被打开了,她想起来了:是查莉——是查莉在酒吧里说过的话。那是玛姬开始在唐宁街10号工作的第一天,已经是很久以前的事了。她是怎么说的来着?我全心全意地爱着爱尔兰,还有它的绿白橙三色国旗,但是爱尔兰共和军的所作所为使得我羞于做爱尔兰人。你们知道吗,问题的关键就在于那该死的国旗,绿色代表盖尔族人,橙色代表新教徒,而白色则代表两者和睦相处。

“让我们换个角度想,假如它是英国国旗和纳粹国旗呢?”玛姬突然冲口而出。

弗莱恩和阿彻都一脸惊诧地看着她。

“不，事实上我的意思是蓝色代表英国，白色代表停战，黑色代表纳粹。如果是这样，要是炸弹是我们制造的，应该切断哪根线？”

“黑色！”弗莱恩毫不含糊地说。

“黑色。”阿彻附和道。

“我也一样，我会切断黑色电线。”玛姬说，“所以，针对这个炸弹，我们应该切断橙色电线。”

“我还是认为各有百分之五十的机会。”阿彻耸了耸肩。

“既然如此，阿彻先生？”弗莱恩看着金色怀表，只剩下不到一分钟时间了，“能否劳驾你动手？”

阿彻拿起一把细长的剪线钳，深呼吸了一下。

他剪断了橙色电线。

“嘀嗒”声停止了。

“哦，天哪！”玛姬低声自语，这时她感觉到自己耳鸣得厉害。结束了，在经历了如此复杂的这一切之后，它终于结束了。

一分钟过去了，这三个人依旧站在原地，如雕塑般静止不动，就好像他们正在担心哪怕是最微小的动静，也会让这个定时器重新运转起来。

终于，弗莱恩转过身来，面朝着玛姬和阿彻。“太好了，阿彻先生，霍尔普小姐。”他说，“你们干得很好！”

在昏暗的灯光下，阿彻的脸上看起来全是汗水，“我……我想我需要坐下来。”

“我也是。”玛姬紧跟着说道，长时间的提心吊胆已经使她身心俱疲。“我也是。”她又说了一遍，“我想在这种时候应该不太可能有茶可喝吧？”

. . . . — — — . — — . .

戴维和约翰挤在外面熙攘的人群中，当他俩看到玛姬、弗莱恩和阿彻一起从圣保罗大教堂里走出来，继而经过科林斯式圆柱并走下台阶的时候，两人赶紧朝她冲了过去。“玛姬，你还好吗？”约翰关切地问道，他眉头紧锁,脸上写满了担心。

“哇哦,你看起来就像魔鬼一样。”戴维打趣地说。

约翰狠狠瞪了他一眼。

“咳,她本来就是嘛。”戴维小声嘟哝着。

“我很好。”玛姬的声音很小,紧接着她补充道:“我们找到了麦考马克,他将我们带去见德夫林。没有引爆器,所以我们必须选择一根正确的电线……”

玛姬抬起头,望着圣保罗大教堂宏伟的柱廊和圆顶,还有高高在上的金球和黄金十字架——它们在黎明的淡蓝色天空中闪烁着微光。

人们纷纷从玛姬、约翰和戴维身边走过,他们一个个都谈笑风生,全然不知道差点发生了什么。

已经超过两百年历史的圣保罗大教堂,依旧安静而稳固地立在那里。

长时间的焦虑不安使得三个人都精疲力竭,他们依靠在木制路障上歇息。一些身穿深色双排扣西装的男子将长伞紧紧地夹在腋下,行色匆匆地从他们身旁经过。家庭主妇们穿着印花连衣裙,涂着鲜亮的口红,提着手工编织的柳条筐,纷纷迈着轻快的小步从商店里面陆续走出,来到街上。一位看起来十分疲倦的母亲将手伸进婴儿手推车,继而把一个安抚奶嘴塞到正在哭闹的孩子嘴里。一名有着一头赤褐色卷发的年轻女孩挽着一名士兵的手臂,一步一跳地向前走着。几只灰鸽子扑打着翅膀,在地上啄食。

交通恢复了正常,一辆黑色出租车突然按响喇叭,尖利的“嘟嘟”声惊扰了一对停在斑马线上亲吻的情侣。一位头戴精致的黄褐色毡帽的老年妇女停下脚步,低头注视着自己的宠物——那条梳洗得非常整洁的小狗刚刚避开了一辆汽车的车轮,还好有惊无险。

玛姬真想爬上路障的顶部,然后朝着人群大喊:“你们难道都不知道今天差点发生的大事吗?”

紧接着她突然想起了萨拉、佩吉、克莱尔和她自己的父亲,甚至还有理查德·斯诺德格拉斯——他比她曾经给出的评价要好得多。

这……其实这就是我们为之而斗争的世界。

约翰好像读懂了她的想法,“他们永远都不会知道的。”

“没错,那是理所当然的。”玛姬回答道。人们已经有太多的事需要担心——伴随战争而来的一切,几乎每晚都会遭遇的空袭,以及他们所爱的正在服兵役的家人或朋友能否平安归来。平心而论,他们不必清楚地知道每一次的侥幸脱险或死里逃生。

“那么,教堂下面到底发生了什么事?”戴维问道。

“很明显,什么也没发生。”弗莱恩抢先回答说。

“那么你……你还好吗?”玛姬对自己的父亲说。现在要和他拥抱还为时过早。

或者说,她自己认为是这样。

他突然紧紧地抱住她,“我很好,非常好,那么你呢?”

“哎哟!”

他有些疑惑地松开双手,看着玛姬,眼里写满了关切。

“我的手臂和肩膀还有点痛。”玛姬解释道,“不过总的来说我还好,可以说是非常好。”这个突如其来的拥抱令她感到有些吃惊,不过她还是很高兴。

“不管怎么说,起码圣保罗大教堂明天还可以继续矗立在这里。”约翰说,“而那些作恶的人正在接受报应。”

“嗯……目前我们还在密切监视的其他可疑组织至少还有三十个。”弗莱恩说,“当然,我不是为了破坏现在这一刻的美好。”

“但是至少在今天,我们拯救了这个世界。”戴维说,“我提议我们一起去喝一杯,怎么样?”

斯诺德格拉斯皱了皱眉,“恐怕太早了点吧,哪怕是对你个人来说也是如此。难道不是吗,格林先生?”

可是,所有人都一言不发地跟着弗莱恩走向他的汽车,斯诺德格拉斯只得提高了音量,“需要我提醒你们我们都必须先回办公室吗? 现在可是……”

“战争时期!”戴维、约翰和玛姬头也不回地齐声插话道。

弗莱恩突然停下脚步,转过身来,这一举动使得紧跟在他身后的一群人也驻足不前。他严肃地看着每一个人,“虽然我很清楚——我当然很清楚——现在是战争时期,而且我的确很赞赏你们——尤其是你,斯诺德格拉斯先生——的职业道德和敬业精神，但是我相信你们所有人现在都处于震惊状态。因此，我建议今天剩余的时间放假，让大家休生养息，接下来你们再精神饱满地重新开始工作。霍尔普教授，你在布莱切利的暂时缺席是没有关系的，休假结束后我们会让你重返工作岗位。"

"行啊。"斯诺德格拉斯转变了态度，"你们今天可以放假，但别指望我会帮你们通知汀斯利夫人。"

当他从弗莱恩身边经过时，嘴里小声咕哝着："那个女人让我害怕。"

. . . . ———.——. .

墨菲再次顺利甩掉了跟踪他的特工，为了犒劳自己，他来到距离圣保罗大教堂不远的一家咖啡馆，点了一杯热茶。坐在这里可以看得更清楚，他找到了一个靠窗的座位，从这里可以远远望见圣保罗大教堂的圆顶。坐下后他低头一看，装在有小凹坑的白色茶杯里的深褐色浓茶看起来就像鞋油一般。

"你还需要点别的什么吗？"女侍者问道。

"不用了，宝贝。"他回答说，"哦，把账单给我吧，等你有空的时候。"

他看了看手表。

无线电广播声充斥在房间里——该死无聊的板球比赛。

他的手指在桌面上敲击着。现在有些事情应该已经发生了——无线电广播应该诵读首相的死讯，市民们应该因圣保罗大教堂被炸毁而惊恐万分，四散奔逃。

然而，教堂的圆顶依旧矗立着，令人鼓舞，令人欣慰，更令人发怒……

他的手表"嘀嗒嘀嗒"地响着，预定的时刻已经过去了，什么事都没有发生。十分钟过去了，一个小时过去了，更多的时间过去了。

地球仍在转动，人们各自忙活着自己的事情。母亲们推着婴儿手推车行走，一位头发斑白的绅士牵着一条头上的毛发更加斑白的小狗出来散步，一个男孩握着一根巧克力棒，挥舞着手臂全速从咖啡馆的窗子旁边跑过，紧接着一个肚子浑圆、腿短脖子粗的中年商店店主奋力追了上去。

"妈的！"墨菲嘟囔着将几枚硬币扔在桌子上。他还敢回到圣保罗大教堂去看看吗?

他悄悄溜出咖啡馆的大门,像往常一样查看着人群中的面孔——没有一张脸是熟悉的。他来到大街,然后循原路返回,并密切留意着身后是否有正在跟踪自己的人。

突然,他钻进了一条阴暗狭窄的小巷。他飞快地跑出几步,随即钻进了一扇没有锁的商店后门。

两名便衣特工紧随其后冲进了小巷,满脸困惑地四处查看着。“该死!”高个子特工骂骂咧咧地说,“他跑哪儿去了?”

矮个子特工掏出自己的手枪,在几个垃圾桶的附近仔细搜寻,“要是我知道就好了。”

. . . . ———.——. .

玛姬正准备和约翰以及戴维一同钻进汽车,埃德蒙突然将她拉到一旁,“玛格丽特……”

“就叫我玛姬吧。”她说,“朋友们都这么叫我。”

“玛姬,还有一些事情是你须要知道的。”

还有?“是什么?”还会有什么该死的新消息?

弗莱恩走近他们,“霍尔普小姐,你父亲要说的是你的家现在已经成为了一个犯罪现场。”他清了清嗓子,“桑德森小姐在凯利小姐的卧室里被人袭击。很明显,她偶然遇到了正在化装的凯利小姐,以及后者的同伙墨菲先生。”

“那么……”玛姬的语速很慢,她渐渐明白过来,“这就是萨拉遇害的原因吧。”

“噢,是的。”弗莱恩看上去丝毫没有慌张,“事实上,她并没有死。”

玛姬突然无法呼吸,“什么?”她喃喃地说。

弗莱恩的脸上闪过了一丝内疚的神色,但他很快又重新戴上了职业化的强硬面具,“我故意让克莱尔那样想,从而把她坚持想要造成的死亡和毁灭变得人性化了。我相信,那就是她最后转而背叛德夫林的原因。”

“这么说,萨拉……她还活着?”玛姬的脸颊因愤怒而变成了深红色,眼睛里面则盈满了热泪,"而你却一直不把真相告诉我？我……我经历了这么多事情,我一直以为萨拉已经死了……"

"我们必须让克莱尔·凯利相信是她害死了自己的朋友。另外,坦白地说,我们并不清楚你的演技如何。在那样一种非常微妙的处境下,我们必须得谨慎行事,力求万全。"弗莱恩深呼吸了一下,"我必须对你表示深深的歉意,霍尔普小姐。"

玛姬眨了眨眼。这个人怎么能做到如此冷血？难道他的心不是肉长的？她擦去了脸上的泪痕,"我真的不知道该说什么。"她最终回答道,"萨拉怎么样了？她现在在哪里？"

"桑德森小姐康复得很好,不用担心。"

"谢天谢地。"玛姬说。萨拉……她心想,萨拉没事。噢,感谢上帝！

弗莱恩从自己的上衣口袋里掏出一张一尘不染的麻纱手帕,将其递给玛姬,"顺便说一下,我擅自做主,让一名工作人员提前打包了你的主要生活用品。这不仅仅是因为目前你的家是一个犯罪现场,除了警察之外任何人不得入内,而且我认为……"

"我自己很可能也不想回去。"玛姬点了点头,"是的,你是对的。"随便找个地方休息吧,她想,凑合一下就好。

"玛格丽特,弗莱恩先生安排我们住在萨伏依酒店。"

弗莱恩再次清了清嗓子,"事实上,这笔费用是丘吉尔先生承担的,为了感谢你所做的一切。在你的父亲回到布莱切利之前,在你可以作出其他安排之前,你们都住在那里。"

弗莱恩和埃德蒙都看着玛姬。萨伏依酒店,一个有浴室,有热水,有干净的床单,有优良的客房服务的地方……

玛姬花了一些时间来接受这些变化,最终她回答道:"既然这样,那我们还等什么呢？"

. . . . ———.—— . .

玛姬洗了个长久、奢侈的热水澡,她故意忽略掉五英尺深的水位标志,看着闪耀着的彩虹色肥皂泡几乎就要溢出浴缸的边缘。接下来,她吃了一顿大餐——在战争时期这样的美味佳肴称得上是“黑市水准”。用餐完毕后，她享受了一个长久、深入的睡眠，持续了好几个小时。

她被一阵轻微的敲门声惊醒。醒来后，敲门声还在持续，而且越来越重。

她迷迷糊糊地走下床，穿上了一件睡衣，来到门边，透过窥视孔向外看去。

门外站着丘吉尔先生，他两旁各有一名身穿制服的士兵，此外当然还有始终存在的影子——沃尔特·汤普森保镖。

天哪！她感到一阵慌乱，是丘吉尔先生！而我现在正穿着睡衣！时间容不得她多想，玛姬只得缓缓地将门打开。

“霍尔普小姐！”他的声音中气十足。首相取下帽子，露出了粉红色的秃头，“我想跟你谈谈。”

玛姬吃了一惊，“是吗？呃……首相先生？”

他静静地站在她面前，目光充满期待。

“噢，好的，首相先生。”她突然意识到自己穿着破旧的格子呢睡衣，头发蓬乱，而且两眼下方挂着很明显的眼袋。她心里感到一阵窘迫——自己居然在这种情况下被人看见，更何况是被首相看见。“请进来吧，首相先生。”她终于调整好心情，将房门大打开，自己站到了一边。

他目光锐利地看了她一眼，然后大步走了进去。接下来，他毫不犹豫地坐进一把靠窗的深紫红色织锦高背椅，继而掏出了一支粗大的雪茄，以及一个印有交织字母图案的打火机。“弗莱恩先生和斯诺德格拉斯先生已经将所有事情都告诉我了。你这几天非常忙，是吗？”

她只能用一个方法来回答。“是的，首相先生。”她还可以说什么呢？

“坐！请坐！”他大声对她说。玛姬照做了，坐在他对面的椅子上。

他点燃雪茄，吸了一小口，雪茄的尾部呈现出一团明亮的橙色。“对于你所经历的一切，我感到很抱歉，霍尔普小姐。”他又深深地吸了一口雪茄，片刻之后吐出了一股烟雾。

玛姬被迫吸入了一团混杂着雪茄烟雾的空气，差点被呛着。“谢谢你，首相先生。”她回答道。

“你很难过，是吗？”他的言语中透露出同情。

玛姬清了清嗓子，将披肩裹得更紧了一些，“我……我很好，首相先生。”

“很好……嗯，是的，是的，你当然很好，而且我们都很好，难道不是吗？”他转身面对窗户，看着窗外的特兰德大街，并咀嚼着雪茄的烟嘴，玛姬发现首相的脑袋周围升腾起了一团团烟雾。“有时候……如果我感到压力太大，担子太重，非常难熬……我就会画画。”他说，“我很喜欢画画，霍尔普小姐，你知道吗？”

“我知道，首相先生。”她怎么会不知道呢？丘吉尔先生的一些画作挂在唐宁街10号的书房里，她经常看到它们。那些画作都非常可爱——阳光灿烂的地中海风景，色彩艳丽的成熟水果和鲜花，甚至还有一幅肖像画是丘吉尔夫人年轻时的样子。

“每当我感到灰心沮丧的时候，我都会画画。你喜欢画画吗，霍尔普小姐？”

玛姬感到茫然不知所措。温斯顿·丘吉尔——英国现任首相——此刻正坐在她的酒店房间里，询问她关于她的艺术才能方面的问题，这一切是真的吗？

“不喜欢，首相先生。”她决定实话实说，而且她知道他此时一定不想听她谈论自己的数学爱好和玩纵横填字谜游戏的心得。

“你应该尝试一下。‘喜欢画画的人都是快乐的，因为他们不会感到孤单。’我常常这样说。”

她静静地听着，他到底想表达什么？

“画画这件事，它就像一个需要时总能陪在你身边的朋友。”他向后靠在椅背上，继续吸食着雪茄，“你能明白我的意思吗，霍尔普小姐？”

“我想我可以，首相先生。”

“不一定非得是画画，也可以是烹饪、音乐或摄影。选择什么都行，但重要的是永不懈怠。记住，永不懈怠，希望你能够理解，霍尔普小姐。”

“这个我能理解，‘继续努力，永不懈怠。’”

“说得好！这正是我们的使命——继续努力，永不懈怠。”

他突然站起身来，迅速地朝玛姬鞠了一躬，紧接着他晃了晃手中的雪茄，然后朝房门走去。玛姬手忙脚乱地站起来，跟在他身后。

“还有件事，霍尔普小姐。”他在门边说道。

“是什么?”

“来看看你的新室友吧。”

这是怎么回事?玛姬被弄糊涂了,还会有谁来参观穿着睡衣的我尴尬的模样呢?丘吉尔先生迈着大步离开了,片刻之后,一个身材高挑苗条的人影走进了房间。

“萨拉!”玛姬尖叫起来,伸出双手与对方拥抱,“萨拉!”

“哇哦!”萨拉差点被玛姬撞翻在地,“小心点,亲爱的。”

“噢,抱歉,真抱歉。”玛姬松开了怀抱,“你还好吗?一切都顺利吗?天哪,见到你真高兴,萨拉。”

“我没什么可抱怨的。”她小心翼翼地将手放在头上,拍了拍缠在那里的白色绷带,“你知道吗,这已经比另外一种结果要好得多。”

玛姬难以置信地摇了摇头,将门关上。“来吧,请坐。”她示意萨拉坐在刚才首相坐过的椅子上,自己坐在她的对面。“弗莱恩那个混蛋,他让我以为你已经死了。”

“哦,当时确实很惊险。”萨拉取下帽子,将它放在胡桃木小桌上,“但是正如你所知道的,我们这些舞蹈演员也许看起来很漂亮很柔美,但我们的内心坚如钢铁。我不会任由自己被头上的一个小包给击垮,并且是在我很可能会再次扮演黑天鹅奥黛尔的时候。”

玛姬深吸了一口气——有个问题她必须得问,“你还记得……嗯,我的意思是,你是否看到了……”

萨拉很清楚玛姬在问什么。“不,我什么都不记得了。”她说,“这很可能是件好事。不过,弗莱恩先生已经把细节都讲给我听了。”

“弗莱恩先生?”

“他来医院看我,并说服我为了骗过佩吉——也就是克莱尔那个婊子——而在审讯室里装死。天哪,那可是我迄今为止扮演过的最完美的角色。与之相比,朱丽叶的死亡场景根本就不算什么!”萨拉的说话声铿锵有力,但是玛姬可以看出她的双手正紧张地相互搓揉着。

“那真是相当的……”

“是的。”萨拉轻声说道。

玛姬伸出手去,握住了萨拉的手,“是的,是的,的确如此。”

三十二

房间里的电话“丁零零”地响了起来，玛姬拿起听筒，是戴维打来的。“喂！玛姬，你现在怎么样？”

“我很好啊。”玛姬说，“总的来说还不错。对了，你一定想不到现在我跟谁在一起。”

“我们都知道了，是萨拉。”戴维颇有些得意，“是的，斯诺德格拉斯和弗莱恩已经将他们的秘密告诉我了……是的，他们最终还是说了，所以我知道了所有关于萨拉的情节……”

玛姬将脸转向房间另一头的萨拉。“是戴维。”她默不出声地用口形告诉萨拉，后者点了点头。

“说正事吧。”戴维继续说道，“今晚我们打算在‘蓝月亮’俱乐部小聚，当然还可以顺便欣赏高水平的乐队演奏。”

“‘蓝月亮’俱乐部？”玛姬有些吃惊，“而且是今晚？”此刻的她仍然感到身体有些虚弱。再说，萨拉的身体状况肯定也不允许她参加这样的派对——尽管嘴上不肯承认，但她看上去的确元气大伤。

“听我说，玛格丽特，你想想看，毕竟我们拯救了整个伦敦。我真的认为我们有权在这样的时刻尽情地喝上几杯，再跳几支舞慰劳一下自己。”

“我也不知道……”

萨拉径直走到玛姬身边，“把电话给我吧。”她从玛姬手里接过听筒，“好的，没问题，什么时候？……嗯，行，我们会准时过去的……哦，还有，大伙儿都认识的‘银铃姐妹’也会和我们一道参加。”

萨拉挂断了电话，而玛姬则一言不发地注视着她。

“亲爱的，别忘了我差点就送了命。”她直言不讳，“现在是我们享受生命的时候。”

. . . . ———.—— . .

特工们遵照上级的命令，早已将玛姬和萨拉俩人并不太多的衣物全部带到了她们的酒店房间。玛姬穿着睡衣，任由萨拉将她的一头红发夹成小卷。接下来，萨拉还为她涂上了口红，打上了粉底。

萨拉拿起一支钢夹子，在烛火上烤了烤，然后用炙热的夹子背面在玛姬的睫毛上来回摩擦，将睫毛烫卷。萨拉还往玛姬的眼睑上涂抹了一些闪闪发光的海蓝色眼影，这些眼影是萨拉从一支精心保存的软管里挤出来的。“你们在赛德勒·维尔斯芭蕾舞团就是这样化妆的吗?”玛姬有些好奇地问道。

“哈哈!”萨拉一阵大笑，“如果要登台演出的话，起码得在脸上涂抹三英寸厚的粉底，还要用腮红把脸颊抹成猩红色，并且粘上假睫毛。所以，我为你化的妆要比我们的舞台妆自然多了。”

在为玛姬化妆之前，萨拉已经将自己打扮收拾妥当。她那乌黑闪亮的秀发被夹卷了，像波浪一样披垂在肩膀上，看起来有几分西班牙风情，非常性感迷人。

萨拉打开衣橱的门，仔细看了一圈。“唔，我想这个应该不错。”她边说边从衣橱里取出一条白色的真丝长连衣裙，然后在玛姬身上比试着。

这条连衣裙非常高雅精致，前胸开口很低，后背开得更低。裙子是斜裁式样的，穿在身上会非常贴身，使身体的曲线一览无遗。

“呃……我觉得这个恐怕不行吧。”玛姬将自己身上的睡衣朝胸前拢了拢，结结巴巴地开口说道。*在稍后迷人的夜晚派对上，穿这样一条裙子可能过于端庄了吧。*

“我明白你的意思，虽然这已经是 1938 年春天的款式了，不过说真的，它并不像别的……”

“不，不，不! 它并不是显得过时，相反它真的很华丽，可是……嗯，你不觉得它略微有些长吗? 而且太紧身?”

“噢，亲爱的，这条裙子穿在我身上时总是显得太短了，而且裙子的臀部还是比较宽松的，所以你不用担心。好了，赶紧穿上吧，我们快来不及了。"

玛姬有些犹豫。臀部？她思索着，正想提出反驳，不过紧接着她突然想到自己的好朋友萨拉差点就撒手人寰了，结果万幸捡回了一条命——这可真是死里逃生啊！

"'女人有责任将自己的美展露出来。'玛姬，你还记得这句话吗？"萨拉问道，"莫非你想逃避身为女人与生俱来的责任？"她一边说话，一边为玛姬找出了一双银色的高跟晚礼鞋。

玛姬一看到鞋子，立即就能感觉出这双鞋子穿在自己脚上会显得太小，但她还是尽力将双脚塞进鞋子里。不管什么事，只要是她自己下定决心要做到的，她就一定能做好。"不，我当然不想逃避。"

"那太棒了，快换好衣服吧！"

几分钟过后，看着自己在镜子里的形象，玛姬不能说不满意。裙子很华美——闪闪发光的面料穿在身上既凉爽又充满质感。一条海绿色的披肩恰到好处地覆盖了缠在她肩膀上的绷带。尽管她的眼睛周围有眼圈，无法彻底掩盖，但她毕竟年轻，而且眼圈的确也不算太明显。和几个月前相比，她好像瘦了那么一点点，可乍一眼还是无法看出来。同往常一样，她年轻的脸上没有任何皱纹，更没有一根白头发。

可是，看着镜子里的自己，她又感觉一切都跟以往不同了，她已经不再是从前那个玛姬了。

突然，她对着镜子伸了伸舌头，然后提起自己饰有串珠的手提包，准备下楼。

. . . . ———.——. .

玛姬和萨拉经过墙上镶有橡木饰板的大厅，一路上她们看到了一些花瓶，还有插放在花瓶中的娇艳欲滴的新鲜玫瑰，空气中隐约可以嗅到地板蜡的气味。她俩来到了美式酒吧——这儿是萨伏依酒店里只对少数圈内会员开放的小小隐匿之处。酒吧内部的装饰风格与大厅比较类似，处处体现出平实、整齐与优雅。只有几个灭火器和一些告诉人们如何通往最近的防空避难所的指示牌，透露出目前还处于战争时期。

墙上挂满了好莱坞电影明星的海报——贝蒂·戴维斯、葛丽泰·嘉宝、玛琳·黛德丽、埃罗尔·弗林，还有克拉克·盖博——他们似乎高高在上地俯瞰着这里的一切。烟雾笼罩着整个房间，钢琴师正在弹奏乔治·格什温创作的清脆悦耳的乐曲，四周夹杂着人们低声细语的交谈声。玛姬留意到一个细节：这里的顾客大多是头发花白的老年男子，他们都由年轻女人陪伴着。而这些女人，显然并非他们的女儿。

弗莱恩已经在酒吧里了，他坐在远处一张靠墙的桌子旁边，从那里可以清楚地看到整间酒吧的全貌。一看到萨拉和玛姬，他立即起身，分别为她俩各拉出一把深红色的天鹅绒椅子。“感觉好些了吗？”她问玛姬，“当然，我的意思不是说我认为你理应如此，只是很多时候洗个热水澡、睡个好觉的确对身体的复原有奇妙的功效。”

“是的，的确好些了。”玛姬回答道。她觉得周围的一切都发生得太快了，如梦似幻般很不真实。不过，她很欣幸能够看到萨拉陪伴在自己身旁。

一名身材瘦长高挑的男侍者走到他们的桌旁，“有什么需要我效劳的吗？”他边问边将一个闪亮的银碗放到桌上，里面装着盐焗杏仁。

“我记得我还欠你一杯马丁尼酒，霍尔普小姐。”弗莱恩转头对玛姬说，“你觉得怎么样？”

怎么样？“当然可以。”

“那么，桑德森小姐意下如何呢？”

“我也一样，谢谢！”萨拉回答道。

“请给我们来三杯马丁尼酒，加冰。”弗莱恩对侍者说。

看来这里明显不存在食物定量配给的问题，玛姬心想。待侍者离开后，她对弗莱恩说：“请叫我玛姬。”

“既然如此，请你一定要叫我彼得，你们二位都是如此。毕竟……毕竟我们共同经历了一场极其严峻的考验。”

侍者端着酒静静地返回桌旁，玻璃酒杯外侧凝结着一粒粒小水珠。

“严峻的考验……这已经是很温和的说法了，彼得。”当他们碰杯时萨拉如是说。每个人都喝了一口酒，感觉冰凉而舒畅。

“桑德森小姐。”弗莱恩开口说道，“如果你不介意……嗯，我有些事想……想和玛姬单独谈谈,可以吗?"

"没问题!那么,我先离开一会儿?"萨拉站起身来,"我正好需要去补补妆。"

"谢谢你。"弗莱恩也站了起来,和玛姬一起看着萨拉步态优雅地穿过酒吧大堂。

"其实我自己也不确定现在提这件事是否恰当。"弗莱恩说,"可事实上,好像总是没有适当的时机来谈这个。"

"此话怎讲?"

"我手下的特工们在你的住所里为你打包行李时,他们碰巧看到了你的毕业证书。你以十分优异的成绩从数学专业毕业,还获得了美国大学优秀生全国性荣誉组织成员的奖状。另外,他们还看到了一本牛顿编著的《自然哲学的数学原理》。"说到这里他扬起了一侧眉毛,"真令人刮目相看。"

*我的天哪!*玛姬差点花容失色,*他们还看到什么了?他们进去的时候,我的床铺理整齐了吗?浴室里有没有晾着长筒袜、内裤和文胸?*尽管在经历了这么多严酷的事件之后还如此在意这些微不足道的小事,的确显得有些荒唐可笑和不合时宜,可玛姬还是感觉到了一阵突如其来的窘迫。"我真是羞愧难当、无地自容。"她边说边喝了一口酒。

"听斯诺德格拉斯先生说,你是个对数学非常精通的人,而且对分配论、排队论、抛物线等诸如此类的学问很拿手。他还说,正是你破译了隐藏在报纸广告里的密码。"

玛姬不禁笑了。*是吗?是他说的吗?看来我得找时间和我的新朋友迪克好好聊聊了。*

"特工们还看到了很多书,有法语书,还有德语书。对于法语和德语,你的能力是只限于阅读呢,还是除了读写,同时也可以流利地说出来?"

"噢,我的姑妈伊迪斯在我年纪很小的时候就让我学会了听、说、读、写好几种语言。对于想钻研数学的人来说,学习德语是必需的。另外,我也可以顺畅地用法语与人交流。"

"那你会讲德语吗?"他用德语轻声问道。

"当然。"她不假思索、自然而然地用德语回答道,"不然怎么能与别人谈论约翰·卡尔·弗里德里希·高斯[①]的生平呢?”

“那么,是谁教你德语的?”他的德语口音非常纯正。

“是威尔斯利学院的一名德国教授。”她回答道,“当时伊迪斯姑妈想让我学习德语,而德仁根贝格小姐正好非常思念家乡柏林,也很想和人讲母语,所以我们就顺理成章地建立起了师生关系。”

玛姬又笑了,弗莱恩先生——彼得其实说得很对,洗个热水澡,再喝点酒,的确有神奇的功效。很长一段时间以来,玛姬从没有像现在这般轻松惬意。她又喝了一口酒。

弗莱恩不再讲德语,回到了英语上,“我之所以问这些问题,是因为我希望请你过来为我工作。”

玛姬大吃一惊,甚至将酒也泼洒了一点出来,“什么?为你工作?”

“没错,确切地说,是为军情五处工作。”

她一时半会儿还不能反应过来,“军情五处?我?”

“首相可以找其他人来为他打字,可我们一直在苦苦寻找足以胜任的新成员。”

“你说的是真的吗?”

“当然!事实已经证明你可以在压力之下有出色表现。你很聪明,而且你能说一口流利的法语和德语。还有,事实上你……呃……”

“什么?”她突然有些警惕。

“事实上,你是一位颇具魅力的年轻女人,这一点恰恰是我们这一行尤其需要的。”他最终坦白道。

玛姬扬起了一边眉毛,“你想让我做间谍吗?”她顿时觉得弗莱恩的这个主意非常荒谬可笑,然而,她同时也感到自己正不可思议地被其深深吸引。

“没错,正是这样。”弗莱恩回答道,“玛姬,我们想请你加入军情五处。先接受一些培训,然后成为一名间谍。”他喝了一口马丁尼酒,继而放下酒杯,“你能考虑一下我们的提议吗?”

---

① 德国著名数学家、物理学家、天文学家、几何学家和大地测量学家。高斯被认为是史上最重要的数学家之一,享有“数学王子”的美誉。

一名军情五处的特工，一名间谍。

弗莱恩——或者说彼得——是在要弄她吗？他会不会是那种以工作机会为幌子，从而接近年轻女人的变态情欲狂？他说这些是不是为了使自己看起来更加迷人，更有魅力？甚至，他想借此与她上床吗？

玛姬打量着他，盯着他那双坚定的灰色眼睛。不知何故，她感觉事实应该不是她所设想的那样。

“很正常，你一定会有诸多疑惑。”弗莱恩开口说道。

的确如此。

“考虑到这点，我会安排明天早上与你会面，到时候我们再详谈。”

“那么，丘吉尔先生会同意吗？”

“作为一名打字员，你已经在自己的岗位上表现出了非凡的才智。我相信你的才能还能够在其他领域得到更充分的施展，军情五处也许是最适合你的地方。”

“我一直过着非常平静的生活。”玛姬说，“我不敢确定……”

“目前这个世界一片混乱，而且瞬息万变，难道不是吗？你不用急着在今晚就作出决定。”他平静地说，“不过，请你务必仔细考虑一下。”

萨拉返回桌子旁边，三个人一起喝完了杯中的酒。弗莱恩朝一名侍者使了个眼色，后者很快就静悄悄地将桌子收拾干净，然后递上了账单。弗莱恩动作熟练地完成了支付账单的流程。

“关于刚才所探讨的工作机会，”玛姬说，“我会认真考虑的。”

“好极了！”弗莱恩站起身来，将一只手臂伸给玛姬，另一只伸给萨拉，“那么现在我们可以出发了吗？”

三十三

在“蓝月亮”俱乐部里，小号和单簧管的演奏声穿透了迷离的烟雾和昏暗的灯光。玛姬、萨拉和弗莱恩挤过拥挤的人群，找到了一条略显狭小的天鹅绒长凳——戴维、约翰、埃德蒙和斯诺德格拉斯已经坐在那上面了，双胞胎姐妹则在舞池中央分别与两名正在休假的士兵跳舞。当玛姬看见约翰时，他也正好注意到了她穿着白缎礼服的模样。他扬起了眉毛，尽管只有一点点，但她还是感到异常欣慰和满足。

“你的新形象真不错，可以说是焕然一新，玛格丽特。”戴维赞叹道。这时，威尔·阿彻和其他几名特工也加入了他们的行列。

月光乐队正在演奏艾灵顿公爵[①]谱写的《芳心之歌》的序曲。弗莱恩点了一瓶香槟酒，侍者将酒瓶和酒杯放在一个银制托盘上，端了过来。首先，他们一起为威尔·阿彻敬酒，接下来是军情五处的其他特工，然后是埃德蒙和弗莱恩。这一轮结束后，大家为戴维和约翰敬酒，感谢他俩在行动中所作出的贡献。再往后是两位女士——萨拉和玛姬。

“斯诺德格拉斯先生，我敬你一杯。”玛姬边说边举起酒杯。

“哇哦，谢谢你，霍尔普小姐。”斯诺德格拉斯略微有些脸红，但是看起来很开心，“我希望你现在可以原谅我了，关于你申请私人秘书职位的那件事……”

“那是当然的。”玛姬说。

“我们大家也不要忘记可怜的黛安娜·施奈德。”戴维提议道。

大家一起为黛安娜干杯。

---

① 全名爱德华·肯尼迪·艾灵顿，美国著名作曲家、钢琴家、乐队队长。他是爵士乐的主要创新人物，同时还是首位将爵士乐元素、即兴演奏与传统音乐形式相结合的作曲家。

突然,玛姬发现了查莉,同时注意到查莉的左手上有一个闪闪发光的东西。"这是什么?"她将查莉的左手拉到灯光下面,吃惊地问道。

"是奈杰尔送我的戒指。"查莉低下头,盯着手上的戒指——一颗巨大的枕形钻石镶嵌在金丝装饰中间,"我原本以为他会送我一枚简单普通的金戒指,真没想到他竟然会送我这个……"

"那么婚礼呢?"玛姬的声音因兴奋而显得有些尖声尖气。

"今年圣诞节,在利兹市,如果他那时候可以休假的话。希望上帝能帮助我。"查莉抬起头,两眼望着天花板发呆。

双胞胎姐妹气喘吁吁地加入了谈话者的行列。"哇!戒指!"安娜贝拉说,"它实在是太……"

"漂亮了!"克拉贝拉接话道。

"太对了!太对了!让我们为查莉和奈杰尔干杯!"玛姬再次举起了自己的酒杯。

"恭喜查莉和奈杰尔。"一桌人兴奋地说。

查莉有些脸红,"我们还应该为贝拉姐妹干杯。"她也举起了自己的酒杯。

"咦?"玛姬嗅到了一丝奥妙,"快告诉我是怎么回事!"

"我们将参加巡演。"安娜贝拉说,"这是个非常好的机会。还有,我们可以离开伦敦……"

"而且我们俩都被提拔了。"克拉贝拉补充道,"安娜贝拉可以饰演剧中的重要角色丽贝卡了,而我将会成为剧组的服装负责人。"

"太好了,恭喜你们,女孩们。"玛姬说,"先敬你们一杯,我还要敬《蝴蝶梦》巡演!"

背景歌曲变成了另一首爵士乐,查莉和双胞胎姐妹再次进到舞池中央忘情地跳舞。

"那么,克莱尔?"玛姬思索着问道,她发现用"克莱尔"这个名字来称呼佩吉,对于现在的她来说更加容易一些。

"为什么提到她?"查莉的脸一沉。她刚刚签署了官方机密条例,继而得知了事情的最新情况。事实上他们所有人都必须签署机密条例,连双胞胎姐妹也不例外。

“我们应该为她干一杯吗?”玛姬的心情很复杂,“毕竟她为了帮我们找到引爆器,牺牲了自己。”

“别忘了,炸弹就是她的男朋友设置的!”威尔·阿彻边说边喝了一大口香槟酒。

“我听说她是你的室友?”埃德蒙问道,“而且你们俩以前还是校友?”

“没错。”玛姬说,“当你以为自己刚认识了一些新人时……”

“而他们却让你惊讶,是吗?”埃德蒙苦笑着说,“很抱歉我就是这样一个让你惊讶的人,玛姬。”

“的确如此。”她有些冷峻地回复道,“但我还是很高兴,毕竟一切最终还是步上了正轨,结局还算好。”片刻之后她说,“不过谁知道呢,只能说看上去是这样的。”

“霍尔普小姐。”斯诺德格拉斯说,“我刚才正和弗莱恩先生谈论你的新职位……”

玛姬举起一只手,“很抱歉,我现在还没作好决定呢,先生。”

“你要离开了吗?”约翰突然脸色一沉。

“看来你还不知道那件事,对吗?”戴维咕哝着说。约翰白了他一眼。

玛姬看着约翰,微笑着说:“我还没有决定。再说,不论如何我也不会离开伦敦的……”

“那就好。”约翰松了口气。*他希望我留下来*,想到这里,她感到一阵幸福。

埃德蒙清了清嗓子,“和弗莱恩先生一起工作,听起来有些危险……”

“在布莱切利工作就不危险了吗?”她顶撞了一句。

“这不是一回事。”他严肃地说,“既然我重新找到了你,我决不愿意再次失去你。”

“行了行了,你们别再说了,这个话题越来越沉重了。”玛姬说,“我们明天再谈论这件事吧,现在我想去跳舞。”她看着父亲,将手伸向他。

“我的宝贝女儿。”他牵着她进到了舞池中央如薄雾般朦胧的灯光里,“我真的很荣幸。”

在枝形吊灯柔和的光芒下,埃德蒙轻轻地搂着玛姬,就好像他正在教年幼的女儿如何跳舞,就好像她是个初次在社交界露面、需要被父亲保护的女孩。

“你会接受弗莱恩提供的工作机会吗?”埃德蒙问道。

“我真的不知道!”玛姬的语气十分冷淡。她的确感到生气和不满,这个突然出现在她生命中的陌生人,他是谁?他算谁?

“我知道我没有资格问你,也没有资格知道……”

“是的,你没有。”她说,“你……你当初选择了最省事但并非最好的方法来回避难题。即便是后来当你的身体恢复以后,你仍然选择了更轻松的方式。”

“是的,是的,你说得对。”他说,“我做错事情了,我很抱歉。我希望用我的余生来弥补你所失去的东西。”

他们的谈话内容变得有些尴尬和痛苦,但是玛姬突然产生了一种很想继续交谈的愿望。“我想请你跟我谈谈……谈谈我的母亲。”

“……克拉拉?”埃德蒙很吃力地说出了这个名字,“玛姬,那些黑暗苦难的日子,最好还是忘掉吧。”

“不!”她坚定地说,声音很大,引得附近的一对舞者侧目看着他俩。“我必须知道,我需要你告诉我。”她的声音变得小而专注,“难道你不认为你应该谈谈那些事吗?人需要释放自己的情绪,弗洛伊德就是这样说的,不是吗?”

“弗洛伊德……”埃德蒙说,“弗洛伊德并不是英国人。”

玛姬沉默了。

“不过……是的,是的,你说得对。你应该知道,我也有责任告诉你。”

接下来又是一阵沉默,但紧张感已经消退了不少。

埃德蒙清了清嗓子,“我真的……真的很想让你知道,我是多么地为你感到骄傲。我知道我曾经放弃了作为你父亲的所有责任和义务,但是也许我们还能做朋友……”

“朋友?”

突然,埃德蒙的自我防卫机制彻底瓦解了,老人因痛苦的啜泣而哽咽起来,“成为朋友,任何事……我愿意为你做任何事。噢,玛姬,我只是渴望成为你生活中的一部分，在我们还有机会实现这一点的时候，在我们还有时间实现这一点的时候。我知道我以前做错了，但最重要的是我期望弥补，尽我所能。”

他的声音同时充满了绝望和渴望，“我亲爱的女儿，你能原谅我吗？”

“今晚也许不行。”她半晌之后才回答道，继而使劲眨了眨眼，不让热泪流下来，“不过也许是将来的某一天，只是也许。”

“我会等到那一天的。”埃德蒙回答道，“谢谢你。”

不远处，戴维正和查莉一起跳舞，她比他高出整整一个头，他的脸正好对着她丰满的胸部……玛姬往另一个方向看去，发现约翰正在舞池中穿梭着，并且越来越近。“我能和你的舞伴跳一曲吗？”约翰问埃德蒙。

玛姬点了点头。

“噢，当然可以。”埃德蒙松开玛姬，独自朝他们的长凳走去。

约翰握住玛姬的手，将她拉近了一些。这时，金发歌手——她的红色缎子礼服很紧，以至于丰满部位的肉几乎被挤了出来——正在唱一首慢节奏的《没有你我也可以过得很好》。他将她拉进自己怀里，两人开始跳舞。

“这一切真是奇怪。”玛姬边说边将自己的头靠在约翰的胸膛上，她嗅到了他身上月桂古龙香水的味道。

“你是指什么？”

玛姬思考着，她感觉这些天来有太多的怪事。

“你的父母是什么样的人？”她继续问道。

“我的父母？”约翰笑了，“我的父亲名叫阿奇博尔德·斯特林，他在第一次世界大战时驾驶索普威斯骆驼巴尔沙飞机和布里斯托尔 F－2B 型战斗机。如今他居住在德比郡[1]，是下议院里脾气不好的老议员之一。我的母亲简·斯特林是儿童故事作家，《淘气的小狗》《会说话的蓝知更鸟》和《毛茸茸的迷路小鸡》都是她的作品。”

玛姬意味深长地笑了笑，“这么说，他们从来没有假装过死亡咯？”

约翰牵着玛姬转了个圈，然后再次将她拉近，“听着，玛姬，你得知道

---

① 英国英格兰中部的郡。

父母们——普天下的所有父母们——都会有自己的秘密。如果不是这样,他们就不可能被称为父母了。"

"那你认为我应该原谅他吗?"

"我认为……我认为你应该在将来的某个时刻原谅他。"

歌曲结束了,但约翰并没有放开她。金发女歌手将麦克风放回原处,乐队开始演奏《迷惑、烦恼和困惑》,这段节奏丰富的旋律几乎全是由一支金色小号来完成的。

玛姬抬头看着约翰,她的双臂依然紧搂着他的脖子,"你喜欢你的父亲吗?"

"我想是的。事实上,我并不是真的了解他。在我成长过程中,他总是在办公室工作,或者离开家去伦敦出差。"他停顿了片刻,"不过,尽管如此,我还是得说我的确很爱我的父亲。"

"嗯。"玛姬说,"可我却不知道我是不是爱我的父亲。"

"这是可以理解的。"

"他从我身边离开,并且用谎言欺瞒我。"玛姬在舞池中间停了下来,"我父亲是个说谎者!"

约翰也跟着停了下来,两人一起站在舞池中央,其他成对的舞者在他们身旁缓缓地转着圈。

"要去信任一个曾经遗弃你的人,这的确非常困难。"

"我不愿意说服自己去关心我的父亲,这是不是表明我是一个可怕的人?"

约翰叹了口气,"他将来也许还会做出有可能伤害你的事来,那你将如何去面对和处理呢?"

"我不知道。"她说,"我是不是一个糟糕的女儿?"

约翰用双臂环抱着玛姬,他们再次开始跳舞。"你是一个好人。"他回答道,接着亲吻了她的前额,"你会知道该如何去做的,你要相信自己。"

. . . . — — — . — — . .

很久之后，约翰陪着玛姬走到‘蓝月亮’俱乐部的门口，这里的墙上贴着银色壁纸，穿着黑色外套的男人们和身着低胸礼服的女人们纷纷从他们身旁经过。他们一起来到外面的人行道上，走进了蓝紫色的夜幕中。往来的车辆发出昏暗的灯光，如同一只只巨大的萤火虫。一阵凉爽的微风袭来，吹过树叶时发出“飒飒”的声音。空气很潮湿，混杂着汽油的味道。

“我没事，真的。”玛姬边说边将披肩往胸前拉得更紧了些，“我可以乘坐出租车回酒店。”现在时候已经有些晚了，她感觉很疲倦，而且手臂和肩膀的伤口又开始抽痛了。

“你确定？”他关切地说，“我可以和你一起走。我的意思是，我可以护送你。”他举起右手，在后颈处摩挲着，“我的意思是，护送你回到你的房间，然后我再离开，让你上床……呃……我的意思是，让你睡个好觉。”

“喔哦，可怜的约翰。”戴维不知从哪儿冒了出来，“你何不亲吻他一下，尽快完成你们的道别仪式？”

玛姬将右手放在约翰的手臂上，“我真的没事，我可以自己回去。”她踮起脚尖，非常迅速地在约翰的脸颊上亲吻了一下，“我们明天见，好吗？”

一辆亮闪闪的黑色出租车在他们身边停了下来。“我就坐这辆车回去吧。”她说。

约翰帮她打开车门，“你真的可以吗？”

“是的，没问题。”她坚定地说，“不过还是谢谢你。”

玛姬微笑着坐进出租车的后座，约翰帮她将车门关上。“请载我去萨伏依酒店。”她对司机说道，然后将头仰靠在椅背上。能休息片刻的感觉真的很舒服，哪怕只是在出租车里短暂地享受一会儿……

出租车发动了引擎，继而加速向前行驶。不知怎的，她突然产生了一种令人起鸡皮疙瘩的不自在感觉，就好像觉察到有人正盯着她看。她睁开双眼，抬头看着后视镜——出租车司机正直勾勾地注视着她。

“你好，霍尔普小姐。”司机带着迷人的笑容，声音和蔼可亲，“很高兴能在这儿见到你。”

. . . . — — — . — — . .

“那样就算完了?”当约翰和戴维回到“蓝月亮”俱乐部里的长凳处时,弗莱恩被激怒了。“你们让她进到一辆正好停在面前的出租车……”他打了个响指,“那样就算完了?”

“她坚持说要自己一个人回去,长官。”约翰说道。

查莉完全没有被弗莱恩的反应所吓倒,“玛姬现在是个大女孩了,她能照顾好自己的。”接着她转而对埃德蒙说,“呃……很抱歉。”

“到底是怎么回事?”不明就里的埃德蒙有些犯晕。

“我们这两位聪慧的朋友让玛姬独自一人上了出租车,独自一人。”弗莱恩十分气恼。

戴维思索了片刻,“嗯,其实现在也不算很晚。我想她会……”

“你们根本就不明白!”弗莱恩边说边站了起来,“迈克尔·墨菲现在还逍遥法外。”

. . . . — — — . — — . .

“克莱尔怎么样了?”司机问道,他的眼睛在后视镜里显得有些疯狂,“还有,圣保罗大教堂发生了什么事?”

“克莱尔……她被拘留了。”玛姬强装镇定。

“你在撒谎!”他狠狠地“呸”了一声说道,“他们已经将她绞死了,对吗?我亲爱的克莱尔宝贝……”

尽管玛姬内心充满恐惧,但她头脑里的某个角落还在运转。*天哪!莫非这就是与克莱尔相爱的那个男人?我怎么就遇上他了?上帝啊,帮帮我吧!*

突然,低沉的空袭警报响了起来,事先没有任何征兆。

“噢,妈的!”他嘟囔道,“该死的空袭。”

紧接着,比预计的节奏快很多,炸弹开始纷纷落下。

街道旁边的一栋建筑物被炸弹击中了,玛姬听到了巨大的爆炸声和随之而来的垮塌声。大楼整面墙的玻璃都被震碎了,耀眼的橙蓝色火焰开始吞噬这栋建筑。碎玻璃渣、纸片和书本像雨水一样浇洒在出租车上,一只粉红色的针织婴儿毛线鞋掉落在汽车的挡风玻璃上,继而好像被黏住了一般。

混乱中,汽车突然转向,结果倾斜着撞上了一根金属制成的路灯柱子。伴随着响亮的“嘎吱”声,汽车的引擎罩顷刻间就像手风琴一样折叠卷曲在一起。人行道上的金属垃圾桶“哗啦哗啦”地纷纷倒下,一条狗在远处狂吠起来。

玛姬的头撞在了她前面的座椅靠背上,还好没什么大碍。她使劲眨了眨眼,试图将自己的处境考虑清楚。她用两只手去开车门,然而门把手看起来像是被卡住了。“快点,快点,拜托!”她不停地喃喃自语。

紧接着,她所能看见的一切,就只有迈克尔·墨菲迎着她的脸挥舞过来的拳头……她两眼一黑,失去了知觉。

. . . . — — — . — — . .

玛姬呻吟着翻了个身,顿时感觉到一阵疼痛和恶心。她睁开双眼,继而意识到自己正处于完完全全的黑暗中。她坐起来,伸手触摸了一下周围的东西——硬邦邦的泥土地面,一些烟蒂,一张双层床,还有略呈弧形的钢制屋顶——她明白了,他一定是将她击晕后拖进了某个相对粗劣的安德森防空洞里。

空袭好像已经结束了,至少现在看起来是这样的。

不过毫无疑问,现在她有更大的问题需要担心了。

“这一回你逃不掉的,乖乖等着受死吧。”她听到了他的说话声——声音不大,而他就在防空洞的外面。

她在黑暗中四处摸索,想找找看是否有什么东西可以用作武器。

可惜什么也没有。

她试着将门推开,但是那里已经上了锁——这地方无路可逃。就在这时,她发觉这里的空气闷热无比,令人窒息,她感到呼吸非常困难。

“亲爱的玛姬,他们到底对克莱尔做了什么?”他的声音再次从头顶传来。这一次她听出来了,他一定就坐在这个防空洞的顶盖上。

“我已经告诉你了。”

“如果你对我说实话，告诉我克莱尔在哪里，我就会放你出来的。”

“那好吧，我无所谓。”她很清楚他不可能承受真相，而现在这种时候继续撒谎也毫无意义，“我就待在这里面好了，谢谢。”

她听到了墨菲的脚步声，片刻之后，好像有什么液体被浇在防空洞的钢结构屋顶上。紧接着，她嗅到了汽油的味道——刺鼻而且使人头晕。

“你想了解一些关于克莱尔的轶事吗，玛姬·霍尔普？她是个愿意为自己的事业献身的人。但是，她绝不可能死在英国的监狱里，我决不会让这样的事发生！快告诉我她在哪里？”他在黑暗中尖叫道，“克莱尔在哪里？”

玛姬发狂似地拼命挖掘，试图用双手在防空洞底下的泥土中挖个大洞，大到足以让人钻出去。这是一个不太可能的任务，她的双手很快就弄得很脏，而且被划伤了好几处，但是她没有放弃，继续挖掘，将散落的泥土抛在身后。

“她在哪里，玛姬？”他大声喊道，“克莱尔在哪里？”

她保持沉默，继续以迅猛的速度挖洞。

突然，伴随着几声闷响，防空洞的外壳猛烈地震动起来。玛姬吓了一跳，不过很快就冷静下来，*他一定是在用拳头击打它*。

“我知道她并没有接触到丘吉尔，一切都是徒劳。玛姬·霍尔普，我告诉你，我决不会让你——还有她——破坏我所为之斗争的一切。”

“她被关在谢菲尔德市的一所女子监狱里，请你赶快去找她吧。”她漫不经心地回答道，然后继续挖洞。

她听到远处传来了约翰的叫喊声：“玛姬！玛姬！”

“我在这里！”她用尽全力大声呼喊，“我在这里！”

. . . . — — — . — — . .

约翰循着玛姬模糊的叫喊声，全速朝防空洞的方向跑过来。

迈克尔·墨菲当然也听到了约翰的说话声和脚步声。墨菲静悄悄地躲在一个垃圾桶的背后，当约翰从自己身旁经过时，他突然从对方身后跳了出来。

两个男人扭打在一起，黑暗中他俩撞翻了好几个摆在草坪上的金属躺椅。身手占优的墨菲一脚踢向约翰的腹股沟，紧接着用手肘卡住后者的脖子。

“我想你就是她的男朋友了，对吗？皮尔斯没能搞定你吗？看来只有靠我自己来完成这项工作了。但是首先……”他边说边用拳头重重地击打约翰的脸，“首先我得把你的女朋友解决掉。”

约翰躺在地上，痛苦地扭动着身体。墨菲从上衣内袋里掏出一盒火柴，点燃了一支，继而将其扔在防空洞的顶盖上。

燃烧着的火柴在飞行时形成了一个弧形的光圈，紧接着防空洞“嗖”的一声着火了。伴随着“噼里啪啦”的爆裂声，明亮的橙色火焰从弯曲的金属顶盖上腾空而起。

“她在里面，伙计。”墨菲跪在约翰身旁，对着他的耳朵低语道，“现在你和我的女人都为事业而献身了，不是吗？”

. . . . ——— . —— . .

透过安德森防空洞的钢制屋顶，玛姬听到了着火那一瞬间的声音，接下来是持续低沉的燃烧轰鸣声。顷刻间，热浪就穿透了防空洞的外壳。玛姬没时间想太多，她将身体的全部重量都压在某个侧壁上。高温，加上外力，使得防空洞的金属支架断开了，这样一来侧壁就发生了倾斜，露出了足够大的空间可以让玛姬钻出去。

她终于忍着高温挤了出去，终于自由了！她几乎无法呼吸，而且咳嗽不止。她的白色连衣裙被撕破了，上面沾满了泥土。就在这时，愈来愈强的火焰将防空洞整个给吞噬了……她的肺迫切需要氧气，她的双手都被划伤，而且在流血。她一时无法站起来，只得拼命在草地上翻滚，使自己远离火焰。但是，她仍然可以感受到热浪滚滚而来，侵袭着她的皮肤。她用手肘支撑着身体，趴在草地上呕吐起来……也不知过了多久，她用手掌擦了擦嘴巴，这才意识到自己还没有死。

她手脚并用地在草地上盲目爬行着，裙子被撕得更破，而且被弄得更脏。突然，她看见几乎失去知觉的约翰就躺在离她几英尺远的地面上。“约翰？”她的声音很虚弱，“约翰？”

约翰，你能听到我说话吗？你一定得好好的。约翰？约翰？

. . . . — — — . — — . .

墨菲蹒跚着走开了，因悲伤和愤怒，他有些辨不清方向。当他回到路边时，道路被街对面的火光照亮了——那里有一栋因轰炸而着火的房子，空气中弥漫着浓浓的烟雾。

他回到出租车里，转动着车钥匙，然而车已经被严重损坏，无法启动。“可恶！”他用拳头“砰砰”地敲打着方向盘，“妈的！妈的！妈的！”

一个人影静悄悄地从汽车仪表盘旁闪过。

墨菲抬起头来，看到手握手枪的彼得·弗莱恩正逐渐逼近自己。“你有这辆车的驾驶执照吗，先生？”弗莱恩和蔼地问道，但他的枪已经瞄准了墨菲的脑袋。

墨菲的精神已经垮了，而且身上的伤口正在流血。浑身散发出汽油臭味的他怨愤交加地看着弗莱恩，用尽全力说出了一个字：“滚！”

“很高兴听到你这样说。”弗莱恩毫不迟疑地扣动了左轮手枪的扳机。墨菲颓然倒下，嘴巴张开，两眼无神，血顺着方向盘不停地往下流。

“迈克尔·墨菲……”弗莱恩冷酷而满意地说，“因拒捕而被枪击。”

. . . . — — — . — — . .

戴维、查莉和埃德蒙都跑了过来，赶上了弗莱恩。“玛姬在哪里？”埃德蒙气喘吁吁地问道。

弗莱恩将手枪塞进枪套。“你，还有你。”他对戴维和查莉说，“你们去最近的房子里，给消防部门打电话，再叫一辆救护车。埃德蒙，我们先把火扑灭。”

. . . . ———.—— . .

玛姬将约翰的头搭在自己膝盖上，轻轻地摇晃着。这时，在闪烁的火光的照耀下，她突然看到弗莱恩和埃德蒙正奔跑着穿过晾衣绳和战时菜园，继而朝她和约翰的方向跑来。"小心！他还在外面！"她发狂般地喊叫道，"他还在那里！"

弗莱恩摇了摇头，"墨菲已经被我干掉了。"

远方传来了救护车的警笛声，越来越近。

"会没事的，玛姬。"埃德蒙蹲下身子，用双臂环抱着她。

"这我知道。"她小声回复道，接着开始大笑。她笑了又笑，直到眼泪顺着脸颊流了下来，这时她感到一阵剧烈的胃痛。

她用余光瞥见弗莱恩和埃德蒙欣慰地对视了一眼。片刻之后，戴维从旁边的房子里跑出来，加入了人群。他一看到玛姬的样子——头发散乱，脸上满是泥土，裙子被撕裂而且很脏，手臂和双手都在流血，浑身上下散发着汽油的臭味——不禁大惊失色。"仁慈的宙斯啊，是你保护她再次大难不死，是这样吗？"他带着敬畏的语气感叹道。在他身旁，查莉一脸震惊，沉默地看着玛姬。

约翰奋力睁开了一只眼睛，"我说……"他挣扎着说道，"你还好吗，玛姬？"

她被约翰的样子逗乐了，但她抑制住笑，只是从喉咙里发出了一些声音，"我很好，约翰。"她将乱蓬蓬的头发向后梳理了一下，"多亏你救了我。"

她转而对埃德蒙说："我只是在想……"她边说边用裙子下摆擦拭着眼睛和鼻子，"我只是在想……我们应该如何向伊迪斯姑妈解释这一切呢？"

三十四

第二天早上，玛姬再次准时出现在唐宁街10号。这一天相当忙碌，看上去几乎没机会跟首相说换工作的事。

还有很多简报需要录入，还有很多文件需要归档，当然还有随时都可能突然临到的口授笔录。下午三点，丘吉尔夫人来到了首相的办公室，她有一双聪慧的眼睛和硬朗的下颌线条。首相对夫人说："克莱米，这个周末我们去查特威尔庄园吧。"事实上，对于丘吉尔先生来说，在契克斯别墅度过周末明显更容易一些，但他这次还是更倾向于选择乡间的家庭式住宅。

"温斯顿，你不能这样做。"她边说边绕过办公桌，走到他身后。她将双手放在他的肩膀上，俯身亲了亲他光秃秃的头顶，"它现在是关闭着的。再说，那里也没有人为你做饭。"

"我可以自己做饭。"丘吉尔先生庄严地说，"我会煮鸡蛋。"

她叹了口气，"好吧，那就去查特威尔，'帕格'[①]先生。我会通知相应的职员。"

玛姬一直伏在办公桌前，假装自己正认真翻阅需要录入的文字材料。丘吉尔夫人再次亲吻了他，这一次亲在嘴唇上，声音非常响亮。接下来，丘吉尔夫人离开了办公室。

当天晚上，大家陆续得知了首相夫妇的最终决定：在即将来临的这个周末，丘吉尔先生和丘吉尔夫人都会前往查特威尔庄园度假。另外，由于汀斯利夫人的儿子放假回家，需要照顾，因此玛姬将作为首相秘书同他们

---

① "帕格"是一种矮小强壮并且好斗的牛头犬，脸部有很多皱纹，与人有几分神似。这里是丘吉尔夫人为丈夫起的绰号。

一起去到查特威尔。听到消息以后，玛姬非常兴奋，她一直都很想去位于肯特郡的查特威尔看看，而且她早就知道那里是丘吉尔先生的私人庄园。

更重要的是，这一次很可能是她自己最后的机会。

. . . . ———.—— . .

在前往肯特郡的途中，玛姬与丘吉尔先生同乘一辆黑色宾利轿车——如果首相在车里想口授什么，她需要负责做笔录。跟在"宾利"后面的另一辆车里坐着保镖汤普森和丘吉尔先生的忠实管家英瑟斯先生，以及一队英国皇家海军陆战队的士兵。玛姬一直将钢笔和白纸放在膝盖上，时刻待命，可丘吉尔先生却一直很沉默。

车窗外，城市景观渐渐变成了雾蒙蒙的灰绿色平原和充满生机的果园，玛姬看到果园里的树枝上挂满了红彤彤的苹果。当他们远离伦敦市区以后，丘吉尔先生的脸变得愈加粉红和可爱，他的蓝眼睛也比先前更加闪亮了。他们在沉默中随车经过了很长一段路程，他依旧没有说话，只是再次点燃了一支雪茄。

玛姬很紧张——她不适应在非工作状态下与他独处，何况这个时间并不算短。她努力"管好"自己的手指和脚趾，使它们不要暴露她内心的窘迫。

终于，他开口说话了：

"霍尔普小姐，我很想让你知道，虽然我非常欣赏你最近一段时期里的表现，但是一名'死去'的职员对我来说是毫无用处的。你能明白我的意思吗？"

"是的，首相先生。"

"如果那种事真的发生了，将会非常遗憾和麻烦。我们眼看就要赢得这场战争了，我当然希望我的每一名职员都是活蹦乱跳的。你知道吗，霍尔普小姐？我是说'活蹦乱跳'。"

"'活蹦乱跳'。是的，我明白，首相先生。"她尽力使自己不要笑出声来。

首相用坚定的眼神看了她一眼。女人啊！他和女人们相处得并不是很好，至少他在这方面不是很在行。当然，女人们渴望被人倾慕、被人爱恋，她们都是浪漫而神秘并且充满幻想的生物。然而，接下来她们却被“安置”在客厅、卧室和托儿所里——天知道她们在做些什么——与此同时男人们则就着白兰地和雪茄谈论正事。对于赋予女人投票选举权这件事，他一直持保留态度，而且并不看好那些进入议会的女人们——尤其是那位可怕的南茜·威彻·阿斯特夫人[①]。但是，时代不同了，女人们的形象、能力和地位确实已经改变了。

“弗莱恩先生跟我谈过了，他说你更适合做间谍工作。”

弗莱恩到底是怎么说的呢？“首相先生？”

“根据我所了解到的，你确实具备成为间谍的智慧和勇气，尤其是潜伏间谍，而他们也是这样认为的。”

他咀嚼着那支粗大的“罗密欧—朱丽叶”雪茄，麻木地沉默了一段时间。他的眼睛一直盯着窗外，沿途的田园风光清新自然。

“事实上，通常情况下我很憎恶那些所谓的职业女性，我甚至无法理解为什么你们这些女人们都想拥有投票选举权！但是，克莱米和我的女儿们，还有我的女性职员们，以及全英国的女人们，你们都表现出了极大的勇气，这是一种在战火中不畏艰险的勇气。另一方面，我们总是能够让那些证明过自己实力的人在军情五处工作。”

他的思维跳转得如此之快，使得她差点儿因震惊而跳起来，“是……是的，首相先生。”现在她能说的也就只有这句话了。

“当然，你仍然还是可以找到一个出身很好的年轻男人，然后结婚，安定下来。”他继续说道，“再生一些孩子，比方说生四个，就像克莱米和我一样。”

他在车门上的烟灰缸里捻灭了雪茄，继而摇下车窗，将烟头扔了出去。“女人理当拥有更高地位！”他对着打开着的窗户大声喊道，就好像他想让整个英国都听见他的话。不过，当他转动曲柄，缓缓地摇上车窗的时候，他又发出了一声无可奈何的沉重叹息。

---

① 也被称为阿斯特子爵夫人，是英国历史上第二位当选为下议院议员的女性议员，也是第一位实际到任了的女性议员。

她还来不及思考该如何回应，他就径直开始了口授。

. . . . ———.——. .

十月的查特威尔庄园比玛姬此前所想象的要漂亮得多，几乎是英国乡村景色画册中最美插图的完美再现：玫瑰园里的花朵绽放着，花园中央立着一个精致的石质日晷仪。远远望去，深紫红色、红色、杏色、粉色、黄色的花瓣若隐若现，优雅妩媚。山脚下有一个平静的湖泊，湖水在金色的下午阳光下闪耀着。

在庄园主宅的南面还有一座花园，花园的四周被低矮的砖墙包围着。英瑟斯先生自豪地告诉她，这些砖墙都是丘吉尔先生自己亲手砌起来的。花园中央有一间砖砌的儿童游戏房，那是他在小女儿九岁那年为她修建的。在儿童游戏房和主宅之间，有一大片苹果树林，里面栽种了好几个品种的苹果树苗，一些较大的树苗已经挂满了成熟的果实。庄园里还有一个供丘吉尔夫人和孩子们运动的网球场，一个为金鱼和黑天鹅准备的池塘，以及一间对丘吉尔先生来说必不可少的画室。小动物们——猫、狗、鹅、山羊，甚至还有狐狸——在庄园里自由地漫步。

主宅的内部和外部都是典型的英国传统风格。“我们塑造我们的建筑，而我们的建筑也在塑造我们。”丘吉尔先生曾经这样说过，而玛姬现在开始理解他为什么要这样说。这座房子也许并不合玛姬的口味，但是她能明白首相为什么如此喜爱它——这里的田园风光实在是太美妙了。这座房子修建于15世纪，据说英王亨利八世曾在这里住过一段时间。墙上显眼的位置挂着一个丘吉尔家族的盾形纹章，旁边还有一句用西班牙语写成的座右铭——**忠诚与不幸并存**。

房子并不是很大，但却体现出了两种截然不同的装饰风格：丘吉尔夫人的风格是高雅大方的，而丘吉尔先生的风格则显得非常俗丽。玛姬只是在唐宁街10号看到过他们相对简朴的住处，因此当她看到丘吉尔先生有着如此多的个人珍宝时，着实吃了一惊：华贵的费伯奇雪茄盒，镌刻的金银盘子，由英王爱德华七世授予的金头手杖——**给我最年轻的部长**……房子里还保存了一些丘吉尔先生在“一战”时使用过的轻武器。

她和约翰并排坐在首相的书房里，而他正站在一张巨大的放置有麦克风的办公桌背后。当他对着麦克风讲话时，他的声音可以通过广播传遍整个英国。

“这是千真万确的，我已经看到了许多痛苦肆虐的场面，精美的建筑物和大片大片的住宅院落被炸成瓦砾成堆的废墟……”首相庄严地说道。

“注意听，他刻意忽略掉圣保罗大教堂事件。”约翰对玛姬耳语道，“我们不想吓坏民众。”

“这就是政府？在战争时期故意不让民众知道真相？”玛姬用手捂住嘴巴，在约翰耳边低声细语。她转动着自己的眼珠，“或许这样做也有道理。”

“不列颠民族被唤醒和感动，因为它在过去任何时候从未经历像今天这样的漫长多事之秋。但是，今天这一页将被永久地载入史册，历久光辉。如果套用一句老话来形容今天，那就是‘要么战胜，要么死亡’……”

“甚至连秘书们有时候也蒙在鼓里。”约翰狡黠地笑了笑，用手肘轻轻地推了推玛姬。

“尤其是秘书们。”她说。

“在最严重的火灾和轰炸面前，对于遭受攻击的城市的人民来说，什么才是最正确的面对困难的方式……”首相说，“这的确是我们正在经历的历史时刻，伟大的英雄和荣耀之光照耀着一切……”

约翰眯缝着眼看着她，“我想我看见了你的‘荣耀之光’。”

她用手肘戳了戳他的肋骨，“闭嘴。”

“上次我对你们讲话时，我引用了罗斯福总统亲手为我抄写的朗费罗[①]的诗句。我还想到了另外一些诗句，尽管它们并非广为人知，不过看起来非常适用于我们如今的命运。而且我相信，在任何讲英语的地方，在任何有自由旗帜飘扬的地方，它们都会受到这样的待遇。”

他们前倾身体，仔细聆听着。

“‘当波浪疲于在此白白冲击，

---

① 19世纪美国伟大的浪漫主义诗人之一。朗费罗毕生致力于介绍欧洲文化和浪漫主义作家的作品，成为新英格兰文化中心——剑桥文学界和社交界的重要人物。

连一寸土也似乎无法夺取。
在远方，通过港湾和小溪，
大海的涨潮，已悄悄进逼。
当黎明在那一片晨曦中来临，
那光芒就不仅仅是东窗辉映。
前方，太阳徐升，虽不迅猛，
可朝西看吧，大地是一片光明！’”①
这真是精彩的演讲，更是伟大的演讲。
玛姬感到首相所说的一切事情都值得为之斗争。

. . . . ———.—— . .

广播结束了，丘吉尔夫人走向首相，优雅地将双手放在他的肩头。“用餐时间到了，‘帕格’先生。”

“真见鬼！我才刚刚起了个头呢。”丘吉尔先生噘着嘴，略微有些不高兴。

“噢，温斯顿，你可真让人受不了。”她叹了口气，转身朝着厚厚的橡木门走去。

“别别别，克莱米。你对我真是太温和了，今天我们吃什么？”他边说边跟着她朝门边走去。

她转过身来，“都是按你的要求准备的。”她答复道，“清汤，牡蛎，鳟鱼，烤牛排，炸薯条，还有糖汁胡萝卜。”

“有布丁吗？”

“厨师准备了你最喜欢的巧克力手指松饼。”

“嗯……”他思索道，“那么我真被你说服了。”他转过身去，示意玛姬和约翰，“你们也一起来吧。”

---

① 英国维多利亚时代诗人阿瑟·休·克拉夫的诗句，诗名是《不要说斗争是徒劳无益》。丘吉尔先生在演讲中引用过该诗的后半段，前半段原文是：“不要说斗争是徒劳无益，努力和伤亡是白费力气。敌人并未因此一败涂地，他们仍像当初耀武扬威。若不是由于轻信谎言而受骗恐惧，战友们也许在远处硝烟中追击逃敌，也许现在他们早已把战场牢牢占据。”

“我去通知厨师多准备两套碗碟。”丘吉尔夫人对他们说。

“先等一下，克莱米，我还得做一件事。”他边说边走向书架，取出了一本皮面装订的书。他翻到第一页，然后拿起蘸水钢笔，开始往上面写字。

“霍尔普小姐，我有东西要给你，我怕我忘了所以现在给你。等你身体好些后，看看这本书吧。”玛姬非常震惊，完全不知道该说些什么。她只得战战兢兢地接过了那本厚厚的封面印有烫金字体的《马尔伯勒：他的生活和时代》，这本书讲述的是丘吉尔先生显赫的祖先马尔伯勒公爵的故事，作者正是丘吉尔本人。

丘吉尔夫人看起来略微有些恼怒，她叹了口气，“温斯顿，你总是拿你的书送人吗？”

“不然我为什么要写它们呢？”他向她展示出了自己最可爱的微笑。

“也许霍尔普小姐宁愿要其他书，而不是你写的书。”

他越过金边眼镜的边框看着她，不停地眨眼，“我不明白为什么。”

“我很荣幸收到这本书，丘吉尔先生。”玛姬说，“我会永远珍藏它的。”

“嘿！你听到了吗？‘荣幸’，‘会永远珍藏’。这是多么积极，多么鼓舞人的回复！你听到了吗，克莱米？”他边说边朝她走去，并伸出了自己的胳膊。

“噢，是的，‘帕格’先生。”她用手挽住了他的胳膊。

他紧紧夹住她的手臂，并用另一只手轻轻地拍了拍她的手。“谢谢你，亲爱的宝贝。”他亲吻着她的脸颊，而她“咯咯”直笑。

首相夫妇走出了书房，他们的脚步声在走廊上回响。玛姬赶紧打开书，看到了他的题词：

亲爱的霍尔普小姐：

继续努力，永不懈怠。

我向你致以最高的尊重和钦佩。

温斯顿·丘吉尔

· · · · ——— · —— · ·

“我听说你要去军情五处了。”当天晚上晚些时候，约翰对玛姬说。

这一天的工作已经结束，他俩一道在查特威尔庄园里散步。他们沿着弯弯曲曲的小径穿越菜园，经过了牲畜棚和棚屋。在猪圈前面，他们看到了几棵苹果桉[1]，还看到大大小小的猪躺在干草铺就的“床”上睡觉，轻微的呼噜声和喷鼻息声此起彼伏。

“哇哦，约翰。”玛姬戏谑地说，“你可真是带我来了个好地方。”

他将她的手放在自己手心，继而两只手握到了一起。“我为你感到高兴，玛姬。这是你应得的。”

她不禁感到心中涌起了一阵自豪的暖流，“谢谢你！还有，我感谢你所做的一切。你应该知道我在说什么，关于密码的事，关于在布莱切利发生的事，关于皮尔斯那个混蛋。戴维曾告诉我说你是多么的不屈不挠。”他们又向前走了一段距离，继而坐在一条褪色的低矮木凳上。

“你还会留在伦敦，是吗？”他问道。

“我会留在伦敦的，没错。”

“那你什么时候开始新工作？”

“嗯……我会休一段时间的假，大概是一个月吧。我需要认认真真地回想一下最近发生的事情。”

“可以理解。”约翰说，“你的确经历了太多。”

她盯着他的脸，在打斗中留下的伤痕还历历在目。“噢，这又是温和婉转的英国式说辞。”

“你父亲怎么样了？”

“他会在伦敦再待上一段时间。我们正在慢慢地开始了解对方。”

“哦，这样啊。”

“这样做并不容易。不过，他还活着，这让我很开心。还有，我也很高兴他能待在伦敦，不过……”她寻找着合适的词语，“这很复杂。”

“这很正常。那么，在那件事之后你过得怎么样，你知道的……”

---

① 产于澳大利亚的观赏树。

“你是说克莱尔死了以后?”

“是的。”

玛姬叹了口气,“我已经悼念过佩吉了,而且是和你们一起在她的葬礼上悼念的。克莱尔? 嗯……我想我从来没有真正认识过她。”

“我能明白。”约翰说。

接下来是一阵沉默,不过是令人舒服的沉默。“对了,你知道吗,双胞胎姐妹已经离开伦敦,开启她们全新的旅途了。萨拉、查莉和我都会搬家,我们都会和戴维住在一起。”

“什么? 戴维?”很明显,约翰还没听说这个消息,“你是说戴维会和你们这些女孩们住在一起……”

“嗯,他在肯辛顿区有一栋很大的房子。他从来都没想过,我们居然会成为住在他家里的室友三姐妹。”

“哦,很好。”

“这样比……嗯,比回家要好得多。在发生了那么多事之后,我不能……”

“那是显而易见的。”约翰说,“不会有人想让你回家。”片刻之后他问道,“可你的房子怎么办?”

“噢……”玛姬说,“我打算将它租出去。”

“那样最好了。”约翰皱了皱眉,“发生了那么多事,你又有了新工作和新住处,那你还愿意继续同我保持联系吗? 因为……因为在发生了那么多事之后,我发觉我真的很想与你保持联系。”

“我无法想象,如果见不到你,我的生活将如何继续,尤其是在‘发生了那么多事之后’。”

“真的吗? 太好了!”他的手指轻轻地滑过她的脸颊。

“是的,太好了!”她微笑着踮起脚尖,两人的嘴唇碰到了一起。

三十五

接下来的那个星期一，一看见玛姬回到唐宁街10号，汀斯利夫人和斯图尔特女士都感到很开心，尽管她们知道玛姬此次回来只是为了收拾自己的个人物品。

“经历了这么多事，你以后应该会更加当心，对吧？”斯图尔特女士问道，“天知道我们是多么地为你担心。”

“而我不得不说，瞧你给我们留下了多大一个‘烂摊子’。”汀斯利夫人有些严肃，“不过……”她话锋一转，“能看到你安然无恙地回来，我们真的很开心。”

“我不过就在查特威尔庄园待了一个周末而已嘛。”玛姬一边收拾办公桌上原本就很少的个人物品，一边漫不经心地回答道。

“别这般没礼貌，年轻人！”汀斯利夫人正色道。

“我们都为你感到无比骄傲，玛姬。”斯图尔特女士的蓝眼睛里开始有泪水溢出。

“噢，你可真是的。”汀斯利夫人对着斯图尔特女士厉声说道，“你非得称赞她不可吗？这样做只会冲昏她的头脑，使她洋洋自得。”

“我只是说……”

“不管怎么说，不过分就是好。”汀斯利夫人坚持道。接下来，她转而对玛姬说：“不过，你偶尔还是会回来跟我们打个招呼吧，对吗？”

“我当然会的。”她是这样说的，也当真是这样想的。我还会想念你们的，她已经意识到了这一点。

戴维走进办公室，观察着里面的情况。“差不多可以出发了吗，玛格丽特？”

“请再给我一分钟。”玛姬说完后，依次与两位前辈拥抱。斯图尔特女士按了按她的背部,紧接着开始抽泣。汀斯利夫人在玛姬的肩膀上笨拙地拍了几下,"嗯……说真的……"她几乎无法言语,于是掏出自己的手帕,按住鼻子使劲呼气。

玛姬还有最后一个任务需要完成。

她将标有"最高机密"字样的文件夹和她所撰写的报告副本——连同记录了所有真实事件的详细日志——一并交给汀斯利夫人,"请将它们存档。"

汀斯利夫人点了点头,接过了文件夹。

"而我会亲自把这个交给他。"

玛姬手里拿着那份文件,最后一次沿着走廊走向丘吉尔先生的办公室。这一次,这条走廊显得尤其的长。最后,她来到厚重的木门旁边,敲了几下。

"进来!"他的声音一如既往的洪亮。

她走进去,将文件放在他的办公桌上。"这是我的行动报告,首相先生。"

"噢。"他含混地应答着,嘴里依然咀嚼着一支雪茄。他越过眼镜镜框望着她,"好的。那么接下来你将休息一段时间,然后为弗莱恩工作,是这样吗?"

"是的,首相先生。"

"在我看来,我们的损失成就了他们的收获。"他边说边站起身来,同她握手,"他们的办公室也需要一些'希望',对吧?"他笑了笑,目光回到桌面上的文件,"休息一段时间是好事,但不要让弗莱恩等得太久。他是一个有才华的聪明人,但并不是一个富有耐心的人。"

"我知道了,首相先生。"她站在他面前回答道,"谢谢你,首相先生。谢谢你信任我,让我为你工作。"她转过身,朝门口走去。

当她到达门边时,他再次开口说话:"霍尔普小姐,请你记住……"他边说边挥舞着手中的雪茄,"保持活蹦乱跳的状态。活蹦乱跳,请记住我说的话!"

她的双眼瞬间盈满了泪水,她转身最后一次回答道:"好的,首相先生。我会'活蹦乱跳'地工作和生活的。"

· · · · ——— · —— · ·

玛姬进到戴维的车里，“砰”的一声关上了车门。他俩对视了一下，然后两个人都笑了。戴维发动引擎，将车驶入车流中。他们的目的地是他的——现在已经是他和女孩们的了——新家，那里位于伦敦肯辛顿区。

“我想绕道去看看圣保罗大教堂，可以吗？”玛姬问道。

同往常一样，圣保罗大教堂的圆顶高高地耸立在城市上方。这座教堂在不同的历史时期曾遭遇过各种各样的灾难——被海盗洗劫抢掠，遭遇雷劈，在英国内战期间被污损，在伦敦大火中几乎被完全烧毁。后来，它由天才建筑师克里斯多弗·雷恩重建，结果又遇上了纳粹党人的空袭，而且差点被教堂里的一颗炸弹彻底炸毁。可是现在，它依然在那里矗立着。

秋天的傍晚，温暖的空气吸引了一些人聚集在目光坚定的安妮女王塑像下面。女王站在自己的基座上，俯瞰着下面的民众。她的金色王冠和权杖十分威武，可头顶的灰色圆球却显得有些格格不入——玛姬定睛一看，那个“圆球”原来是一只在女王头顶栖息的胖鸽子。

在女王塑像的下方，人群密密麻麻，往来穿梭。一些身穿卡其色、深蓝色和灰色制服的男人女人们行色匆匆，还有一些女人穿着宝石般色彩亮丽的衣服，看上去就像树叶间的珍奇鸟类。一群正在休假的英国皇家空军飞行员们臂挽着臂，面带微笑，摆好了拍照的姿势。一名帽子上插着红色花朵的年轻女孩拿着相机，正开心地为飞行员们拍照。柠檬色的阳光倾斜着照耀在广场上，一位年长的女人坐在台阶上，裹着一条有流苏的披肩。她打开一个装过面包的塑料袋，用里面的面包屑喂给广场上的鸽子。

不远处站着一个男人，他穿了一件很旧的橡皮布防水大衣。当一辆汽车从他身边开过时，他将自己的帽檐往下拉了拉。玛姬知道，尽管墨菲已经死了，但是人群中依然可能混杂着为数不少的间谍和特工。她几乎已经适应了一个事实，那就是墨菲的影子无处不在——包括她自己的梦魇里。想到这儿，她不由自主地有些战栗。

“你还好吗?”戴维问道。

想象着身边的世界中有像马尔科姆·皮尔斯和迈克尔·墨菲这样的坏人在暗中策划阴谋,这种感觉奇怪而陌生。在这样的世界中,她还有一个“死而复生”的父亲,而且曾认识一个像佩吉那样的过着双重生活的同龄人,这种感觉更加奇怪。在这样一个世界里,萨拉差点死掉,任何一个晚上都可能有炸弹从天而降……

“你还好吗?”戴维再次问道。

玛姬摇下车窗,顿时感觉到温暖的空气吹拂着自己的面颊。

确切地说,她并不开心,她还没有从悲伤痛苦的情绪中走出来。但是,她同时也觉得很满意——不仅满意而且安心,另外还有些许的喜悦。没错,的确有些喜悦。她已经经历了如此之多,她知道自己比从前更加坚强。她在灾难中幸存下来,而且她还有朋友们和家庭支撑着自己。

“我很好,戴维。”她朝他笑道,“可以说是非常好。”

太阳带着耀眼的红色、金色与蔚蓝色光辉渐渐西沉。玛姬抬起头来,从教堂圆顶背后射过来的阳光照在她的脸上,让她感到十分温暖。此时此刻在这个地方,微风吹拂着自己的面庞,她觉得这种感觉真好。活着真好!

写作背景

《丘吉尔的秘书》并非真实的历史记录，我在创作本书时也并无想要还原真实历史的意图。本小说将真实的历史事件、历史人物与虚构的情节、人物混杂在一起。

本书的创作灵感源自我对伦敦战时密室博物馆[①]的一次参观之旅，其间我看到了很多令人惊叹的展品，而我本人也作了很多相应的深入调研。在参观过程中，我听到了博物馆里播放的一段声音记录，其内容是一名女演员正在朗读丘吉尔当年的一名年轻秘书的回忆录，后来我知道那段文字来自于伊丽莎白·莱顿·奈利斯的回忆录。我一边聆听她的朗读，一边穿过战时密室的走廊，我感到全身一阵激动的战栗——我明白自己已经找到了一个非常好的故事背景。

伊丽莎白·莱顿·奈利斯夫人曾是温斯顿先生的战时秘书之一，那时她还非常年轻。2004 年，她在自己位于南非的家中回复了我的信。我告诉她我是多么地钦佩她曾经做过的工作，而且我非常喜爱她的回忆录。她非常慷慨地支持我使用她曾经犯下的“错误”（“搜集”写成“收集”，等等），不过她也告诉我，事实上秘书们的工作非常忙碌，根本没有闲暇去经历小说中的玛姬所经历的曲折情节和浪漫故事。

我们原本计划于 2005 年 2 月——也就是丘吉尔博物馆开馆仪式举行时——在伦敦战时密室博物馆见面，遗憾的是，由于怀孕带来的诸多不便，使得我无法从纽约去到伦敦赴约。而不知疲倦的奈利斯夫人仍然完成了既定的旅程，并且在博物馆开馆仪式上与伊丽莎白女王会面，受到了大家的尊崇。自从 2000 年丈夫过世之后，奈利斯夫人一直过着独居的生

---

① 即保留至今的“二战”时期地下内阁战情室。

活。她于2007年10月离开人世，留下了一个儿子和两个女儿。

她那鼓舞人心、启发灵感的重要回忆录——《丘吉尔先生的秘书》在1958年首次印刷，许多年后早已绝版。该书的修订版——《私人秘书眼中的温斯顿·丘吉尔》在2007年奈利斯夫人离世前夕最终顺利完成。我很高兴地说，这样一来她的故事就可以再次呈现在我们眼前。

温斯顿·丘吉尔的另一名年轻的战时秘书玛丽亚·霍尔姆斯并没有写回忆录，不过在蒂姆·克莱顿和菲尔·克雷格的小说《决战时刻》中所引用的玛丽亚·霍尔姆斯语录，以及与小说同名的BBC电视连续剧，也对我的写作大有帮助。在我的小说中，丘吉尔先生误将霍尔普小姐称为"霍尔姆斯"的情节，实则意指玛丽亚·霍尔姆斯。

事实上，玛丽亚·霍尔姆斯在日记里提到过，温斯顿·丘吉尔曾将霍尔姆斯称为"霍尔普"："他径直开始进行口述，而我则静悄悄地用打字机做着记录。'给你吧'——他依然没有看我一眼。我接过文件，而他则伸手去他的公文箱里找东西。于是，我朝门边走去，就在这时他洪亮的声音响了起来：'喂！别走，我才刚刚起了个头呢。'然后他抬起头来，'非常抱歉，我还以为你是莱顿小姐。你叫什么名字？''我叫霍尔姆斯。''霍尔普？''霍尔姆斯！''噢。'"

当我读到上述这段对话时，我知道我已经确定了我的小说中女主角的名字。

我从未获得机会与霍尔姆斯女士交谈，她于2001年去世，不过奈利斯夫人告诉我说她们曾与丘吉尔先生一道完成了去苏联的冒险之旅。

另外，菲利斯·莫伊尔所著的《我是温斯顿·丘吉尔的私人秘书》对于我了解丘吉尔的打字员们的生活也很有帮助。

丘吉尔的首席私人秘书约翰·科尔维尔所著的《边缘的力量：第二次世界大战时温斯顿·丘吉尔的惊人内幕》帮助我深入了解唐宁街10号内部的工作情况。约翰·斯特林并非以约翰·科尔维尔为原型，不过我在小说中使用"约翰"这个名字，的确是为了向科尔维尔先生致敬。

精彩的BBC电视连续剧《20世纪40年代的议会》及朱丽叶·加德纳的同名著作，还有伦敦帝国战争博物馆的展览，对我了解那段时期的历史大有帮助。芭芭拉·凯伊的回忆录《我们经营的公司》对我了解他们的每日工作细节非常有用。安吉拉·兰伯特的著作《1939 年:最后的和平时期》、雷恩斯·明斯的著作《轰炸机和热茶:1939 年—1945 年的国内前线》及理查德·霍夫和丹尼斯·理查兹合著的《不列颠之战:最伟大的“二战”空战》都为我提供了非常宝贵的参考资料。

丘吉尔本人的著作《第二次世界大战回忆录》及《风暴前夕》、威廉·曼彻斯特的著作《最后的雄狮》、罗伊·杰肯斯的著作《丘吉尔传》及马丁·吉尔伯特的著作《寻找丘吉尔》,对于我更深入了解丘吉尔这位杰出人物和他的时代都起到了非常重要的作用。

感谢纽约公共图书馆提供的“杰罗姆·罗宾斯舞蹈作品集”以及相关的历史资料和文献,尤其是 20 世纪 30—40 年代出版的各期《舞蹈观察者》。维克·威尔斯芭蕾舞团于 1931 年由妮内特·德瓦卢瓦夫人创办,弗雷德里克·艾什顿是该芭蕾舞团 1935 年的舞蹈编导。该舞团于 1940 年被重新命名为赛德勒·维尔斯芭蕾舞团,并于 1956 年成为英国皇家芭蕾舞团。戴维·沃恩所著的《弗雷德里克·艾什顿和他的芭蕾舞剧》提供了宝贵的关于维克·威尔斯芭蕾舞团的信息。

关于密码译解者及布莱切利公园的工作,马里恩·希尔的著作《布莱切利公园的人们:丘吉尔手下从来不会大笑的鹅》、欣斯利爵士和艾伦·斯崔普的著作《译码员:布莱切利公园内幕》及安德鲁·霍奇斯的著作《阿兰·图灵:英格玛密码机》都是一流的著作。

2006 年,人们发现在英国的纳粹特工事实上曾经将摩尔斯电码植入身穿时装的模特画像中,以此来躲过盟军的审查。根据最新发布的英国安全部门文件,纳粹特工通过使用混杂在图片中的摩尔斯电码的点和短线来传送敏感的军事信息,他们将图片放入信件中,邮寄给他们的指挥者,并希望反间谍特工会被看似无辜的图片所愚弄。

读者们可以在以下网址看到图片:

http://www. secure. vimigroup. com/news/? p = 162

隐藏在素描画中的摩尔斯电码(局部)

致　谢

感谢伦敦战时密室博物馆和帝国战争博物馆的管理者、理事以及全体职员，尤其感谢帝国战争博物馆馆长罗伯特·克劳福德和担任丘吉尔博物馆馆长及战时密室主管的菲利普·里德。

我深深感激维多利亚·斯克利克（亲历“二战”并以“V 特工”为代号的女士），她一直信任我，并且将她珍贵的手稿记录发送给我，丰富了我的写作素材。感谢莱维恩·格林伯格文稿代理公司的丹尼尔·格林伯格为我的小说的出版和发行所付出的努力。

我永远感谢出色的编辑凯特·米西亚克，她愿意同我一起为我的小说勇敢地冒险尝试。同时感谢班坦姆·德尔出版集团杰出的团队成员：玛格丽特·本顿、洛亚勒·高斯以及兰德尔·克莱恩。

如果缺少了富有洞察力、永远充满耐心、总是支持我的伊德里亚·巴罗内·克内希特——一位作家、编辑和忠实的朋友，这本小说永远都不可能与大家见面。

我很幸运地拥有一位了不起的导师兼朋友——小说家朱蒂斯·默克尔·莱利。

许多的朋友们在写作这部小说的各个阶段都为我提供了支持，以及建设性的批评和建议。我为以下朋友的慷慨行为而感动：利亚·阿巴特、艾米·卡斯·阿姆斯特丹、乔纳森·阿姆斯特丹、纳西姆·阿斯菲迪、乔希·阿克塞尔拉德、詹妮弗·巴恩哈特、葆拉·伯恩斯坦、斯科特·卡梅隆、杰西卡·科恩、维罗妮卡·哈特、金麦瑞·琼斯、瑞克·耐克特、克里斯汀·劳埃德、埃德娜·麦克尼尔、玛丽亚·梅西、马修·奥布莱恩、吉黄·帕德玛、苏珊娜·菲利普斯、迦纳·里斯、伊丽莎白·莱利、莉莎·罗杰斯、琳达·洛加尔、丽贝卡·凯里·罗翰、凯特琳·西姆斯、克里斯托弗·斯蒂尔和罗宾·沃尔什。

我非常钦佩麻省理工学院的校友们的集体智慧，他们耐心地回答我提出的一个又一个问题，他们是：鲍勃·埃米尼、莫尼卡·伯恩、韦斯·卡罗尔、迈克尔·弗利达霍夫、玛丽·林顿·彼得斯、史蒂芬·彼得斯、迈克尔·皮克、埃里克·施瓦茨、道格·斯特森以及拉里·泰勒。

感谢帮助我照看孩子的保姆凯蒂·帕克、安蒂·萨拉蒙和埃米莉·乌尔默，是她们让我有足够的时间和平静的内心来完成本书的写作。

还要谢谢丹尼尔·布鲁诺、菲德尔玛·菲茨帕特里克、艾米·加西亚、罗伯特·加德纳、梅丽莎·利珀、简·柏斯·迈尔、克里斯汀·麦肯、凯瑟琳·普兰克、奥德拉·布兰诺瑞克曼、丽贝卡·凯里·罗翰、克里斯汀·瑟琪亚以及詹妮弗·瑟琪亚从各个方面给予我的帮助。

最后——但是至关重要，感谢诺埃尔·麦克尼尔和马提。前者是我的丈夫，他总是信任我，并且全力支持我的写作；后者是我的孩子，他总是喜欢听妈妈写的故事。